中国作协重点扶持项目

小岗村的年轻人

The Young in Xiaogang Village

李国彬 ◎ 著

时代出版传媒股份有限公司
安徽文艺出版社

图书在版编目（CIP）数据

小岗村的年轻人/李国彬著.—合肥：安徽文艺出版社，2018.10
　　ISBN 978-7-5396-6406-4

　　Ⅰ.①小… Ⅱ.①李… Ⅲ.①长篇小说－中国－当代 Ⅳ.①I247.5

中国版本图书馆CIP数据核字(2018)第150064号

出 版 人：朱寒冬
责任编辑：汪爱武　　　　　　装帧设计：徐　睿

出版发行：时代出版传媒股份有限公司　www.press-mart.com
　　　　　安徽文艺出版社　　www.awpub.com
地　　址：合肥市翡翠路1118号　邮政编码：230071
营 销 部：(0551)63533889
印　　制：安徽新华印刷股份有限公司　(0551)65859551

开本：710×1010　1/16　印张：27.25　字数：400千字
版次：2018年10月第1版　2018年10月第1次印刷
定价：59.80元

（如发现印装质量问题，影响阅读，请与出版社联系调换）
版权所有，侵权必究

目录
contents

自　序 / 1

第一章
　　村庄暗语 / 1

第二章
　　Disillusionment / 42

第三章
　　彼岸的花朵及我们的新历史主义 / 194

自　序

外婆家在凤阳,我们叫老娘舅家在凤阳,所以凤阳没有少去,那里的乡音民俗是浸在骨头缝里的。

多次去小岗,一直关注两个大学生。后来,他就成了我小说中的两个人物:关子良和螺螺。

在关子良这个人物身上,我想得比较多,也倾注了大半心血:这是一个既有村庄荣誉感的年轻人,也是一个有历史判断和强烈突围欲望的年轻人。

一场爱情的流产使他看到,土地养不活人的时代已经过去了;恋人的毅然离去又使他强烈地感受到时代对旧式村庄的嘲弄和苛求——土地养不起人已成了不争的事实。为此,他离开了生他养他的那个村子。

令我刮目相看和感动的是,关子良在外的所有打拼都是为了证明而不是为了逃离。那就是:无论在哪里,无论做什么,无论碰到什么,他都以自己是一个小岗人为荣,以一个敢打敢拼、敢为人先、自尊自爱的小岗人要求自己。为此,在失败中,他没有颓势而下;在幻灭中,他没有趋炎附势,更没有在思想上流离失所,而是把自己在多次挫折中受到的锤炼、得到的见识又带回了那片土地,而外面的浮华和奢靡也没有沾染到他那颗朴素的心。为此,他带领小岗村青年创业联合会为小岗奋斗时,显得那么无私,那么无畏,那么"无情",甚至不顾一切。

关子良一定是一个有缺点的人,比如创业时,他的身上还有许多浪漫主义和个人英雄主义色彩,对小岗的前世今生以及未来缺乏更大维度的把握,思想上也有许多不切实际的地方,有时又过于敏感、冲动和偏激,甚至比较自傲和草率,唯有如此,才会让我得到慰藉,才会让读者得到慰藉,因为,我要说的是一个真实的年轻人,而不是一个生于概念,死于理念的人。但是,无论这个人物身上有多少缺点,无论这个人物在创业中会碰到多少观念上的阻断,都无法撼动小岗作为中国农村改革第一村的这个事实,不能动摇新一代小岗人再行改革之举,再造改革胜景的信念。相反,所有这些却更加验证了这段历史的硬度和含金量,这或许才是塑造这个人物的最为重要的意义。

当然,这是一部小说,不是一部纪实文学作品,更不是新闻。小说是讲究虚构美的,关子良仅仅是小说中的一个人物,小说中的人物是讲典型化的,是一只多棱镜,其价值判断是多元的,空间也是巨大的。也就是说《小岗村的年轻人》对于我来说只是一个喻体,这些都是阅读的基本准备,这些,或许可以作为作者和读者之间的一种契约,否则,关于本次的阅读有可能流于失败。

其实,我想说的是,在相当长的一段时间里,你对小岗的了解大多来自新闻或者带有新闻性质的报告文学,今天,当你再看小说中的小岗和小岗人的后代,可能会有一种悬置感,有一种不适。

就如眼镜,戴戴就好了。

那一枚枚红手印原来是一粒粒火种哦……

——作者

第一章　村庄暗语

1

对于二十二岁的关子良来说,爱情出了问题,所有的问题就都来了。

2

关子良在城里找工作才回来,又没找着,心情很不好。进家后,见床就躺下了。其间,他做了个梦,梦中,自己很小的一团,黑黑的,瘦,伫立在风口地,枣核一般。此时,父亲正在门口晒粮食。地上不平,高高低低的,一片金黄,抹了颜料似的。父亲用力抖动麻袋时,那麦粒便满地滚,看上去好圆,好大。关子良抬脚去踩时,那些麦粒就发出了一阵阵清脆的噼啪的声音。响了一阵,关子良猛然醒了,再仔细听,原来是鞭炮声。

这时,关大疤瘌进来了,伸头向屋里看了看。因为脖子伸得很长,喉结显得很突出。屋里黑,父亲的目光就短了很多,于是,人略萎缩了一下,就往后退。人往后退时,叹了口气,自言自语地说,乖!这个大器,乖……

关子良知道父亲是说给自己听的。关子良知道父亲对他是不满的。

上中学前,父亲如果对自己不满,腰一弯,脱下鞋子就打。那个狠劲,如同往墙上揳钉子。等自己上了高中,父亲不再动手了,若是不高兴,就拐弯抹角地说,或者给脸色看。

父亲嘴里的这个"大器"叫张大器,本庄子上的,比关子良大五岁,读书时心机全无,笨死了,他自己都不知道自己留了多少次级,死撑活挨到了高中,结果连高一都没读完就辍学了,然后跟大姨夫到小溪河、大溪河跑黄豆。倒是老天公平,无论丑俊,一人给一样心窍,别看张大器连半勺子墨水都喂不下去,买卖上却极有天赋,只跑了一年就成人精了,又跑了几年就成了人上人,据说现在已经是广州一个什么公司的大老板,专卖尿罐子。这次回来,是专门给父母盖楼的。

这可是2004年的小岗,庄子上大多是瓦房,连平房都很少,村西头的庄晨晨家,至今还是石头夹毛(两间瓦房接一间草房)。张大器一出手,就为父母亲盖了一幢两层小楼,基础墙全是钢筋混凝土的,还用红砖拉了一个大院子,引得庄子上的人都赶过去,昂着头看。

在庄子上,关子良小时候就看不惯张大器,两人很少在一起玩,到了高中,张大器竟然从外地转到了关子良那个班,真让关子良跌破了眼镜。此后,在那个班,两人还发生过冲突,好在不到半年,张大器就自动辍学了。在关子良眼里,此人的人生算是到顶头了,没想到现在的张大器变成了这样,真是人间神话。

此时,父亲显然是想跟自己说,你看人家张大器混成什么样子了,你倒是大学生呢,又有什么用。

这样想就是给自己发箭,一一都中了心窝,关子良忽然感到了一种前所未有的绝望。奇怪的是,别人心里有事,大多夜不能寐,关子良心里沮丧,却感到特别困乏,这会儿把被子一裹,葱卷一般,滚到一边,又睡了。

3

昏昏沉沉睡到晚上七点,院子里的电灯都拉上了,黑户英来喊关子良吃饭,喊了几遍,关子良才起来。然后一家三口围着一张小桌子,默默地吃饭。关大疤痢的咀嚼声最大,好像那稀饭里长了骨头。

桌子上的菜很简单,一大盆胡萝卜炒豆腐,一大盆咸菜,没有什么值得留恋的,所以,一家人很快就吃完了饭。这边,关子良刚把手中的碗筷丢下,史学久就走了进来。

史学久当过兵,退伍后进了村委会班子,求他办事的人要恭维他,就刻意提他的名号,喊他为史委员;嗜酒,一天三顿都不够,今晚这顿不知又安在哪家,人还没有进门,酒气就把屋子灌满了。

见门口来了个人,关子良家的那只叫稻箩的柴火狗忙迎了上去,但是,在史学久腿上嗅了几下便走开了,走时,还用眼拐子看了看史学久,一脸的嫌弃和不耐烦。

史学久在关子良家自然也是上客,一家人都跟他打招呼。坐下后,关大疤瘌就上了烟,待黑户英把史学久身边的那只小桶一般大小的水杯子灌满水后,史学久就打听起关子良工作的事。

没等关子良搭话,黑户英就说,都争着要他,他自己装样,挑三拣四的。

关子良知道母亲说谎,分明是在给自己撑面子,脸上红了红,好在大半个身子都在灯光下面,谁也看不见。

这时,史学久把腿搋在一起说,大良子,我今个来,就是劝你的,不要瞎跑了。

史学久说出这句话时,关子良和母亲黑户英互相看了一眼。

这时,史学久说,才开过会,省里要派新书记了,人已经到了凤阳府,就住在凤阳宾馆。新官上任三把火,用人是铁定的,你是大学生,要说用人,那还不是稀饭锅里掉大豆,先把你拣了?

关大疤瘌的眼睛立刻就亮了许多,他激动地看着关子良,嘴里发出一阵吸溜吸溜的声音。

史学久又说,你可想过,你爸一向就是个要强的人,你要是能在我们小岗干出点名堂来,你爸的脸还不跟擀面杖擀的样,想要多大就有多大。

儿子大学毕业后,一直找不到上班的地方,这让关大疤瘌很憋屈。此时,史学久的话让他很受用,忽然见史学久手里的烟截火了,忙把烟递了过去,同时捏住一根火柴,在火柴盒带硝的一面刺啦一划,一团火立刻蹦到了史学久跟前。史学久便歪过头来接火,嘴里接着上回说。

就跟我后面干,我给你铺路。说到这,嘴里好像有什么东西了,他向地下连啐了几口,因为那烟太低劣,刚抽一口,就有烟丝贴在了牙上。啐掉了烟丝,他接着说自己的计划:第一条,这几年,村里拾了不少地,又没有人愿意接,都烂在那呢。我出面,全划给你,搞试验田。只要老天不操×(风调雨顺),一季下来就行了。到时候,你就是大农场主啊!别说在安徽招人,弄不好还能到外国去招,什么美国、日本、奥雅西亚,哈哈……

谁也不知"奥雅西亚"是什么国家,同时,史学久说的这些话一点都不好笑,但是说到这,史学久自己倒是先笑了,笑时,身子跟着颤抖,摇骰子一般。

史学久笑时,关大疤瘌也跟着笑,一边笑,还一边说,那就好了,乖乖!那就好了!

笑了一阵子,史学久指了指屋里的稻占子,又说,别看我大字不识几个,我听广播,对中央有研究。农业还是命脉,粮食还是血,当上粮食王,就是老大,要多光荣有多光荣,在凤阳府地要多香有多香。这个事业,那个事业的,这就是最大的事业!大良子,黄金就抵在你脚丫子上呢,你自己要好好感脚(觉)。说到这,脸上又神秘起来,声音也低了下来,他脖子略向前伸了伸说,还有呀,芝麻出在芝麻地,别看现在的干部都是派来的,那叫带动,等把我们小岗盘大了,将来,小岗的事还得小岗人管。你只要靠住干,我一定会推你进班子。

听说关子良有可能进村委会班子,关大疤瘌的脖子伸得长长的,直直的,眼睛也如同被烟火燎了,一个劲地挤眨,呼吸也急促起来。

从《新闻联播》开播,一直坐到九点半,门头上的蜘蛛都出来收网了,史学久才离开关大疤瘌家。

史学久刚走,关大疤瘌就揣摩着儿子的表情,嘴上说,大良子,你这个……啊……

关大疤瘌虽然没有表达出一个完整的意思,但是,显得很兴奋,连眼角的皱纹里都储满了光。而关子良知道,父亲是在提醒他,要他认真考虑史学久的话。

此时,关子良只觉得自己的心怦怦地跳,好像有一股浪在身边打来打去。是的,此时的关子良,仿佛看到了一个缝隙,那里的亮光十分绚丽,十分强烈。

这时,黑户英把牙上的残渣往桌缝里一抹,撇了撇嘴,"喊"了一声说,听他的,死在八代子孙面前都没有人挑幡。他是出了名的牛×筒子,除了马蜂窝,什么都敢吹。什么农场主,什么让你进村委会。我告你讲,这两样有一样成,清明我到史大鼻子坟上烧纸去。

史大鼻子是史学久的父亲,去年才死。也是要强逞能,七十有三的人了,还敢当着几个小后生的面,从半截墙上往下跳,结果人落到地下时,就折成对开了,还不死,真是镶钢筋了。

关大疤癞马上回击,说黑户英妇道人家,脚面支锅,知道个熊。两口子叮叮当当地争吵起来,嗷嗷的。那只柴火狗稻箩又烦了,从桌底下钻出来,夹着尾巴,一颠一颠地走了。真无聊!关子良说,也走了。

说来也怪,关子良一走,像是拉了电闸,两口子立马就不吵了,转而讨论起西冲几亩地的耕种问题。

其实,史学久的话对关子良的触动还是很大的。

关子良在皖西学院读的是机电一体化。刚毕业时,兴奋得很,揣个毕业证到处跑,找了半年也没有找到合适的工作,他突然感到,三本学历太低了,根本就不被待见。而当他被婉拒第二十八次后,他的自信心完全失去了,他觉得手里的那张毕业证显得特别轻,特别薄,一时间,他差点把它扔进垃圾桶。今天,史学久说的话,对于有点走投无路的他来说,不能不算是一种迎合和搭救,自己如果真能把事业做到那样,就等于挨个扇了那些回绝自己的人。

想到这些,关子良哪还能入睡,在床上盘来盘去的,一个小时后,他觉得自己的脑袋瓜子滚烫,浑身上下,像是被人从外面捏了,又像是被人从里面刮了,一时也安定不下来,便爬了起来,然后给庄晨晨写了一封长长的信。

4

关子良的信发出去有一个星期了,庄晨晨也没回音。关子良有点失望,他觉得,庄晨晨看完这封信,一定会热泪盈眶的,接着会不顾一切地辞去工作,然后疯狂地往家赶。现在,一切都是寂静的,这让他感到一种前所未有的空虚和乏味。他决定去找螺螺。

刚九点,村里就墨一般地黑了。关子良走出家门时,四处静静的,村北有谁在打哈欠,声音很怪,很长,传到这边时,令夜色更加慵懒而倦怠。墙角,一丛丛旧年的枝头,生硬地支在一起,在远处照射过来的微弱的光线下,形成一根根冰冷的剪影。再往前走几步,忽然出现一大片灯光,正是张大器家的工地。这会儿,瓦匠们也收工了,正在老宅子里喝酒,屋里不时传来一阵阵五儿六的猜拳声和带脏口的打酒官司的声音。想必是家主看得太严,门外,几条杂色的狗鬼鬼祟祟地挤在一起,忽站着,斜着眼往屋里瞅;忽不停地溜达,嘴里发出一阵阵低沉的声音;有的等得很久了,不停地打着哈欠。打哈欠时,嘴劈得很开,像一个变形的"丫"字。

眼见着要走到灯光里面,关子良迟疑了一下,还是绕开了。

此时,螺螺家的屋檐下吊了一盏电灯,瓦数很小,整个院子半明不暗的。昏黄的灯光下,螺螺正在一嗨一嗨地举板车轱辘,上身没穿衣服,灯光补得又不足,看上去干巴鬼样。看见关子良走进来,他咧嘴笑了一下,举得更带劲了。每一次做挺举时,两侧的肋巴骨都会一根不少地露出来,手风琴排管一样。举了几下后,他把车轱辘往地下狠狠地一掼,噼啪拍着胸脯说,怎么样,可性感?关子良把衣服扔给螺螺说,穿上吧,快流感了。螺螺用力鼓起胳膊肘子,等看到豆包大的一团肌肉时,他一甩胳膊,一边穿衣服,一边嬉皮笑脸地说,把体形练出来,进城,把女孩子骗得哇哇叫。关子良又把一件线衣扔给螺螺说,盖起来吧,招苍蝇了。两人笑,好开心,那笑声如石头砸在水里,扑通扑通地响。笑了一阵子,然后一高一低地坐下来,慢慢地说话。关子良问,跟许乐怎么样了?螺螺一挥手说,我考!我都快成著名诗人了,她也没回音。我以为她看不上我的诗,上个月,我又抄了几首海子和北岛的诗给她,还是没回音。算了算了。

关子良就笑着说,算了就算了吧。长得又不好看,还咋咋呼呼的,女汉子样,养不起的,将来谁找了她,妨谁(损害别人的命运)。

螺螺拍了一下关子良的肩头说,安慰得很好!就让她妨别人去吧。

两人都笑了。笑了一会儿,关子良想到刚才螺螺谈到的练体形的动机,就问螺螺是不是有走的想法。螺螺告诉关子良,他已经说服了父母,准备去南京打工了。关子良说,别走了。关子良说"别走了"这三个字时,一脸的自信和神秘。螺螺看了看关子良,说,行。关子良笑了,他拍了一下螺螺的肩头说,这么好勾引啊!我还没说什么呢,你就说行啊。螺螺说,不是相信你嘛。

关子良很高兴,就把史学久对自己的承诺以及自己的态度和计划都和盘说了出来。

太好了!家伙子(真有你的)!关子良的话音刚落,螺螺就这么说,兴奋得不行。

螺螺的反应让关子良很得安慰和鼓励,他走上前去,带着感激的心,深深地拥抱了螺螺。螺螺却推开了他,难以抑制自己的兴奋说,那就跟你干了。你当大农场主,我当副农场主。你当阿里巴巴,我喊芝麻开门。我们也要印名片,用红色字,字体嘛,千万不要那种棺材体的,用那种潦草些的,看上去,牛气。搞几间大办公室,一溜七八间,带院子,全是石头砌的。还有,配秘书,记着,不要配女秘书……

关子良显然是想问为什么的,可是,他还没张口,螺螺就笑了。关子良会意,也笑了。

笑了一阵,螺螺不停地抖动着自己的两根指头说,还有还有,五年,不,三年,我们要买一辆车,配两部诺基亚,如果资金有限,暂时配一部也可以。

说到这，他激动得来回踱着步，脸上带着疯疯癫癫的笑，嘴里发出嘻嘻的声音，最后，他又走过来，莫名其妙地拥抱了一下关子良。然后问，喂！你没有信心？伙子！嗯？

在这件事上，关子良是"纵火者"，现在，他发现自己反而被螺螺烧到滚烫，他再次拥抱螺螺。他用这个动作完美地回答了螺螺。

正当螺螺和关子良把彼此撩拨得不能自已的时候，院门吱呀一声撤到了一边。关子良一看，原来是张大器来了。

张大器是带着笑进门的，猛然见到关子良，兀地就把笑容收了，然后很浅地打了声招呼说，哦！大良子呀！张大器这么喊，关子良心里很不舒服，因为在这个村里，只有长辈才会这样喊自己，此时，张大器也这么喊自己，不仅显得很不礼貌，而且让人感到了一种气势凌人的味道。尽管不快乐，但是，关子良还是冲对方点了点头。

这时，螺螺问，张总，你笑什么？

螺螺这么一问，张大器又把刚才的笑捡了回来，然后说，今晚牛×筒子不知在哪家喝的，已经高了，经过我家门口时，非要进来看看，我老头子（我父亲）随便招呼了一下，他就坐了下来。几个人一起搞他，喝得尿裤子了，哈哈……

关子良知道张大器在说史学久。他鄙视地看了张大器一眼。他觉得按照史学久的年龄和辈分，张大器是不该这么称呼史学久的，这太缺乏修养了。好在院子里的灯光暗，张大器说话时只顾看着螺螺，没看见关子良的反应。

这时，张大器说，螺螺，宁波那边基本搞定，过会儿我把电话给你。那些家伙都是我铁哥们，黑白通吃，你过去以后，只要提我的名号就可以了。

螺螺讪讪地说，谢谢。说完，还看了看关子良。

螺螺的表情让张大器看到了，他自顾自点上一支烟，然后笑着问螺螺，这两天，史学久又来忽悠你了吧？

螺螺笑了笑，算是回答了。

张大器摇头晃脑地说，也忽悠我呢，要我回乡投资创业。又扯那些，什么十八颗手印、"大包干"精神，我当时就臭他了。我说老史，该出去转转了，这个传统，那个精神的。小岗村那点破事有什么值得骄傲的？出去就知道了，小岗算个什么，在广东那边，还不如生意人家的一座坟。牛×筒子被我这一堵，哈哈，死的心都有了。

张大器的话像是吓到了螺螺，他愣怔地看着张大器。

张大器说，听我一句，赶紧离开这个鬼地方，要不是回来盖房，我……

大器，看来早就不能容忍了，张大器的话还没说完，关子良就打断说，你说得也不对吧？小岗不值得我们骄傲，难道还让我们羞耻吗？关子良显然是激动了，说这些话时，声音里略有些颤抖，脖子也红了。张大器却显得很平静，他笑了笑，问，你不觉得？

关子良也笑了笑说，到底是卖黄豆卖出眼界了。能不能说说，小岗怎么就成了你的耻辱了？

张大器斜眼看了关子良一眼，又笑了笑问，你是大学生啊，难道还不比我清楚？

关子良说，据我所知，十八颗手印已经存放到中国历史博物馆，小岗村已经被定性为中国"大包干"的发源地，小岗村精神就是中国农民精神和国家精神。难道这些都是你的耻辱吗？

张大器把刚吸两口的大中华扔了，又点上一支，冷笑一声说，哦！还这么光荣啊！这些好像都是报纸上说的吧，你在大学就学这个？难怪一直在找工作呢。

关子良针锋相对地说，我就是找不到工作，也是小岗的第一批大学生。如果村子上修志，我是可以被写进村史的。

张大器耷拉着眼皮，一脸嘲讽地说，相信啊。还可以和那什么十八颗手印搞在一起。了不得！

关子良觉得张大器把家乡的荣誉当污点真是奇谈怪论外加可耻。他冷笑一声说，你离开这个庄子真是对的。

张大器也冷笑一声说,我离开对不对,你我说了都不算,将来会兑现,有的正在兑现。

螺螺见张、关二人斧钺钩叉都使上了,慌忙上来打岔,他笑着问,张总,你朋友可说多少钱一个月的?

张大器没理螺螺,他轻轻地弹着烟蒂,脸也慢慢地往下拉了。

关子良则说,我先回了。然后走了。快走出院门时,关子良狠狠地掼了一下门。张大器随即将烟头掼在地下,并且狠狠地啐出去一口痰。

出了螺螺家的门,关子良就快步向家里走去。他的脸色很难看,眼里像是在冒火。快走到村西口时,身后突然传来了一阵急促的脚步声。他一弯腰,将一块石头捡在手中。他做好了打算,如果追上来的是张大器,如果张大器再他妈的敢说小岗村一个"不"字,他举起石头就砸。砸死后,像狗一样吊在村东头的土场上。那里是村委会召集开会的地方,让大家都来看看这个小岗村的败类,一个当了暴发户后长了黑心的狼崽子。

追上来的是螺螺。

关子良把手里的石头用力往地上一摔,没好气地问,你准备跟那个土豪走?

螺螺忙一耸肩,摊开双手说,什么呀!我就是问一下。

跟他去吧。关子良说着,转身要走,螺螺一把拽住关子良,笑着说,尿不到一个壶里,就分开尿好不好?我哪知道他这时候满庄子游尸。我可没约他啊。

关子良气不打一处来地说,明天,如果再碰到这人,我绝对动手。你个(可)信?

螺螺看了一眼又矮又瘦的关子良,说,相信。你一动手,他家的房子都白盖,连墙根都倒。

关子良知道螺螺在安慰自己,不嘈嘈了,站在那呼呼地喘着气。过了一会儿,他突然又问螺螺,还有,刚才他还说了一句话,你可听到?

什么?螺螺问,又一耸肩,摊了一下手。

关子良重复张大器的话,"我离开对不对,你我说了都不算,将来会兑现,有的正在兑现"。你听到了吧?

螺螺嗯了一声,因为不知道关子良为什么计较这句话,翻起白眼,以表示迷惑。

关子良说,你觉得他说的是什么意思?

螺螺正想着这件事,间或看关子良一眼。

关子良说,你看我的眼神怎么这么鬼祟,你和张大器有奸情吧?

关子良的声音很大,不远处,几家狗都叫了起来。螺螺苦笑着说,你胡扯什么,制造绯闻入法啦。见关子良笑了一下,他马上提议说,走,到前面转转吧。

不一会儿,两人在村外的塘埂上坐了下来。

此时,四处都是旱蛙的聒噪声。乡村的夜有些潮湿,神秘中充满了泥土的芬芳和青草的气息。

张大器……这时,螺螺嗫嚅着说。不说他了。关子良打断螺螺说,别脏了这一塘水,我们接着说计划。

听关子良这么说,螺螺看了看天空。

黧黑的天空,好像对关子良的话有了反应,一下子出了好多星星。

关子良说,螺螺,作为农民,粮食仍然是关键词,我们能当上粮食王,就是天下第一王。这一点,我算是重复两遍了,你一定要坚定信心。张大器这种暴发户,就是一个势利的生意人,特别实际,只要眼前,不顾未来。我们如果也是这样,就啃泥了。

螺螺点了点头,但从表情上看,还是显得很搪塞。关子良决定加把火,他说,我马上就让晨晨回来。我要成立小岗村青年创业联合会。我当会长,你当副会长,庄晨晨当组织委员了,对了,我让晨晨把许乐、雪晴和闫军都带回来,我封闫军为生活委员,雪晴为生产委员,许乐为宣传委员。你分管宣传。

螺螺笑了,打了关子良一下。关子良也笑了,笑了一下,接着说,当年,我们小岗的十八颗手印把人眼珠子都惊出来了,现在,我们把眼珠子给打回去,也搞十八个人,然后做出十八件惊天动地的事,上凤阳县电视台,接着上滁州电视台,安徽电视台,再上中央电视台,全国各大报纸跟着上,那是什么情形?你说说,你说说,呵呵⋯⋯

关子良激动得很,一边说,一边拍螺螺的胳膊。螺螺护着胳膊,向一边躲着说,你用这么大劲干吗,零部件不好配的。

关子良大笑一声,在前面的草地上顺势滚了两个跟头,这才让兴奋的心情得以平静。

这时,螺螺走到关子良旁边坐下来,他看了看满脸兴奋的关子良,忽然嗫嚅着说,子良,庄晨晨⋯⋯

还没等螺螺说完,关子良就信心满满地说,她当然要听我的。我敢说,她要是听了我们的计划,嘎!绝对疯了。那要高兴成什么样子,无法预料。

见螺螺沉默,关子良问,怎么啦?嫌官小啦?

螺螺笑了笑,忽然向四周看了看,然后压低声音说,子良,去年中秋节的晚上,你在哪?

关子良想了想,说,在镇江找工作呢。

当天你回过家?

没有。

螺螺看了看关子良。关子良说,你眼神怎么这么怪?

螺螺忽然问,你们很久没联系了吧?

关子良感受着一种异常,说,是的。怎么啦?

螺螺不想再说什么,就说,回吧。

关子良一把揪住螺螺的衣服,问,哎!什么事?爽快些好不好?

螺螺叹了口气说,子良,你以为庄晨晨能回来吗?

关子良满脸疑惑地看了看关子良说,不回来干什么,还在那个破厂里帮人家做衣服?

螺螺的脸上掠过几丝惨笑,他沉吟了一下,说,子良,有没有想过,某一天,庄晨晨会突然说不爱你了?

关子良笑了笑说,呵,呵,要说不爱,也是我先说呀。

螺螺点了点头。关子良却不安起来,他感到螺螺藏有重大秘密,而且有关自己和庄晨晨。他问,螺螺,你一定听到了什么?

螺螺想了想,说,消息不确切,但是,应该引起你的警惕。

如果不确切就不要说了。关子良企图阻止螺螺,他不想让谣言来亵渎他对庄晨晨的爱和庄晨晨对自己的爱。这个时候,螺螺却决定把话都说出来了。他说,去年中秋节的晚上,有人在村西口,看到庄晨晨和一个男的在一起。那男的戴着口罩,拎着箱子。

关子良的心突突跳了起来。他愣愣地看着螺螺。几秒钟后,问,是谁?

我知道还问你?

关子良的脑海中乱了起来。关子良的反应让螺螺有些后悔,他故作轻松地说,也许是看错人了。

关子良觉得螺螺安慰自己的这句话显得好残酷,心里更乱了。

5

关子良和庄晨晨是高一时谈上的。

在高一(二)班,关子良虽然个头矮,又其貌不扬,但吹拉弹唱样样行,还有文学细胞,每学期均有几篇作文被老师拿到课堂上朗读。高一下半学期,他还联络高一(三)班、(四)班和高二(二)班的学习委员,成立了新乡土诗社,螺螺、庄晨晨、许乐、闫军都是这个诗社的。

作为年级班长,平时,关子良的话比老师的话都顶用,譬如上政治课时,老师在上面讲,学生在下面讲,乱哄哄的。此时,只要坐在前面的关子良一回头,那些杂乱的声音跟刀削的样,立刻就断了。

那天晚自习,坐在后面的张大器老是撩妹,气得石门山来的那个女同学直拍桌子。这时,关子良快步走了过来,伸手就把张大器的书包扔到了窗外。张大器大骂一声,身子往前一纵,一下子就把关子良扑倒在地,然后抡起小斗样的拳头,把关子良打得一脸血。

不一会儿,张大器打累了,放开了关子良,此时,同学们都以为关子良就此趴了,没想到,满脸是血的关子良站起来后,身子一躬,头上如同长了犄角,猛地刺向张大器的胸口。只一下,张大器就被顶到了教室外面,然后如沙袋一般,重重地摔在雨地里……

那天,两人在大雨和泥泞中,一直打到班主任和校警赶过来才停止。

事后,不仅班主任没有为关子良说话,学校也没有宽恕关子良的行为,相反却通过校广播,对关子良进行了点名批评,并责令关子良写出深刻检查,然后在校广播上宣读。那些对关子良一直不满的同学开始幸灾乐祸,两只耳朵天天竖着,就等着学校的广播里传来关子良那倒霉的声音。那些日子里,有一个女孩却惦记上了关子良,每当关子良从她身边走过时,她都会以崇拜的目光看着关子良的背影。她就是庄晨晨。

越明年,关子良考取了大学,学习成绩远比关子良要好的庄晨晨因被爱羁绊,落榜了。

那天,螺螺、闫军等几个同学出份子请关子良。

酒席是在凤阳县城办的。等吃完喝完,已经是晚上九点了。出门后,螺螺、闫军、朱上课等存心要给关子良留机会,纷纷找借口,叫嚷着要先走。这边,螺螺等人还没开溜,那边,庄晨晨就叫停了一辆出租车,然后一猫腰,钻了进去,逃也似的跑了。

望着出租车渐行渐远,众人先是面面相觑,接着突然大笑起来。闫军一边笑,一边说,班长,床都铺好了,人家不上去,可不能怪我们啊!关子良苦笑了笑。他很尴尬,也很沮丧。他满心想,在这临别之时,相爱了这么久的两个人,一定会爆发一次,从府城到小岗有十里多路,如果庄晨晨愿意和他一直在这条路上走,这么长的路,还是有许多机会的……可是……

见关子良满脸的失落和茫然,螺螺笑了笑,打趣说,回去洗洗睡吧。

此时已经没有回小岗的车了,几个年轻人就这样步走着出了城。等回

第一章 村庄暗语

到小岗时,已经是晚上十点多了。

和螺螺、闫军等告别后,关子良无精打采地往家走,眼见着要到自家门口了,他突然站住了。

关子良家门前有一棵刺槐树,五年前栽的,你摸我蹭的,如今已有碗口粗了。这树的枝杈特别多,树叶如同被编织的一般,层层叠叠,没完没了的,整个树显得特别浓郁和茂盛。若是响晴白日,会有一大蓬的阴凉落在那里,赶在这月下,留下的黑影地自然不显小。此时,关子良分明看到,在一片黑黢黢的地界上站着一个人。

关子良先是一怔,继而心里怦怦跳了起来,然后快步走过去。

那人影见关子良近了,忽然快步向村外走了。走了十几米,关子良小声地问,可是你?又问了一次,可是你啊?那影子也不回答,只是走得更快了。关子良笑了,他确认这就是庄晨晨了。

四处静谧,夜一声不吭。

十分钟后,在离村子不远的小溪边,庄晨晨先站住了,背对着关子良,动也不动。风沿着小溪的一侧悄悄地摸过来,然后一层层地吹着晨晨的长发和衣袂,其间,晨晨好像晃动了一下,但很快就稳住了。不一会儿,关子良便走近了,就在这时,晨晨突然转过身来,然后一把抱住了关子良。当晨晨的体温传到关子良的身体里时,关子良的脑海中一片空白。他极力令自己镇定下来,明知故问,你怎么了?庄晨晨的身体突然颤抖起来,语气短促地连连说,我不让你走,我不让你走。庄晨晨说这些话时就哭了,哭声不大,但压迫感很强。

关子良很迷惑。

今晚的这顿饭就是一场散伙饭,但庄晨晨显得比谁都兴奋,一直在跟关子良、螺螺等开玩笑。那时,关子良确实有些失落。他觉得,这个时候,庄晨晨的情绪应该很低迷,乃至感情失控、放声大哭才是合情合理的,哪怕默默地流泪也会让他感到很有面子……

关子良是聪明人,很快,他就释怀了,同时,一种甜蜜和幸福的感觉,交织着在他的心中氤氲。他柔情地小声地说，懂……懂你的心。别怕……

我怕，我非常怕。庄晨晨连连说，我不能让你走，不行……

关子良说，相信我。我不会变的。啊？

你会变的。一定会的。我不能让你走。

你应该自信啊！

不自信，一点都不自信。在关子良有些无奈时，庄晨晨极为泄气地说，我看不到未来，我什么都看不到。又一句紧似一句地说，你走了，我的世界就空了，都空了，像是刮了龙卷风。

庄晨晨说这些话时，鼻音很重，关子良感到有许多眼泪都堵在那里。此时，在庄晨晨的眼泪和焦虑面前，关子良忽然有了负担，同时，心里也产生了些许的懊恼和迷惘。

他去握庄晨晨的手，庄晨晨的手上全是泪，冰冷冰冷的，如同经过了几个冬季。关子良一惊，想，这要多伤心才会流这么多泪啊。他立刻冲动起来，心里充满了豪侠和仗义。他说，晨晨，如果你真的不放心，我放弃了。

关子良说这句话时，当中有一个音节不是太坚定，他感觉到了，立刻加强了语气，现在，再听他的话，就有了一种发血誓的狠劲。而当关子良说完这些话时，趴在关子良怀里的晨晨突然不动了。

天上的月亮越来越干净了，四处白晃晃的，两个年轻人的呼吸和着这芬芳的夜色，散发着一阵阵幽香，特别令人着迷和感动。

过了很久，晨晨才从关子良的怀里慢慢抬起头来，她默默地看着关子良。她看关子良时，整个人都被月光包裹着。这使她异常美丽，尽管她的眼睛明显有些红肿。

子良。她轻声地呼唤，声音里有一种幽邃和深刻的拖曳。

关子良有点走神，竟然没有听到晨晨在喊自己。

子良。晨晨再一次呼唤。关子良这才一惊，一把搂紧了晨晨。

晨晨把自己从关子良的怀里慢慢地剥离出来，然后轻轻拭去脸上残余的眼泪说，你去吧。

你不相信我？

庄晨晨摇了摇头。

你肯定不相信。

晨晨的眼泪一下子又流了下来，她再次抱着关子良。她说，相信。

我是心甘情愿的。关子良把手放在自己的胸口说，目光坚定而决绝。

庄晨晨用手在关子良的脸上轻轻地掠了一下，满含热泪地说，知道，我都知道。又说，去吧。考上大学不容易，我为你高兴。去吧。我会等你，海枯石烂。

庄晨晨说这些话时，眼神里充满了真诚，关子良舒了口气。不过，晨晨突然说，但说到这，突然又不说了，而是凝视着关子良。

不过什么？关子良急切地问。

这时，庄晨晨再一次抱住了关子良，她柔软的嘴唇几乎贴在关子良的下巴上说，我需要一个保证。

刚才我们已经说过，关子良是一个聪明人，于是，两个年轻人就搂紧了，然后双双落在那些茂密的草中。

四处虫鸣不再，像是都被爱了，被消融了。

半个小时后，气喘吁吁的关子良捧着庄晨晨那张雪白洁净的脸，轻声地问，你放心了？

过去，在庄晨晨的眼里，关子良就是那种很粗线条，很闯很冲的大男孩；今天，关子良的柔情让庄晨晨不知所措，感激非凡，此时，她的泪水汩汩而出，难以抑制。她点了点头，又点了点头。子良，相信我是第一次吗？为你。她满脸委屈和痛楚地说。她显然是在自己心爱的人面前邀功。她觉得这是一种契约。她说出来就是一种契约，关子良能听到自然也是一种契约。

关子良听到了，也感受到了。他心里无比甜蜜和感动，也无比心疼和怜爱，同时还涌起一阵莫名的惭愧。他说，我会珍惜的。

泪水在庄晨晨的眼眶里翻滚，她说，我也会，无论将来发生了什么？你相信吗？

关子良狠狠地点了点头，眼泪立刻涌了出来。

和关子良相处以来，庄晨晨从来就没有看过这个倔强的小子流过眼泪，现在，她看到了，她亲眼看到了。她意外地发现，男人的眼泪是那么清澈、有力、干脆。她心满意足地轻轻舒了口气，然后把脸转过去向着月亮。

天上，月亮也如同被盛情之人抚摸了，有点甜甜的抑郁和憔悴，其边缘有点稀薄和透明，软软地要滑落到一边。

庄晨晨看着这枚充满风情的月亮，喃喃地说，真好，今晚有月亮，这么大的月亮，它什么都看见了，什么都记下了。

6

转眼间，关子良读大二了。那天，关子良给晨晨打电话，先说平常事儿，说着说着关子良忽然觉得晨晨的情绪有些低落，整个人显得懒洋洋的，便笑着问，咿！碰到拉面师傅啦？庄晨晨说，滚，你才欠揉呢！关子良哧哧地笑。闹了几句，晨晨说，她想到外面走走。理由是，现在，乡下种与收都不用人工了，全是机子上前，家里就十几亩地，根本就不需要她。她还说，村子里整天空空的，有时，遍地撒网都捞不到一个人。走在村子里就跟牲口走在圈里，心里好慌好急。

关子良知道庄晨晨说的这个"走走"是什么意思，就是想出去打工。

上大学后，庄晨晨对关子良盯得很紧。庄晨晨没有手机，每个星期都要到凤阳县城去几次，然后找一个僻静地，给关子良打磁卡电话。只要关子良接了电话，晨晨就不愿意放下，往往把一张磁卡打光了，千言万语还在路上，然后再换另一张卡。这还不算，每次接通电话后，庄晨晨都要关子良详细汇报一星期在校的活动情况。至于关子良什么时候睡觉，什么时候起床，什么时候上下课，下课几分钟，从教室到厕所多长时间，从实验室到寝室多长时间，从图书馆到多功能厅多长时间，她都要掌握。通话中，她还会恐吓关子良，说她会在什么什么时候去学校，一一核对关子良说的真实与否。有时她还会莫名其妙地说,你脸上哪来的口红?吓得关子良四处张望,以为晨晨就站在他身后。另外,对于何时接电话,庄晨晨也有具体的限制和要求,理由是,她从小岗到凤阳县城不容易,一旦错过这个时间,自己就等于白跑,路费白花。这种要求合情合理,但是,关子良未必都能做到,譬如学校突然开展活动,譬如辅导员突然喊去交代任务,如果碰到这种情况,庄晨晨就会抱着磁卡机拼命地打,打不通就守着磁卡机一动不动,直到关子良来接电话。当关子良来接电话时,庄晨晨就会又哭又闹,绝不听关子良如何解释。待哭够了,闹够了,也说够了,她就会把磁卡机啪地一挂,丢下关子良就走。

诸如此类,起初,关子良感受到的是一种满满当当的爱,后来,他觉得这种爱真叫胶黏,令人窒息,再往后来,他感受到的则是万般疲倦和困顿。现在,庄晨晨想出去打工,关子良立刻有了一种被松绑的感觉,马上就答应了。可是庄晨晨又不高兴了。她问,哎,你怎么答应得这么干脆?关子良马上笑着说,那就在家老老实实待着,等我毕业。庄晨晨噘着嘴,哼好几声。关子良问,哼什么?庄晨晨说,你心里有鬼,我要考虑考虑。关子良有些无奈,只是笑。

三天后,庄晨晨跟关子良说,她决定去常州了,同去的还有同村的许乐、雪晴和闫军。

庄晨晨到常州后,很快就在百川集团找到了工作。这是一家江苏省首屈一指的服装贸易公司,主要做各种演出服,生意很红火。庄晨晨到集团后,先被分到了拆包车间做辅助工种,干了一段后,被定岗为熨整工。这种工作时间长,按件计酬。庄晨晨好强,每天都加点加班加量,结果,和关子良的联系一下子就少了许多。关子良却觉得这样很好,这才是生活常态,以至于此后,庄晨晨两星期才和他通一次话,他也觉得很正常。

那么一个月通一次话正常不正常呢?通话时的称呼,从"老公"到"亲爱的",再从"良"到"喂",正常不正常呢?过去,或者说昨天,关子良还觉得正常,但是,今晚,当螺螺向他提供了庄晨晨的新动向时,他心里确实犯起了嘀咕,才感到自从庄晨晨到常州后,自己和她的联系明显少了。大学毕业后,自己一直在找工作,整天像只脏兮兮的流浪狗,四处乱转,和庄晨晨的联系就更少了……

关子良有了心事,步子就显得很重,一步一步地走时,像是一锹一锹地挖土。他刚进院门,就听到了父亲惊天动地的打鼾声,母亲屋里的灯还亮着,听到了儿子的开门声,马上就灭了。

进屋后,关子良洗漱了一番也睡了。

屋子里静了下来,关子良能感觉到一层又一层浓稠的黑在慢慢升起,然后,紧紧包裹着他,令他无比空虚。他难以入睡,床上不断地传来他翻来覆去的声音。母亲就睡在隔壁,不一会儿,那边的床上,也发出了同样的声音。又过了一会儿,关子良说,妈。黑户英说,还不睡。关子良说,妈,最近,庄晨晨回来过吗?

没有。

去年中秋节回来过吗?

大过节的,回来就回来了。问这干什么?

跟谁回来的?

母亲说,没看到。

那边,关大疤癞的打鼾声突然停止了。接着,关大疤癞起床了,先是晃晃悠悠地去了院子,不一会儿,又上了床,只是没有再睡,而是点上了一根烟。

黑户英说,深更半夜的,吃什么烟?

这时,关大疤癞说话了,这些天,你到处找工作,也没跟你说……

黑户英在那边说,说什么,深更半夜的,不睡等着哪个来请呀。

关大疤癞说,那个丫头变了,你多一个心眼吧。

黑户英惊叫着说,你嚼什么舌头根子,你胡扯什么……

关大疤癞说,我关少山一辈子不求人,我不想让我家孩子拿头顶人家磕膝盖子。这天下,公母都是老天分配好的,少了她,照样配种。

关子良觉得父亲的话好难听,就连连说,好啦,我睡了!

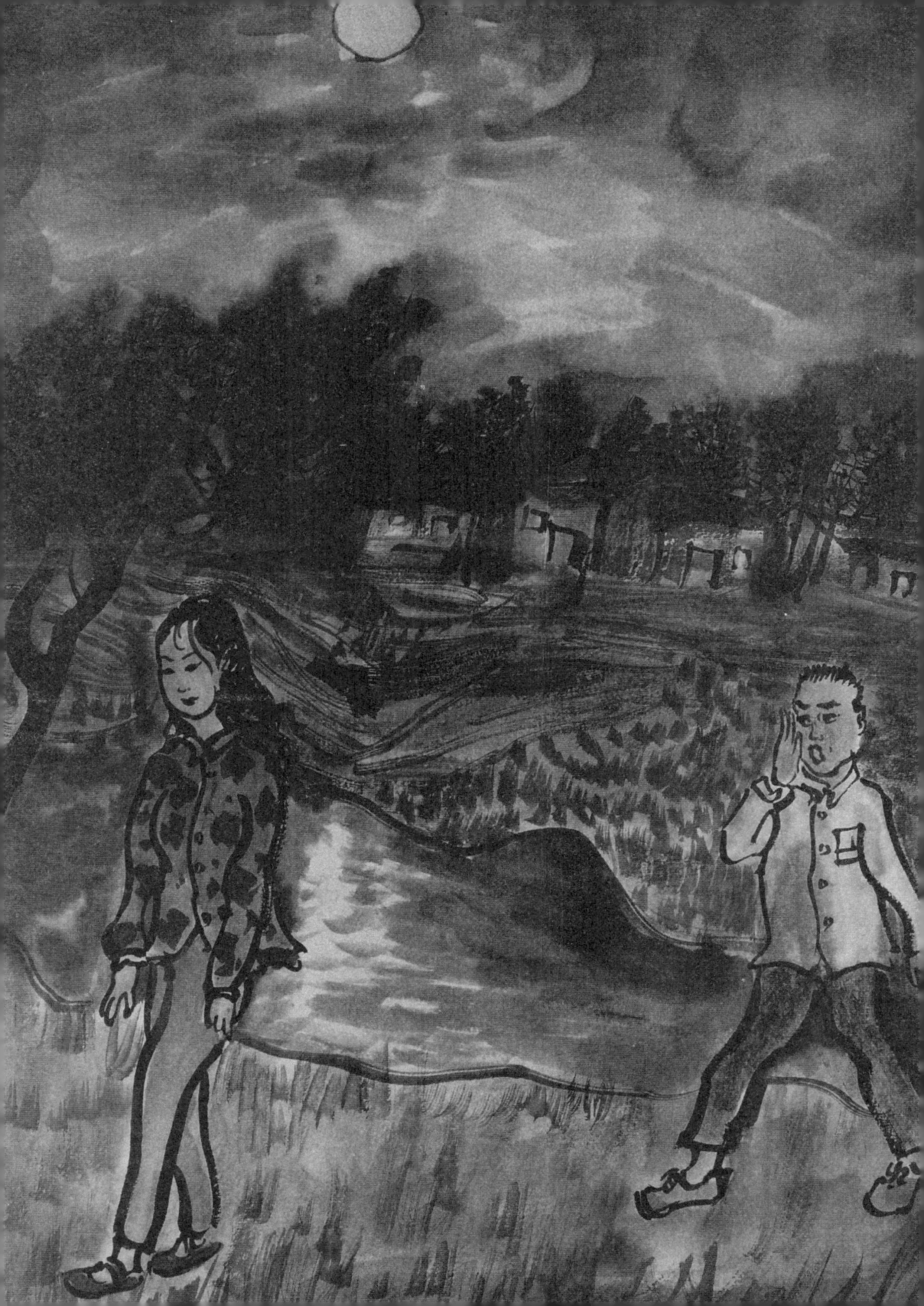

过了一会儿,黑户英说,大良子,总的说,我们缺人家的,明个天,卖几袋粮食,买几样子(买些礼品),过去望望。

不去不去!关大疤癞在那边说。关大疤癞一激动就有点结巴,我说不去就……就不去。不许去……去……

黑户英又呵斥,老爹爹,你能不能把嘴给我扎上,没有人拉你上套,你叫什么叫?

关大疤癞就不说话了,但是,喘息声很沉重。

关子良决定去看望庄大柜子夫妇。

7

庄大柜子家在村东头,去时要经过一个河滩。在河滩口,关子良竟然看见了庄大柜子和庄大柜子的老婆吴亲美,两口子正在翻粪堆。

以前,小岗村的各家门口都垒着一个大粪堆,只要到了春秋二季,家家都开始翻粪堆,然后甩开膀子往田里挑。那时,满庄子都是扁担发出的吱呀吱呀的声音,听起来很热闹,像是漫天响鸽哨。现在,各种化肥出现了,乡下人种地就很少用农家肥了,但庄大柜子认为,如果成年累月地用化肥,土地就没有力气了,为此,他在用化肥的时候,粪堆子一直就没丢。当然,过去家家都有粪堆,没人嫌弃,现在,大多数人家门口没有粪堆了,你在家门口弄个粪堆,别人就会看不惯,说脏,有气味,所以,庄大柜子就把自己家的粪堆垒在了离村子很远的河滩上。

往庄大柜子家走的时候,关子良一直在考虑着怎么开口,如何用好第一句。要是以前,关子良不需要这么费脑子,因为,庄大柜子夫妇每次看到关子良都往家拖。拖到家,也是老鼠洞里抢粮食,什么好往外拿什么。从关子良进来的一秒,到离开的一秒,脸上的笑从来不会落下。那时,关子良在庄家人面前有一种莫名的优越感,可是,自从听了螺螺说到这个事,又加上昨晚父亲的一顿牢骚,关子良心里虚了起来,这会儿要跟庄大柜子夫妻见面,倒像是第一次上门了。他努力让自己高兴起来，自信起来，然后张口喊了一声大爷，又喊了一声大妈。

关子良喊"大爷"时，庄大柜子看了关子良一眼，嘴里嗷了一声，脸上的表情很古怪，想笑又收了；说是严肃的，刚才的笑意还掺和在里面，索性低下头，一锹一锹地挖他的粪堆。吴亲美的反应还是比较积极的，她看了一眼关子良手里的东西，笑了笑说，是大良子哦。说着，看了一眼庄大柜子，继续干自己的活。

庄大柜子夫妇的反应让关子良的心里有点发毛，感到了一种生分，浑身便僵硬了许多。他搭讪说，大爷，这阶段我忙着找工作，也没来看你和大妈。这是我带的烟酒，孝敬你们的。

庄大柜子也不看关子良手里的东西，近似苦笑地说，带这么多东西来搞什么，不要，赶紧拎走。

庄大柜子的话不咸不淡的，让关子良很尴尬，忽见地上有把锹，他忙把带来的烟酒放在一边，操起锹，在粪堆上挖起来。

关子良挖粪时，庄大柜子夫妇都不说话，场面上很冷清。过了一会儿，吴亲美俨然憋不下去了，张嘴想说什么，但看了庄大柜子一眼，又把话咽了回去。

关子良受不了这种冷清，就无话找话地问田里的事。关子良的话出来时，庄大柜子在闷声闷气地干活，不时地将从粪堆里剔出来的石头向远处扔，动作和声音都很大，也不知听到关子良的话没有。吴亲美和关子良的距离只有筷子长短，不好回避了，就搭着关子良的话说，今年想把河滩口的几亩旱田改成水田，栽稻子。又说，准备下个月育种，四十天后起秧。关子良明白了，这就是说，这些粪是准备先撒到旱田里，待耕过后再放水育秧的。关子良觉得这是表现的机会，就说，我大爷大妈，这堆粪翻过后就交给我吧，我半天就挑完了。

对于关子良的请战，庄大柜子仍然没有搭话，继续干活，只是脸上越来越难以捉摸。一旁的吴亲美一边干活，一边不时地瞅丈夫一眼，显得很害怕。

关子良正忐忑间,庄大柜子突然拍了拍屁股上的土,把抓钩往肩上一甩,然后拖起地上的棉袄和水瓶,沿着田埂,径直向北边走了。见状,关子良忙在后面说,我大爷,这个酒你带上。庄大柜子头也不回地说,带回去吧。说着,继续走,走了几步,又站住,转头对吴亲美说,走家吧,猪食还没焊呢。听庄大柜子这么说,吴亲美也站起来,扛着抓钩走了。

望着渐渐远去的庄大柜子夫妇,关子良心里空空的,有一脚踩入枯井的感觉。

8

当天下午,关子良先是从凤阳坐大巴赶到合肥,然后买了一张去常州的票,南下了。

到了常州,关子良倒了几路公交,然后来到了百川集团。集团门口有穿制服的保安管着,愣是不让进。关子良就把庄晨晨、许乐、雪晴和闫军的名字一一报了出来。保安说,没用。又不坐办公室,又没有手机、电话机、遥控器,一个摸不着。关子良想了半天说,我是凤阳小岗村的,来找妹妹,帮个忙吧。听说关子良是小岗的,保安上下打量了一遍关子良,说,那有名啊!不是说小岗村是全国首富村吗,到这里做甚?说着,摸过电话机,用那根短小而粗壮的手指头在上面乱戳一阵。

也就十几分钟时间,一个女孩打远处跑来了。

齐耳的短发,蓝色工装,手里显然有一面小镜子,她一边跑,一边照着脸,还不停地理着头发,抬头见到关子良,哈哈大笑起来,说,是老关啊!我以为是我男朋友呢。哈哈……

在关子良心里,许乐的性格有点像悍马,他一直不喜欢,未承想,这姑娘在外打工都这么长时间了,还是一毛没变,见人论事,仍然粗茶大碗的。

见许乐当然不是关子良的中心大意,为此,仅仅寒暄了几句,关子良便向她打听起庄晨晨的下落来。

晨晨出差了。许乐说。

在常州吗？

去浙江了吧。老关，吃饭了吗？

怎么联系她呢？她现在有手机吗？可说什么时候回来？你们还住在一起吗？

我的天哪，这么多问题啊！要是问墙，墙也倒了。许乐说。边说边撸着袖子问，你说你先问哪个吧？

关子良问，你俩还住在一起吗？

我们早就不在一个车间上班啦，早就不住在一起了。

她现在住在哪？带我去找她。

许乐有点疲倦地看着关子良，半天才说，她们是集体宿舍，管理可严了，我们进不去。

关子良茫然地看着厂区说，我去她宿舍门口等吧。

许乐说，老关，你怎么啦？我说过她出差了，再说，保安能允许一个男人守在女工宿舍门口吗？

那她什么时候回来？

四五天吧。

见关子良在默算着，许乐说，老关，这样可好，我是买了工友三十分钟才出来的，时间马上到了。我又是三班倒，晚上六点才能下班，要不，你找个地方先歇着，我晚上请你吃饭。

关子良说，那不需要了。

许乐马上说，随便你，这次你怕是见不到晨晨了，要不下次吧。不好意思啊！

关子良说，你忙吧，我走了。

许乐和关子良挥了挥手，跑开了。

关子良没有离开常州。四天后的一个上午，他又到了百川集团门口。

这次,保安一眼就认出了关子良,说,呵,小伙子这精神,头咋还油漆了,亮闪闪的,闹眼睛哩。找你家妹子?

关子良笑了笑,算是回答了。保安马上就接通了电话,过了十几分钟,许乐疾步走来了,见是关子良,两眼睁得大大的,你……你没走啊?她问,身子好像还哆嗦了一下。

关子良说,你不是说晨晨四天后回来嘛。

许乐两手叠在一起,很无奈地看着关子良,然后一步一步走出厂区大门。关子良笑着问,又买工友时间啦?我给钱吧。

许乐说,没有呀!今天我调休。

关子良问,晨晨回来了?

没有。许乐有些慌乱地说。

关子良说,不是说这两天回来吗?要不我再等几天吧。

许乐想了想说,走吧,我们那边说吧。

工厂前面就是一个小公园,行人稀少,绿色氤氲。

走到公园西北角的一个亭子里,许乐首先坐了下来,她对关子良说,老关,你也别怪我……

关子良马上说,晨晨不在这个厂了?这么说时,他的脸已经红了,也可能是紧张的。

许乐看了关子良一眼,低下了头。

关子良有点不可思议地问,就算不在这个厂了,为什么不能跟我说一声呢?

许乐仍然没有回答关子良的话。

关子良感到了问题的严重性,脸几乎变形了,他问,这么说,是她不让你跟我说的?

许乐无奈地说,其实,我从一开始就不应该卷进来。

关子良说,那好,我不可能跟你纠缠这个问题,你现在能告诉我她去哪里了吗?

许乐很为难地看着关子良，苦笑着说，你不能逼我出卖朋友吧？

可是我与你也无冤无仇啊！关子良说。

许乐笑了笑说，何必去苦自己呢？

不去问个究竟才是最苦的。关子良说。许乐，什么都不看，就看我是真心爱她的分上，你应该为我提供她的情况。

许乐显然被打动了，但是她还是决定做一些保留，她说，广州。她去广州了。

关子良马上接上去说。有人在那里等她，这个男人去年中秋节的晚上和庄晨晨一起回过小岗，而且，你一定知道这个人是谁。

不，不不！许乐大惊失色，她连连说，我只知道她去了广州，至于她去广州做什么，找谁，我真的不知道，我可以拿我家十几亩地赌咒。

关子良不想再听许乐的谎话，但是，他也不怪许乐，他觉得，许乐能说出这么多，已经很仗义了。他说，谢谢。

9

许乐走后，关子良没有回酒店，而是疯了一般地在公园的石子路上来来回回地走着。最后，他在公园的体育角找到一座电话亭，然后给螺螺打电话。他说，两个相爱的人，如果女方突然消失了，并且让女友为自己保密行踪，你认为，女方还爱男方吗？

螺螺笑了一下说，你是怎么想的？这很关键。

关子良说，关键是，我怎么也想不通。

螺螺说，老大，回来吧，你到常州后的结局我都想到了。学学我，许乐仅仅向我做一个暗示，我就彻底放弃了。

关子良说，在这件事上，我可以接受现实，但是，她应该接受教育。做人，不可以这样。

螺螺笑着问，你这样做是出于痛，还是出于恨？

关子良说，都谈不上，我是出于好奇。关子良说这句话时，脸憋得通红。

螺螺笑了，他说，老大，你总有令人错愕的地方，回来吧，绕小道唱着歌回来，我教你如何举板车辁辘。

关子良立刻把话筒扔了。那话筒吊在那里，来回晃悠着，被谋杀了一般。

第二天早上，关子良刚把东西收拾好，有人敲门了，关子拉开门一看，是许乐。关子良有些意外，问，你不上班？

许乐不回答这个问题，说，几天了，一顿饭都没有请你，请你吃顿饭吧。

关子良说，谢谢。然后，请许乐坐下，自己忙着去倒水。

许乐问，什么时候回去？

关子良说，回不去了。

为什么？许乐很吃惊，问。

关子良笑了笑说，我的东西丢了，我得把它找回来。

许乐愣愣地看了一会儿关子良，然后说，大哥，劝你一句好吗？有些东西丢了，未必是件坏事。

关子良说，不！即使是丢了，我也要知道它丢哪了。

许乐叹了口气，歪着头看着关子良说，我终于知道螺螺为什么那么缠人了，他的师父原来就是大名鼎鼎的关子良。

关子良对许乐的话题一点兴趣都没有，他说，我饿了。于是，许乐把关子良带到了一个早点店。

坐下后，关子良又要了这个，又要那个，许乐也不反感，桌子上很快就堆了一大堆东西。

关子良在狼吞虎咽地吃点心时，许乐却很少吃。关子良说，忧心忡忡的，我知道你想什么，想要我一件东西是不是？

许乐笑着问，冒充什么大神，我会要你什么东西？

关子良说，一个保证。怕我出事。呵！你觉得我关子良会因为失恋出事？说到这，关子良做了一个抹脖子的动作。

许乐点了点头。

关子良表示不屑地哼了一声,将手里的点心一口吞了。

这时,许乐打开自己的包,从里面拿出一张纸条来,纸条上面写着一串手机号码。这是她的。许乐说。

关子良看了看,把纸条收了起来,然后笑着问,怕我一直找下去,然后死在广州,是不是?

许乐说,多吃点吧。

关子良说,螺螺很喜欢你。

许乐说,吃吧。我真服你了……

这个时候,关子良不知道许乐说"我真服你了"是什么意思,他继续说,我关心的是,你到底爱不爱他,如果不爱,要说明白。

许乐说,你跟他说吧,我不爱他。

关子良看了许乐一眼说,你要亲自跟人家说。

放心,许乐说,我会当面跟他说的。

10

到了广州后,关子良感到浑身很不舒服,但是,他强制自己说,万万不能倒下。所以,进了宾馆,他就洗了一个冷水澡,然后,定了一下神,就用宾馆座机拨通了那个号码。

接电话的果然是庄晨晨。听出是关子良的声音,庄晨晨非常错愕,半天才说,哦……你好……

关子良说,见一面吧。

哦……我……

我住鑫源路48号如家宾馆,对面有一个百世咖啡馆,下午三点,我在那等你。

没等对方回应,关子良就挂了电话。

第一章 村庄暗语

下午两点,关子良在百世咖啡馆二楼的7号包厢坐了下来。两点半,他看到一辆红色的奔驰在保安的指引下,缓缓停靠在一丛芭蕉树前,不久,从驾驶室里走出一个女孩来。待这女孩转过脸时,关子良看清了,是庄晨晨。

此时,庄晨晨穿着一款青蓝相间的越式旗袍,手提一只紫红色小包,显然比以前更瘦了,加上高跟鞋,人显得高挑而清秀。耳环很大,但是很得体,在阳光下,环体发出细碎的光。皮肤细腻而富有光泽,眼睫毛很长,显然是做的,却很自然、贴切,把整个人显得很精神。

坐在包厢的这段时间里,关子良感觉自己整个人像一把刀子,在恼怒和嫉妒里反复地打磨着。十个手指也充满了恶意,它们要一起扑向庄晨晨,然后无情地撕下她虚伪的面纱,令她鲜血淋淋。而现在,他的心忽然间就蜷缩了许多,此时,他感到的不是失却之痛,而是伤心和莫名的卑微。在他现在的感觉里,原来的庄晨晨完全消失了,接下来,面对着这样一个完全陌生的女人,该如何对话呢?继而,关子良想到了自己写给庄晨晨的那封信:

我不想让你再待在这里,不想让你变成别人的工具和小脑,不想让你穿着粗糙的工作服,在缝纫机那嘈杂的声音中,佝偻着年轻的腰,让青春接受别人的讹诈和剥削。你每天苦不堪言的样子,会让我心乱如麻,心如刀绞。

回来吧!我对未来已有计划和安排,考虑得非常完善和可行。在小岗,田野是我俩的,麦浪是我俩的,一切都是我俩的。我做过一个无比伟大的梦:一列火车,满载我们的粮食,在第三世界全速奔驰,所到之处,欢呼的人群如同潮汐。你和我站在火车头上,向朝觐的人们不断地挥手致意。

此后,我们就在那里做我们自己的王,做自己的王后。

在这封信里,关子良还有许多狂热的表达,现在看来,显得略有些超自然和滑稽了。

不一会儿，传来了上楼梯的声音，关子良忙站了起来，但是，他很快又坐了下去。就在这时，庄晨晨出现在他面前了。

见到关子良，庄晨晨的脸上确实红了一下，她没敢看关子良，而是喊，服务生。

关子良说，点了。

好像是先前有过约定，庄晨晨一落座，一个女服务生就端上来了许多东西。

见庄晨晨开始搅动杯中的咖啡，关子良满带笑容地问，最近还好吧？

庄晨晨还是没敢正眼看关子良，说，还好，你呢？

在哪里高就？

一家公司，做房地产的。

这是个有含金量的单位。收到我信了吗？

收到了……别人转给我的。太忙了，就没有及时回。

看了吗？很滑稽吧？我现在感到很滑稽了。

像一首诗。

是吗？现在，诗人是活不下去的。

这么多年了，你还是这个样子。

是的，这么多年，我一直就是这个样子，什么都没变，什么都想守着，尤其是爱。

庄晨晨的脸又红了一下。

这种转瞬即逝的红晕，让关子良欣慰，让关子良难过，也让关子良愤恨。他说，庄晨晨，这次来广州，不是为了喝咖啡，我没有这个闲钱。我是来找你谈事的。

关子良说这些话时，庄晨晨的手指明显在颤抖。

关子良说，这么说吧，当我看到你从自己的私家车中，从那么贵的私家车中下来后，我就决定接受所有的现实了，因为，你现在拥有的这些，我都给不起。

子良,庄晨晨突然说,你以为我很贪图这个?

我说你贪图一种习惯你能接受吗?

庄晨晨脸上的表情开始沉郁了。

关子良叹了口气说,如果这种习惯变成了一个人的生活方式,你认为我能改变吗?所以我说,我决定接受所有的现实了。但是,让我一个人蒙在鼓里,承受着一种被骗的痛苦,这可不是你的权利。

庄晨晨似乎要辩解什么,刚张嘴,关子良就打断了她。关子良说,庄晨晨,我的爱还在,现在,我花了我父母一年攒下来的钱来讨你的一句话,你的爱还在吗?如果这句话是不真实的,我花了父母这笔钱就显得特别可耻。

庄晨晨没有马上回答关子良的话,而是不停地喝咖啡,不时地用餐巾纸轻轻地擦嘴,脸上的神情是慌乱的,甚至是焦虑的。

一时间,包厢里静得怕人。

过了很久,庄晨晨艰难地说,对不起。她的声音很低,却用足了所有的力气。

这时,关子良忽然高兴起来,他端起咖啡杯,轻轻碰了碰桌面,笑着说,祝福你,来,碰一下吧!

庄晨晨没有端起杯子,她一直低着头。时间像一把锋利的锯子,在两人之间拉来拉去的。

关子良仍然故作轻松地说,允许我好奇一下。请问那位幸运之星在哪里高就?哦!没有别的意思,只是不想将来见了,太过意外。你知道,我在过于戏剧性的事件面前,会显得很糟糕。

庄晨晨笑了笑,没有回答,只是低着头。

关子良说,对不起,难为你了。不想说,就不说了。

这时,庄晨晨忽然抬起头来。

关子良发现,庄晨晨抬起头时,脸上挂满了泪水。我可以走了吗?她问。

可以呀!关子良做了一个非常潇洒的手势,似乎什么都不在乎了,或者说,像是很轻松地扔掉了一件什么东西。

庄晨晨竟然没有动,但是,仅仅是十几秒,她还是站起来,拿起包走了。

庄晨晨走出包厢时,关子良没有送她。当他听到庄晨晨发动车子的声音时,也没去看。他只是把眼前的那一大堆东西端了过来,然后巡视了一下,便一样一样地吃,一直吃到脸色苍白,大汗淋漓。

11

半个月后,庄晨晨大婚,对象就是她的老板张大器。

这一天是2004年4月14日。上午。阳光明媚。当八辆黑色奥迪披红挂彩地经过关子良家门口时,一直在床上躺着的关大疤瘌突然爬了起来。他光着脚丫,先是疯了一般地跑到后屋,然后将上衣一脱,光着黝黑的脊梁,将一袋袋粮食从屋里扛了出来。关大疤瘌的腰椎摔断过,从后面看,有一段上下骨头接不上,明显凹下去了,这会儿肩上一吃力,那断的一截就向内凹得很,弯曲得很,像是要错开一般。

不一会儿,不仅门两边堆满了粮食,连门前的路面上也晒满了粮食。远远看去,那些粮食金灿灿、明晃晃的,精神气十足。

关大疤瘌在向外搬粮食时,关子良都看见了,他一直没有吭声,而关大疤瘌只顾来回搬运,也不喊儿子帮忙。这时,村东头突然传来一阵阵鞭炮声。关大疤瘌显得很恼火,他把一只脚踏在粮食包上,手扠着腰,冲着明晃晃的天空大骂。妈×的,放这么响做什么,天震塌了,都不好过。关大疤瘌叫骂时,关子良快步走过来,连推带拽地将关大疤瘌弄回了屋,他感到父亲好轻。

到了堂屋后,关大疤瘌和关子良对面坐下,头都耷拉着,谁也不说话。外面的鞭炮声更响了,很快,屋里就能闻到浓浓的硝烟味,不一会儿,外面又传来一阵紧似一阵的鸣笛声,显然,接亲的在催新娘了。这时,黑户英从里屋走出来,她把头巾往头上一箍,把家堂上的一只竹篓子挎在胳膊上说,大良子,走,我们下西冲。

关子良感觉浑身没力气,不想动,但是,当他看了母亲一眼后,便站了起来。他发现母亲的眼睛红红的。

见关子良从门后拿起锄头,跟在黑户英向外走了。坐在那一个劲喘息的关大疤瘌突然缓过神来,他喊,下什么冲,今天有大太阳,帮我晒粮食。等粮食铺开了,我坐在这头看,你坐在那头看。黑户英说,哪家四月晒粮食的,有病呢!我告诉你噢,你要犯神经,村子里没有人会瞧啊。走!说着,带着关子良走了。

到了西冲,关子良在前面用锄掘坑,黑户英往坑里点棉籽。母亲显得很开心,一边点种,一边哼着歌。关子良懂母亲的心,他觉得,此时,母亲内心的痛一点都不比他弱,而且越隐藏越痛。恋人被人弄走,这也算是家族的苦难了,对于父母亲,至少可以这么说,作为独子,自己应该振作起来,应该有所担当。于是,他暗暗吸了口气,开始说大学里发生过的那些趣事。过去,他从不跟母亲谈大学里的事,他觉得这些事对于母亲来说相去甚远。今天,他谈这些事时,母亲听得特别认真,那些事好像她都参与过,或者就在现场,整个人显得兴趣盎然,还不时发出夸张的笑声。

正在娘儿俩谈笑风生的时候,远处传来了一阵阵鞭炮声,按理,在这里是听不到从村子里发出的声音的,可是,关子良和黑户英都听到了。不一会儿,关子良看到,从凤阳赶来的接亲车队,排着长龙从村里开了出来,然后,向小溪河方向蜿蜒而去。关子良忽然想打嗝,他知道,父亲晒在自家门口的那些粮食并没有挡住这些迎亲的车辆。

关子良向远处看时,黑户英也看见了,她说,大良子,来,掘快些。母亲的语气是娇宠的,轻快的。

关子良只好转过头,向母亲走过去。接下来,黑户英不再唱歌了,关子良想说些什么,也没有说出来。

离小岗村三里地远的地方有个砖窑厂,每到正午十二点都会鸣笛,那是工人下班的信号,这附近的人都能听到,所以,只要听到笛声,在田里干活的人就收工了。此时,关子良和黑户英都听到了,关子良直起了腰,拉出准备收工的架势。黑户英却说,良子,我们多干一时。关子良说,我累了。黑户英也就不再说什么,于是娘儿俩开始往家走。

关子良和母亲走到家门口时,委实被镇住了。门两侧,堆着一袋袋粮食,像是作战工事,门口的路面上也铺满了粮食。另一边,平时用来盛粮食的笆斗、稻箩和苫子堆成了一座小山。再看树下,关大疤瘌早早就搬来一张小桌子,手里掭了一瓶酒,边喝边听收音机,看来喝了不少,喉结红得像要滴血。收音机里正在唱戏,是个女的,哇哇地唱,好像是泗州戏,唱起来非常狠的那种,关大疤瘌不时跟着唱两句,也是五湖四海地窜音,没有一个调是准的,引得旁边几个看热闹的孩子哈哈大笑。看见关子良后,他喊,大良子,过来,跟老子划两拳,喊起来。

关子良没有搭理父亲,他觉得今天的父亲真丢人,疯了!

12

晚上,关大疤瘌喝醉了,早早睡了,鼾声很大,把屋顶能震出窟窿来。黑户英里里外外,窸窸窣窣地忙了半天,也累了,哼哼地睡了。东厢房里,关子良直直地躺在床上,直直地看着房梁,木头人一般。十点左右,这在农村算是深夜了,关子良就着窗外照进来的微弱的光,把衣服穿上,然后走出了屋。关子良刚走到院心,就听屋里传来黑户英的声音,深更半夜的,去哪?

关子良说,转转。

屋里就没有声音了。

关子良走到前屋,找到扁担和箩筐,然后向河滩走去,他觉得他还有一件事没做,这件事,他曾经向人家做过承诺的。

今晚的月光是可以用"明丽"一词加以形容的,河滩上,像是点了一盏巨大的白炽灯,四处亮哇哇的。关子良走到庄大柜子家的粪堆前停下来,然后向北冲庄大柜子家的水田里挑粪。

第一章　村庄暗语

村里很静,河滩上也很静,四处只能听到关子良走路发出的沙沙声,而肩头上扁担发出的吱呀声传得更远。

从十点干到十二点,眼见着堆得像小山一样的堆粪只剩下一包土了,关子良把扁担往地里一插,在田埂上坐了下来。

刚才挑粪时,关子良的心情竟然是愉悦和放松的。现在,当他坐下来时,忽然感到了一种空虚和巨大的失落。就在这时,身后突然传来了一阵沙沙声,这个声音关子良清楚,是鞋子深入和拖曳草地的声音。关子良忙转头向声音的方向看去。不远处,一个人被月光半明不暗地包裹着,正向这边走来,胳膊里挎着一只篮子。等这个人渐渐走近了,关子良认出来了,是庄大柜子。关子良正疑惑间,庄大柜子已经走近了,他说,是子良吧。来,我爷俩喝两盅。说着,坐下来,从篮子里拿出许多东西来。一条土黄色的围裙,这会儿已经铺在了田埂上,接着是一瓶酒,两只口杯,几样还冒着热气的菜。菜不像是酒席上剩的,很整齐,有股新鲜劲。一碗韭菜炒鸡蛋,一碗木须肉,一碗小鸡炖土豆。

关子良真感到饿了,谢谢我大爷。他说,然后把酒瓶拿了起来。这时,庄大柜子却把酒瓶子夺了过去,他说,子良,今天大爷给你倒酒。说着,咔嚓一声,把酒瓶盖子拧开了,然后先把关子良面前的酒杯斟满,又把自己面前的杯子斟得满地淌。

喝酒、吃菜、打酒嗝,几个回合后,庄大柜子说话了。

大良子,在我和你大娘的心里,你是个好孩子。我们从来就没有嫌弃过你。

关子良心里一寒,他摆了摆手说,我大爷,不说了。

庄大柜子叹了口气说,不瞒你说,你上大学后,我和你大娘是担心的,生怕你眼界高了看不上晨晨了。我还和你大娘商议过,不要等到你上完大学,一读到大二,我们就把晨晨叫回来,先把亲事成了,然后把两家几十亩田一拢,小田改大田,铺开了种,只要天给收,哪一季不累死牛。唉!我想得好,你想得好,都比不过老天爷的算盘珠子贼。我打死都没想到,这丫头大城市

37

里三圈子一转,眼珠子大了,根本就看不上粮食了。所以,到了后半场子,别说你爸妈了,我们连你都躲了,为什么,因为我们知道事情要变了,逮不住了。说到这,庄大柜子把面前的酒喝了。庄大柜子喝酒时,关子良发现,庄大柜子的眼里是晶莹的。这让关子良有些感动,他显得很豁达很不经意地说,我大爷,晨晨没有错。

想必是眼泪流下来了,庄大柜子用手背擦了一下,他举起杯子说,来,这杯酒是你大娘的。

两人再次端杯。而话说到这似乎也没有什么再说下去的意思了,两人就谈了许多题外话,一直说到肩上带露水苴子。

临走时,庄大柜子把一包东西往关子良面前一搁。关子良看见了,问,大爷,这是什么?

庄大柜子说,这些年,晨晨不懂事,花了你家不少钱,晨晨有心当面给你,又怕伤了你,我就做个锹踩子吧(中间人)。

关子良把那包钱推过去说,我大爷,这是打我脸哦。

庄大柜子说,你不要是打我脸哦。

关子良犯难了。庄大柜子说,我听史学久说,你想留下来搞实验田。好事。这钱就给你起锅灶了,赶明儿实验田里出粮食了,再还我。说着,把钱直接放在了关子良的手上,然后,收拾一下,就走开了。此时,关子良感觉到自己的手里鼓胀胀的,但是,心里却空空的,他才清晰而强烈地感到,至此,自己和那个女孩真的一点关系都没有了。

月亮明显小了,天空便乌蓝乌蓝的,突然,一颗流星出现了,但是,瞬间就溜过去了,碎了、坠落了,消失得无影无踪了。关子良的眼泪也在这一瞬间滑过了自己的脸庞。

13

不管怎么说,庄晨晨和关子良并没有订婚,如今,人家嫁给了自己的老板,奔的是上游,也无可厚非。但是,大家还是同情关子良的,这当中,头一个算螺螺,接新娘的车子在庄家停稳后,他在乱哄哄的迎亲队伍中找到了庄晨晨的舅舅,趴着他的肩膀头商议,请他告诉车队,回去时不要经过关子良家门口。庄晨晨的舅舅把螺螺看成是个闹事的,用肩膀顶开螺螺的手,瞪着眼,一边撸着袖子,一边粗声大气地问,搞么(干什么)?他家门口埋雷啦?盖碉堡啦?不等螺螺解释,杜二嗯家的老儿子比斗把庄晨晨的舅舅拉到了一边。

比斗和庄晨晨的舅舅的沟通是成功的,这样,尽管关大疤瘌在自己家门口晒了那么多粮食,也没挡住接亲的车队。

晚上,史学久也早早来到了关家,和关大疤瘌守着一碗老腌菜,你来我往地喝着。其间,都扯些前几年的事,并不提庄家和张家今日的婚事,自然是怕刺到了关子良。说了大半场,史学久到底还是把话题移到了关子良身上,说,人无论高低,眼光是头等重要的,一定要看远些,不能掘(脚)面支锅。你是大学生,这个比我懂。又说,大良子,我说过的话都算数,就这么定了,就这么定了。

关子良当然知道史学久说的话是什么意思,但是,关子良还是决定离开小岗。

关子良是和螺螺一起走的,因为,他的决定与螺螺的一句话有关,那天,螺螺见关子良还是不死心,还准备在粮食上大干一场时,他说,子良,听我一句话好吗?放弃吧!现在的庄晨晨根本就不饿,她怎么还在乎你那口粮食呢!她更在乎的是一种感觉。而她要的那种感觉你给不了,确切地说,你给不起。她想和城市女人一样在带厕所的家里解溲,你有没有?她希望每天上下班都有小车来接,你能不能做到?用钱都是连号的,你可管?衣服见天新,你个能买得起?张大器就照。嫁汉嫁汉,穿衣吃饭,这是老皇历了。螺螺的这番话对关子良的刺激很大,他想反驳,但是一点力气都没有。最后,他在自己的日记上写道:

是啊!

这片土地。

过去养不活人,现在养不起人了!

是啊!这片土地,是啊!

走的那天,关大疤癞夫妇、螺螺的父母和弟弟都来送行了。关大疤癞一句话都没有,只顾抽烟。到了村头,只有黑户英说了几句话,她说,大良子,到外面慢慢的,够吃够喝就行了,啊?关子良点了点头。螺螺看了一眼父母,显然,他也希望自己的父母能跟自己说些什么,但是,螺螺父母都没有说什么,因为,他们从一开始就不希望螺螺出去。螺螺见父母没有话说,就头一低,跟在关子良后面向前走了。

此时正是黄昏,一个昏暗阴晦的黄昏。小岗村村头,凤阳县城和小溪河镇下来的建筑队正在搭建门楼。这个活已经干了三天,框架基本出来了,门楼上"小岗村"几个字非常鲜明。

这时,关大疤癞看了看那门楼说,乖!这门楼子真高。说完,他看了看关子良,眼里满满的都是话,可是,关子良看着那门楼,对父亲的话,一点反应也没有。就在这时,史学久拉着一板车树枝走了过来,见到关子良,整个人显然一愣,两手慢慢松开了车把,任那板车歪歪地停靠在那里。关大疤癞一眼看见他,又见关子良眼睛发呆,嘴上也无接应,就搭讪说,史委员砍树枝呀。史学久嗯嗯地点着头,眼睛还在关子良身上。关大疤癞忙说,大良子要到同学家玩几天……

听关大疤癞这么说,史学久的眼珠子在关子良和螺螺的行李上滚了好几个来回。这时,关子良将拎在手里的蛇皮袋往肩后一甩说,史大爷,我带螺螺出去打工了。

史学久的脸上立刻掠过一阵不自然的笑,耳朵也奇怪地动了动,然后说,好……你们年轻,能混,出去多捞油水,发洋财啊!说着,头一低,腰一弓,拉着板车走了。

看着史学久的背影,关大疤瘌又看了关子良一眼,关子良却一下子转过身去,然后带着螺螺一步一步走出了村庄,走出了小岗村。

这一天是 2004 年 11 月。

第二章　Disillusionment

1

我这几根排骨，一定会断在你这个理想主义家的墙根下！这是螺螺当年跟关子良说的话。

2

离开小岗之前，关子良跟螺螺认真谈过，都是关于未来和命运的大主题。

开弓没有回头箭！我这一出去，就再也不可能回小岗了。关子良说完，看着螺螺。螺螺说，管！关子良在螺螺的话后面听出了几丝勉强和茫然，于是他郑重地说，你也别嘴不当心的家。这个事你可要想清楚了。螺螺显然犹豫了一下，但是，他马上一拧脖子说，管呢！他把"呢"字拖得很长，发出来的声音是"泥"。脸上带着一种甜不甜、咸不咸的笑容。正当关子良猜测这个笑容时，螺螺问了一个非常关键的问题，去哪呢？显然是早就准备好的，这么问时，他拿出了一张学校开的介绍信。这种介绍信关子良很熟悉，是大学毕业时，学校人事处开的，目的为了帮助毕业生就业。关子良不仅有这种介绍信，他还收到了学校和南京造船厂签的实习合同，只要拿着这个合同复印件，关子良就可以在那个地方得到实习的机会，只是，当大多数同学都往

第二章　Disillusionment

江边赶时,关子良却留下了脚步,因为他不想平庸,不想接受学校的这种赏赐和安排,现在,面对着螺螺的这封介绍信,他委实有些动心。恰在这时,螺螺问他,你不也有吗?要不我们就去南京,离家还近,小拇指到大拇指那么远。

显然,在往何处去这件事上,螺螺想当一次家。

关子良没有回答螺螺的话,而是用力地看着远方。远方很远,很自私无量的样子,关子良看它时,目光显得稀薄而冰冷,像是被一阵阵幽深吸走了,显得极为苍白和空洞。螺螺顿时有点儿泄气,也跟着关子良向远方看。远方泛着鱼肚白,好像许多答案都在那里飘着。

过了一会儿,关子良说,去广州。

螺螺立刻把脸转过来,定定地看着关子良,目光显得非常深刻。

关子良看到了,他问,怎么?那里需要门票吗?

螺螺笑了笑,同时让人不易察觉地叹了口气。

关子良说,我知道你要跟我说什么。我想为自己做一个证明!关子良说这句话时,咬了咬牙!他咬牙时,脖子上的一根筋凸了出来。

螺螺说,其实,你应该远离那里的……

关子良一拍树干,眼看着远方说,就这么定了。又说,跟我走,也许就是殉葬,你要慎重。

螺螺低头想了一会儿,眼角露出一种很少有的狡黠,他问,你是怎么打算的?

这些年来,螺螺对关子良有一种盲目的崇拜,为此,这句话显得他特别理性和成熟,也非常要害。

关子良一拉螺螺,两人沿着一条田埂向田野深处走去。田野显得很瘦,很寂寥,两人走进去时,立刻被一片荒芜的苍黄之色模糊开来。

这时,关子良伸手从田埂上拔出一根枯草,一边在嘴里漫不经心地嚼着,一边说出了自己的宏伟计划。

关子良的计划是,先在广州的一家涉及机电制造和销售的大企业找一

43

份工作。三个月后学成跳槽,然后申请大学生创业基金,自己开一个机电批发和销售的公司,一年盘活资金,还清所有贷款并有盈利,两年完成资本积累并形成扩张,三年做到广州机电营销一哥的位置……

不知为什么,螺螺就是不能看到关子良牛哄哄的样子,一看到关子良在那里发疯癫,螺螺就会脑髓流失,满心只有一个愿望,你关子良跳楼,我马上跟着,而且专拣十层以上的跳。

3

正如关子良所说的那样,广州果然不要门票,关子良和螺螺说来就来了。

坐在公交车上,大城市的气息把车内灌得满满的。犬牙交错、断刺一样的高楼、抻得很远很宽的马路、茂密的奇形怪状的树和诸多新鲜的植物、蝗虫般密集流动的摩托车队、长得白生生的水洗了多少遍似的男女……螺螺稀罕得脸颊潮红,嗓子里发出一阵阵低低的只有他自己才能听到的那种呻吟声。因为要将远近的风景看得全面,他的腰杆子绷得直直的,喉结显得突出而尖锐,嘴角带着一种难以抑制的笑,激动时,还会情不自禁地颠一颠身子。

其实,关子良也很激动,但是,他要比螺螺矜持得多,此时,他的心里押着两个人:在这个城市里,张大器和庄晨晨正在某处待着,或许马上就能在下一班公交车站台上相遇。

大城市的兴奋就如过年时孩子们手里的烟花,刺啦一下就没有了,刺啦一下就淹没在大城市给他们提出的诸多问题中了。要赶紧找工作,要租房,要搞清免费厕所在哪里,要搞清附近可有十元以内的洗澡堂,要搞清是否有一条幽深的巷子,其间最好有一个残疾人开的理发店,收费也在十元内……

一晃半个月过去了,这半个月,关子良和螺螺就住在离市中心三十多公里的一个小旅馆里,一晚五十元。在广州,这个价位过于低贱,但对于一时

第二章　Disillusionment

半会儿没有找到工作,没有进项的关子良和螺螺来说,就有点贵了。另外,关子良为了能稳住螺螺,自己交了大半房租,吃饭时,也多是自己掏钱,眼见着藏在衣服内层的钱包越来越瘪,关子良心急如焚,情绪也一天比一天糟糕。

今天,关子良感觉自己的胃突然疼痛起来。那种痛没法描绘,他只是觉得一条泥鳅在稠腻的泥里蜿蜒而盲目地走,那种古怪的游离感和拖曳感,让他恶心。

痛了一会儿,关子良忽然想起来了,今天是他和庄晨晨在沙滩约会的日子。这样,这种疼痛马上就具体和鲜明了,还带着一丝丝沁人心脾的寒意。

外面在下雨。窗玻璃上溅得到处都是水珠,看上去细碎而尖锐。此时,关子良总觉得挂在玻璃上的雨水像一种什么液体。他终于想起来了,像眼泪。像!真像!他叹了口气。

这时,螺螺推门走了进来,左手拎着两瓶啤酒,右手拎着一大包卤菜,浑身都被雨水打了遍。见关子良坐在那发呆,他一边把啤酒和卤菜一股脑地堆在桌子上,一边说,把腿放下来,蛋蛋都露出来了!关子良忙把腿放了下来。螺螺问,发什么呆?想她了吧?我知道。螺螺说,眼角的神情像一个不良女人。说话间,他把床上的被子掀到一边,又将一张晚报铺在床板上,然后把碗筷和卤菜都摆好了。

这期间,关子良一直没搭理螺螺,见螺螺把"桌子"摆好了,他把啤酒一一拿过来,然后啃地瓜一般,咔嚓咔嚓,连着两下,将瓶盖子咬开了。

螺螺把一只鸡大腿放在关子良的面前说,我给你讲个桃子的故事。

关子良似乎来了精神,你讲。他说,举起酒瓶喝了起来。

螺螺就说起了他听到的一个故事。按螺螺的话说,这个故事很古老了,都掉漆了。

故事中提到,在一个依然贫困的村庄,一对年轻人相爱了。桃花开了会落,潮水来了会退,他们发誓相爱到永远。但是,生活原来是人生中最大的激流,它来到时,年轻人的爱情就会出意外。于是,女孩离开了男孩,然后去了南方的一个大城市。在那里,女孩很快就碰到了另一个男人,高大,俊朗,潇洒,说一口流利的普通话,声音里充满了磁性,并有金属的颤动声。

这些都不重要,关键是,这是一个事业有成,博闻强识,有着强烈事业心的男人,而且视野非常广阔。

在那个城市里,女孩尝试着远离那个男人,但是那个男人就是旋涡,女孩挣扎了几次还是被深深吸引了,从肉体到灵魂,完全陷落。

当初,女孩离开那个男孩时,男孩说,你去吧,我在家里看桃园。我会让桃园生出许多桃子来,到那时,我们就不饿了!

女孩非常崇拜男孩,非常崇拜男孩这句话。因为,那个村庄,当初因为饥饿,因为桃子,发生过一场革命,桃子对于这个村庄上的每一个人都非常重要,意义不同寻常,它几乎是这个村庄为之努力的目标,是他们生活和生命的终极目标。

但是,女孩和这个城市男人接触后才发现,世界之外还有比桃子更有意义的东西。人光有桃子是不够的。

当这个女孩完全从桃子里逃出时,我们那个乡下男孩还沉浸在他的桃子里。

仅仅两年,我们的乡下男孩和女孩已经无法在桃树下对话了。女孩已完全被那个城市男孩所迷倒,并决定以身相许。

女孩的眼光不错,那个城市男孩大凡承诺过的,都兑现了,并不顾父母的反对,和女孩结了婚。

有人在大街上碰到过那个女孩,那女孩说,她很幸福。还有,她实在想不起家乡的桃林和那些桃子了。

故事说完了,关子良没有吭声,只是吃菜的速度更快了。螺螺伸手挡住关子良去抓菜的手,问,子良,知道我为什么跟你说这个故事吗?

关子良笑了笑,脸上的表情是尴尬的,然后继续吃他的东西。

螺螺说,我看得出来,虽然这件事已经过去了很久,你还在想着那个人,为她担心。因为你心里还有爱,还有迷惑。现在,我把故事讲完了,你也该

第二章　Disillusionment

安心了。不要再爱了,她确实不属于你了!你现在所有的爱,她都感受不到了,哦!这样说也不确切,也就是说,你所有的爱,对于她来说,都没有意义了。她的心死得比你早!懂吗?

螺螺这么说着,用筷子去夹花生米,但是夹了几次也没夹住。关子良则伸手抓了一把放在自己面前,然后一颗一颗地往嘴里撂。关子良在咀嚼那些花生米时,用足了力量,脖子上的青筋都暴出来了。

关子良的样子让螺螺一阵阵心痛,他觉得关子良在咀嚼时,那一颗颗花生米好痛,好苦!这么想着,螺螺感到鼻腔里一酸,头低了下去。

关子良看见了,问,怎么啦?

螺螺没有抬头,只是摆了摆手,眼泪却簌簌地流了下来。

关子良笑了笑说,为我?呵呵,多大的事。说着,把一卷手纸往螺螺面前一撂。螺螺撕了一点手纸,在眼睛上堵着,好像那里要决堤。这时,关子良忽然感到,世界一大,人就成熟了,螺螺来到广州就成熟了。他用两个手指头做出一个叉子状,然后奇怪地抵在螺螺的脖子上说,来,干杯!到处都有桃树。

4

半个月后,关子良和螺螺终于找到了工作,地点在广州市番禺开发区,单位叫斯路卡电器股份有限公司。其实,关子良先前也找了几家电器公司,其中有一家正是关子良所学的机电一体化专业,但是,螺螺认为斯路卡电气股份有限公司的名字洋气,有海腥味,将来出去跟别人说,或者说打电话回家跟家人说,也好听,唬人。关子良这一次没有坚持,他觉得应该迁就一下螺螺,给他一点信心。

工作有了眉目后,关子良和螺螺对生活做了分工。关子良知道螺螺华而不实,不能吃苦,给他的主要任务是租房。当自己把工作上的事情衔接好后,螺螺把租房的事情也联系好了。地点偏了点,离工厂四十多分钟的路,房价还好,每月七百元,螺螺说,房东家的男人跑长途,女主人四十多岁,有两个女儿,貌若天仙,对我没有任何意思,倒是女主人对我,哼哼……你看可能住?关子良说,管!如果女主人对你哼哼,我们的房租就会越来越少了。螺螺认真地说,如果那两个女儿看上了你,房租就会越来越多啊!关子良笑了,螺螺也不知深浅地笑了。

其实,这种笑声很快就被这个城市给收了。

在广州,斯路卡是高新技术产业,主要生产可编程控制器(PLC),触摸屏、变频驱动、智能机器视觉系统等。进厂后,关子良才发现,自己是多么羞愧,在课堂上学的那点知识,在这里根本就没有用。

跟大师傅是跟不上了,关子良和螺螺只能在回收车间做售后。所谓售后,听起来很好听,其实就是为维修环节清洗回收设备。偌大的厂房里,到处都是敲击声、冲洗声和铲车的铲子摩擦地面时发出的令人心碎的声音。工作时间也长,一天十小时,没有三班倒,没有节假日。实习期工资一千五百元,除此以外,没有任何补助。

在斯路卡上班不到一个月,关子良对这个城市,对未来的所有的浪漫想法都被弥漫在车间里的汽油味覆盖了,一时间,他对自己失去了信心,并常生绝望之情。最为疲惫和烦躁时,他甚至想丢下倒霉的螺螺一走了之。但是,这些都是他的想法而已,一想到父母亲的期待,想到庄子上的人明里暗里看自己的眼神,想到自己对螺螺的承诺,尤其想到张大器和庄晨晨,想到自己南下的目标和决心,他便振作起来,他想,也许熬过三个月,事情就会好转,谁能说传说中的狗屎运就不会落在自己的身上呢!

但是,这里的三个月对于关子良来说真是太长了。

那天,关子良下班后先回到了出租屋。掀开锅盖后,令他惊喜的是,锅里竟然有半锅面条汤,显然是螺螺吃剩下的。他几乎是扑了过去,然后拿起勺子,一口气将半锅面条汤喝个精光。那面条汤原是凉的,喝在肚子里,让他感到有一阵生硬的寒冷的感觉向下坠。但是,却让又渴又饿的他满足了许多,于是他上床就睡了。

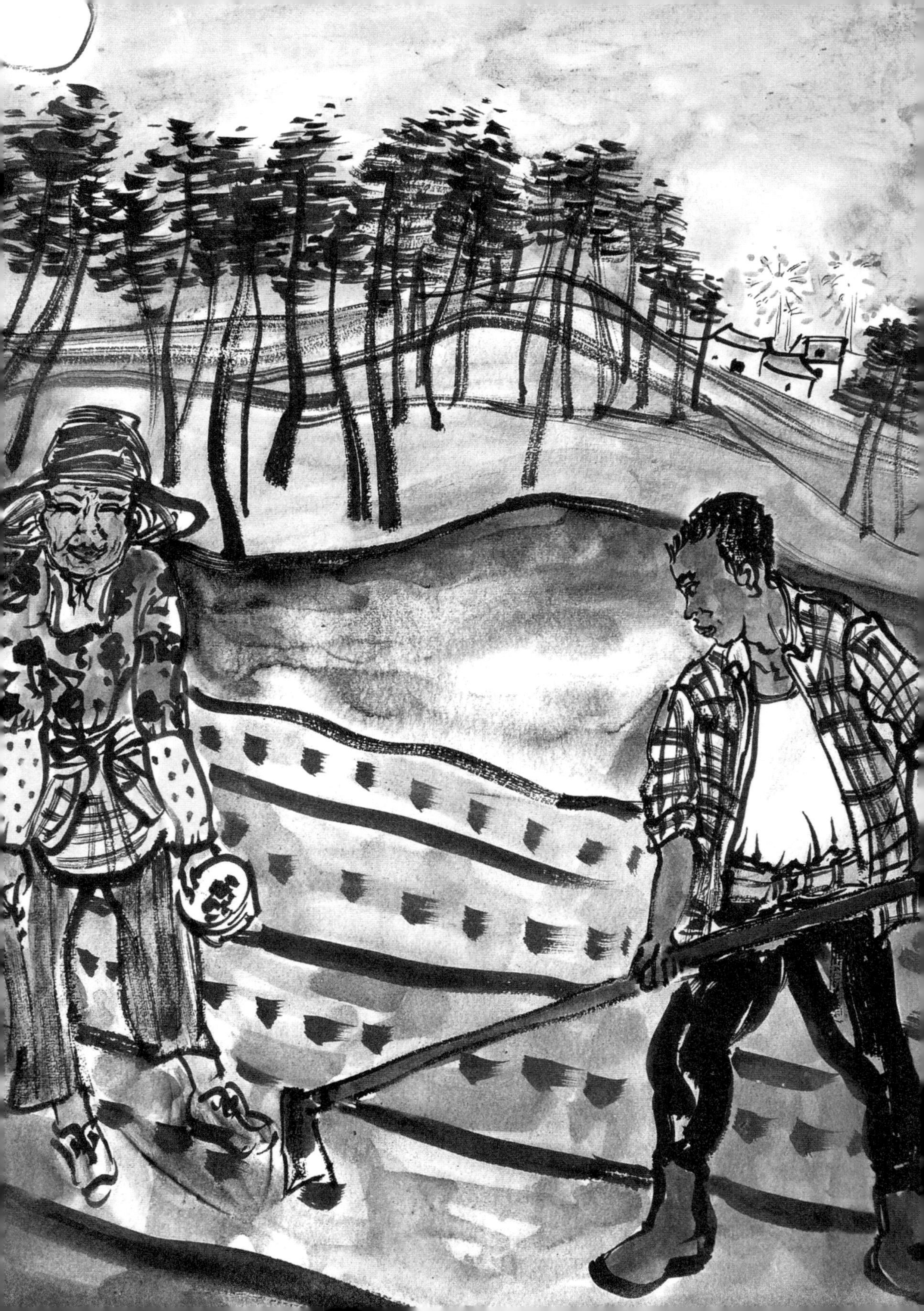

第二章　Disillusionment

也不知睡到什么时候,突然,关子良听到啪的一声响,他睁眼一看,是螺螺回来了。此时,他正将一只塑料凳子狠狠地踢向一边,脸上的表情非常难看。关子良刚想问,螺螺突然把灯灭了,然后直接钻进被窝睡了。

螺螺的行为有些反常,关子良便猜度着:可能是太累了。

螺螺工作的三车间离关子良的车间不远,是打包的。就工种来说,手里的活要比关子良轻,但是,关子良太了解螺螺了,别看生在农村,在家就是个公子,一点苦吃不得的。一天十小时,像个机器人,一时不歇地干,真够他受的,为此,关子良可没少鼓励他。

或许是受了别人的欺负。

在打包车间,工人来自全国各地,扎堆意识很强,先来的抱成团,专门欺负后来的。尽管螺螺没有跟关子良说到他被人欺负的事,但是,关子良觉得,在这种环境里,一脸文艺范、喜欢时不时地吐些酸词的螺螺和那些工人太不搭了。还有就是,最近,关子良听说,螺螺所在车间的那个查主任,打螺螺进车间起就看不惯螺螺,先是大声提醒,接着是训斥,现在开骂了,因此,关子良在自己上班期间,没少过去和那个查主任套近乎。几次交往,关子良觉得这个查主任不是个善茬,脸上笑时,能听到腰间刀棱子响。

想到这些,关子良想问问螺螺,但是,转而又想到,今天,螺螺如果真是受了这个主任的气,自己问了,反而有揭疤的意思,不如留些时间,让人和事烂在一起算了。这么想着,他翻身又睡了。

关子良刚睡到混沌一片,忽然听螺螺说话了。

我一天没吃饭啊!你哪怕给我留一口也是好的。

关子良一下子醒悟过来,这才知道,那面条汤压根就是螺螺为自己留下的。我考!我还以为是你剩下的。

关子良接连叫着,不停地抓着自己的胳膊。

对于关子良的这种回应,螺螺没有搭理。关子良感觉黑暗里到处都是尴尬,他说,要不我去买点什么。关子良这么说时有点心虚,他记得早晨出门时,身上只有两块钱了。在这个地方,两块钱已是可以忽略不计的。好在

51

对于自己的殷勤,螺螺没有吭声。

外面在下雨,关子良感到浑身都疼,听螺螺没有任何表态,他索性也不吭声了。

就在这时,螺螺说话了。他说,你说三个月就可以学成跳槽,然后搞一个什么公司。什么公司?也弄这个?

关子良顿时感到脸上火辣辣的,一时不知说什么好,过了一会儿,他感受到羞辱,又过了一会儿,他感受到愤懑。因为,他是第一次听到螺螺用这种口气和自己说话,这口气里有不信任,有责怨,有嘲讽,也有藐视,这让关子良怒不可遏,但是,想到是自己把螺螺带到了这个鬼地方,想到是自己一口不留地喝了那半锅面汤,他还是控制住了自己的情绪。

沉默了一下,他问,你后悔了?

关子良问话时,故意让自己的语气十分严肃,显得很庄重和有气息,他想,螺螺一定会慑于他的威严,赶紧闭口,说不定还会想办法搪塞自己刚才说的话,把嘲弄和不信任粉饰成一种肯定和赞美。他觉得螺螺会这样的,他太了解螺螺了,非常感性,经常会为自己在激动时说的话后悔得要死。他觉得,他在螺螺心中一直是偶像,今日,螺螺之所以反常,完全是工作压力所致,这会儿,一定平静下来了。

但是,螺螺的回答是肯定的。他说,是的,我真后悔了。

关子良的心突然狂跳起来,这种跳动是因为螺螺的回答,也因为一种出于对孤独和遗弃的顾虑。是的,此时,他还真怕螺螺会突然离开自己。也就在这转眼间,他发现自己并没有那么坚强,是螺螺一直在支撑着他。正因为如此,他没有回螺螺的话(如果换以往,他会大声说,后悔就走开,少来这一套)。这种软弱显然是螺螺逼出来的,这使关子良很伤自尊,很委屈,眼睛一热,他感觉自己快要流泪,忙忍住了。就在这时,他听到螺螺在悄悄地抽鼻子,不用说,螺螺哭了。

螺螺终于先与自己表达了软弱,这让关子良很欣慰,他忙镇定一下,又调整一下呼吸,然后放缓语气说,我们刚出来混,就跟雨天出门,哪有好路给你走。我就不相信,这雨就一直下,等明天出太阳了,不就管了吗!又说,你看车间那些人,也不跟你我一个样,照样累,照样苦,最后比什么,就是比耐力!

这些话充满了哲理,但对于关子良来说,也都是鬼话,因为,他自己都坚持不了了,但是,此时,面对着情绪极度低落的螺螺,他又能说什么呢。他希望自己的话能让螺螺振作起来,继而,自己振作起来,再互相给力和慰藉。

螺螺一直没吭声,于是,那黑就越来越结实,搁在关子良和螺螺之间,像铁板一样。

关子良有些泄气了,又过了一会儿,他想讨要个虚实,就试探着说,螺螺,如果你真坚持不下来,或者说,你真对我没有信心了,就不要勉强了……那就离开吧。

螺螺没有再接关子良的话。

雨夜。很长。

5

关子良和螺螺的班相差五个小时,也就是说,关子良下班时,螺螺还在上班。下午下班后,关子良换掉工装,没有立刻回家,而是去了三车间,他想看看螺螺可在。

关子良站在车间第四排窗户前,透过面前的一丛芭蕉树往里面瞅,瞅了一圈没有见到螺螺。关子良有些不安,索性钻过芭蕉丛,跑到窗户跟前往里看,但是,连天桥都看了一遍,仍然没有看见螺螺。而此时,车间正忙着,那个姓查的主任钻进一组电机里,像虫子一样蠕动着,接着又像虫子一样从电机里退了出来。

关子良确信螺螺不在车间后,他的心更加不安了,便走了进去。

关子良直接走到查主任面前,然后向查主任打听螺螺的消息。关子良显得非常谦逊,非常恭敬,但是,查主任自始至终都是冷冷的,爱理不理的。

回答也只有三个字,不知道。最后,他一边接过旁边的徒弟递来的烟,一边说,小岗村的嘛,当然牛×!

查主任的这句话让关子良有点意外。刚进厂时,关子良和螺螺有过一次讨论:该不该说他们来自小岗村。最后,意见统一了:要说,而且要大声地说。两人心里都有一份依赖:提到小岗村,别人就得刮目相看。这一点,关子良尝过甜头。上次,他去常州找庄晨晨,那个保安就因为关子良说他是小岗村的,才乐意帮了许多忙。

但此时,说到小岗村时,关子良从查主任的脸上,除了看出不满,还有嘲讽。他内心的那种自尊自大一下子又上来了,正想反击几句,但还是忍住了,然后转身走了。

待关子良快走到车间门口时,查主任说,哼!什么小岗大缸的,就是他妈的要饭大户。

关子良猛地停下了脚步,他转过身来,冷眼看着查主任说,你说什么?

查主任一愣,但是,他马上甩掉手里的烟,站了个丁字步说,我爱说什么就说什么,怎么啦?

关子良不甘示弱地向前走了一步。

查主任忙下意识地向后退了一步,站定了说,哟!在我的地盘上还有犯浑的,来!

说着,查主任三下两下就把身上的棉衣撸了,接着,又刺啦一下扯了内衣,露出一片黑黝黝的胸膛来。车间里很冷,查把棉衣脱下后,身上立刻起了一层鸡皮疙瘩。他一边啪啪地拍着自己厚实的胸脯,一边说,你来,来啊!

关子良没想到这个看上去还算温和的查主任反应竟如此强烈,一时无措地站在那里。这时,有人上去阻挡查主任,有人过来劝关子良,也不是劝,就是把关子良一个劲地向车间外面推,手上用力很大,一点都不客气和友好,只是几下,就把关子良推出了车间。接着,关子良身后的声音就更大了,埋了你!他妈的,早晚撵滚蛋,还好意思提小岗村,就他妈穷要饭的,不在家等政府救济,跑到老子的地盘上撒野,埋了你,早晚撵滚蛋……

第二章　Disiilusionment

6

受了一肚子气的关子良回到出租房时,螺螺正在看一张地图。见关子良进来,他打了一声招呼。关子良哼了一声算是答应了,然后去洗脚。洗脚时,关子良问,真不想干了?螺螺转过脸,有点不好意思地说,我正想跟你说呢。关子良说,不用说,你自己决定好了。螺螺也就不吭声了。正常的话,关子良应该问问,你是怎么打算的,可有去向,是否还在这住。但是,此时,他心里有气,不想再多说一句话。关子良不说话了,螺螺显得很无聊,再看地图时,目光就显得很空洞,地图在他手里也显得松松垮垮的。

洗完脚,关子良上床就睡了,只是睡了一会儿,他就平静下来了。他觉得,螺螺是自己带出来的,自己有责任问问螺螺的想法,于是,他又坐了起来,半靠在床头说,做人不能让人看不起,即使走了,也要讲清楚,对不对?我觉得,你应该回车间一下。一是一,二是二,光明磊落的。

螺螺听关子良这么说,沉吟了一下,说,我不想去了,工资也不要了,我实在不想再看到那个姓查的。那张鞋垫子脸也太难看了,跟在菜缸里腌了半年一样。

听螺螺这么说,关子良想讽刺他几句,但是,关子良克制住了,问,那你是怎么打算的?

螺螺叹了口气,停顿了一下说,子良,你……有没有考虑过跟大器,跟张大器谈谈。

关子良看着螺螺,螺螺忙把目光移到一边。关子良嘴里发出一声急促的轻微的声音,然后他把脸转向了另一边,但只是一会儿,他突然坐了起来,然后说,哎,螺螺,你这个时候叫我跟张大器谈是什么意思,向他投降?让他收留我俩。好主意,很好!

螺螺想解释什么,但是关子良一点都不想听,关子良越发激动地说,我告诉你,螺螺,不要提醒我,你如果干不下去了,可以去找他。水往高处流,人往低处走,可以理解!你去吧,现在就去。

话应该是这样说的:水往低处流,人往高处走。关子良也意识到自己说反了,但是他不想纠正,他觉得这句话这样说,对螺螺来说也合适。

螺螺不说话了,好像很在乎关子良的这通火。

关子良却没有平息,他说,螺螺,你知道我最恶厌你哪两点吗?干事没有主见,碰到难处就想绕着走。你这样下去,永远都没有出息……

若是平时,这句话根本就不是问题,而此时此刻,螺螺显然有些挂不住了,他说,好了好了。

螺螺说完走进了自己的卧室,脸黑黑的。

7

关子良发现,接连一个星期,螺螺都没有上班,再一问,螺螺确实辞职了。对此,关子良又气又有些自责。气的是,在最困难的时候,螺螺终于表现出了软弱,果然背离了自己。自责的是,平时,他知道螺螺并不讨厌张大器,并且还颇为崇拜。在张大器和自己当中,螺螺就是活塞,哪边吃力,他就会往哪边滑,只是平时,张大器在家少,自己和螺螺在一起的机会多而已。这一回,螺螺若是真投奔了张大器,完全是被自己逼的。还有,他觉得,自己把螺螺带出来后,没有过过一天好日子,那天晚上,自己的话也确实说得太重了。还有,从小岗村出来时,他曾气壮山河地告诉螺螺,在他们没有红遍广州之前,一定不要把他们南漂广州的事情告诉任何人。现在,螺螺一旦投奔了张大器,自己的处境很快就暴露了,张大器肯定要笑掉下巴了,庄晨晨也更看不起自己了,而后者才是最为重要的。

绝不能让螺螺投奔张大器。

关子良决定和螺螺谈谈,可以的话向螺螺表示一下歉意。但是,螺螺自从离开出租房后,一次也没有回来过,至少可以说,关子良再也没有和螺螺在出租房相遇过。

第二章　Disillusionment

　　这天,关子良请了假,在家专门等螺螺。大约是晚上十二点,螺螺回来了。

　　见到螺螺,关子良心里很高兴,特别想问候一番,但是,不知为什么,他没有开口,只是淡淡地笑了笑。他觉得,是螺螺先背叛了自己,螺螺应该先跟自己搭讪。

　　螺螺说,我回来了。

　　关子良问,真不上班了？

　　看上去,螺螺很憔悴,他笑了笑说,我正想跟你说。

　　螺螺显然想解释什么,但关子良打断他问,找到工作了？

　　螺螺说,嗯,已经上班了。

　　螺螺这么说时,脸上竟然带着一种难以自已的笑。

　　螺螺的这点得意没有逃过关子良的眼睛,有一种失落感像一块石头一样重重地砸在关子良的心上,他很嚯地说,祝福你。说到这,又有一种委屈和孤独紧紧地缠绕着他,令他有点喘不过气来,于是,原先准备的那么多的话都像潮水一样退了下去。

　　见关子良往里屋走,螺螺说,子良,我那个单位叫辛巴克文化娱乐总会,在新湾仔那边,离这里很远,以后见面的机会可能会越来越少了,你自己保重。

　　螺螺这么说,也就等于告诉关子良,他螺螺并没有去找张大器,这让关子良的心里好受了许多。关子良说,哦,那祝福你。说着,他看了螺螺一眼。他发现,螺螺今天穿的是新皮鞋,衣服也是新买的。手指好像漂白了似的,又白又细。关子良问,什么工作？

　　文员。螺螺说,好像被谁从后面捅了一下,身子震了一下。

　　工资呢？

　　螺螺嘴角又带上了一种得意的笑,说,那个……还好吧。但看关子良盯着他看,又说,快几千了吧。

　　关子良上下打量了一番螺螺,笑了笑问,你是站着几千,还是睡着几千？

螺螺笑着说，你胡扯什么，肯定站着。

关子良好为人师的毛病又来了。他严肃地说，螺螺，你找到工作，我真心为你高兴，不过，这个工资和你的本事有些出入。

关子良的话显然让螺螺有些不快，螺螺说，啊，什么意思？我没偷啊！

关子良忽然意会到自己又激动了，他说，那好，我祝福你，你自己保重。

螺螺舒了一口气说，放心，我没事的。

关子良又上上下下看了螺螺几眼。

时间很快，一转眼，两个月过去了。在这两个月里，螺螺只回来过两次，这两次给关子良留下的印象很深。第一次，螺螺是回来拿衣物的，看那个随便捆扎的劲，不用说是要扔了。螺螺在打包时，关子良发现，螺螺的桌子上放了一部诺基亚手机。第二次回来是3月19日，逗留的时间很短。当时，关子良还在睡觉，等关子良醒了，他发现桌子上留着一双新鞋子，一大包零食，还有一张纸条，纸条上写着一串手机号码。这些天来，关子良虽然知道螺螺有手机，但是，他从没向螺螺要过手机号。

螺螺买的鞋子是名牌，耐克的。有张发票塞在鞋里，八百多。关子良长这么大也没有穿过这么好的鞋。但是，他没有穿，也一直没拨过那个号码。

这天下午，女房东来了，手里牵着条狗。见到那狗，关子良忙向屋里侧。他不是怕狗，他是不想看女房东的脸，因为，他已经欠下好几个月房租了。

但是，那条叫露露的小狗，还是把女房东牵到了关子良面前，然后昂着头，骚骚地看着关子良。关子良再也无法躲藏，有些尴尬地向女房东笑了笑，心里急想着对策，想着一些可以搪塞的话，但女房东的脸上先笑开了，整个人像一枚刚剥开的豌豆。她说，谢谢啊！因为笑得很开，脸上都掉粉渣了。

关子良纳闷，一问才知道，有人把他一年的房租都交了。

不用说，这事是螺螺做的。关子良有些感动，这时，女房东斜睨了一下关子良说，你同屋的比你活欢，要不要给你介绍介绍，嘻嘻……

关子良有些意外，他问，你说什么？我朋友的工作是你介绍的？

第二章　Disillusionment

女房东打量了一下关子良,然后莫名其妙地摇了摇头,牵着狗走了,可那狗好像对关子良有些意思,硬是要回来,最终还是被牵走了。

女房东走后,关子良反反复复地想着女房东的话,反反复复地想着女房东说话时斜睨自己的样子,越想越感到女房东的话里有话。

这天下班后,关子良找了螺螺给自己留的手机号码,然后直奔大街。在电话亭里,关子良开始拨螺螺的手机,但接连几次都没有拨通。关子良又换了几个时间段,仍然没有打通。

关子良的心彻底乱开了。

今天车间大修,晚上八点后,组长宣布这几日放假,关子良当即决定去找螺螺。

8

辛巴克文化娱乐总会平地四层,夜,整栋楼置身于灯光之中,有一种玄幻和透明之感。大门口,进进出出的人一刻不停,两个穿制服的服务生不停地向客人鞠躬、致谢,甚至说些恭维之话。两侧的树影里,蛰伏着各种各样的小车,一个比一个高档。

这般豪华让关子良心里略虚了一下,但是,他还是走了过去。

当关子良走到门口时,一个服务生一边向关子良鞠躬,一边歪着脸,向上看着关子良。

是的,关子良的穿着和进出这里的人反差太大了。

关子良看懂了服务生的意思,他故作高傲地问,你们这里有一个叫龙小小的吗?他又说,也叫螺螺。

服务生脸上带着淡淡的非常职业的笑说,没听说,先生。

关子良提出要见负责人,服务生也没拒绝,只是用对讲机喊了几句,一个穿黑色制服、露着洁白大翻领的女领班便疾步走来了。听关子良说要找一个叫龙小小的人,她肯定地摇了摇头。

关子良不死心,下意识地向里面看了看。大厅就在眼前,被一块巨大的玻璃墙挡着。大厅内灯光很暗,很暧昧。沙发上,坐着许多男人,此时,有个黄毛女孩正把一个男人领走,看风情,关子良知道,这里与文化毫无关系。

离开辛巴克,关子良又打了螺螺几次手机,仍然没有接。关子良只好往回走了。此时,关子良一边走,一边回头看这幢大楼,心中很迷惑:不知是螺螺在撒谎,还是这个城市在撒谎。

这天下午,关子良正准备上班,螺螺突然回来了。头发倒是很整齐,好像还打了摩丝,但人显得很憔悴,泡菜一般,眼角发青,脸有些肿胀,加厚了似的,显然被人打了。

本来,见到螺螺,关子良是有许多话要问他的,心里也满是火气,现在,这些东西都跑得没影了。你怎么啦?关子良急切地问。

螺螺用手挡着脸,笑了笑说,摔了一跤。这么说着就睡到床上去了。

在螺螺躺在床上的时候,关子良发现,螺螺的背后是脏的,有一大片污垢。关子良觉得那应该是吐酒后的痕迹。但转念一想也不对,螺螺根本就不能喝酒……脑海里乱了一会儿,关子良说,我去找你了。

关子良的话让螺螺有点意外,整个人僵在那。一会儿后,他说,嗯嗯,我已经离开那了。

关子良觉得螺螺的这句话是能对得上的:想必是螺螺误入了那个地方,干了几日,看出了端倪,抽身了。你又去哪了?关子良问。

螺螺嘴里嗯了一下,支吾不清地说,换地方了。说着,翻了一个身,将被子掖得更严实了。

关子良感到螺螺分明不想跟自己说话,又看螺螺那副狼狈相,不忍心再打搅,决定先上班再说。

但是,等关子良回来时,螺螺又走了。关子良在屋里找了一圈,惊讶地发现,凡是与螺螺有关的东西都没有了。关子良心里一凉,再次去小店打了螺螺的手机。螺螺的手机一直处于关机状态。

关子良一夜没睡。

第二章　Disillusionment

9

随后的两个月里,关子良一直联系不上螺螺。这两个月对于关子良来说十分难熬。本来,当螺螺离开他时,他不仅想离开这里,甚至有离开广州的想法,和螺螺失联后,他觉得自己绝对不能走,只要自己不走,螺螺出事了,就有可能来找他。这期间,他还想回到小岗村,看看螺螺是不是受不了这里的苦,又不好意思说,干脆溜回去了,可转念一想,如果螺螺真回去,自己回到小岗村后,脸又往哪里放。思前想后,他决定留在原处。

这天晚上,已经是夜里十一点了,关子良还是睡不着,他决定再去辛巴克。他想,螺螺曾经在那里干过,尽管离开了,那个公司里一定会有备案,或许还能找到螺螺现在工作的地方。想到这里,关子良爬了起来。鉴于上次的教训,这次,他刻意修饰了一番,还穿上了螺螺买的那双耐克鞋。

关子良来到辛巴克时,已快到夜里十二点了,他正准备向里走,突然站住了,他竟然看到了螺螺。

此时,螺螺正和一个穿短裙的女人一左一右地搀扶着一个穿旗袍的女人往外走。"旗袍"显然是喝多了,身子软软的,脚下一点力气也没有,整个人像是从土里生出来的海藻一般。螺螺穿着制服,这制服和门口迎宾的服务生的制服一模一样。

三人颤颤着走到一辆红色大奔前。那"短裙"先将车的后门打开,然后去发动车子。这边,螺螺则继续扶着"旗袍",小心地往车里塞。先前,"短裙"松开手去开车门时,那"旗袍"就半缠绕在螺螺身上,待"短裙"去开车了,"旗袍"几乎趴在了螺螺的怀里。螺螺把她往车里塞时,她则死死地拽着螺螺,等她整个人进了车子,突然把螺螺也拉了进去。

显然,螺螺在车里是有挣扎的,但是,"短裙"很快就从驾驶室出来了,然后用力关上车门。

待"大奔"流星一样地向街道深处开去时,关子良终于反应过来,他撒腿追了上去。只追了几十米,那车就跑远了。关子良忙拦下一辆出租车,紧紧地跟在后面。

司机是个三十多岁的男人,脸色苍白,听关子良说要追前面的大奔,他打了个哈欠问,女朋友?关子良说,男的。司机换了一下挡说,那不容易。我帮你追。说着,他神秘地笑了笑,喉结显得特别尖细。关子良看了一眼司机,觉得他很贱。

在一个叫尚城的小区,关子良追上大奔了。但是,门卫却不让进,说拜访必须经过被访者同意。关子良编不出最好的理由,只好退到一边。

在等螺螺期间,关子良想了很多:螺螺分明就在这里,为什么不愿告诉自己?螺螺在这里显然是做他妈的服务生了。那就好好做,好好地像大门口那两个服务生一样犯贱好了,怎么又和女人搭上了?最后,关子良还是往好处想了:作为服务生,螺螺一定是送女客人回家了,过一会儿一定要回来的。

一个小时过去了,螺螺没有出来,又过了一个小时……

就这样,一直挨到天亮,关子良也没见螺螺出来。此时,关子良深深叹了口气,他判断出,螺螺做鸭子了。

他很愤怒,也感到羞耻,突然想到满嘴理想和奋斗的螺螺,竟然撅个瘦瘦的腚,像烤干的螳螂一样匍匐在那个女人的胯上,他莫名其妙地笑了起来。

10

关子良病了,连请了好几天假。病不大,但是,他就是不想起床,整个人像是被挤了,细细的,软软的。

两天后,他渐渐摆脱了对螺螺的各种想法:自己为什么要为别人的错误买单啊!各人有各人的活法,对于螺螺来说,当鸭子也许是光宗耀祖的事呢!将来,自己披着破麻袋回家,螺螺开着大奔回家,谁还会在乎你鸭子,还

第二章 Disillusionment

是鹅呢,那时的人还不都拣有风光的看。

这种自我安慰让关子良内心的平衡维持了三天,那天晚上,关子良又去了辛巴克。不行,不能丢下他!他丢人,我又好看在哪里。

这是关子良决定找回螺螺的心里话。

还是那个点,关子良直接往大厅里闯。在往大厅去的时候,关子良的内心变化非常大,先前金碧辉煌的辛巴克变得那么灰暗和肮脏。关子良都想好了,如果服务生敢阻拦他,他一定会将他摔到一边。此时,他觉得自己的十个指头都燃烧着火苗,点谁谁着。

他想错了,这里是休闲娱乐场所,进来的都是高贵的,在外面溜达的才会被不屑,所以,当关子良走到那两个服务生面前时,他们一起弯腰,脸上的笑容无比下作。这或许增加了关子良的勇气,他的胸膛立刻就挺了起来,然后,他便向声音最为喧嚣的场内走去。

这是演艺大厅,圆形的舞台上,几个俄罗斯姑娘正在表演,穿得都极少,在男人们热辣辣的目光下,如蛇一般摇曳着身姿。舞台下有很多卡座,一般是两只沙发一个茶几算一组。在暧昧的灯光下,一对对或一群群的男女,蜷缩在一起,或亲昵纠缠在一起,或淫荡地笑着,旁若无人。

这个景象迎面扑来,令关子良感到陌生而又刺激,同时,这种有点离奇的感觉又让他有些恶心。正在东张西望中,一个着褐色长围裙的女服务生走了过来。走近关子良后,女服务生微笑着声音小小地问,先生,有约定吗?关子良摆了摆手。关子良摆手时,脸上的表情非常严肃,这好像吓到了那娇小的女生,她忙退到一边。就在这时,关子良看见了螺螺。

在一个金色的柱子下,有一组沙发,四女三男泡在一起,桌子上有点狼藉,一排漂亮的空瓶子在灯光的反射下,显得玲珑剔透。螺螺坐的位置刚好对着吧台的灯光,眼圈发青的他,看上去更像一只病了很久的狐。今天,他没有穿制服,而是穿西服。那西服的料子很精致,看上去很薄,经不住一口气吹似的。

螺螺的旁边就是那天晚上的"旗袍",不过今天,她没穿旗袍。紫色的堆领衫,开口很大,像是要滑到肩下,于是,那胸衣透明的带子能看得清清楚楚,半个乳房也油滑得要流淌出来。她手里端着一只高脚杯,正和对面的一个女人说话。关子良分明看见,她在和对面的女人说话时,一只手放在螺螺身上的什么位置。是的,从螺螺的反应,关子良能看出来,她的手,就在螺螺的腹部一带。关子良大步走了过去,他喊,螺螺。

尽管这是演艺厅,声音很嘈杂,但是,关子良的这个并不协调的声音还是让周围的人都怔了一下,而螺螺转头看到关子良,立刻站了起来。此时,他的脸一下子就红了,整个人显得极为尴尬。他想说什么,但是,很快就被关子良打断了。关子良上下打量了一下螺螺,无比轻蔑地冷笑一声说,出来一下。螺螺刚要走,他的手却被"旗袍"拽住了。"旗袍"站起来问关子良,你是谁?

关子良根本就不屑于"旗袍",他冷冷地看着螺螺说,你出来啊!显然是"旗袍"那只紧紧攥着螺螺的手告诉了螺螺什么,他苦笑着说,子良,我在上班,能不能……

关子良又冷笑一声,无比轻蔑地说,哼,上班。丢人。说完,转身走了。

螺螺见关子良走了,他愣了愣,然后挣脱开"旗袍"的手,也向外走去。

关子良从大厅走到门外时,设计了一段特别有杀伤力的话,但是,不知为什么,到了门口时,他竟然想不起来了,他这才发现,自己的手一直在抖。

这时,螺螺走了过来。外面不时有车子过,螺螺也不知是想躲着车子,还是想躲避关子良,从门口到关子良身边,他用了很长一段时间。

关子良到底没有想起刚才的那段话,只好说,螺螺……螺螺你听我说。他显得很激动,一副无法自制和委屈的样子,这使他的话音有些颤抖。

这样,各人有各人的选择。你的路……你的事,我不想管……

说到这,他又卡壳了,因为,他感觉到,嘴上说的"不想管"和自己的激动有些矛盾。他顿了顿又说,对吧,我不想管……

这时,螺螺笑了笑说,我们找个时间再聊吧。

不用说,关子良一挥手说,你想干什么就干什么。

第二章　Disillusionment

　　螺螺低下头,然后慢慢往回走。但是,刚走几步,关子良突然想起了什么,他说,螺螺,你什么意思,你还回去呀?你还好意思回去呀!

　　螺螺哭丧着脸说,我正在上班啊!我总得……

　　关子良突然跑过来,他一把拽住螺螺的胳膊说,不要再丢人了好不好,马上跟我回去。

　　螺螺看着激动的关子良,正要说什么,关子良说,回去。

　　就在关子良拉扯螺螺时,一个披肩发男人快步走来,后面还跟着三个小伙子和一个女人,待那女人走近,关子良发现正是"旗袍"。

　　这时,"披肩发"已经走到了关子良面前,他把一张名片递给了关子良。关子良从名片上知道,"披肩发"是今天的值班经理,叫阮少山。

　　见关子良没有什么反应,阮少山说,一般来说,凡是看到我名片的,不是磕头,就是撒丫子走人,你很淡定嘛。

　　关子良听阮少山这么说,他把名片塞在对方的衣袋里。

　　阮少山先是向天上看了看,然后用胳膊肘子轻轻撞了一下关子良,问,准备死在香江还是沙湾?说着,突然狠狠地瞪了关子良一眼,然后,把手搭在螺螺的肩头上,搂着螺螺往里走。关子良见状突然跑到"披肩发"面前说,他得跟我走。阮少山猛地推了一把关子良说,死衰仔,让开,小心啊!又用肩撞了一下关子良,说,走开啦!

　　关子良看了看牛高马大、凶神恶煞的几个人,心里发怵,只好闪到一边。就在这时,螺螺却站住了,他对阮少山说,阮哥,我……

　　螺螺的话还没说完,阮少山挥手打了螺螺两个耳光,骂道,还说什么?少你妈的找事啦!

　　这两耳光打得结实,螺螺的嘴角一下子就流血了。

　　目睹此况的关子良大叫一声,猛地扑向了阮少山,本来想抬腿一脚的,不知怎的,当腿甩出去时又变线了,于是,整个人一下子撞在阮的身上,阮冷不防,重重地摔在地下。跟阮一起来的几个人,立刻扑向了关子良。

　　半个小时后,一辆警车呼啸而至,此时,关子良正和阮少山等人对峙着,

65

从场面上看，阮少山和那几个男人并未占便宜，阮的眼睛青了，鼻子在流血，其他几个人，也带着伤痕。

见警察过来，阮少山立刻指着关子良说，侯警官，这个人在店里闹事，消费不给钱，还打人。

对！阮少山的马仔说，还调戏服务员，女的。

关子良见警察来了，壮了胆子，又听阮和他的同伙陷害他，冲上去就要理论。这时，侯警官突然弓下腰来，一手扶着枪套，一手指着关子良，大声喊，站着别动。

关子良被吓住了，定定地站在那里，一脸的迷惘。

这时，侯说，跟我去警局。又问，几个人？

在侯警官问时，不知怎的，螺螺又跑了回来。

关子良马上说，两个。他一指螺螺说，还有他。

阮少山听关子良这么说，忙挡在螺螺前面。关子良马上对螺螺说，躲什么躲？一起走。

听关这么一说，另一个警察走过去，一把扯住螺螺，直接塞进了警车。这边，侯也扯住关子良的胳膊，向警车走去。

这个侯警官看上去猴爹似的，没想到手劲这么大，关子良感到胳膊很疼，但是，一想到自己竟然带走了螺螺，他心里感到轻松多了。

11

警车是带厢的，其实是一只笼子。此时，关子良和螺螺就蹲在后面的笼子里。关子良在感到一阵阵屈辱的同时，也感到一种后怕。他知道，一旦进了警局，录了口供，自己就成了一个有案底的人，至于会不会被打，哪天才能放出来，完全是个未知数。最可怕的是，即使出来了，因为背了案底，就业将变得更加困难了。想到这，他出了一身的汗，他说，警官……

他喊警官时，也不知是因为激动，还是因为过于口渴，竟然没有喊出来，

第二章　Disillusionment

　　接着,他使出力气说,警官同志,我想解释一下。侯警官回头看了关子良一眼,很快就转过头去。坐在后面的一个警察则用力拍了下车内栏杆,表示了自己的态度,那情势犹如警告动物。同时,车载音乐被故意调大了。不知是谁,用那么大的力气在唱,使人想到大小便失禁。

　　车子在街道上穿行,城市的灯火暖暖的,贴着人行道走的人们好像都很富有,很开心,有说有笑的;分明是一对小情侣,那副甜蜜劲,像是被捆绑在一起,此时,女孩将一根薯条轻轻地塞进男孩的嘴里,并不时地用眼睛去斜觑男孩。

　　这种情形让关子良感到很饿,很冷,很孤独,也很绝望。他觉得这个时候,应该有一场车祸,撞烂了栏杆,同时,又没有伤着自己。那几个警官则被撞昏迷了。面对如此残局和机会,关子良不会跑,也绝不允许怕事的螺螺跑,他会带着螺螺,一起救起这几个警官,待他们苏醒了,明白了怎么回事,就会很感激,就会耐心听他解释……最低境界是,车子翻后,他带着螺螺双双逃离。

　　车子开得很平稳,而且街道越来越宽,人越来越稀少。关子良由此判定,自己的幻想过于离奇。所有的转机都如同与他交恶多年,也乐看他的潦倒和无助。而一直蹲在那里,使他感到自己的睾丸越来越大,越来越生硬,随时都要掉在地上,或者随时有被挤碎的可能。

　　就在这时,车载音乐突然变小了,原来,侯警官将手机放在了耳边。

　　侯警官接手机时,车速随着慢了下来。不知手机里在说什么,侯警官的表情越来越凝重,其间,还回头看了看笼子。

　　就这一眼,让关子良敏感起来。他看过很多港台剧,知道太多警匪一家的故事。他从阮少山喊侯警官的那个热络劲,从侯警官不加甄别地接受阮少山的诬告,强行把自己带离,就判断出,这个侯绝不是什么好东西,或许就是这个店的看家狗。

　　关子良正这么想着,侯警官挂了手机,接着,车载音乐又大了起来,车子也加速了,然后向一片黑黢黢地带开去。

67

很快，车子在一个工地上停了下来。这里显然是郊区，远方的灯火稠密而细小，如亿万盲飞的虫子一般。工地是废弃的，四处很凌乱，也没有灯火，如果车子熄火，要辨认彼此，得靠远方的城市之光才行。

车子一停，关子良的心就怦怦跳将起来，一种不祥的预感紧紧地扣在他的心上。

侯先下了车，然后是另三个警察。侯一下车，就走到一边抽烟去了，而另三个警察则打开了铁笼。这时，一个警察向笼子里一挥手说，下来！螺螺不动。他紧张地看着关子良。见螺螺磨叽，一个警察去扯他胳膊，螺螺则紧紧抓着栏杆不松手，另一只手，则紧紧抓着关子良的手。关子良感觉螺螺浑身都在发抖。下去干什么？关子良问。一个警察说，少废话，先下来。关子良也想留在铁笼里，但是，他不想让螺螺看到自己的胆怯，再说，要是件恶事，在笼子里还是在笼子外，差别不大。想到这，关子良便先下去了。

见关子良下去了，螺螺也颤颤巍巍地下了车。关子良瞄了螺螺一眼，螺螺的裤子湿了一片。

要是平常，关子良会大笑一番，可是现在，他从螺螺的恐惧中嗅到了一种极其不祥的信息。他瞄了一眼脚下，那里有半块砖头，因为是突然断裂的，有一个尖锐的角度，关子良把最后的希望寄托在这个角度里。

这时，侯警官把烟头弹向了夜色之中，然后一步一步走到关子良和螺螺面前。

见侯警官向自己走来，螺螺的眼神显出一副无处躲藏的样子，最后，干脆低下了头。而关子良则死死盯着侯警官的眼睛，说，你也有父母兄弟，我相信人还是要讲良心的。我们到本地混不容易，其中的酸甜苦辣，你们不知道。如果在我们家乡碰到你，我会倾我所有招待你，现在的侦破技术是先进的，知法犯法……

侯警官指着关子良的鼻子，歪着脑袋，咬牙切齿地说，你给我闭嘴闭嘴闭嘴。

说着丢下关子良，到另一个警察跟前低声说了几句什么，然后直接钻进

第二章　Disillusionment

警车。这时,另两个警察走到关子良跟前,一个警察一边翻着办案记录,一边说,知道在外混不容易还这么横?要做个知法守法的公民可懂?以后,有事找警察,别找抽可懂?来,签字。说着,把办案记录本递了过来。关子良看了看那本子,然后在上面签了字。见关子良把字签了,警察把本子一合说,我们去处理另外一起案件,就近把你们丢下了,往前几百米就是刘家湾公交站台,现在还有5到7路车可乘。去吧。说着,几个警察钻进了车。

看着一溜烟开走的警车,关子良愣在了那里,一切都还停止在未知状态中。这时,螺螺却活欢起来,他说,子良,刘家湾站台我知道,从这边更近。螺螺的声音不大,口气是温和和献媚的。

关子良转过头来,他看陌生人似的看着螺螺,半天才吼道,你给我有多远死多远。说完,逆着螺螺指的方向,大步走开了。走到一个高高的土丘之上,他呼哧呼哧地撒起尿来。这是一顿猛尿,一泻千里的样子,迟迟不停。螺螺迟疑了一下,也慢慢一小截一小截地尿起来。他一边尿,一边看着关子良,生怕他跑了。

关子良撒尿完毕,说,昨晚,我在辛巴克门口等了你一夜。你说,我傻不傻?

螺螺很意外,眼睛睁得大大的,问,干什么?

关子良说,螺螺,你要是能在这个城市正儿八经地找个女人,别说是跟人家回去过一夜,就是睡十夜,我都不管,我还服你……

螺螺觉悟起来了,你瞎说什么,我送完客人就回来了,辛巴克有员工门,我是从后门回来的呀。

关子良说,我不想揭穿你,那我问你,那个女人对你有没有意思?她够贱的,你呢?

螺螺嘀咕说,那种场合,来玩的女客对男服务生都有意思。那是她们的问题,我们只是工作。

关子良满脸嘲讽地笑了笑说,工作,还文员,哼,我都不会笑了……

说完,径直走开了。

69

12

在广州市罗湖区十三里街245町做生意的人都知道,这家利民盥洗设备总公司,四年前只有半间屋子,现在一溜二十间,两层楼,除了办公楼、店面外,还有专门的地下发货仓库和通道,生意最火爆时,店老板会短期买下十三街所有店面的关门费,因为来拉设备的车辆太多,无法进街。生意做到这样,没有后台不行,但是,这个店的店老板就是没有后台,硬是靠自己顶着,靠自己能吃苦,会拢人,懂得广州的人情世故。

这个店老板就是张大器。牛×的张大器。

生意大了,管理再好,照样累。那天,张大器浑身酸痛,人也不精神,庄晨晨一边亲自伺候他喝靓汤,一边建议张大器招人。

这些年,在交朋友方面大手大脚的张大器对自己可是一门子狠,凡是一个人能干的事,他不会加半个人。凡是自己能上手的,他都亲自上手。但是,现在不行了,生意场子越来越大,部门分得也越来越细,越来越专业化,让一个工人去干两种活,已经不现实了。为此,庄晨晨这边提招人,张大器就点头了,但是,他有要求,不能招板凳钉子。跟张大器这么长时间,庄晨晨就没有听过这个词,这会儿张大器一说出来,庄晨晨感到很生硬,她紧着问这句话的意思。张大器身体不舒服,懒得讲来龙去脉,只是说,站店的不招,先招些业务员吧。

庄晨晨懂了,第二天就把招聘广告打出去了,接着又偷偷地给一个人打了电话。

一个星期后,利民盥洗设备总公司办公室来了十几个应聘的人,其中有螺螺。

庄晨晨立刻跑到总经理办公室把螺螺应聘的事告诉了张大器。张大器先是很意外,然后不停地向庄晨晨身上看。庄晨晨一脸无辜地问,你看什么?

第二章　Disillusionment

张大器不看了,点上一支烟,然后自言自语地说,他怎么来了?

庄晨晨说,我哪知道。又说,广告不是你发的吗?广州这地方信息多快。

你怎么想?张大器突然问。

庄晨晨想了想,叹了口气说,怎么办呢?接着说,乡里乡亲的,既然奔我们来了,也不好撵走。

张大器手插在裤子口袋里,转了一圈说,不能留。

庄晨晨立刻急眼了,你也太无情了吧。在我们凤阳,要饭的上门,没有一口饭还有一口水呢。

张大器有点不高兴,他一伸手说,行!你请他喝杯茶,再请他走好了。

庄晨晨把脸转了过去,显得很不开心。

这时,张大器语重心长地说,晨晨,别把自己当救济站了。这是企业,你若不是我老婆,你都不应该在公司里的,乡里乡亲的不好管理,将来出了点什么事,你是深了好,还是浅了好。现在,我们是他的恩人,一旦出事了再让他走,我们就是仇人。到那时,天不落得好,地也不落得好,何必呢。

张大器说服了庄晨晨,也让庄晨晨有了负担。

那是一个黄昏,从大百货购物回来的庄晨晨突然碰到了螺螺。一番惊讶之后,螺螺把自己和关子良来广州找工作的事说了,把自己的生活环境和工作状况说了。说到自己对目前工作的厌倦以及后悔,螺螺满脸的灰暗。而庄晨晨罔顾螺螺的失落和悲戚,更关心关子良的状况,她问,哦!那个……他呢……

螺螺知道庄晨晨必然要问到这一层,他收了自己的颓废,嗫嚅道,不是太好。不过,关子良比我坚强,你放心。

你们怎么想起来要到这个地方打工呢?庄晨晨忽然不想让螺螺感觉自己对关子良的在意,于是这么问,其实还是在关心关子良。

螺螺笑了笑,迟疑了很久,说,他想证明自己吧。

有好长一段时间,庄晨晨没有说话,眼角明显有一丝晶莹。螺螺看到了,多少有些后悔自己说的话,一时间,有些尴尬。

最后,螺螺打破了这种沉寂,他表达了自己想到张大器身边工作的想法。

庄晨晨不假思索地说,这好办。走,我来跟他说。

庄晨晨的大包大揽让螺螺有些意外,也有些感动。他笑了笑,然后很不好意思地告诉庄晨晨,他之前已经和张大器通过电话。

哦!庄晨晨问,他怎么说?

螺螺捏了下自己的鼻子,笑了笑说,我理解。

庄晨晨问,他怎么说呢?

见庄晨晨逼得急,螺螺就说,大器说,目前……公司还在成长,人员控制得紧……

庄晨晨觉得张大器的话,真假各占一半。但是,这是丈夫说的,不好戳破,同时,她也不愿遂了张大器的心事,毕竟是家乡来人,有难上门,甩手不问,是说不过去的。于是她说,大器说的是实话。这样,我回去再问问,你等我电话。

和螺螺分手后,庄晨晨就想出了一个招聘人员的点子。张大器不知是埋伏,竟然允了,但是,庄晨晨也不知张大器的性格中有多少势利的成分,螺螺虽然招聘成功了,张大器照样能拒绝。

张大器拒绝的理由有道理,即使没有道理,张大器不答应的事,自己硬当家,到后来还是都不开心。但是,事情到了这个地步,也不能里子面子一起掉。于是,庄晨晨想到了张大器的一个牌友,人喊湾仔狼,文化程度不低,老电大生,还是本科的,但是,情商不行,生意做得抽抽的,庄晨晨想把螺螺介绍到他那里。

庄晨晨说,仔哥,一个庄邻半个亲,有难来求我,我是推不掉的,你一定要帮个忙。

怕湾仔狼多心,庄晨晨就把张大器不愿接受螺螺的难处说了一遍。没想到,湾仔狼一是同意张大器的想法,二是满口答应,一定得把乡下来的人

第二章　Disillusionment

安排好。就这样,没和螺螺见面,湾仔狼就把螺螺的工作安排好了。

13

半个月的门童,一个月的内勤,接下来在包厢门口看场子,以防客人强暴陪酒的小姐,然后,专门做背客仔:客人在包厢被小姐灌醉了,自己得把客人背出来,然后再把客人伺候上车,如果客人愿出小费,还要把客人送到家……

这里是辛巴克文化娱乐公司,这就是湾仔狼给螺螺介绍的工作。庄晨晨知道后有点生气,责问过湾仔狼。湾仔狼淡定地说,我的苗圃园他看不上,又不能退嫂子的人,只好安排在这里喽。他现在可比我体面,工资比我手下其他人拿的都高。前天带客户去辛巴克玩,见到过小伙子一次,满脸红光,高大得都不想理我了。

对此,庄晨晨还能说什么呢?有工资,平安就好。当然,她又庆幸这不是关子良的结局,如果是关子良,自己的心会一点一点痛到黑。

初来辛巴克,螺螺的感觉是新鲜的,甚至说是刺激的,也是复杂的。新鲜的是,和工厂相比,这里要温馨和柔软得多。正如当年关子良揶揄螺螺时说的,螺螺骨子里有玉米须子情结。这个氛围,符合螺螺内心的那种浪漫。同时,进店后,看到的都是年轻的面孔,年轻的小伙子们,年轻的女人们。尤其是那些女孩子,都是店家挑来的,个个漂亮,看一眼就能抵两只鸡蛋的营养。复杂的是,很快螺螺就发现,那些女孩都是消费品,那些男孩子也是。公司上班的时间是,下午两点到晚上十二点。当一条条走廊灯火辉煌时,客人们就陆续往里进了。一楼、二楼是专供男客娱乐的地方,三楼、四楼是供女客娱乐的地方。一般,客人选定女孩后,包厢的门很快就会关上,自己的任务就是站在外面听声。按照班头的指示,如果小姐在里面发出惨叫声,就说明受到了客人的欺负,自己就得毫不犹豫地冲进去,给小姐解围。

这种事情多少有些护花的意思,螺螺曾兴奋了好久,也产生过许多幻

73

想。他希望有一个这样的机会,他冲进包厢,救下小姐,接着,在公司立功,那位小姐也由此对自己有了好感……时隔数日,两人双双飞走。

但是,接连数日,螺螺从来就没有听到小姐的尖叫声,他听到的都是小姐的浪笑和百般柔情地劝客人喝酒的声音,极为和谐。当然,他也常听到有的小姐竟然违背公司规矩,在包厢内和客人做爱的声音。

这种声音让他面红耳赤,心扑扑地跳。他简直不敢相信,那个看上去斯文得如同高中生的女孩,到了包厢后,那么浪,做起爱来,声音那么大。他感受到一种丑恶,也感受到一种从来就没有的嫉妒和憎恨。

其间,他特别想走,感到自己特别对不起自己的父母,尤其是怕关子良知道后,会将自己羞辱个够,但是,那天下午,有两件事情使他犹豫了。四点时,班头喊他去财务室,很快,他在那里领到了一份三千元的工资。这是他半个月的工资,这半个月,他没有干过一件超过在工厂里的活。这工资就显得特别有水分,特别暴利。晚上十一点,他特别想举报一个叫哈瑞的小姐,此前,这个哈瑞在包厢里,连门都没关严实,就跟客人在沙发上做起了那事。螺螺想走开,但是,他的任务就是像钉子一样站在这里。为此,他咬着牙,一直坚持着。他决定,等这个客人一走,他就跟班头说。不久,客人走了。哈瑞出门时,轻轻地捏了一下他的手,就这一捏,把他的那点愤懑和嫉妒捏得粉碎。

接着是小雪、柳柳、洋洋……螺螺一边不断地接受着这种不平和嫉妒,一边在心里滋长起一种虚妄的羡慕来。这种虚妄到了他认识一个叫曼妮的女人时,终于有了一种平衡和落实。

曼妮是一个三十多岁的女人,很艳丽,爱盘高高的头发,皮肤异常洁白,眼睛大到看上去很假,鼻梁高挺而不失柔和,眼睫毛精心做了,弯曲得很厉害,涂着那种鲜红而泛着光泽的口红,不戴任何首饰,但穿得很暴露,未必戴胸罩,薄薄的一片衣服下,肉质感是那么强烈;性欲不会太差,因为,她看螺螺时,是从螺螺的裤裆看起,然后再往上挑。当然,这是螺螺后来的印象。

那天,23号包厢来了四个女人,其中就有曼妮。既然进了女客,找来的

第二章　Disillusionment

当然是男生。不一会儿,有四个男孩来了,然后陪曼妮等喝酒。

平时,螺螺的任务就是防止男客突然做出冲动之事,现在,来的是男生,当然不需要当心被女客强暴了。于是,螺螺得以脱岗,到吧台和兑酒师聊天。快到下班时,领班来喊螺螺,原来,23号包厢已经到点,四个男孩已经走了,那四个女客还在,其中有一个女客喝翻了,需要背到车上去。

这种事情让螺螺头大,也让螺螺非常厌恶,因为,他不止一次伺候这种客人了,轻则吐自己一身,重则会被侮辱。中秋节那天,他把一个醉汉往外背时,那醉汉突然去摸他的胸部。他吓了一跳,身子一歪,醉汉从他背上滑出去了。醉汉带的保镖说螺螺故意摔客人,一记封眼拳,把螺螺的眼睛打成了一片玫瑰红……

今天,当他听说又要去背客人,浑身一阵颤抖。但是,包厢实行的是承包制,并且和绩效奖挂钩,客人是在他的包厢醉的,也只能他去背。

螺螺硬着头皮走进了包厢。包厢里云山雾海,一片狼藉。沙发上显然是被人滚过的,乱成一团,茶几上到处都是啤酒瓶和点心残渣,地上一片一片的水迹。此时,曼妮半躺在那里,醉得不轻,其他三个女人坐在一边抽烟。

见螺螺进来,一个剃着小平头、戴大耳环的女人站了起来,她走到螺螺面前,用手在螺螺的后腰上极其轻浮地摸了一下说,靓仔,把我们老大捎上,送车上去。

螺螺觉得"小平头"也喝了,而且不少,看他时,眼睛是直的,就像一个粗鄙的爷们儿。

看着躺在沙发上的曼妮,螺螺有点不知所措,他问,怎么办?

是的,此时,面对一个女人,他不知道如何把她弄起来。

"小平头"跟跄了一下,突然把螺螺搂过来,然后噘着嘴,去找螺螺的脸颊,竟然没找着。她就亲了一口螺螺的额头说,你说怎么办,你说!

另外两个女人都笑了。

见螺螺在挣脱,"小平头"也不强迫,她说,让你占个便宜,你抱吧!

螺螺迟疑了一下,把曼妮抱上了车。

几个女人都上车后，"小平头"向螺螺低声说，下次，我单独来，找你。说完，她向螺螺挤了挤眼。

对于螺螺来说，这种酒后略显淫荡的女人不少见，他只是礼貌地笑了笑。他觉得，在没有成本，自己又十分寂寞的情况下，真的被这种女人玩玩，也很好。为此，晚上回家，他神游了一夜。

但是，如果被这种女人玩上，就得要成本，这是螺螺后来才体会到的。

三天后，这四个女人又来了。这次，螺螺被喊进了包厢。

进包厢前，螺螺感到很奇怪，他还问领班，我不是站台吗？领班不解释，只说螺螺问多了。螺螺就想，也许是女客不用站台的，女客总不能把男生玩得喊救命。想到这，他还觉得很可笑。

到了包厢后，螺螺见是那四位女客，笑了笑。可是，那四个女人并不理他，有的在抽烟，有的在玩手机。"小平头"则在胡乱地翻看电视频道，脸上一点表情也没有，想到那天对自己的那个样，螺螺感到来这里消费的人都不正常。

螺螺问，请问几位需要些什么？

螺螺这问时，"小平头"看也不看他说，要人。

螺螺明白了，觉得自己猜得不错，他把一个册子递过去。这个册子上有许多菜名，其实都是男生的艺名。

"小平头"接过名册，看了半天后问，你是什么菜？

螺螺有些尴尬，他说，我是站台的。看"小平头"直直地看着自己，螺螺说，如果这里的菜你都看不上，我回领班去。

"小平头"说，听说你是小岗村的？

螺螺笑了笑。

那天，螺螺来面试时，为了引起班头的重视，他是这么说的。现在，他没想到，班头把这个也当成卖点了。

这时，"小平头"说，好！我们就点小岗村的特产。

螺螺和"小平头"说话时，一直都是弯着腰的，现在，听"小平头"这么说，

第二章　Disillusionment

他忙站了起来,满脸尴尬地重复着自己刚才说的话,哦,呵呵,我是站台的,说着,就要走。这时,"小平头"说,没有用的,我们已经和你家老大说过了,你现在的工作就是我们的菜,要不就……

说到这,"小平头"站起来,拉开门冲外面打了一个响指。很快,领班走了进来,他冷冷地看着螺螺说,今天男生不够,你顶个班。

螺螺刚想说什么,领班把门带上了。

这时,"小平头"笑了笑,向其他三个人挤了挤眼。

螺螺坐下后,"小平头"让螺螺坐在曼妮身边。曼妮看也不看螺螺一眼,只是说,开酒吧!不是一瓶酒有二十元提成吗?你想开多少瓶就开多少瓶,想喝到什么时候就喝到什么时候。

螺螺知道,进包厢的小姐或者先生,至少有十瓶的开酒任务,他估计了一下自己的酒量,算上四个女人,其中有一个女人开车可能不喝,自己只要陪喝三瓶,估计就能完成任务。想到这,他轻松了,同时心里也有了一种好奇和兴奋。因为,他站台时看过男生进来,特别想知道男服务生和一个或者几个女人在昏暗的包厢里到底都干了些什么,今天,自己终于也有了这个机会。如果刚进来时,觉得一定会被扒裤子或者陪睡,现在看来,这些都是多余的,四个女人脸上的表情都很正常,甚至有些看不起自己的样子,看来,当男服务生,也不过和女服务生一样,只是来陪客人喝酒的。

酒很快就开了十瓶,当"小平头"打了个响指,又要来二十瓶时,螺螺感到头晕了。因为刚才,他和她们玩骰子,他一直输,酒大都喝到他肚子里了。等到第十六瓶喝完后,他连站起来的力气都没有了。这时,那个一直表情冷淡的曼妮把螺螺搂在了怀里,螺螺感到,有一只手在自己的脖子上游动,接着深入到自己的衣领。他想推开,但是,他一点都做不到,他感觉自己的下身竟然有了反应。这或许正是几个女人需要的,"小平头"踉跄着去闩上了门,曼妮则开始吻起了螺螺……

螺螺醒来时,发现自己躺在一张大床上,床很软,螺螺感觉自己像躺在云朵上。他睁眼四处看时,才发现,这里不是昨晚的包厢。再一看,他吓了一跳,不远处,一个女人穿着睡衣,正坐在那里抽烟,等螺螺调好了"焦距",这才发现,这个女人是曼妮。

螺螺脑中一片空白,他怔怔地看着面前的这个女人,一个漂亮得令他在夜总会里一眼都不敢多看的女人。此时,曼妮向他走来,然后坐在他的身边说,在那种地方,你不应该对这种事情感到奇怪吧?

螺螺低下了头,脸是红的。

曼妮点了点头,将修长的手指搭在螺螺的肩上说,知道你的这个样子多值钱吗?我现在就跟你算算。把你带出来,花了两千元,我再给你两千。你也可以叫价。

螺螺一句话也说不出来,他感觉自己的嘴巴很干,他的心一个劲地下沉。他认为,这就是人们所说的那种堕落感,很重。

当天晚上,螺螺非常自责,他第一次有了一种被人刮干了灵魂和人格的感觉。这种感觉让他非常沮丧和泄气,也非常有羞耻感,他也体会到了一种人们常说的被破身的感觉。

但是,这些感觉再强烈也阻挡不了现实,那是一只利爪,只要伸出来,就能被它抓走。螺螺在这只利爪面前,真是太脆弱了。

此后,这种事情又发生了几次,每发生一次,螺螺就感觉自己身上的壳脱落一次,直到他有了一种莫名其妙的依赖感和期盼感。当然这个时候,他已经有了在各种商店可以大把撒钱的经历,有了一进门那些过去都不正眼看他的男服务生对他媚笑的光景。

那天,在辛巴克门口,关子良为救螺螺被围攻时,是螺螺打的电话。

电话是打给张大器的。他知道现在的关子良是不屑于张大器的,但是,在这个城市,碰到这种事,他又能找谁呢?

听完螺螺的求救,张大器说,怎么?这么高傲的人也去那种地方?我是做生意的,讲的是脸面,你觉得我能不能到场呢?说完,就把电话挂了。

螺螺气得浑身发抖,他第一次感到什么叫薄情寡义。

现在,关子良就在前面快步地走,一副要把他扔得远远的样子。他的心

第二章　Disillusionment

中忽然有了一种绝望感,连忙追了上去。

在公路边,螺螺追上了关子良,也不跟关子良说什么,就站在离关子良很近的地方。关子良走,他就走,关子良停,他就停,始终保持着一定的距离。

关子良终于发火了,他说,你别跟看孩子的样好不好? 走走走!

螺螺不动。

关子良说,我们打个赌,我敢肯定,你跟那个女人睡过。螺螺,你太肮脏了。如果有一天,外面出现了传言,说小岗人当鸭子了,你看是我去死,还是你去死。

螺螺显得异常愤怒地说,我没有……我可以赌咒。

关子良不相信,说,你走吧。现在看来,分道扬镳是件好事。走吧走吧。你千万别再沾我了。

螺螺不理他,向公路的尽头看。

夜深了,市郊的公路上车辆很少,过了很久,远处才出现两粒灯火。那灯火在夜色里一点一点地长着,等慢慢长大了,螺螺挥舞起胳膊来。

车子在一阵带着焦糊味的刹车声中停了下来。是辆小货车,螺螺上去说明了情况,然后爬上了车。上车后,他忙向关子良招手,但关子良不理他。货车却以为人都上来了,哗的一声就开走了。螺螺见状忙跳了下来,这一跳,人被带出了几个跟头。

关子良把螺螺背到一个涵洞里时,天已经快亮了。他们就蜷缩在一截涵管里,一直谈到太阳高升,最后谈妥了。关子良说,在这个地方,我们就是一对蚂蚱,千万不能绑在一起死,各走各的路。一年后的今天,要是能混出个什么头绪来,我就在这个涵洞前等你。

螺螺一脸灰暗,头一直低着。不过,他答应了关子良,一定会离开辛巴克。

关子良嘴上有刀子,他说,那里还欠你工钱吧? 你要是有骨气,就不要去要啦。

螺螺迟疑了一下,点了点头。

中午,关子良和螺螺吃了一顿散伙饭。结账时,两人几乎同时把一沓钱推向了对方。显然,螺螺那沓钱要远比关子良的厚。关子良意识到了自己的寒碜,他收回了自己的钱,然后,轻轻地敲了下桌子,看着螺螺说,我不会食言,在这个城市里,我,关子良,一定要高高地站在他姓张的面前。听着,别看我现在这个熊样,我没有输。不可能的!说到这,他指了指自己的胸口。

看着大踏步走出店门的关子良,螺螺忽然想流泪。他觉得关子良刚才的一番豪言壮语太装腔作势了。那矮小的个子,在未知的面前,怎么也不够城市一口的。

螺螺猜得很对,关子良说出这些话后,就感到浑身的力气都被卸尽了。走出那家饭店后不久,他就站住了,眼前迷茫起来,心里也渐渐空虚起来。但是,想到身后那双需要鼓励的眼睛,他猛地扯断衣袖上那绺布条,整整了自己的衣服,昂着头,又向前走了。他昂头时喉结很高,像一把突出的矛。

14

当关子良带着满身疲惫和伤痕,再一次扑进广州城中心时,他的对手张大器则作为招商引资的对象,在一阵阵敲锣打鼓的欢迎声中,被迎进了凤阳城。

八月,张大器接到父亲张大喷嚏打来的电话,先是扯些闲篇,无外乎锅里熟了、山上青了这些个事,张大器也不感兴趣。几分钟后,父亲就谈到了一件事,像是正题儿,说是前些日子村里开大会,挨家挨户做工作,要求凡是小岗村出去的后生(指那些在外面混得非常好的)都回来。回来后,可以在小岗村开店、办厂、承包土地。

张大器当时就笑了,他说,我疯了不是?把钱放在大路口烧,也不能放在小岗烧。放在小岗烧,能落个什么?一顿骂哦。

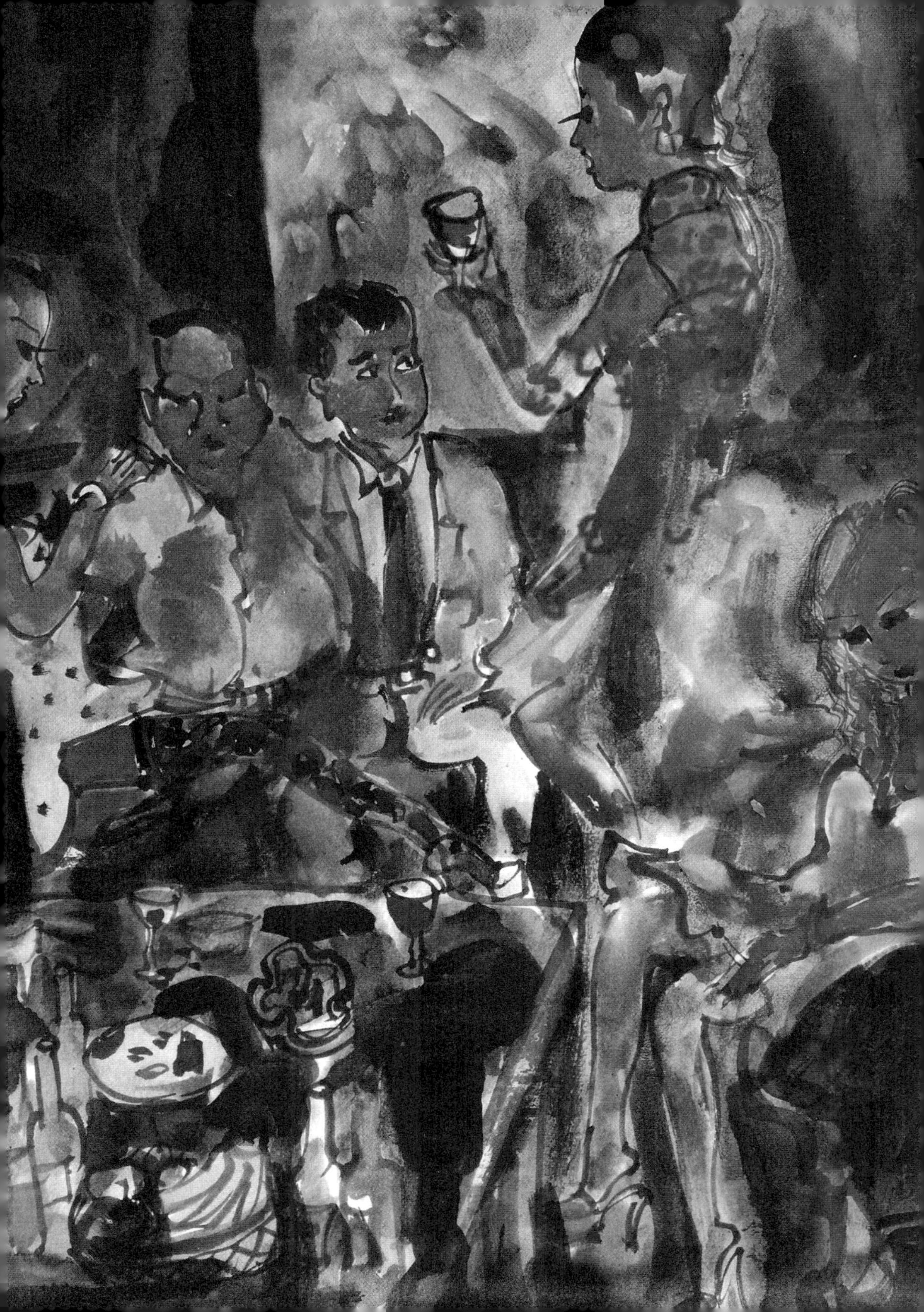

第二章　Disillusionment

张大喷嚏觉得自己没把话说到点子上去,一个劲地挠头。因为,当时开会时,他很激动,到底是什么让自己那么激动,那么想让儿子回来,现在想不起来了。

晚上,张大器把白天和父亲通话的事说给庄晨晨听,有要庄晨晨和自己一起嘲笑这件事的意思。庄晨晨却没有笑,她认为,一定是父母亲想大器了,这分明是在编理由套大器回去。

对于庄晨晨的分析,张大器不置可否,但是,睡到床上后,他忽然悟出来了。他立刻拿起手机,准备再和父亲说说,但拿起手机后,又放了下来。他想等等。

果然,两天后,老家来电话了。他一接,是史学久在那边讲话。

史学久说话时,激动得跟被人撂在鏊子上烙似的,出口就说,妈×的大器,这回你摊上了。

在广州也这么多年了,接触的都是富商大贾,跩洋文的也不少,现在让张大器听这等粗话,确实有些不习惯了。他说,你说快些。

史学久就说,现在小岗可来劲(风光)了。今年一开春,国家领导,省市领导,一拨一拨地往小岗跑,庄子上几个"大包干"带头人,有的被接到省里,有的被接到北京,到处讲大课,乖乖,那家伙……

张大器嫌史学久啰唆,他说,你快说。

那边,史学久好像在系裤子,能听到皮带头碰撞在硬物上的响动。听张大器催他,他呼哧呼哧地说,这说明什么?这说明我们小岗要大发展了。大发展就是盖大房子,盖大房子需要什么?需要大茅匠啊!大器,你是五湖四海的人,别人看到的顶多是一个鸡蛋,你看到的,就是一块元宝啊!这个机会你不来,不像你啊!

张大器觉得史学久的话开始往自己的猜想上来了,但是,他仍然不开口,像一个老练的渔夫,纹丝不动地蹲在岸上,耐心地等着。果然,史学久把一条又一条的"鱼"都提了出来:

从今年起,凡是在小岗办厂建公司的,不仅征地费、征用税和青苗生长税全免,每个项目还有每年每亩二十万元的扶持基金。

说到这,史学久说,现在的小岗,就是一个聚宝盆,哪个看不到这点,哪个眼里长荞麦粒子。

张大器笑着说,老史,你别一个劲地劝鱼上岸,我眼也不怎么样。

在这村子里,大人小孩,一律喊史学久为史委员,没有人直呼他老史的,但张大器这么喊他,他也不生气,说,说的什么话?我是把你往金山上攥哦。快回来,到手的金馍馍,不抢就归人了。说到这,史学久压低嗓门说,我正准备跟子良说呢。

张大器脸上挂了一丝冷笑说,那你快点跟他说。

史学久马上说,你看这孩子,我不是先尽你的嘛。你什么时候回来,给我个准信,村里等着呢!

张大器一边笑着,一边摇着头说,老史,你别忽悠我了,我手里原先有些钱,一碰到小岗村,我一分钱都难了,不干不干。这么说着,也不等史学久说话,一下子就把手机关了。

电话是在办公室接的。回到家,张大器一下子就把庄晨晨抱了起来,然后旋转起来。相比关子良,张大器在表达自己的感情方面比较简单,甚至是冷漠,所以,今天这个举动,让庄晨晨有点意外。她喊,你疯啦!你疯啦!

由于吃力,张大器涨红着大方脸说,对!我们就要疯了。

15

一个星期后,张大器和庄晨晨正在红幡子鱼庄吃鱼,一个电话打了进来,张大器的,配的也不知是什么铃声,有人在里面嗷嗷的。张大器看也不看,只是歪了一下头,示意庄晨晨接。平时,庄晨晨从不沾张大器的手机,这回更有了理由,她说,就不要节外生枝了,要是接出问题呢,自己听吧,我吃鱼呢,说着去吸那鱼头,嘴里嘝啪着,那鱼好像要活了似的。

张大器撕了张纸巾把手处理干净了,然后拿起了手机,看了看后,按下

第二章　Disillusionment

绿键。

电话是张大器母亲打来的,先不说话,只是嘻嘻地笑。张大器被感染着,笑着问,我妈,我爸戒酒啦?

张大器母亲俨然是沉着脸说,喊!他要能戒酒,猪都能生蛋。转眼就开心地问,大器,在外面得了什么本事?

张大器没听懂,你说什么?

张大器母亲告诉张大器,这几天,先是史学久带村干部来家送东西,接着,县里又来了几批人,来时,没有一次是空手的,都带了东西,家里色拉油和成袋的米都堆一床的。

张大器笑了笑问,他们说什么了吗?

都夸你呢!张大器母亲说,但是,电话好像被人夺走了,张大器再一搭话,说话的果然是父亲了。

张大喷嚏告诉张大器,无论是村里,还是县里,都希望张大器父母做做儿子工作,早日回家乡投资,干大事业。

张大喷嚏显然要比张大器母亲更会表达,他把县里开出的条件都说了出来,然后表态说,我和你妈不一样,你妈想让你回来,守在跟前,少些惦记,我觉得你还是干你原来的稳当些,他们想让你回来,又给肥料,又给荞麦种的,这是眼前,将来呢?谁也看不到边,还是不要回来。

张大器母亲不同意张大喷嚏的意见,开始在一边嘀咕。不一会儿,老两口干脆吵了起来。张大器也不为二老急,只是笑着说,我爸,这事你不要操心,再来找你们,你们就说不知道儿子怎么想,再来,你们就躲,再来,就把大门锁上,去大菊家过几天。大菊是张大器的妹妹,嫁到一个叫石门山的地方。

按照张大器的交代,张大喷嚏夫妻和史学久以及县里来的人玩起了推手,这一玩就是一个月。一个月后,在广州,在张大器家,老家来人了,是凤阳县招商局的,陪同者就是史学久。

张大器在爵士号大酒店接待了史学久等。爵士大酒店是广州市十大豪

85

华大酒店之一,开门价三千元。账是庄晨晨结的,七千三百二十元。

吃完饭后,张大器让庄晨晨先回,自己带着副总和史学久等人谈事,回到家时已是深夜十一点。此时,庄晨晨早已上床,脸向里,背对着外面,像睡了,其实眼一直睁着。

今晚,张大器酒喝高了,这会看到穿着睡衣的庄晨晨高高低低地躺在那里,心里立刻起了陡峭,大腿两侧也热了起来,爬上床后,哼哼唧唧地要去扳庄晨晨的肩膀。庄晨晨猛地拂去张大器的那只胖手,然后一下子坐起来,把头发往后面一甩,满脸潮红地问张大器,你不是看不起小岗来的吗?还有哦,那些投资的事,你根本就不想接招,你这么糟钱干什么?

看来这笔钱真像小刀子一样,生生地刮到了庄晨晨。说完这些话时,她剧烈地喘息着,激动难抑。

张大器被庄晨晨这个样子吓了一跳,先是一床破被絮似的躺在那里,然后怔怔地看着庄晨晨,半天才说,是的,我从来就看不起小岗村的人,不过,我决定回去了。

你答应他们啦?

张大器笑了笑,摇了摇头。

你什么意思?庄晨晨问。

张大器说,我等轿子。

16

关子良日记摘抄:

7月22日,没有找到工作。

7月28日,没有找到工作,这是个连续没有找到工作的日子,日子显得很大,很长,很潮湿。

8月3日,去南沙区人才市场撞大运。白石管道公司招人。被录用,高兴,但很快辞职。因为录取我的理由是身材矮小,适合性强。老子是准备在新的工作岗位上检验毅力和智慧的,而不是检验身体和猴性的,滚开!

8月22日,身无分文,呵呵!显得非常干净和无牵无挂。在小区一角捡到半罐子白砂糖,有些化了。大碗大碗喝白糖水过了一天,还是有些饿,但血是甜的。

8月27日,在黄阁海鲜店的玻璃橱柜前大饱眼福,那些巨大的梭子蟹即将赴死,但仍然那么从容、淡定,壳还那么硬。很励志。但到了晚上,有些小小的绝望,夜宿立交桥下毕竟做不出温暖的梦。

9月25日,关子良在一个叫大岭界的地方终于找到了一份工作。这家企业叫中国心挤塑公司。公司离城市很远,坐落在水泊和山林之间,不大,但看上去很整洁,管理也很规范,企业文化色彩很浓。烫金的企业LOGO(标志),高耸的大门楼,穿着笔挺的崭新制服的保安。走进厂区后就能看到广告标语:

做两广第一流企业　挣商界最干净利润!

除此以外,四周全是企业的励志口号,这些口号和内地的一点都不一样,直接,大实话,让人心跳:

今天不敬业　明天就失业!
今天不爱岗　明天就离岗!
每月12日厚厚地发薪,13号薄薄地积累!
国家是国家的,小家是你的!
……

办公楼前,有一个大的雕塑,不是骏马,也不是企业主或者什么名人,而是齐白石的两只雏鸡,此时,正在用力争夺一只蚯蚓。

关子良一下子就喜欢上了这里,这里的一切对于他来说都是那么新鲜,尽管从家乡到广州后,已经被许多新鲜事物所刺激,但是,现在他所看到的,还是很刺激。尽管,和心中传统的东西很顶、很硌,但是,他接受得很快,感到心跳加速,头皮发麻。

老板姓俞,五十多岁的样子,眼睛有些肿,眼袋很大。看人时,很专注,目光很深刻,有一种异常的严谨和警觉。不是太爱笑,但一笑显得很大叔,很慈祥。

俞总让人把关子良叫到自己办公室,然后把关子良的简历放在自己的右手边,开始仔细听关子良介绍自己。关子良介绍一句,他就看一眼那张简历,如校稿一般。等关子良介绍完了,他点了点头,然后说了两点令关子良感到亲切的话。

我也是从农村出来的,这些年没有一个人拉扯过我,全凭自己深一脚浅一脚在泥里踏。我不相信运气,我看重毅力和眼力,又说,你说你是小岗村人,确实让我刮目相看。小岗这个地方很有名,那里的人敢搞,胆子大。人就要那样,不要怕风险,胆子小吃虾子,胆子大吃龙翅。

接着又做出了一个让关子良大跌眼镜的事,俞老板当即任命关子良为特种工艺挤出车间见习主任。见习期间工资三千元,加班费另计,还有百分之二十的满勤奖,每季度结算,管吃,管住,学习与培训免费。满意吗?俞总问。

关子良觉得自己的手有些抖,一时没有说出话来,看俞总时只是傻笑。他第一次发现自己的骨子里也有一种卑躬屈膝的东西,这使他失去了惯常的矜持和高傲。此时,他的内心非常感激,膝盖发软,特别想跪下,今天对于在广州流浪到现在而无着落的他来说,该是一个多么值得铭记的日子。但是,关子良毕竟是关子良,他还是克制住了自己,他笑了笑说,老总,太多了,见习期期间,有铺盖,有口饭就行了。

第二章　Disillusionment

俞总哈哈大笑,然后十分感慨地看着关子良。此时,关子良的衣服很脏,腋下开始发白,头发比较整齐,但是,因为睡觉时不老实,头上的乱象很明显。面色憔悴,嘴唇显得比较突出。

半天,俞说,你这句话,其实让我落泪。好!上任吧!

17

关子良一来,特种车间的主任便去另一个车间任职去了。老主任姓公,只有一只胳膊,北京口音,对于关子良来说,这种口音听起来很洋气,所以感觉很好。见到关子良时,公主任着实打量了他半天,目光很奇怪,然后就是问这问那,等关子良介绍完了自己,他好像显得更为奇怪,又将关子良上下打量了一番。关子良从公的目光里看到了不信任,他忙说,我非常珍视这份工作,一进来就喜欢上了,前辈多带带学生。

公主任淡然地笑了笑,然后说,这个车间只是流水线上的一部分,你不需要知道生产什么。另外,挤出设备是从日本引进的,全智能化、自动化,力度、角度、刻度一概不要你操心,要操心的倒是自己的眼力。说到这,他咳嗽起来,然后嘀咕说,这个要看准了。

前面的一段话,自然是介绍机器的能力和自己的工作范围了,不难懂,但是后面的这些话关子良不是太懂。好在,这些都不重要。

带关子良看完车间,介绍完大致管理范围和工作任务后,公又喊来几个班组长,向他们介绍了关子良。几个班组长,脸上都没有什么表情,个个都像是俞总。最后,公主任说,你的任务,就是一天巡视两次,看看生产报表就行。

交代完这些,公主任就离开了。

正如公主任所说的,这里的管理工作全被智能机器替代了,作为车间主任,关子良几乎过问不上什么事,这等清闲也不知要羡慕死多少人,但是,关子良却有了一种前所未有的边缘感。又过了一个礼拜,这天上午,关子良去了办公楼。

在接待室,关子良被秘书截住了,听说关子良要见老总,秘书示意关子良稍候。

三十分钟的样子,总经理办公室的门开了,接着四男一女从办公室陆续走了出来,其中,有两个是外国人,一个是黑人,另一个看眼睛和肤色,像泰国人,又像印尼人。

这个景象让关子良对公司的规模和业务有了极大的联想,他暗自庆幸。

送走了客人,俞总开始接待关子良。俞总一边看着面前的手提电脑,一边毫无表情地说,你讲。于是,关子良便开始说自己的想法。待关子良把想法说了一大半,俞总才把笔记本电脑合上,好像才看到关子良似的问,你说什么?

这有点伤到关子良,他调整了一下自己,接着说。

关子良主要说了三件事,一是,按照用人程序,自己应该先接受培训和实习再能上岗。为此,他希望能有一次正规培训的机会,然后再到一线当工人。二是,车间实行三班倒,自己希望值夜班,和一线工人建立感情。现在,每天只在车间巡视几遍就钻进了办公室,不利于自己掌握工人的思想动态。三是,目前的待遇与自己的工作业绩很不匹配,希望能减一半工资……

听完关子良的话,俞总木讷地看了关子良半天,自己先点上一支烟,然后又扔了一支给关子良。

关子良接了过来,看了一下。烟是小熊猫牌的,一包烟相当于父亲关大疤癞抽的二十包烟。关子良立刻有了一种受宠若惊的感觉。但是,他马上站起来说,谢谢俞总,我不会抽烟。

等关子良坐下后,俞总把关子良放在桌上的那支烟拿起来点上,向关子良连递了两次。这个动作让关子良感受到了一种亲切和可爱,他只好接了下来,然后在嘴里叼着,动作显得很僵硬,很滑稽。

一股青烟从关子良嘴里飘了出来,俞总说,我没看错人,也没安排错事情。

第二章　Disillusionment

　　关子良知道俞总是对自己表示欣赏,他有点得意,想表达些什么,但没能找出什么合适的词汇,就讪讪地笑了笑。

　　这时,俞总说,小关,你现在就是实习,就是培训,就是在生产第一线。说到这,他像是要表示强调,重重地点了点头,然后接着说,知道吗?你的未来,不是在那里当巡视员,是在更大的场子里耍威风。想没想过有一天,你会飞出广州,飞出中国?现在就可以想了。我们在国外有更大的业务要做。业务大了,人才就要跟得上。你目前不过是在待命而已。这么说,可懂?

　　关子良走出俞总办公室时,已经完全不会走路了,他看天时,天是那么辽阔,看工厂时,工厂是那么亲切,他分明看到自己的双肩上慢慢长出了一对翅膀,耳边有风在呼唤。

　　一直到深夜两点,他还以为自己身在梦的深处。

18

关子良日记摘抄:

　　8月28日,等待。
　　8月29日,等待,呼吸紧张,空气是稀薄的。
　　9月2日,等待。人有被拖曳的感觉。
　　9月10日,出现幻觉,前方有个什么东西走来,越大越无形。
　　9月20日,等待。我说等待的滋味,是身体一落千丈。
　　9月22日,兴奋,无名的兴奋,眼前有无数道亮光出现,直到深夜。
　　10月8日,心中有一种疲劳过度的感觉,是思念还是怀想,一点也不清楚……

19

尽管俞总说得非常明白,关子良每天坐在办公室等未来即可,但是,关子良还是坐不下去,不知为什么,让他坐在那拿那么多钱,他就是不安。这一点会使他想到自己的父亲,无论刮风下雨,寒冬酷暑,总要扛着锄头下田转转,总要动动土,闻到土的气息才能安心,一旦闲下来,总觉得欠人家什么,十分惶恐。为此,没有再和俞总讨论这件事,反正在不在车间办公室,自己说了算,他干脆换上工装,直接加入了生产队伍。

这天,关子良正在生产线上和两个工人讨论摩托车盖瓦的弧度问题,班长来喊,要关子良去俞总办公室一趟。

到了俞总办公室后,关子良发现俞总并不在,姚秘书接待了他。姚秘书告诉关子良,要他马上准备身份证。

什么事?关子良问,有一个闪亮的东西在他的眼前一闪而过,这种闪亮的物件,曾在过去的许多时候令他兴奋。今天,他觉得它来了,一定是它。

没错。秘书告诉说,下个月,俞总将带他去马来西亚。祝贺你!秘书说着,眼里却有一种异样的神情,关子良觉得是嫉妒或者叫不服。

关子良确实被这个消息震到了,脸颊都热了,此时,如果俞总站在他的面前,他也不知道会说出什么混账无比的献媚话来。他深切地感到,在这个巨大的喜讯面前,他一点都无法免俗。想想在那个村庄,至今还没有人能出国,或者说至今还没有人坐过飞机,想想到了广州后自己的贫寒和落魄,想想张大器那个神气劲,想想当庄晨晨知道自己有了今天……

我走后车间怎么办?他问,并庆幸因为这句话,终于让自己心中的那些汹涌澎湃的波澜得到了遏制。

秘书说,会有安排的。

公主任会回来吗?关子良问。

秘书看了关子良一眼,然后说,独臂公?嗯!也许吧。说到这,秘书转

第二章　Disillusionment

移话题说,办护照的程序并不简单,需要当事人到场。你安排时间吧。

离开车间后,自己的工作到底会不会由公主任接,关子良觉得秘书还没有确切回答他,话题也转移得太快,但是,秘书的话一下子就扭转了他的思想。他说,好的好的。

那天,从俞总办公室向外走时,关子良觉得自己整个人像只陀螺一样,不停地旋转着,直到晕晕地回到了自己的办公室,四周还在转,还在呼啸。中午,在食堂,他一口饭也吃不下去。他惊讶地发现,原来,自己激动了就吃不下去饭。过去,好像也有激动的时候,譬如和庄晨晨接吻,和庄晨晨的第一次,但是,都没有吃不下饭的感觉,今天的这种感觉,真叫他有了大红大紫的预感。

护照很快就拿到手了。晚上,他给父母打了电话。母亲顿时傻掉了,在电话那边一直笑,什么话也说不出来。电话是父亲接的,父亲显然要矜持得多,但也好像完全没有了主张,半天才说,这不好吗? 又说,到了飞机场别乱跑,飞机多。

关子良笑了,说,好,好好好。

和父母通完话后,关子良更加不能平静,这些日子,因为工作关系,他和公主任有过一些接触,交谈中,才知道,这个讲了一口北京话的公主任,原来是安徽铜陵人,在北京待过几年,算是老乡了。而且每次和公主任见面,虽然时间不长,但是,都能从他的眼睛里看到一种老乡的友善,同时,也能感受到一种莫名的忧郁。现在,自己马上要出国了,而且公主任可能要回来,如果是他回来,就等于是帮自己了,自己应该过去看看,一是话别,二是叙叙老乡之情,三是分享一下自己的快乐,当然也有显摆一下的意思。

尽管都在一个厂,要说没见的日子,也有一个多月了。关子良先是去了公主任的生产车间,没见着人,一打听,有人说,公主任早就辞职了。

辞职? 关子良很吃惊,他问,早就辞职有多早?

回答他的人就在那想,脑子都要抠出来一样,半天才说,至少一个月了,突然就不来了。

那谁管你们呢？关子良问。

有人插嘴说，水口来的，也不知姓什么，都喊他黄头。

这个消息让关子良有些沮丧，他觉得在南方，生活节奏快了，人情也寡淡了。要是在内地，既然是老乡，分别之际，说什么也会打声招呼的。

20

事情发生在是夜十一点十五分。

关子良和几个工人刚从车间走出来，就看到有个男人从花园一角往仓储科跑，等那人到了灯光下，大家才看清，是俞总。此时，俞总只穿着睡衣，脸上全是血，神色惊恐慌乱，边跑边回头。关子良身边的几个工人，见俞总向这边跑来，立刻向四处逃去，关子良却迎了上去。他一把扶住俞总，问，怎么回事？俞总也不说话，反拉着关子良跑进了一座假山群。

在一簇芭蕉树里，俞总说，子良，我受到黑社会的追杀。如果今晚出不去，就要出事了，能不能帮我一下。

关子良的手立刻抖了起来。但是，他还是坚定地说，俞总，你让我怎么做？俞总的嘴唇很干，好像涂了胶水，他艰难地张开嘴说，过一会儿，我是说过一会儿，你只要听到有脚步声跑过来，就……翻这个墙头，然后顺着河道往北跑，那里有一片橡胶林，你往里一钻就可以了。他像是解释，说，我没力气了，这个墙我上不去了。

关子良说，明白了。

俞总立刻抱着关子良的手摇了摇，一脸的感激。

很快，前院传来了一阵急促的脚步声，其间还有不断拉动枪栓的声音。俞总马上把目光投向关子良。关子良会意，立刻向一侧跑去，接着翻身上了墙头。待关子良跃上墙头时，有人大喊，警察，警察！关子良心里一紧，但墙头太窄，人上去后，就有了惯性，整个人把持不住，一下子就摔了下去。

关子良刚摔到墙下，就被急促的脚步声、怒喝声和纷乱的拉动枪栓的声

第二章 Disillusionment

音淹没了。接着,十几支手电筒一齐照向他,令他无法睁眼。就在这时,有两个人冲上来将他提起来,又狠狠地摔倒在地,然后大声喝问,叫什么?叫什么?同时,有人卡他的脖子,扭他的胳膊,搜他的身,抽他的裤带。等他再站起来,手上已经带上了铐子。他睁眼一看,傻了,站在他面前的全是武警,枪上还有刺刀。他第一次这么近对着刺刀,刺刀的槽口冷森森的,让他的心往里抽。

这时,院内又传来几起枪声,然后归于平静。

当关子良被一群武警押着重新回到公司时,眼前的景象让他大吃一惊。院心躺着两具尸体,从衣服上,关子良一下子就认出来,一具是姚秘书的,一具是俞总的。俞总身上多处中弹,死得很难看。院心的另一角,在强烈的灯光下,几十名工人抱着头蹲在那里,十几支枪口正对着他们,几个记者抱着摄像机不停地拍摄。当武警押着关子良走过来时,记者们马上围了上去。

21

在蕉门水道上有座桥,叫亭角大桥,某日,水务局的一名工人在桥下发现了一具男尸。接到报警,刑警很快赶到桥下,勘查后认为,死者不属于他杀,应为溺水身亡。但是,当法医把尸体带回去解剖后,又有了重大发现。在死者的胃里,有一只用保鲜膜紧紧缠绕成的纸团,纸团打开,真相大白。死者叫公国强,就是关子良的前任。纸团里透露,中国心挤塑公司其实是个毒窝,那个俞总俞风就是枭头。开这样一个工厂既为了洗钱,也可做毒品的地下转运站。经过十几年的隐藏经营,俞风的贩毒、制毒生意越来越大,并且和国外尤其是东南亚几个国家的毒枭建立了联系,构筑了一条巨大的利益链条。在这个制贩一体通道上,固定的上下线就有上百条,各路马仔有几百人。为加强对越南、柬埔寨、缅甸等国家的贩毒生意的控制,俞风正和几家合作伙伴四处招兵买马,于是,关子良就这样一脚踏进了山门。

经过一段时间考察,俞风认定关子良是个可用之材,经过洗脑和金钱的诱惑后,一定会成为他麾下的一员干将。为此,他决定以考察东南亚兄弟单位为名,把关子良交给缅甸地下贩毒组织控制和培训。

现在,关子良被羁押在潭州区看守所,其间被打过两次,一是因为对方对于他掩护俞风逃走的解释不予采信。二是,他跟一个叫杨子的警官讨论了人权。

审来审去的,转眼半个月就过去了。起初,看到那银白色的警徽时,关子良还是充满信心的,被打之后,有些绝望了。好在警方给了他一个公断。那天,杨警官跟他说,案子基本上可以结了,不过,想出去还得要当地人作保。

这好像为埋在地下很久的人扒开了一道逃生的缝,关子良连连点头。但点完头后,他沉默了。要说找人作保,他首先想到的当然是张大器和庄晨晨。但是,他很快就打×了,此时,要让自己去求张大器,他宁愿困死在这里;此景,让庄晨晨来探监取人,也不如去死。杨警官见他迷糊,问,想好了吗?想好了就吱一声。关子良惨惨地笑了笑,摇了摇头,像是吃了辣椒似的吸溜着嘴说,没。杨警官说,如果当地没有人,就得让你家乡来人。不不不!关子良连声拒绝,并说允他再想想。杨警官看了他一眼,大约知道了关子良的难处,夹着本子就走了。

一转眼三天过去了。这三天每分每秒都是刀子,关子良感到自己在这件事里快被绞碎了。

那天,关子良蹲在号子里,正在苦苦思考,门被打开了,一个瘦高个男人出现在他的面前。

看到关子良,瘦高个笑了笑。在关子良蒙圈的时候,杨警官说,你的救兵到了。说着,让关子良在提押登记簿上签字。待关子良签字完毕,杨警官一改多日的阴冷和威严,拍了拍关子良的肩膀,带着一种淡淡的表情说,可以走了。记着,年纪轻轻的,出来打拼,要学会看云识天气。还有,出了大门关小门,不该说的,省省喽。

第二章　Disillusionment

关子良知道杨警官说的是什么意思,于是,整个牙床都疼了起来,他没有点头,也没有摇头,只想一把抱住杨警官的大腿,狠狠地咬上一口。

出了看守所,关子良被瘦高个带进了一个饭店,要了一个包厢,又要了几个菜。看着那一盘卤鹅,关子良感到自己浑身上下都张开了嘴,但是,他硬是坐在那儿没动,只是直直地看着瘦高个。从这次被囚,他理解了一句话的含义:天上不会掉馅饼。这个坐在自己对面的男人,到底是来搭救自己的,还是来接手杀生的,他实在说不清楚。

这时,瘦高个向他做了一个可以用餐的手势。关子良笑了笑,说,我们应该相互认识一下吧?你是不是……

关子良想说,你能确定你没认错人。但是,他没说出口。

瘦高个笑了笑,把一张名片按在指尖下,嚓的一声推到关子良面前。关子良看了看,上面写着"蓬江国际建材装饰贸易公司",黄禹总经理。

瘦高个说,都喊我湾仔狼,你叫我湾仔吧。

谢谢。关子良说,眼里仍然充满了疑惑。这时,湾仔说,其实,我是第二次救你了。

关子良眼睛立刻睁大了,他在脑子里迅速翻找起来。

湾仔告诉关子良,去年春,在辛巴克休闲城门口,关子良为了螺螺,和阮少山等打成一团时,是他报的警。此后,关子良和螺螺被候警官收押了。在返回警局的路上,候警官接了个电话,那个电话也是湾仔打的。

关子良有点明白了,心里有一阵热浪在慢慢涌动,谢谢你……他说。

湾仔接着说,当时,你的处境是很危险的,但是,为了朋友,你完全豁出去了,我很佩服。上个星期,我在桑拿休息大厅休息时,在《广东新闻联播》上又看到了你,一打听,才知道你是被人设计了,所以我想出手拉一把。

关子良死死地看着湾仔,特别想哭,但是,他却拿起筷子,一下子把一只鹅腿夹了过来。

97

22

日期	最高气温℃	最低气温℃	天气	风向	风力
08－09	35	25	雷阵雨转大雨—暴雨	东北风	9—10 级
08－10	29	25	暴雨—大暴雨转大雨	东南风	7—8 级
08－11	31	25	雷雨	北风	8—9 级
08－12	32	26	暴雨	北风	10 级
08－13	34	26	强暴雨	北风	7—8 级
08－14	35	27	大暴雨	北风	9—10 级

　　整整一个礼拜,广州市蓬江区就这么下着,倾泻着。雷声、雨声、风声贯堂而入。大地战栗,树木狂舞。关子良昏昏沉沉地睡了六天,醒来后,忽然特别想家,想推开枣木门时发出的那种吱扭吱扭的声音,想一年四季都有点猪潲水味道的小院,想父亲关大疤瘌赤着脚丫、手背在身后,庄严肃穆又自信十足的样子,想母亲满眼的允许和娇惯的眼神,还想家里的那条好像饱读圣贤书,有点孤傲的柴火狗稻箩,想村口的那棵刺槐树——那天晚上,庄晨晨就站在那里……

　　想到这,关子良浑身打了寒噤,他对这个自己硬要闯入的城市忽然有了一种厌倦感和恐惧感,有了一种彻骨的寒意。他恨不得马上就去火车站,然后买上一张北上的火车票。

　　湾仔好像一直在观察关子良。晚上,他问,下一步怎么做？关子良望着黑沉沉夜空,叹了口气说,明天,我想去烟嘴港,再碰碰运气。湾仔问,有熟人？没有。关子良说,我喜欢去没有熟人的地方。湾仔说,那我留不住你喽？关子良看了看湾仔,笑了笑,他大概懂了湾仔的意思,心里一热。

　　湾仔不想再绕着话题满场子跑了,他说,如果没有金山、银山等你爬,就在我苗圃场做喽。管吃住,工资不高啦,前三个月一千二,三个月满,两千。我缺个二把头,你要能接过去,就三千喽。

第二章　Disillusionment

关子良都听清楚了,他用力向夜的深处看了看。那边,城市灯火都活了一样,一窝一窝地生长着。高耸至云端的大厦们,彼此相望,通体发出怪异的光。这些,在关子良心里都不那么宏伟和神秘了,他转而向湾仔伸出了手。那只手和他个子很不成比例,看上去有好几公斤的样子。湾仔迎上关子良的手,说,先做下来哦,等有了理想的去处再走,就把这里当跳板好啰。没关系的,我说真的。

湾仔的坦诚让关子良感到很舒服。

在西郊,经营苗圃种植和买卖的企业有一百多家。夹在近百家的苗圃场之间,无论是种植面积、工人数量、产品品种以及厂区环境,湾仔的苗圃场都是最差的。几个星期下来后,关子良还发现,在经营方面,湾仔短视、思维僵化、理想不高,完全处于应付生计的状态,还懒,在企业发展上,更怕多想、找事和多事。

一进苗圃场,关子良就住进了工棚。同棚的几名工人听说关子良是大学生,面面相觑,有的显得很警惕,有的则很巴结,原因只有一个,认为关子良不应该到这里来。当确信关子良果真是到这里打工时,有的干脆自作聪明地说,人家是先搭跳,两个月不要,保证飞。

两个月后,完全被苗圃场的阳光焗得乌黑的关子良为湾仔拿出了一个五年计划。

这几天,关子良一直被这个计划燃烧着,与其说是苗圃场的五年计划,不如说是他关子良的五年计划。做计划时,关子良对自己的未来做了细分,把它定位为精神和思想的投入。是的,当最后一个字被一笔写死时,他暗暗地说,我开始下注了。

关子良送计划书给湾仔时,湾仔正在算账,听关子良谈企业发展的蓝图,又看关子良手里拿着一沓厚厚的材料,眼珠子慢慢就鼓了起来。此时,他既充满了意外和好奇,也充满了敬意。于是,他推开那些烂账,为关子良倒了一杯水,然后又坐下来,像一个虔诚的学生一样坐在关子良的对面,满脸都是期待。

关子良的计划分为五点。

首先，马上解决两个问题，一是对场区门前的道路进行改造。关子良说，目前，苗圃场特别需要一个车水马龙的景象，得先把大门楼竖立起来。二是借子，即，减去育苗环节，从别的苗圃场进半年生树苗，再加以培植，这样，不仅可以把播种之苦转化为守护之乐，同时，减少了培育成本。三是品种的差异化。关子良说，这些日子，我经常在这一带转，我发现，该地区的几十家苗圃场有一个共同的致命的弱点，那就是，经营的树种大同小异。这对于我们这样的小苗圃场来说，就是一个机会。我在网上查过深圳的资料，那里正在搞大开发，小区需要大量的暖叶槐，这种树长得快，存活率高，出苗多，我们可以大量地培育这种树苗，然后，卖到深圳去。

车呢？人呢？接受单位呢？湾仔已经被说兴奋了，但是，他提出了自己的疑虑。

关子良笑了笑说，一切都不用你管。

湾仔看着关子良，奇怪地咬了咬牙，点了点头，忽然挺直身子，问，还有？

把公司的名称换了。关子良说。

公司的名字很响亮啊！湾仔说，一副很生气的样子，如同谁要把他孩子的姓给改了。

关子良并不慌张，说，目前，我们叫中国·广州万绿国际苗圃场，这个名字太大太空了，给商业伙伴的印象是浮夸的。最主要是，没有任何记忆点。没有记忆点，就会失去许多商业联想力。

你有名字了？湾仔问。

关子良说，五个字。只要五年，我就可以把这五个字做成五座金山。

湾仔打量了一下关子良，没有说话。

关子良说，就叫"小岗苗圃园"。

湾仔像是被烫了，连连吸了几口烟。

关子良说，黄总不觉得这个名字更接地气，更有品牌感吗？

好。过了一会儿，湾仔说。非常好！他这么说时显得很兴奋，好像从这个名字里扒出了一斗金子。借小岗村的大名，做我们的事！也叫借鸡生蛋。

黄总只说对了一半。关子良说。这个名字的价值就在于，他能让人产生丰富的联想。

湾仔站了起来，兴奋地来回踱步，说，是的，能想到很多，很多……

转了几圈，湾仔唯恐关子良反悔似的，他一拍关子良的肩膀，说，就这么定了。

关子良为湾仔采用自己的建议很高兴，他大声说，黄总，我还有绝的。

湾仔猛地转过脸来，他盯着关子良。目光如同通了电，明亮而炽热。

关子良说，三年后，我们就可以在整个广州地区开分店。我算了一下，首批可以搞三到五个。然后让它们裂变，十个到二十个，一百到二百个。然后延伸到广西、深圳、香港、台湾乃至整个东南亚。

湾仔像只水壶，一点一点地被加热，现在，终于被完全烧开了，沸腾了，他一拍桌子说，哇哦，早想到多好！

23

按照关子良的计划，只半年时间，小岗苗圃园就有了大改观。门前的道路全部改造成了柏油路，太阳一出，那路便如从油锅里捞出来一样，油光发亮。场区大门楼巍然屹立，四根大柱子龙飞凤舞并加了门卫。门楼上，"小岗苗圃园"几字镏了金，那金色新鲜而饱满。场区大院早就拉了起来，由占地十几亩，到占地几十亩，最主要的是，新办公大楼上一片繁忙，来自全国各地的订单，堆满了湾仔的案头。

此时，关子良已经是二把头，从湾仔那里得到了许多权力，他每天都精神抖擞的，整个人有使不完的劲。他在日记里写道：

一个人只要愿意进取，只要有理想，无论在哪里，一定都能实现！

一切都在按照既定的路线走，我想，我关子良有惊动广东省新闻媒体的能力,有惊动中央电视台的能力。

我希望她能看到我破壳而出的能力,接着是我不断长大,直到傲视群雄。

那天,关子良到供应科找张科长,准备和他谈谈从成都兰星水灌溉有限公司进一批灌溉设备的事,这个事一直让关子良很头疼。目前,小岗苗圃园的灌溉还处在半人工、半机械化状态,显然已经无法满足公司的发展,就这个事情,他跟湾仔谈了多次,湾仔一直以资金问题搪塞,最后关子良才知道,湾仔不愿意在育苗上花大本钱,为此,关子良希望有人能支持他,于是想到了供应科长。

关子良赶到供应科后,科长不在,关子良决定等一会儿。就在等人时,关子良发现了一组数据。这组数据他从来都没有看过。这些日子,公司许多重大事情都是他打理的,这些数据涉及基础建设基金和人员报销,按照常理,他是应该知道的,为此,他向总会计师做了咨询。通过总会计师的解释,他才知道,湾仔已开始在江湾和虎头湾搞起了分店。而这些,关子良也不知道。

关子良忙找到湾仔,开门见山地问到这件事,湾仔不以为然地说,这是件小事,就没告诉你。

关子良说,我是副总啊！这么大的事,怎么能不告诉我？

关子良的话让湾仔明显不悦,但他还是敷衍说,你事情多。这些事我知道就可以喽,让你怎么干就怎么干喽！

在关子良心里,这件事的分量太重,此时,关子良竟然没有感觉出湾仔话里的不满和提示。他说,企业发展是讲步骤的,大盘子还没有落实,你就超前做连锁,后果是可怕的,我表示反对,最主要的,目前,我们最需要解决的是灌溉问题。规模在扩大,市场在延伸,如果企业还处在半机械化、半人工状态……

好了好了！湾仔挥了挥手说,你只管当你的副总,拿年薪,过快乐日子,

第二章　Disillusionment

其他的不用你管啦！

关子良说，副总不是傀儡。

湾仔笑着说，也不是我的麻烦啦。

关子良说，对不起，我真不知道我成了你的麻烦，那就再麻烦一次。我再次要求你撤销连锁公司，否则……

湾仔显得非常生气，他一边用报纸不断地拍打桌面上的烟灰，一边说，随便啦。

关子良转身下了楼。

关子良没有去自己的办公室，而是去了瞿町。

在这个地区，瞿町是最高点，从这里可以鸟瞰附近几十家苗圃园。坐在芭蕉树下，看着山下的小岗苗圃园，关子良的心里很不是滋味，很不平衡。

那时，湾仔所谓的中国·广州万绿苗圃公司占地只有几百平方米，这里最显眼的建筑就是几间破旧的棚子。现在，苗圃园面积扩大到一百多亩，公司已经有了自己的办公区，占地三千多平方米。办公区设在一个四层小楼里，四周被宽敞的外环公路所环绕。每日，公司的院里都排满了进货的车队。这些，都是按照关子良的发展思路走出来的，都是关子良的梦想。而梦想远不止这些，关子良最后的梦想是将小岗苗圃园做成小岗绿化园，最后开拓出一条国际产品线。可是，湾仔的毛病在最为关键的时刻还是暴露出来了，他需要的不是长线，或者说，他根本就看不到未来，他只关心现在能赚到多少。

今天的一场冲突，关子良忽然明白了自己的身份，忽然感到自己过去的自信是那么可笑，充其量自己就是一个高级打工者，这样鼠目寸光的人还值得合作吗？找不到知音，志不同，道不合，还有留下来的意义吗？不！他在心里说！如果不能做主人，宁愿离开。离开！他在心里对自己做了呼应。马上走。但是，想到"走"这个字，他的心里又掠过一阵冰凉：这一走，所有的努力都白费了，所有的也都要失去了。这真像是一场梦啊！

他忽然有一些后悔，忽然觉得自己要检讨，是的，自己不就是个打工仔吗？别人在关键时刻救了自己，又收留了自己，在企业壮大时，也一点没有辜负自己。自己目前的待遇，已远不是一个打工仔所拥有的。人家需要的不就是一个听话吗？自己又为什么不能成全呢？端人碗，受人管，这不是一个基本常理吗？自己如果软一些，这件事就不会这么僵了，完全是自己把老板和雇工的关系弄混淆了，把两人都逼到了死角。

天上出现了大块大块的鱼鳞状的云，远处好像也不远，一些鸟或许是向北去的，排得那么整齐，毫不回头的样子。

关子良站了起来，他不想在这件事后表达任何后悔，男人就得像个男人样，既然覆水难收，那就从头再来吧。

关子良走下瞿町后，天已经黑了下来。

回到公司，关子良很快就把辞职报告写好了，他反复看了看，觉得已经没有什么需要再补充的了，就把手机往办公桌上一扔，然后去了一个叫小越秀的小镇。

从苗圃园到小越秀有十几公里，有公交车，也有跑单的黑车，但是，关子良特别想走一走，于是，就沿着 135 国道向前走了。

关子良走了不到半小时，一辆比亚迪追了上来。这辆尾号为 3589 的车，他认识，是湾仔的。果然，比亚迪在关子良稍前一点停了下来，湾仔伸出头来，并推开了车门。

关子良有点意外，但是，他略迟疑了一下，还是上了车。

小越秀虽然是个小镇，因为附近中外合资、港资和台资企业比较多，非常繁华，大酒店也非常多。湾仔把关子良直接带到风山大酒店。进店后，就要了一个包厢，然后亲自点菜。

不一会儿，桌子上便摆满了菜，很丰盛：虾米扒婆参、明炉乳猪、龙虎斗、香芋扣肉、炖禾虫、五彩炒蛇丝、红烧大裙翅。

平时，湾仔是那种"吃别人的一身汗，别人吃他的也一身汗"的人，抠门得很，今天在桌面上出这个阵势，不是要接亲戚，就是要断后路。关子良也不去劝，任凭湾仔点，他觉得这样的阵势也很配自己，很解气。

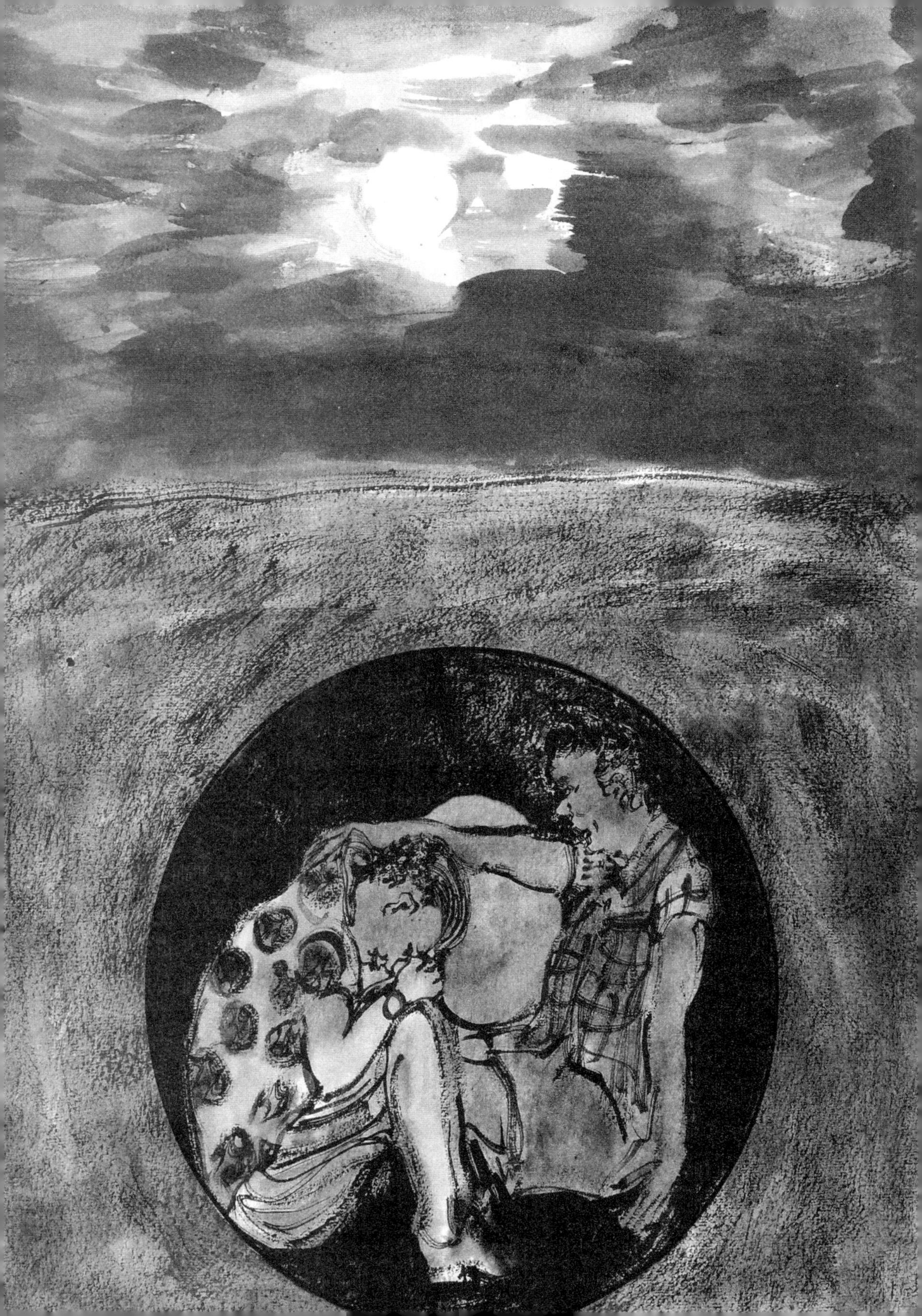

第二章　Disillusionment

不一会儿，丰谷特曲上来了，湾仔给自己倒了一大杯，又给关子良倒了一杯。关子良知道湾仔平时滴酒不沾，存心要去阻拦，没想到，湾仔仰头把酒喝了，关子良阻拦迟了，有些过意不去，仰头也把酒喝了，心里立刻传来开锁的声音。

这时，湾仔从包里掏出一部手机，然后推到了关子良面前。手机是关子良离开苗圃园丢在桌上的，关子良装了起来。

对于湾仔来说，这酒如同烤炉，下去后，湾仔的舌头就有些直了，他把一片烤乳猪夹给关子良，自己也夹了一片，然后说，关总，这件事，我都想清楚了，我们这样划界。你呢，让一步喽，我也让一步。连锁公司暂时不要了，这个我可以给你保证的。不过，你那个高科技灌溉计划也得停下，不是洒洒水的事情哦，要一大笔钱呢。可以多些人力，这个事，你亲自抓，亲自调配。

湾仔的变化，令关子良既感激又过意不去，他觉得自己作为一个雇工（他现在忽然这么想），有点压主了，于是，说，全听老总调配。

看来酒劲越来越大了，湾仔有些软了，他说，这就好啦。我的意思，你可以多找些小岗人来，我喜欢小岗人，不仅敢干、直率，而且是汉子，我喜欢小岗人，很喜欢……

说着，他又掏出一张纸来。这是关子良的辞职报告，他把它一下一下地撕了。

湾仔和关子良各自让了一步，事情就有了缓和的余地。接下来，人事科开始大批招人，尽管湾仔有话在先，关子良并没有去家乡招人，他觉得在用人方面湾仔缺乏企业管理理念，自己不能那么做。他还清楚地记得那年去常州找庄晨晨时，许乐跟她说的话。许乐说，良子哥，你也当老板吧。你当上老板我就想离开这里了。许乐说这句话时带着笑，但关子良从许乐的眼里看到了一种渴望。现在，自己算不算老板呢？但有一点是肯定的，自己是有一定权力的，但是，他放弃了联系许乐的计划，他不想给别的企业带来混乱，哪怕是一个人的流动和变迁。不过，他觉得自己该去联系螺螺了。

107

24

　　日本著名导演山田洋次有一部作品,叫《幸福的黄手帕》,说的是这样一个故事:矿工勇作因为失手打死一个流氓而入狱。为不耽误妻子光枝的生活,他主动提出离婚。出狱后,他给光枝去信,告诉她,如果光枝还没嫁人,就在门前的旗杆上挂一块黄手帕……

　　关子良是在大学里看这部电影的,当时热泪盈眶。

　　9月13日上午八时,关子良来到了那个三号涵洞。这个地方正是一年前,他和螺螺约定的地方,这个时间也是约定的。

　　这几年,广州的变化很大,但滚滚发展的洪流好像对这一带少有波及,尽管原先的堤坡上出现了一些洋房和别墅,公路也更为宽阔了,那截三号涵管还在。

　　关子良走到涵管处,低头向里看看。涵管里没有人,但是有人睡过的痕迹,因为,那里有一些塑料薄膜,显然是一些流浪汉临时住宿丢下来的。涵管口,有一些方便面盒子,还有一包空烟盒。看上去很新,像扔了不久。关子良捡起来看了看,烟盒子上写着"五叶神"三字,这个品牌关子良熟悉,因为苗圃园里的工人都抽这种烟。他把烟盒子扔到一边,然后挨着涵管口坐了下来。

　　一直等到中午十二点,也没见螺螺的影子。关子良忽然一笑,是一种自嘲的笑,他感到自己和螺螺的这个约定真是太浪漫了,太可笑了。同时,心里也涌上一阵不安。

　　就是昨晚,他在给父母寄钱时,问到了螺螺,从父母嘴里得知,螺螺并没有回家。那么就有了两种可能,一种是螺螺确实有了好的归宿,另一种是螺螺还没有找到一份像样的工作,一直在靠打短工糊口。

　　这是9月的广州,四处都被一种厚重的绿淹没了。一层层茂密的植物在路边、沟内、墙角、电线杆上,蔓延着,缠绕着,没完没了。太阳薄薄的,脆饼一样,且圆得很不规则。阳光无法穿过厚厚的云层,整个天空显得模糊而压抑。但空气中的湿度和热力一点都没减少,关子良早已是汗流浃背了。忽然,一阵风吹过来,接着,他看到一只又黑又瘦的钩嘴鹃吃力地向湖面飞去,那个样子,让人感到焦虑,因为,湖面很宽,非常宽。

关子良再次向远方看了一下,然后离开了三号涵管。

下午三点,关子良来到辛巴克文化娱乐总会。不知为什么,关子良觉得,在这个城市,螺螺多数会流落到这里。

今天,阮少山当班,当年的看门小混混如今已是白领了。见到关子良,阮少山就迎了上来。关子良怕阮少山误会,忙说,我不是来消费的。不要紧,阮少山开心地说,把关子良引到了大厅一角。那里是休息区,摆着十几张沙发。

因为是阮少山亲自接待的人,所以他们刚坐下,服务生就送来了茶水。阮少山不满意,说,撤,上咖啡。服务生忙将茶水撤了下去。

这当口,阮少山问,关哥怎么会到这个地方来?

听阮少山这么问,关子良的心平静了许多:阮少山知道自己和螺螺的关系,也知道自己因为螺螺才和他打了一架,如果螺螺来这里求生了,他一定不会这么问的。于是,他说,只是路过,想进来看看,你们这好像重新装修了。

嗯嗯!这时,服务生已经将两杯咖啡端了上来,阮少山一边接下一杯送给关子良,一边回答。等关子良品尝咖啡时,他忽然说,螺螺现在还联系吧?

关子良放下咖啡说,我在找他。

你们不在一起?

分开很久了。

关子良立刻放下了杯子,问,你们有联系?

阮少山想了想说,那是七八个月前了。有一天,他来找我,也在这个地方……

他来干什么?关子良迫不及待地问。

阮少山说，开始，他向我打听了许多娱乐城的情况，我以为他想回来。这种情况很多，许多人先是从这里走了，到社会转了一圈，又回头了。

结果呢？关子良问。

阮少山说，我多心了，他不过是问问。当我向他介绍娱乐城的最新情况时，他又把话题转移了。

他说什么了？

他说在一家建筑公司上班，当一个部门小经理。

关子良点了点头。然后，阮少山把手机拿出来，在上面翻了几页后，就把螺螺的地址给了关子良。

关子良看到螺螺的地址后，舒了口气。

25

五羊岭开发区属于广州市工业一区，阮少山所说的那个第五建筑公司正在这里施工。

关子良首先找到了公司办公室。一打听，有龙小小这个人，人都喊他螺螺，但不属于公司领导层，也不在底层领导范畴，只是一个腻子工，刮大白的。这时，和螺螺一个班的人正好来送领料单，听说有人找螺螺就带上了关子良。

穿行在工地间，关子良迫不及待地打听螺螺的情况，那人问，是你什么人？

一个村的。关子良说。

那人摇了摇头。

关子良心里有了一种不好的预感，他笑着问，师傅是什么意思？

那人说，在这个工地，几乎所有的工种都干了，不行，不行。

怎么不行？年龄还小，你们多照顾啊。

呵呵……那人奸笑。在工地上，谁也照顾不了谁。

第二章　Disillusionment

他怎么啦？

太懒，太细，太慢，眼力差，又猪心地笨，还老说自己是小岗村的。好像说自己是小岗的就没人惹了，结果，大工头，二工头专挑这个刺，唉！受死了！

听说受死了，关子良心里一惊。他懂的，受死了就是受大罪了。

这时，那人又说，还不如回乡下去，土地厚道，你爱怎么对它都不带发脾气的，在这里怎么行。

说着讲着就到了工地。远远地，关子良就看见一个大高个，戴黄色安全帽的男人正在跳脚，嘴里哇啦哇啦地说着什么，是地方话，加上离得远，关子良一句也听不懂。这时，那人笑着说，如果我没猜错，帆板鱼又骂螺螺了。说着向一边去了。

果然，那个叫帆板鱼的男人骂的就是螺螺。

不远处，螺螺和另外一名工人正向帆板鱼走来。螺螺戴着帆布帽，帽子的两侧耷拉着两块"舌头"，他的头发上、脸上和衣服上全是白色的斑点。人很瘦，加上工地上混乱，坑洼多，整个人走起来时像一枚生锈的铁钉。走到帆板鱼跟前后，他和另一名工人都站了下来，然后深深地低下头，一副等刀的样子。螺螺的这个样子好像刺激了帆板鱼，他的骂声更高了。骂着骂着，突然，他将一桶乳胶漆提了起来，然后猛地泼向了螺螺。螺螺躲不及，全身上下被刷了一层白。

关子良见状，立刻跑了过去。到了帆板鱼近前，他操起一桶乳胶漆，二话没说，只是狠狠地浇向了帆板鱼。帆板鱼冷不防，整个人都被糊上了。但仅仅几秒钟，他便反应过来，然后大吼一声扑向了关子良。其他人见帆板鱼和关子良打了起来，便一起来拉，这一拉，自然是拉了偏架，关子良的手被几个人紧紧抱着，帆板鱼上来，连踢带砸，得手了好多次。在一旁的螺螺早就认出了关子良，他大喊，卫军，老蔡，是我哥，是我大哥。

拉偏架的人听螺螺这一喊，忙松开了手，帆板鱼还要打，倒是被螺螺等拦在了一边。

111

帆板鱼气喘吁吁地问,你什么东西?到工地上撒野?

关子良说,我问你呢,你凭什么冲我家兄弟撒野?

帆板鱼一怔,但马上强硬地说,你问他。

我问你呢。

你问他。

我就问你。

帆板鱼避开关子良恶恶的眼睛,指着螺螺说,你被炒鱿鱼了。说完,大步走开了。关子良在后面喊,你也被炒了。

帆板鱼根本就不跟关子良搭腔,快步走了。

关子良随螺螺来到了工棚。这个工棚里住了八个人,上下铺,很挤。螺螺虽然是下铺,但靠近厕所。厕所是坏的,一阵阵臊气传来,加上屋里浓郁的男人的汗气和没有来得及洗涤的衣服的馊味,关子良一口气差点没上来。

看到螺螺的床上有一包烟,正是五叶神牌,关子良问,你现在抽烟了?

螺螺正在收拾自己被弄脏的衣服,听关子良问他,点了点头。

是的,关子良在三号涵洞看到的那只烟盒是螺螺的。那天,螺螺去了,只是去得比较早,但是,他很快就走了,一是因为,今天打腻子的任务很重。二是,他不相信关子良会来。三是,他不知关子良混到了什么程度,他觉得自己这个样子,会让关子良笑话的。另外,正如关子良猜想的,几个月前,他去辛巴克找阮少山,的确是想回头的,因为,工地上的日子太难过了,繁重的体力活他承受不了,老被工头训,太伤自尊。

关子良说,不要在乎那种人了,收拾一下,跟我走吧。

螺螺笑了笑,摇了摇头。

为什么?关子良问。

螺螺突然把脸转到一边,关子良分明看到,螺螺落下眼泪了,那眼泪每一颗都大,噼啪地落。

关子良拍了拍螺螺的肩头,表示安慰。这时,螺螺擦了下眼泪说,你干吗那样呢……

关子良一听螺螺这么说,心里一寒,他知道螺螺说的意思:他不应该用乳胶漆浇帆板鱼。关子良心里略有些不愉快,但是,他马上表示理解。他给螺螺打气说,有些事是让出来的,有些事是打出来的。在这个鬼地方,有多少钱可以挣,他竟然敢当那么多人的面向你浇乳胶漆,还能忍吗?还能干吗?在他眼里,就没把你当人待,你如果忍着,他就看不起你了。放心,天无绝人之路,我是扛着大路来找你的。

　　关子良的这句话已经说得很明白了,对于"事已至此"的螺螺来说应该高兴一下,因为这是一种解脱,也避免了再和帆板鱼面对面时的尴尬,但是,螺螺仍然高兴不起来。

　　关子良自作聪明地说,今天是月中,是不是担心他扣你的工资?几个钱,不要了。

　　螺螺叹了口气说,不是一个月,十个月的都没给呢。

　　把他手机给我。关子良说。

　　螺螺又叹了口气说,算了,等等,我去赔个礼吧。

　　关子良说,他临走说的话你没听见?

　　螺螺说,听到了。

　　关子良说,那可是当着那么多人面前说的,吐到地下的唾沫,你以为他会再舔回去。

　　螺螺不吭声了。

　　或许早就对你不满了,这可是一个最好的借口,有了这个机会,你以为他会放弃?关子良问。

　　你跟他又能说什么呢?你以为你是公检法?螺螺似乎被关子良说动了,但是,他还是很有顾虑。

　　关子良说,我养的蛾子,我点灯。你别说了,来,给我。

　　螺螺迟疑了一下,还是把帆板鱼的手机号报给了关子良。

　　因为是陌生号码,手机顺利地接通了。手机一接通,关子良就表明了自己的身份,然后问,鱿鱼已经炒了,咸鱼总该给两条吧。帆板鱼在那边连连

113

问,你是谁？你是谁？你没有资格跟我说话。说完就把手机按了。螺螺在旁边说,子良,算了。关子良又把手机接上了,他说,你至少犯了三个大法,第一,侮辱人格;第二,精神伤害;第三拖欠工资。帆板鱼说,那行,你用漆浇我,什么精神啥的就算平了,至于工资,我们有合同。白纸黑字,签名画押。另外,他几天干的活都不达标,浪费了原材料和工时,影响了公司名声,先陪一万元再说。关子良问,哎哎哎！你在哪,我们当面谈可照？帆板鱼说,你有什么资格跟我谈,嘟嘟嘟,我不想跟安徽人啰唆。关子良说,咿呀,还嘟嘟嘟,你喜欢听粤语是吧？帆板鱼啪地把手机关了。

  这时,螺螺由于紧张,脸上红红的,见事情到了这一步,似乎很懊恼,他说,我让你别……好了。我的事就这样了,就这样了……

  不到五分钟,帆板鱼的手机又响了。见是当地手机,便接了下来,只说了几句,就说,好好好！

  那天,关子良带螺螺到湾仔办公室报到时,湾仔很意外,他没想到关子良找来的是螺螺。

  当年,庄晨晨推荐螺螺时,看到螺螺的第一眼,就觉得这个孩子娇贵,在他的苗圃园里干不了,所以,根本就没往自己的苗圃园带,就介绍给了辛巴克,没想到,转来转去的,又转回来了。辛巴克是吃软饭的地方,连软饭都吃不定,还能干什么。这么想着,便想退人,但是,人是关子良带来的,不好直接推搡的,只能把一口气咽了,同时,还把那天的事说了一下。

  那天,湾仔接到关子良的电话,立刻给帆板鱼打了电话。湾仔说,小岗苗圃园有二十亩是种常青树的,卖出去后,多栽在坟墓上,你看我们什么时候到你家门口栽几圈子？

26

  那次从凤阳回转后,张大器稳坐广州,专等凤阳县县政府和小岗村村委用轿子来抬他。结果,一晃数月,安徽方面也没有音信,内心坚持不下时,张

第二章　Disillusionment

大器几次想打电话过去询问,想到给的香,要的臭,就放弃了。最后,他通过父母得知,最近来家里劝他回来的人没有了,连那个前些日子,常来的史学久也不上门了。

张大器思量再三,决定回去一趟。他忽然感到,如果是这种结果,那天晚上的花销,真是太贵了。

临走前,张大器把公司的工作都安排妥当了,然后跟庄晨晨说,跟我一起回去吧。庄晨晨到目前为止还觉得不好面对关子良父母,最主要的是,她对张大器执意要回小岗一直不支持。她说,大器,能不回去就不要回去了。

已经答应人家了。

跟我说实话,这次回小岗,是出于虚荣,还是为了救济。

张大器笑了笑说,我已经过了虚荣的年龄,救济对于我来说境界太高,我是为了给公司盘个新账户。

庄晨晨大约能懂张大器的意思,就说,对于你来说是去找矿,对于他们来说,是空手套白狼啊。如果事情到了不可收拾的地步,人家骂你不说,也骂我啊!

张大器摆了摆手,笑了笑说,你怕骂就别去。反正我已经听到银子响了,哎哟,好听,真好听。

庄晨晨跟张大器回安徽了。

现在,张大器父母的两栋小楼已经盖了起来,张大器还在村外好几里地时,就看到了自家的两栋楼,因为,四处还是平房、瓦房和草房三结合,那两栋小楼就特别显摆。

车子快进村时,庄晨晨说,从小塘口走。张大器知道庄晨晨的意思,是想绕开关子良家,他却说,我饿了,他们等着我们呢,说着,还是让车子经过了关子良家门口。此时,关子良家的大门紧闭,春节时贴的门联已经被风雨渐得泛白,门上留下的狗洞显得尤为沧桑,庄晨晨心里一暗,好在车子很快就过去了。

见张大器回来,张大喷嚏夫妇自然乐得合不上嘴,儿子的奥迪明明能开

115

进小院,张大喷嚏却指了指门口,意思要儿子把车子停在那,这样庄邻就都能看见。张大器是个孝子,就依了老子的心,把车子停在了树下,还按了两下喇叭,一副无事生非的样子。庄晨晨不满地看了张大器一眼说,忘了带药罐子?张大器咻咻地笑。

小车进村,动静自然不小,张大器和庄晨晨刚进屋,家里就陆陆续续地上了人,先是村子上的一帮熊孩子,灰头灰脸地挤在院门前,头伸着,你推我搡地挤眉弄眼地向里看,接着就是大人们,颠簸颠簸地来了,一个赶一个地往院子深处走。

见孩子们多了,张大器就抓起一把糖,用力向院子里一撒。听到糖块落地的哗啦声,那些孩子尖叫着冲进院子,然后撅着小屁股,在院子里乱哄哄地抢起来,那情形如同一塘抢食的鸭子。孩子们抢得越欢,张大器妈越高兴,拍着手,笑得嘎嘎的。庄晨晨有点不高兴,他伸手拦住张大器的手,说,干什么,把人家当什么啦?张大器便收了手,说,你真多事。

不一会儿,屋里的人都满了,张大器任庄晨晨接待,自己上楼去了,直到史学久来了,他才下楼。

见张大器下楼,张大喷嚏就对几个迟迟不走的庄邻说,县里去请大器几次了,史委员准备跟大器"请示"一些事。

史学久干多少年委员了,知道请示这两个字在哪里用合适,他看了看张大喷嚏,没吭声。几个庄邻中有明白人的,马上就走了,其他人见状,也跟着走了,张大器就开始和史学久说话。

史学久本想寒暄几句,但是,张大器好像不爱绕弯子,续上前头的话,也就是在广州谈的那件事,开始往实质上说。

史学久说,事情有点出岔子。

史学久这么说时,张大器刚把一支中华烟捏出来,正要送给史学久,史学久的话音刚落地,他的脸马上一沉,然后将烟叼在了自己的嘴上。史学久也不尴尬,想必这种情景他早有预料,他自己点上一支"黄山"。虽然和张大器手中的软中华相比,差了千家万户,但是,也五块钱一包呢。

第二章　Disillusionment

接下来,从史学久断断续续的叙述中,张大器知道,他的面前出现了竞争者。

原来,县里的小岗办和小岗村村委答应张大器,只要张大器愿意回来投资,村里的项目任他选。现在,不知是谁将这个消息传了出去,一下子来了好几个竞争者,一起喊着要招标,无奈,县村两级班子决定对项目进行招标。

张大器这会儿明白了。这些日子,自己原以为摆摆谱,熬一会儿鹰,一定能达到待价而沽的目的,一定能拿到谈判的主动权,没想到,自己早就被人家纳入差价了。王八蛋!他骂道。今日的阴阳脸,明日就是个过河拆桥的主。

张大器在心里狠狠地骂时,脸上灌铅一般地难看。史学久见着了,心里很慌,张总,他这么喊。过去,史学久还是喜欢在张大器面前卖老的,一张嘴都是大器,或者麦根(张大器的乳名),现在,不知怎么了,他一张嘴就喊出了一个张总来。

就是来了天兵天将也……也不能跟你比,你这嘴马子,还有……就是论钱,也没有你那个堆头……

张大器见史学久结巴,知道他脆弱了,就换了一个笑脸说,老史,关键是这里的水很深,招标就是招魂,里面的鬼一大把!

史学久嘀咕说,不会吧,哦!是吗……

这么嘀咕着,整个身子往下塌,脸也下意识地向烟雾里藏。

屋里静了下来,这种静让史学久很难受,像是光屁股坐在麦芒里。他摸索着要起来,嘴里说,我先走,先走。

张大器忽然客气起来,他一把扯住史学久的衣袖,笑着说,我有好酒,咱爷俩走几盅。这时,张大喷嚏正在院子里撵鸡,眼见着儿子和史学久拉拉扯扯的,就喊,走什么,喝酒。张大器再一扯史学久的衣袖子,史学久的喉结咕噜了一下,人就坐了下来。

庄晨晨回安徽前,给家里通过话,所以,庄家那边也备了饭,待张家快要动桌子吃饭时,庄家支了个小孩过来,脆生生地喊姑娘、姑爷过去吃饭。因

117

为张家已经留客，又不好亏待庄家的热汤热饭，张大器就和庄晨晨做了分工，于是，庄晨晨就被那小孩拽着去了村北。

不一会儿，张大器家的八仙桌上就摆上了菜。张大喷嚏想热闹、想听别人夸自己儿子，就想喊几个平时走得近的老人一起坐坐，嘴上还说，多人不多菜，只多一双筷。但是，他的意思刚说出来，就被张大器否决了。这几年，随着张大器在外面混得又粗又大，张大喷嚏倒是在内心里有些畏惧儿子了，儿子说不行，他就歇下来了，还莫名其妙地摆了摆手，像是为儿子做的动作。

这场酒喝得冗长，从中午架起桌子板凳，一直喝到下午三点多。桌子下，为抢一些骨头碴子，原来有好几条厮厮打打的狗，现在也都走了。张大喷嚏和大器妈熬不住儿子说的那些听不懂的话，又烦史学久颠三倒四地乱说，也一一退场了。桌子上最显眼的就属张大器、史学久和两只酒壶了。

张大器是生意人，应酬频繁，场子花哨，车子的后备厢里不缺好酒，茅台、五粮液成箱子装。今天拿出来的是酒鬼酒，和茅台、五粮液比差了点，对于史学久来说，也是见得少，喝不到。所以，史学久抱着酒壶一直就没松手。待再出门时，那张脸跟醒好的柿子一样，鲜艳夺目。走起来时，身子斜愣着，不在一条线上走了几步，忙纠正过来，又不在一条线上走了几步……就这样，总算走到了院门口。到此，张大器又把一条中华烟塞在史学久的怀里。史学久先是吓了一跳，接着，立刻往衣服里一卷，嘴上说，你看，你看……说着就走开了，走到墙角时，身子一歪，人便和墙撞了一下，肩头蹭得全是灰。

小岗村招商引资项目招标大会于第二天上午九点在村西头稻场上召开。十一时结束，十二时村头响了鞭炮。鞭炮是张大器放的，两万头。那炮仗性子烈，炸起来时不管不顾，可谓是地动山摇，冲天的硝烟把小岗大半个村子都遮盖了，离小岗近的小溪河都能嗅到硝烟味。

在这场首批进村项目招标中，张大器拔得头筹，一举中标。

三天后，张大器和庄晨晨返回广州。路上，在庄晨晨的追问下，张大器把招标的情况说了出来。

第二章　Disillusionment

在这一次招标中,张大器一举拿下了六个贸易公司和三个生产企业项目。其中,六个贸易公司全开在小岗村村里。六个公司,六个店面,六张金色招牌,一眼望去,非常壮观。三个企业共圈地2123亩。张大器说,这样,一年三百六十五天,别说是整个小岗村都在喊我张大器的名字,满山遍野都在喊我的名字。

说完这些,张大器笑了。

张大器笑时,庄晨晨就不断地看他。当庄晨晨再次看他时,他问,你疯啦?

庄晨晨没好气地说,你疯啦!

张大器笑了笑说,对,我快要疯了。

庄晨晨一拍车子的中控台说,我问你,六个贸易公司,三大企业,两千多亩地,这要多少资金你算过吗?需要多少精力你算过吗?投入产出你算过吗?首先我问问你,钱呢?除了你向我隐瞒了私房钱,现有的台账我都看过,补不齐你这么大一张牛皮。

可以贷啦。张大器忽然学起了广东话,洒洒水啦。

不要还?

有人还啦。

老鬼帮你还啊!

张大器向四处看了看,向庄晨晨摆出了一二三,一、中标项目双税全免;二、每个项目,每年补助二十万。另外,每亩地还有补助。

二十万啊!张大器瞪着眼说,吓得对面一辆车突然打了个方向,冲到了一边。张大器说,也就是说,我把这些公司的架子一搭,把土地一圈,就是一分钱不投资,那也是日进斗金啊!

张大器在说这些话时,庄晨晨有点惊讶,眼睛睁得大大的。

是不是被我的事业惊到啦?张大器问。

庄晨晨摇了摇头,有点痛心地说,张大器,你可是从这个庄子出去的,你这……你这叫投资兴业?这叫鬼子进村啊!

庄晨晨的话显然对张大器有了压力，他马上收敛说，紧张什么，我这是退一万步说的。

还没干就退一万步啦？庄晨晨问。

张大器说，好，那我就说说我的宏伟蓝图吧。

接下来，张大器具体说了自己的创业计划，一、收购附近的几个石英砂厂，在小岗成立一个中国大器牌石英砂集团；二、鉴于本地稻飞虱横行，成立一个中国大器牌诱虫灯总会，专门生产高级诱虫灯，向全国和发展中国家销售；三、成立一个中国大器牌特种玻璃工艺厂，市场也定位在海外。至于，那几家公司，张大器也一一做了安排。

在张大器滔滔不绝的演说里，庄晨晨的情绪慢慢稳定下来，并且有了怦然心动的感觉，她忽然觉得，张大器确实有自己无法企及的地方，他对这些项目的想法是可行的，是想做大事的。

看庄晨晨有些激动了，张大器更加亢奋起来，索性又把自己如何俘虏史学久、套得标底的事说了出来。对此，庄晨晨不表示赞赏，她狠狠地拧了一下张大器的耳朵，骂着说，你这个小偷，小偷。

张大器一边躲，一边说，反应这么强烈干什么，我也是小岗村的后代吗，我这样做就是为小岗的前途着想吗。你想想，这种机会要是落在了不法分子之手，我们不等于渎职吗。渎职你可懂？

庄晨晨很不以为然地看着张大器，眼睛一眨都不眨。

27

关子良日记摘抄：

5月13日

银杏　特级壮1.5m—1.6m苗（高）1.80

XSCS（销售参数）银杏　特级壮1.7m—1.8m苗（高）2.50

第二章　Disillusionment

DZC = 自J 10 万株
DZC ????
XSCS???

5 月 22 日
红花紫薇　秆径 3 公分 20.40 元 每株
秆径 5 公分 76.50 元每株
DZC = 自J 10 万株 C(乘)30
C(乘)30 ???

6 月 2 日
黄杨树　30cm—40cm 0.98
50cm—60cm 1.50
DZC = 自J 20 万猪 c15
猪？ + c15???

7 月 4 日
这些数字,这些问号,都是专门为我编织的,我的预感系统突然被谁启动了。我心跳得非常厉害。

关子良是一个需要理想的人,也是一个对理想充满自信并忘我追求的人。小岗苗圃园是他的理想,他用心打造了,也成功了。其间,尽管和湾仔有冲突,使他有点泄气和迷惘,但湾仔的最终妥协又使他重新振作起来,而湾仔让他放手招兵买马,也使他看到了湾仔的诚意,于是,他又有了一个新的计划。这个计划非常宏大,那就是,在争取到的现有的苗圃里套加其他产业,比如培育花卉之王蝴蝶兰。对此,他是做过深入研究的,项目虽然前期投入大,技术要求高,管理复杂,但是,收益是巨大的,也可以就此让企业慢慢摆脱一种土气,为企业和市场全面接轨创造条件。

关子良的这个梦可不小,做完这个梦用了他几个昼夜,人本来就瘦小,现在再看上去更有了一种找不到的感觉。好在他的眼睛是那么有神,这表明精神强大是多么重要,有期待是多么可贵。但是,人算不如天算,这是螺螺到苗圃园的第五个月,他出事了。

螺螺进苗圃园后,尽管关子良的身边需要一个帮手,也需要一个知根知底的人,但是,为了避嫌,他让螺螺先去了管理房。到管理房后,螺螺的表现一般,老毛病:傲、抠门、不能吃苦,又加上不会讨好人,和工人们相处得很不融洽,关子良正考虑如何帮助螺螺摆脱这个局面时,罗科长来了,想要螺螺到他的科里做事。

罗科长叫罗道齐,是销售科的一把手,上个月刚出了点事,他把公司的三车货带走后,突然消失了。半个月后,他回来了,因为,货款齐全,所以,他说病在了山区,大家也就信了。但是,这个却不能让湾仔信服。湾仔找罗道齐谈,希望他讲实话,但罗道齐坚持自己的说法。湾仔仍然不相信,背后跟关子良合计,要派人查,但被关子良拦下了。关子良的理由是,货款一分不少,人在外面又没为公司惹事,只是失联了半个月,出的又是远差,就模糊处理吧。如果查不出什么,不仅失去了属下的信任,还会在其他中层干部里造成影响。听关子良这么说,湾仔这才作罢。

今天,罗道齐来要人,关子良心里有数,显然是对自己的一种回馈。但人事重大,又涉及老乡,关子良不想留下闲话,就向湾仔做了汇报。湾仔考虑半天,觉得螺螺口才、形象都不错,但是,不能吃苦,可以放到景观组,当个材料调配员什么的。关子良说,正是因为不能吃苦,一定要到一线去。湾仔说,那就放在办公室,让他写些材料,什么材料都让你这个副总写,也不是个事。关子良感谢湾仔的好意,还是执意把关子良放在销售科。见关子良如此坚决,湾仔似乎也找不到什么理由阻拦,只好同意了。

螺螺到了销售科后,先是安排在科里接电话,接待客户,一个月后,随着业务的扩大,科里的人手显得越来越紧张,罗科长再出去开展业务,除了带

第二章　Disillusionment

上一个叫鸡汤的业务员,也把螺螺带上了。

　　平时,随着在外跑的次数增多,螺螺发现了一个规律,只要到了裕鹤、松山、炮台顶、汪潭、珍珠坑这几个地方,罗科长就把自己留在了宾馆,或者安排自己去干别的事,只带鸡汤出去。

　　晚上休息时,罗科长住单间,螺螺和鸡汤拼房。在和鸡汤同住的时候,螺螺也问过鸡汤,打听过鸡汤和罗科长在外面都谈了什么,鸡汤的回答很简洁。从鸡汤的回答中,螺螺感到有些事情罗科长并不想让自己知道。这么一想,螺螺的自尊心就上来了,为此,也更为警觉和敏感起来。鸡汤是一个很粗糙、很随便的人,正是因为如此,螺螺捡到了鸡汤丢弃的几张废纸。那些废纸上有许多数据。对于这些数据,螺螺也不陌生,因为在销售科经常接触这些数据,但是,还是有些标示他看不懂,而且,罗科长每次汇报工作时,也不提这些数据,这就让螺螺感到了蹊跷。那天晚上,关子良喊螺螺过来喝酒,螺螺就把这组数据给了关子良,又把自己发现的反常情况告诉了关子良。关子良认真看了看那些数据和符号,也看不出什么。最后他说,你的任务是跟在罗道齐和蒋在(鸡汤)后面学业务,其他不要管。这些数据是销售人员的记账方式,不用大惊小怪,更不要向鸡汤乱打听,这样容易惹是非,传到湾仔那里更不好。

　　螺螺便答应了。

　　但是半个月后,鸡汤的一场醉酒、一场泄愤,让螺螺知道了那组数据的秘密。

　　按照绩效合同,罗道齐上半年该支付鸡汤销售奖2.3万元,兑现时,罗道齐认为鸡汤的招待费是超标的,只能兑现1.8万元。其实,鸡汤心里明白,有一笔合同自己在洽谈的过程中,罗道齐讲了话。罗道齐曾经暗示过鸡汤,就一笔生意而言,站在旁边的人只要帮你说话了,都应该有利润。鸡汤却不以为然,理由很简单:杀猪的只有一个,那些大喊该杀和不该杀的人并不是屠夫。同时,鸡汤还认为,罗道齐每年都赚到脑满肠肥,不在乎这一碗半勺的,再说,看罗道齐面相,也是个肚子比斗大的人,不会是个算碎银子的气量的,

123

就没当回事,逢年过节时也没有使动作。没想到,等到结算时,一向笑眯眯的罗科长还真在这件事上较起了真。又赶上鸡汤等着把这笔钱寄回老家给父母盖房用,鸡汤就气得不能行。那天,鸡汤主动拉螺螺去十架子喝酒。酒在半道,螺螺问,你怎搞的?心情不好哦!鸡汤连连向地下啐,螺螺以为是骨头碴子啥的,一看不是,就说,出来打工,难免碰到不对墒的(为难事),不要憋着。鸡汤有螺螺这句话,就把罗道齐扣发他奖金的事说了出来。螺螺软弱惯了,就劝说,那你要忍忍,他是你上头的(领导),你飙不过他的。这句话让鸡汤平添了几分恨意,他就说出了罗道齐许多秘密。譬如经常去嫖娼,譬如经常赶赌场。鸡汤说,上次,罗道齐十几天没回,就是在澳门赌钱的。

　　十几个譬如一出来,螺螺不自觉就和鸡汤近了好几层,自然也少了许多顾忌。这时,他把自己在宾馆捡到的那几张字条拿了出来,问是怎么回事。

　　看来鸡汤真是知道得太多了,他不仅解答了那串密码,而且还说出了一大串秘密。

28

　　湾仔的办公桌非常脏,桌面上堆满了报纸和书。那些书都是关子良帮他买的,主要是企业管理和苗圃管理方面的,报纸多是科技类小报。因为湾仔很少翻,上面都落满了灰。唯一翻新的是那只巨大的烟灰缸,每天都会增加一堆新鲜的烟蒂和烟灰。而和这些破烂一起落灰的还有关子良送上来的诸多报告。这些报告都被湾仔做了记号,譬如:

申请再建十五间管理房 &

申请招聘高级景观师三名 &

申请增加给水系统十套 &

申请二十亩大田做 3×4 起垄双行交错种 &

……

第二章　Disillusionment

　　这个"&"就是湾仔否定一件事的特殊符号,意思是绕开它,或者绕着走的意思。

　　在湾仔的心中,为什么这个"&"号如此大。因为,他崇尚空桶效应,崇拜姜子牙的那个鱼钩。按照鸡汤总结的,就是空手套白狼。

　　正是基于这种理念,他才否定了关子良的多种请求。对于想一心靠实干闯天下的关子良,他是又爱又鄙视。所以,他表面上答应关子良,不会成立连锁公司,背后还是在裕鹤、松山、炮台顶、汪潭、珍珠坑这五个区成立了连锁店。

　　湾仔在成立连锁店的时候,打出了一张牌,即,对于所有加盟者,一律不收加盟费,但是,土地合同需与总公司签订。这是其一。其二,连锁店没有苗圃培育权,只有经营权,所有绿化用苗只能从总公司进。

　　上午,关子良办公室来了三个男人,一个女人。看得出来,这几个人带来的问题不小。三个男人也不喝茶,也不接关子良的烟,脸色铁青,坐在那里时,动也不动,菩萨一般。女人则半团着身子,一手捧着脸,一手抹泪。那眼泪就跟魔术师手里的线头,怎么抽都抽不完。

　　这时,其中一个留着分头的男人打破屋里的沉寂,慢悠悠地说,俗话说得好,万千江河归大海,这个问题虽然出在炮台顶,但是,根子在总公司,我们只能把事情堆在总公司门口,如果不解决,我们就再沿岸找。显然,"分头"是有文化的,话里有诗意。他的话音刚落,旁边的一个男人马上说,对!直接去林业局。另一个男人点头后,补充说,还有小岗村。不解决,我们就到安徽去上访,让你们骗。

　　三男一女在做"群口"的时候,关子良一直在记,一直在微笑,见几个人再也不想说话了,他说,你们先回去,三天后给你们回话。

　　几个人走后,关子良坐在办公桌前愣了很久,其间,湾仔打电话过来,他也没接。最后,他主动给湾仔打了电话,说,我过去。

　　关子良赶到湾仔办公室时,湾仔正在洗茶,见关子良来了,就让关子良坐到茶几前,关子良却坐在了湾仔的办公桌前。

125

见关子良不愿靠近自己,脸上还挂着"霜",湾仔笑了笑问,怎么啦,我看有人进你办公室了？有事没谈妥？

请你坐下。关子良口气生硬地说。

湾仔再一次狐疑地看了关子良一眼,然后坐了下来。

关子良把几张纸递给了湾仔。当湾仔接下后,他说,黄总,这是我在无意中捡到的一组数据。我看不懂,想请教你。

湾仔认真看了看那组数据,好像觉得光亮不济,又啪的一声将桌子上的台灯打开,再看。看了一会儿,他笑了笑,摇了摇头说,这是什么东西,不懂啦。

关子良把身子往后微微地一靠,说,你懂。

湾仔刻意地看了关子良一眼。

关子良再次强调,你一定懂的。

湾仔把那几张纸随手扔到一边,笑着说,为什么不送到国家安全局。我们广州就有啦,那里有解码专家。

关子良对湾仔的话一点都不感兴趣,而是又拿出一张纸来,往湾仔面前一放说,不用专家,这里都翻译出来了。

湾仔看了看关子良,把纸拿了起来,扫了一眼后,用手指刮起自己的嘴角来。纸上的数据没有变化,就是打问号的部分都翻译出来了：

5月13日

银杏　特级壮1.5m—1.6m苗(高)1.80

XSCS(销售参数)银杏　特级壮1.7m—1.8m苗(高)2.50

DZC = 自J(自结)10万株

DZC(到账差)

即银杏,特级壮,1.5m—1.6m苗(高),每株1.80元,按照银杏、特级壮1.7m—1.8m苗(高)2.50元销售。

第二章　Disillusionment

5月22日

红花紫薇　秆径3公分20.40元每株

秆径5公分76.50元每株

DZC = 自J 10万株C(乘)30

即红花紫薇,秆径3公分,20.40元,每株按秆径5公分,76.50元,每株销售。

6月2日

黄杨树　30cm—40cm0.98元

50cm—60cm1.50元

DZC = 自J 20万猪(株) c(乘)15(百分之十五利润)

即黄杨树,30cm—40cm,每株0.98元,50cm—60cm按照每株1.50元销售。

看完这组数据,湾仔的脸上有些不自然,为了掩饰,他为关子良沏来一杯茶,然后坐下来,点上一支烟,说,关总,你平时事多,有些事我就直接安排了。还有,生意人啦!讲的就是利润空间。空间越大,我们活动起来越舒服啦,空间越小,越行不通啦,有可能还会被挤死的啦!

但是,我们空间过大了,别人就要死啊!这是暴利中的暴力啊!关子良说。又问,你知道这三男一女来干什么的吗?罗道齐把不到一块钱一株的黄杨按照一块五的价发货,第二渠道又加百分之二十卖给他们,结果,买家多掏了几十万不说,树苗又死了一半,现在,对方要求给个说法。

湾仔问,既然是找你的,你有想法喽。

关子良,是的。退款退货。我答应人家三天解决这个问题。

湾仔的表情很难看,他笑了笑说,这是你答应的?

是的。

湾仔又冷笑一声说,子良,我不会做亏本生意的。

关子良说,那好。我要求关掉连锁店。

湾仔又是一愣,但是,马上就愠怒起来,说,关子良,过分啦。我是开连锁店了,那又怎样?非要你同意不可?

可是,你亲口对我说,这些连锁店都关掉了。

关掉可以再开嘛,既然开了,就开了嘛。

必须关掉。关子良说,语气十分坚定。

湾仔厌恶地看了关子良一眼,说,小关,在生意场上,讲的是愿打愿挨。别说我按百分之一百的利润跟他做,只要他愿意,百分之二百、三百又如何。卖前是有协议的,如今反悔,就是无赖。可惜在最关键的时刻,你竟然为别人说话。太伤感情了吧?好啦,这个事与你无关啦。先回去吧,是不是中午喝酒啦?

关子良说,黄总,这个事与我关联很大,现在,我对你有三个要求,第一,立刻退款退货,否则,人家马上与你对簿公堂,当心连老塘泥都给你掘起来;第二,立刻撤销连锁店;如果总公司是根,那些连锁店就是烂叶子。第三,注销公司名称。

湾仔以不可思议的表情看着关子良,然后问,也就是说要我关门。

关子良说,是关门。

湾仔哼了一声,满脸嘲讽地问,就凭你?

是的!关子良说,因为,公司的名字是我起的。我用小岗来为公司命名,除了吸引客户,还想表达一种理念,那就是真干、实干、公平。现在,你们这样做,侮辱了这块牌子,必须撤掉。

湾仔冷冷地问,脑子出问题了?

关子良针锋相对,跟你比起来,要轻得多。你的心是有问题的。

湾仔一拍桌子,放肆!你有什么资格这样跟我说话。出去!

关子良也一拍桌子,该从小岗苗圃园出去的应该是你。

可别忘了,你是我捡来的,有点忘恩负义了吧?

说这么难听干什么。我所做的这一切,都是为了知恩图报。我一直在

第二章　Disillusionment

这么做。

你马上离开这里,立刻滚开。

可以。关子良鄙视地看了湾仔一眼说,但是,你必须把这个牌子注销掉,说完,转身走了。

29

老总和副总在办公室争吵的事很快就传遍了整个公司,螺螺知道后来找关子良。他先是去了关子良办公室,见办公室门锁着又去了关子良的宿舍,还是没有找到人,最后他想起了瞿町,那是关子良最喜欢去的地方。平时,只要心里不舒服,或者碰到什么高兴的事,关子良都会去那里坐上一会儿,其间,关子良还带螺螺去过那里。

果然,关子良就在那里。此时,他的脸色非常难看,眼睛一动不动地看着远方,可想而知,这件事情对他内心的冲击有多大。螺螺默默地坐在关子良旁边,心里很内疚,他觉得自己惹了事,真不应该把那组数据告诉关子良,真不应该把鸡汤跟自己说的话一股脑都倒给关子良。其实,对于螺螺来说,这也不是多大的事,在广州这个地方,企业要生存,总得有独门绝技,他之所以告诉关子良,多少带有猎奇的成分,没想到关子良对这件事的反应如此强烈,简直就是把一只炸药包扔进了炉膛。

螺螺抽出一支烟,迟疑了一下还是递了过去,因为,关子良不喜欢看男人抽烟,多次勒令他别抽,可是,他还是偷偷地抽了。此时,见关子良愁烦,也顾不上什么了,就把烟递了过去。

没想到关子良真的接了去。螺螺有点受宠若惊,掏出火机打出火来,递了上去。

一支烟抽到半截,关子良的气息平复了很多。螺螺就说,对不起,我惹事了,我……

关子良转身看了看螺螺,语气很重地说,你惹什么事了?你干了一件

129

好事。

关子良的态度让螺螺很纳闷。愣了好大一会儿,螺螺又说,子良,算了,也别太认真。别忘了,我们在人家屋檐下,他爱干吗干吗,要抓要刮,他能做得出,就能挺得住。

关子良看了螺螺一眼问,在别人屋檐下就不要原则和底线啦?

螺螺笑了笑说,我们漂在外面,小褂裤没几套,是吃饭重要还是原则重要呢?这个……你也别激动,冷静下来再想想……

关子良问,难道你是湾仔派来的?

不不不,螺螺忙说,我是来看你的,你要不爱听,我就不说了。我……我就是觉得我们出来太不容易,一些事,一些人……惹不起……

见螺螺话都说不出来,满脸诚恳的样子,关子良也不说什么了。

晚上,关子良睡在床上,反思了自己和湾仔的交锋,回想了一下螺螺和自己说的话。螺螺那副特别怕事、特别怕变故的可怜相在他脑子里反复出现,这使他忽然有些松懈,有些犹豫。于是,他也问起了自己,原则真的那么重要吗?除了在这件事上,湾仔表现得有些偷鸡摸狗外,平时对自己还是很信任的。自己的理想如果没有湾仔的宽容和支持,也实现不了。而更为实惠的是,目前,在公司有了三个副总的情况下,湾仔还是把自己作为第一副总来对待的,待遇也比其他两个副总高得多,不仅配了车,配了专门办公室,还拨了专门招待费用。这些费用,关子良可以直接调配,不需要找总经理批。另外,除了湾仔以外,自己的工资和奖金也是最高的,也就是说,湾仔让自己无微不至地体会到了权力的高大。这些,难道就因为这点事就画休止符了?

关子良摇了摇头,过了一会儿,又摇了摇头。这两次摇头,意义却是不一样的。

正在这时,有人敲门,关子良问,谁?

门又响了几下。

关子良忙爬了起来,他听出来了,是湾仔。

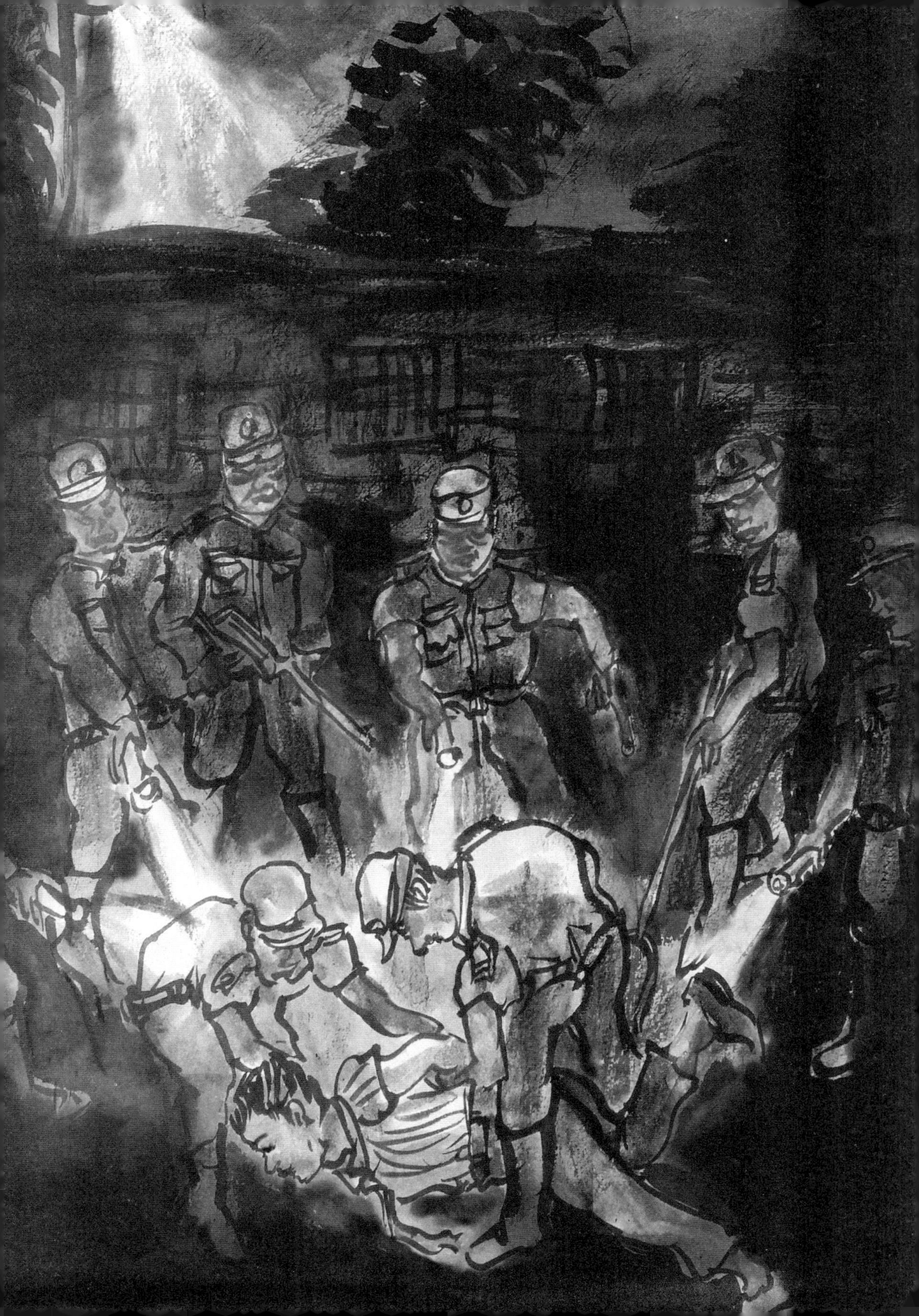

第二章　Disillusionment

进来的果真是湾仔,关子良忙去找衣服。湾仔说,我也不是个多讲究的人,就坐坐。

关子良在穿衣服的空当想了一下,判定湾仔是来和好的,坐下后,就主动说,黄总,乡下人鲁莽,得罪了。

湾仔笑笑说,你也别计较我。

关子良为湾仔沏了茶,彼此喝了几口,自然又说到那件事,是湾仔开的头。湾仔说,关总,我来向你道歉不代表我向他们低头。这件事,你还要有个基本立场。

关子良没有吭声。

湾仔说,我俩最起码要保持一致。我来……就是想商议一下应对方案的。

关子良说,黄总,老家话,君子不撵上门客,但是,在这件事上,我俩谈不拢。

湾仔不说话了,脸上的表情很难看,狠狠地喝茶。喝了几口,他放下茶杯说,看来我奢求了。那这样,这件事与你无关了,你干你的事喽。

不行!关子良说,我已经决定辞职,但是,辞职前,必须解决公司名称问题。

湾仔站了起来,这么说,你还想注销公司名称?

是的。关子良说,只要你不用这个名称,不提小岗两个字,你用什么都可以。

湾仔说,关子良,你不讲恩情啊!存心撕脸了?

没有那么严重,公司名称注销后,或许我们还是朋友。

哼!湾仔说,那是仇人啊!

关子良把茶杯放下。

湾仔说,如果我不注销,你又能怎样?

关子良说,必须注销。

湾仔指着关子良,大声地说,你问问你自己,你算老几?

关子良也站了起来,也大声地说,我什么都不是,就是要办成这件事。

你能办成吗?

我一定能。

怎么,我的牌子就挂在那,你敢不敢把它砸了?

一个星期内,你不把牌子拿下来试试。

好!湾仔又指着关子良说,咬着牙关说,那我们就试试。只要你像个男人。只要你敢!

30

雨连下了三天。

夜里,苗圃园的排水系统出了问题,苗圃园里到处溢水。关子良喊来生产科长,组织员工开始排水,一直排到雨停。此时,已是凌晨三点。螺螺和鸡汤来为关子良送夜宵,等鸡汤走了,螺螺高兴地说,嘻嘻。怎么,想通了,这就对了。告诉你,你带人排水的时候,湾仔一直站在窗户后面看着。你这份夜宵是他亲自安排的。

关子良也不说话,拿来啤酒,一边喝,一边把湾仔送来的夜宵干掉了。

第二天上午,也就是关子良向湾仔说的一个星期内的一个上午,阳光明媚,公司宽大的院里,关子良提着苗圃园里常用的那把大锹,大步向公司大门走去。走到大门时,两个保安见是副总,忙敬礼,但让他们大跌眼镜的事情发生了。关子良抡起铁锹就向公司的牌子铲了过去。只两下,公司的牌子就掉了下来,然后豁然分成了两半,一半是"小岗",一半是"苗圃园"。两个门卫反应过来后,忙给湾仔打了电话。

不一会儿,湾仔似走似跑地赶来了,看见公司的牌子被拦腰砍断,愣愣地看着关子良。关子良指了指断在地下的门牌说,我承诺的,我会做的。湾仔倒吸了一口冷气,他说,你敢不敢把锹放下。关子良把锹扔在了一边。湾仔大叫一声冲了上来,关子良一点也不躲,一下子就迎了上去,两人立刻打

第二章　Disillusionment

成了一团。这时,一大群工人围了上来,又拉又扯,公司大门口立刻乱成了一锅粥。

这一仗可想而知,瘦小的关子良挨了湾仔的不少拳脚,鼻子流血了,眼睛也肿了,脚在摔倒时崴了,已经很难走路了。这时,有人劝他,赶紧走吧,你砸了人家牌子还得了,湾仔过去也是海碰子,饶不过你的。

关子良没走,他在公司医疗室住了下来,打起了点滴。

打点滴期间,第一个来看关子良的是螺螺,来了后,很少说话,在几个小时内,重复最多的一句话就是,想不想喝点水,然后,就坐在那发呆。关子良问,怎么不出差?螺螺说,我向老罗请了几天假。关子良很感动,他知道,销售科实行承包制,请假是要扣钱的,就说,马上回去上班。我没事。螺螺点头,好像要说什么,但是,终究没有说出来。

以后几天,螺螺又来了几次,也都是欲言又止的样子。关子良问他,他回答得也不痛快,支吾着,再过几日就来得少了。

除螺螺外,有三个副总和科级干部也来看过关子良,说的大都是息事宁人的话,关子良心里有数,这些人都是湾仔的说客。最后来看关子良的是罗道齐,他说,家丑不可外扬,算了。关子良说,怎么,怕我报案是吗?他多想了。罗道齐说,那就好!接着又说,其实,在这件事上,伤害最大的是黄总。你看,一个副总公开跟他干多不好,呵呵,对吧,最主要的,你把公司牌子砸了。在我们老家,这就等于掀人家的屋顶,砸人家的锅,是大仇哦。但是,黄总没有记着,还是把你当兄弟,吩咐我们都来看你,还交代医疗室,所有的费用都是公司的。关子良说,你告诉黄总,最后,我棺材都是他买的,我也不领情。

罗道齐哭笑不得地说,何必这么……是吧,按理,我们都是打工的,给个职务就很好了,碰到这件事,换一个老板早就揢人了……

关子良马上坐了起来,他一下拔掉针头说,我早已不是他的人了,别以这个说辞吓我。

你到底想达到什么目的呢?罗道齐笑着问,情绪里藏着厌烦。其实,黄

135

总说了,事情总归有解决办法的,只要大家抱成一团,别人算什么。再说了,与其把钱给那些无赖,不如大家做福利,黄总说,副总一级的,可以……

关子良一挥手说,打住,到底谁是无赖?你告诉湾仔,我不分赃,我只想铲掉这个门头。

罗道齐又笑着说,这也幼稚了吧?如果黄总认真起来,铲门头是违法的。他可以报警的。还有,你说品牌是你的,那就更站不住脚了,公司是集体的,是集体注册的,你充其量就是个建议者,而且,在品牌效益下,你已经分到了红利。

关子良点了点头说,好!罗科长,你说得非常好。也提醒了我。第一,我再也不会去砸这个牌子;第二,我再也不会提这个名称的归属权问题;但是,我可以以一个在场者、一个企业的副总身份,揭穿这个品牌的虚假性和欺骗性,可以吗?

罗道齐傻眼了,他笑着问,这个对你好吗?这么问时,且斜着眼看了关子良一下。

关子良说,对你也不好!你心里有数,是不是?

罗道齐脸上一阵尴尬,他讪笑了一下,转身走出了医疗室。

很快,关子良的伤好了,他没再去上班,也没离开公司。那天,财务科打电话给他,要他去领补助,补助名称不详,他领时签上一句话:被打伤补助。然后拿起钱就走。

关子良离开公司后,去了小镇,然后在酒店坐了下来。

一路上,关子良一直在盘算着这件事,越想越感到严重。他从几个副总那里得知,到目前为止,湾仔对利用小岗苗圃园做违法经营的事毫无羞愧之意。还有,当关子良的承诺没有兑现,那三男一女上门叫骂时,湾仔不仅不予以安抚,还让保安给清理了出去,此后,那几人再也没来,像是集体失踪一般,关子良由此感到,在江湖上混了这些年的湾仔一定在背后做了什么。如果事情发展到了犯罪的地步,自己不仅成了帮凶,还把小岗村的名誉彻底辱没了。想到这,关子良一头大汗,但是,如何应对这些事,他也没有太多的思路。所以当酒上来时,他端起来就是一杯。

关子良刚放下酒杯,店里突然走进来三个男人。这三个男人转眼看见了关子良,便围了过来,然后一一坐在了关子良的对面。其中一个男人,长头发,脑后束了个马尾。麻将牌似的身材,一层一层的肌肉把上衣的一枚扣子都撑开了。坐下后,他向关子良一笑,满脸的谦卑。

关子良心里一沉,知道来事了,但是他也明白,遇上这类事,躲是躲不过去的,上前一步或许比夹起尾巴更有利。于是他说,你好。湾仔派来的吧?说这句话时,他极力想使自己镇定,但是,手还是微微颤抖了几下。这点被"马尾"看见了。"马尾"说,是的,关总,介绍一下,我是湾仔的表弟,想跟兄弟谈件事。关子良下意识地看了看"马尾"的腰,"马尾"会意,忙将褂子撩了一下,于是一些肥膘便像水一样地流到了外面。

这时,"马尾"说,听说关总是凤阳的?

是的。

"马尾"挪了一下椅子,这样就和关子良更近了些,他说,按理说我们还是老乡。我外祖母就是从凤阳过来的,小时候常听她唱,说凤阳,道凤阳,凤阳本是个好地方。呵呵,是这样唱的吧?

关子良心里一热,多日的孤独、烦恼和焦虑,被家乡的这一首歌完全转化了。此时,他多么想跟这个"马尾"促膝谈心,就这个事的利害说个清楚,但是,一看到"马尾"脸颊上的那块刀疤,一看到"马尾"身后站着的两个冷脸人,他的这些念头像是受惊的麻雀,唰的一声都飞走了。

这时,"马尾"说,关总,一家人不说两家话了。这件事,我看收收叠叠,放箱底吧。在这件事上,你没有错,是为公司好,表哥也没有错,也是为公司好,都在一棵树上,何必花开两枝呢!再说,按照你的做法也行不通,何必那么累,是不是?

关子良笑了笑。

"马尾"站起来说,就算说和了,是吧?

关子良说,你们走吧。

"马尾"说,我办事不割韭菜,下手了,就不带再生再长的,你关总给个准信吧。

关子良看着"马尾",倔强地说,我没有什么准信给你。

关子良这么一说,"马尾"的脸子就拉下来了,身后两个汉子的眼睛也眯了起来。他们不约而同地站在"马尾"的身后,像两杆枪。

"马尾"说,小关,看你这年纪,也不过二十五六吧,何必这么急着往身上撂土呢,广州这地方可不是太稳定啊!

关子良说,什么意思,想动手是吧?来吧。说着,他站起来。

桌子上有一个筷笼子,关子良站起来时,顺手从筷笼子里抓起一把筷子,然后紧紧地攥在手里,看上去,像是握着一把刀。

这时,邻桌的人一起向这边看,店老板则从吧台跑过来,他站在两人的当中说,不能在……在这里搞,要搞也行,交押金,交押金,要不,我先报警。

"马尾"推开老板,指着关子良说,不要再回苗圃园,三天内交检讨书,否则看晚报吧。

说着,三个人一阵风走了。

下午,关子良回到了小岗苗圃园,在景观房旁的小路上,竟然与湾仔和罗道齐相遇。湾仔很意外,看着关子良一时竟然不知怎么说,关子良笑了笑说,我不会死在外面的,要死,就在这里。

湾仔的脸涨得通红,转身走了。

31

因为多日没有看到关子良,下午,螺螺来到了关子良的宿舍。关子良问,怎么没出差?螺螺说,我和鸡汤都调离销售科了。关子良知道这是湾仔行动的一部分,很气愤,也很内疚,觉得自己到底还是把螺螺牵扯进来了。螺螺倒显得很开心地说,这下好了,我现在在供应科,就发发料子,什么事也没有。都是看你的面子啊。嘻嘻。

第二章　Disillusionment

关子良看了眼不知高低的螺螺说,恭喜你,那就好好干,我的事本来就与你无关。

螺螺说,这几天公司里特别安静,客户好像少了不少。关子良一听,忽然觉得往日里院里院外的那种喧嚣真的减弱了许多。

这时,螺螺又说,刚才我看黄总走了,好像是出远门。

关子良从枕头下拿出一封信递给螺螺。信没有封口,螺螺问,什么?

关子良说,遗书。

螺螺笑,说,我考！这么高调,跟英勇就义似的。

真的。关子良说。你看看。

螺螺看了眼关子良,将信将疑地将信打开了。只看了几眼,脸就白了。然后,那只拿信的手耷拉在那里,跟刚从坛子里捞上来的咸菜一般。

这时,关子良说,螺螺,如果我出事了,就把这封信交给派出所,或者交给我父母。

螺螺像是被吓着了,脸黑黑的,他叹了口气说,子良,为什么要把事情弄这么大呢？其实,我感觉,无论是湾仔还是公司其他人,对你都是不错的。上次,你和湾仔打架,湾仔找到了我,表示很后悔,要我去劝你,但是,看你在气头上,我一直没张嘴。这件事,你是不是做过头了？

你也这么认为？

子良。还是那句话,我们不远千里来到这里,不就是混个嘴吗？有口饭吃就很好很好了。再说,你多风光啊！有专车,有地位,有年薪,你这样闹下去,一切都要归零了。

关子良说,我早就归零了。

那又为什么呢？螺螺极为不解地问。

关子良说,所以,我俩自小的眼光就不一样。到这个地方,我绝对不是来混口饭吃的,起初,我要证明给庄晨晨看,后来,我发现那很可笑,很幼稚,我转变了,我要走出一条自己的路,用事业来证明我自己。但是,干事业不能牺牲尊严,不能给别人带来损害,尤其不能给祖宗丢脸。在这件事上,我

139

铸成了大错,我必须承担,因为,与其将来背负骂名,不如死在这件事上。

螺螺语重心长地说,大锅(哥),没有这么严重啊!你说的不就是公司名称吗?可以商议的。

关子良说,他们早已把这个名称当成了赚钱机器。不见他们出真动作,我是断然不能回头的。

冤有头,债有主,如果真到那种地步,与你没有什么关系啊!

关子良叹了口气说,螺螺,对家族,对故土,你缺乏最基本的感知。这件事,我们不要再谈了。我拜托给你的事,你能做到我就谢谢了。

螺螺不说什么了。坐了一会儿,无趣起来,好像没有共同语言很久了,找了一个借口,螺螺走开了。

这十几天,关子良没有离开公司,他一直在写材料,主要集中在两个方面,一是揭露公司运作的诸多违法现象;二是向工商和林业局两个部门写同样的请求,要求注销小岗苗圃园这个企业名称;三是,写了一份辞职报告。这是给湾仔的;四是,将门后的一把铁锹磨得异常锋利。

但是,半个月又过去了,还是没有人来跟他谈,连螺螺也消失了。这天上午,关子良正在睡觉,突然,窗外传来了一阵阵鞭炮声,他伸头去看,那鞭炮好像是在公司门口放的,因为,一阵阵硝烟正从那个方向飘过来。

关子良正在纳闷,螺螺来了。螺螺显得很蔫很不精神,像一件陈旧的家具,和外面的鞭炮声极不协调。关子良忙向螺螺打听外面的情况,螺螺说,湾仔把小岗苗圃园的名称换了,今天挂牌,现在叫金黄苗圃总汇。

关子良半信半疑,但是实在不好怀疑螺螺的话。再看螺螺,一副忧心忡忡的样子。

关子良说,你自己没什么事吧?

螺螺摇了摇头。

关子良能猜出螺螺的心事,湾仔的这种屈服不久就会反弹到他关子良和螺螺身上。

关子良笑了笑,拍了拍螺螺的肩膀说,分行难道不是诗歌的另一种生命

第二章　Disillusionment

吗？我的大诗人，你要学会转念一想哦。

螺螺笑了笑。

下午，关子良刚想出门，湾仔来了。他也不进门，站在门口，一边歪着头点着烟，一边说，听到炮声了吧？祝贺，你胜利了。

关子良说，谢谢。你也胜利了。

关子良的这句话充满了诗意，但对于湾仔来说就是一句屁话，他没有再说什么，头一低，走了。

晚上，关子良把所有的行李都打好包后，把螺螺喊到了外面，由关子良做东，请螺螺吃了一顿，然后两人又去了那个高高的瞿町。

今晚的夜色特别干净，远处就是广州的市中心，此时，灯火非常清晰，一粒是一粒的。微风吹过，关子良觉得心情非常好，又非常不好。不过，他还是少有地大叫了一声。

螺螺的情绪却显得极为糟糕，他问，真走呀？

螺螺的情绪几乎把关子良的情绪带到了深渊，他叹了口气说，走！你呢？你是怎么打算的。我觉得，问题都出在我身上，湾仔对你还好，你可以接着干的。

螺螺笑了笑，这是多么苦涩的笑啊！关子良忽然感到自己这些话幼稚。一种淡淡的忧伤因为莫名的内疚从他的心底向上飘。

这时，螺螺说，我妈来信了，说岗上的麦子都熟了，想让我回去……

关子良看着远方，远方很远，飘飘荡荡的，不知是喝了酒，还是风景乱了。他说，是啊，麦子怎么又熟了。

螺螺忽然问，你呢？又说，我妈说，你爸又拾了十几亩田，还开了荒，庄子上就数你家的麦子好。

关子良的眼里忽然暗了下来，很快，有一道模糊的光影在缓缓移动，他转过脸去，说，我爸腰不好，哮喘又重，回去后，如果你家的田忙清了，过去看看。

螺螺说，我会的。

141

谢谢。关子良拍了拍螺螺的肩膀。

螺螺看着关子良,问,你……要不一起回吧?

关子良没有吭声,过了一会儿,他说,还有吗?螺螺就把一包烟拿了出来。当螺螺准备从烟盒子里捏出一根时,关子良说,都给我吧。螺螺就把烟和打火机都给了关子良。关子良从烟盒子里磕出一根烟叨在嘴上,说,我想单独坐一会儿。螺螺就站了起来,向回走了。

螺螺走后,关子良将烟点上了,只抽了一口,泪水就决堤似的流淌开了。

32

关子良不是不想回小岗,他感到疲惫了,非常疲惫,这个时候,就特别想父母,想那个村庄。他怀念那些回到家就可以蒙头大睡的日子,怀念母亲那责怨而又宠爱的声音,唉!太阳都晒到腚沟啦!还睡,还睡!可是,他感到螺螺可以回去,自己却不能回去。在那个庄子上,螺螺充其量就是一个没长开的瓜,而他不是,他从小就是孩子王,打小庄子上的人就说,大良子赶明儿有两条路,要不当土匪,吃牢饭,要不当干部,吃肉饭。现在自己又算个什么呢。父亲在那个庄子上,一向争强傲气,自己的婚姻被张大器拦腰砍断后,已经伤透了老人家的心,如果自己背着空空的行囊回去,老父亲一定会极为失望和沮丧的。可是,未来又是什么呢?广州成了他的麦城,成了他的滑铁卢,他已经没有待下去的兴趣和信心,深圳呢?在湾仔的苗圃园期间,因为业务,他去过几次深圳,但是,相比广州,那里的生活节奏更快,前些年,只要是人、有激情,在那里就可以得到一个很好的归宿,现在,人和人才都饱和了,自己又是个三本,去了也不知会落在哪道荒沟野地里。

离开湾仔苗圃园后,关子良先在广州火车站附近一个叫花塘口的旅馆住下,然后给父母打了电话。看来螺螺没有说假话,接电话的是母亲,显得很高兴,说家里的麦子长得非常好,说关大疤瘌整天舍不得回家,恨不得抱床被子跟他的那些麦子睡在一起。母亲转而问关子良可好,要子良珍惜副

第二章　Disillusionment

总的地位,在乡下,这就是个大干部,要当好。关子良也显得很高兴,他说,是的是的。我一切都好。等母亲对他的回答满意了,他问到了螺螺,因为螺螺一个礼拜前就离开公司了,现在也该到家了。但是母亲告诉他,螺螺没有回来。

关子良吃了一惊,和母亲结束通话后,便不安起来。螺螺又去了辛巴克,还是半道上出事了?

这天上午,关子良带着纷乱的心情去了周洋一条街,他感觉自己最近太过沧桑,想把以前的几件衣服扔了,买几件新衣服穿穿,冲冲身上的晦气。

周洋是香港著名的企业大亨,祖辈经商,1947年离开广州去香港,接着几代发迹,待内地一开放,便在广州最为繁华的地带七路港建了一条商业街。街道上商埠林立,娱乐、茶吧、特色饮食、美发、小百货、广式特产、茶叶、药材等店铺一应俱全,十分热闹和繁华。街道总长2800米,关子良走了不到500米忽然停下了脚步。

在周洋一条街,新茗岛茶吧最为高档,面对大街的一面,全是玻璃幕墙,人在街道上走,可以清楚地看到坐在里面的客人。关子良通过那面玻璃幕墙,竟然看到了螺螺。此时,螺螺正和一个女人在喝茶,当那女人转头时,关子良看清楚了那女人的脸。

一股鄙视和厌恶之气从关子良的心底轰然而起。这几天,关于螺螺为什么没回小岗、到底去了哪里,关子良做过多种设想和猜测,奇怪的是,他为螺螺设想了七个去向,其中有四个都与娱乐场所有关。他真是太了解螺螺了,只是,他万没想到,现在的螺螺除了恶习未改,还多了一条爱撒谎的毛病。

关子良向茶吧大步走过去。此时,他只有一个念头,冲进茶吧,一把薅住螺螺的头发,把他从茶吧里拖出来,然后再狠狠地扇他几个耳光。接着,面对满大街的人怒斥螺螺,你父母要是知道你跟一个女嫖客在一起,会不会死?会不会死啊?一定会的,一定会撞墙死的,撞树也可以,把头插在水缸里也可以,在茶杯里都能死!

143

但是，仅仅向前走了几步，关子良便停了下来。

关子良在街道上的那些塑像后面来回转着。这时，忽然有人扯他的衣角，他一看，是两个小女孩，手里端着碗，碗里有几枚闪闪发光的硬币。他马上有了灵感。他找出纸笔，在上面飞快地写下几行字，然后掏出十元钱对两个小姑娘说，这钱是给你们的，每人五块。一个右眼明显有残疾的小女孩问，是让我们送纸条吗？关子良便指了指店里的螺螺。

不一会儿，两个小姑娘就把纸条送给了螺螺。螺螺看完纸条后，先是有点愣怔，但是，他并没有向四处看，而是低下头去，默默地喝茶。

33

螺螺重新回到曼妮身边让关子良非常伤感。那天，螺螺说要回小岗，他就不想让他回去。

记得那年离开小岗的头天晚上，关子良跟螺螺的父母说，大爷大妈放心吧，今天，我和螺螺是背着蛇皮口袋出去的，将来，我俩一定会开着小宝车回来。如今，出来近三年了，螺螺身上连一张存折都没有，这要是回到了小岗，螺螺的父母会怎么看，小岗人又会怎么看。还有，螺螺返乡，从另一面也证明了他关子良当年吹牛了，螺螺跟错了人。所以，当他听说螺螺没有回到小岗，心里是很纠结的。一方面担心，另一方面觉得螺螺能留下来更好，至少屏蔽了自己。为此，他还想着能在某一天找到螺螺，再带螺螺去闯荡一番，万万没有想到的是，螺螺宁愿回到曼妮身边也不愿意跟自己混，这说明什么？这说明自己的价值已经小于一个女嫖客，说明螺螺对自己太失望了。

想到这里，关子良倔强起来，他决定不去深圳了，他想在这个城市重新开始。

三年了，女房东没什么变化，只是更加苗条了。显然常做SPA，皮肤水嫩水嫩的。见关子良回来，女房东很高兴，也很感慨。她说，就知道你会回来。

为什么？

第二章　Disillusionment

嘻嘻,你没有那个人活欢。

关子良知道"那个人"就是螺螺,现在也知道这个"活欢"是什么意思了。他问,房价还是老样吗?

女房东说,肯定涨了。不过,我可以给你介绍工作。两万多一个月,等于开银行了。

关子良举了下手说,那个我做不来。

女房东哧哧地笑了。笑时差点流了口水,她吸溜了一下,样子显得很丑。

关子良安定下来后,给曼妮发了一条信息:

别以为有钱胃口就好,他就只剩下了骨头,当心卡住了。

接着又发,我回到了老宅,如果你真的很凶,冲我《聊斋》。

发完后,关子良感到很解气,当女房东谈到自己的老公如何偷情,如何被自己用钳子夹着小鸡鸡时,他不时地想笑,实在忍不住了,也笑得嘎嘎的。

这样看有钱人笑话的日子不多,稍微调整几日后,关子良开始重新找工作。那天,他从人才市场回来后,接到了一个电话。

因为上午在人才市场转了半天,也没有找到一份合适的工作,只填了十几份表就回来了,所以,看到这个陌生电话,关子良首先想到了那些表格,估计自己的某张表格可能被哪家用人单位注意了。

打电话的是一个女生,叫姚琼,是阿里山电子集团的。这么说你们是台资企业喽?关子良很兴奋,一股冲天豪气在他的天灵盖上方浩浩荡荡地盘旋,他觉得命运之门就这样缓缓打开了。于是,他的语气也快乐和自信了许多。是的是的,姚琼说,我们来自台湾,来自宝岛。关子良有些纳闷,因为,印象中上午在几个摊位填登记表时没有这个公司。于是,他就问对方是如何得到自己信息的。姚琼告诉他,他们会从人才市场信息调剂科买到这些材料。姚琼说,我们负责人事的副董事长对你的资料好感兴趣,非常希望能和你见面耶。关子良有点激动,他问了公司的情况。原来这个阿里山电子集团是一家九年前在大陆落地的台资企业,做机电一体化的。目前,该集团

145

一是希望在大陆能网罗到学机电一体化的学生,二是希望能招到一批有两年行业工作经验的年轻男性,三是希望能招到出生在山区或农村的工人。因为,这种工人不仅吃苦耐劳,还不讲条件。对啦!姚琼问,公司有到国外做技术交流的业务,你外派有问题吗?关子良笑着说,只要配备齐全,上外太空都可以。姚琼笑了。这是来自台湾女孩的笑声,很特别,关子良的心里立刻生出了一对小翅膀,这翅膀越来越大,对风充满了渴望。此时,他特别想把这个陨石坠落般的消息告诉父母,甚至想告诉湾仔,告诉那个不争气的螺螺。最后,他对桌子上那半袋方便面说,妈妈(在外独自打拼的这几年,他习惯把能为他解决温饱的食物叫作妈妈),我们可能会有一个很不错的分别方式,告别的日子,就是一个屡次失败的男人重新找到归宿的日子,你除了欢喜,还能怎么样呢!

他好好地打扮了一下自己。内增高鞋子是早先就买的,又加了一折报纸。白袜子,粉红色衬衫。裤子是那种可以把屁股勾勒和交代得十分清楚的薄牛仔裤。浅灰色的休闲西服。领带打了几次都不满意。因为,身体的维度不大,领带总会给人一种被瓜分感和拮据感。就是这个月,他已经习惯使用那种浓稠的啫喱油,先是厚厚地糊上去,然后再用梳子加以塑形。很好!他在镜子前转了一圈,一再鼓励自己。这时,他没注意,那个女房东竟然靠在门上,一直看自己。见关子良发现了自己,她索性走了过来,把关子良没有完全塞好的衣裤重新塞好,又把关子良头顶上那绺冲到最前面的头发扶正,然后说,其实,我心里酸溜溜的,你这是嫁人,还是要被人拐啊?关子良笑了,他说,我去会情人。女房东斜着眼睛,看着关子良,拖着很长的声音说,房租该交了——关子良说,加倍。说着,他在女房东怪异的目光中走出了出租屋。

34

路线是姚琼提供的,关子良先坐113路公交到虎口泵,然后转96路到四

第二章　Disillusionment

合,最后搭上了去阿里山的双层大巴士。这种大巴士是阿里山电子集团有限公司接送工人的专用车。关子良上车后,看到穿着统一服装的工人,看着整洁宽敞的车辆,再看看满脸络腮胡子,一脸严肃的司机,心里被异样的兴奋感塞得满满的。

姚琼早就在厂区门口等关子良了。

是一个个头很高很骨感的女孩,因为瘦削,两只眼睛就显得特别大。此时,关子良想到了家乡常讲的一句话:这个女孩长得神机,意思是,很灵动可爱的意思。身材也极好,只是鼻翼两侧有一些细密的雀斑,加上鼻子高耸,猛一看,有一点中东女人的意思。

因为比想象中还要漂亮,自称在一切混乱面前都会微微一笑的关子良,心里还是一慌。好在这个姚琼非常随和,一笑再笑就让关子良稳定下来。一见面,姚琼就开始介绍她的企业(她一直这么说),先从企业大门和大门上的题字说起,然后把关子良一步一步地往厂区里带。在她的介绍下,关子良就觉得自己在一帧一帧地入画。

走进厂区后,关子良就被惊到了。

宽阔的道路两侧,一排排巨大的厂房,一眼看不到头。厂区内异常安静,异常整洁,但是,你能感受到繁忙的生产气氛。而厂区内的各种树木显然都是移植的名木,枝叶茂盛而充满了向上的力量。

介绍完了厂区,姚琼开始介绍办公区、花园、职工宿舍、经警和警卫犬训练基地、大型职工食堂、体育场、职工影院、游泳池……

等围着产品阅览室转了一圈后,姚琼用对讲机叫来了一辆厂区专用观光车。

观光车载着关子良,沿着厂区专用车道,一个车间一个车间转,一个小时后,还有六七个车间没有转完。

姚琼说,算了,我们的车子太累了!说完这句话,她捂着嘴笑了。关子良这才发现,姚笑起来时确实不是太好看,牙龈露得太多,像狒狒。他立刻自信了许多。他说,很壮观。又问,有多少工人?他这么问时,感到自己的

147

身体鼓胀着,他知道,刚才的游览,把自己的心撑大了。他确实有些兴奋,下巴那有些红和瘙痒。

姚琼不假思索地说,两万三千人,不包括管理人员和外援工程师。

关子良没再吭声,他第一次感受到了什么叫恢宏,同时,内心也产生了一种强烈的可以被具体描述的向往感以及越来越难以遏制的欲望。而对于自己这个普通的应聘者,厂里安排这种接待方式,除了让关子良感到严谨和正规外,也感受到了一种尊严和抬举。他脸上一红,一种受宠若惊的感觉像一个女人的指甲,在他脸颊上轻轻地划了一下就拿开了。

什么时候可以见到你们董事长？关子良问。

姚琼说,您请。

关子良抬头一看,原来,他所处的地方,正在一个44层大楼的下面。

进入电梯后,关子良看到姚琼按了13。关子良感到很稀奇,因为,在大陆,企业老板在数字上也是用尽了心思。双数是被供奉的,单数则是忌讳的。如果13楼是老总办公室,这企业真叫异类。

果然,老总办公室就在13楼,门外有值班的。显然,事先都有过交代。姚琼把关子良往门前一带,值班的女孩便摆手在前,向关子良浅浅地鞠了一躬,然后轻声说,先生稍等。说完,在副董事长的门牌下有轻有重地敲了几下。这期间,姚琼也是置手在前,向关子良浅浅地一个鞠躬,然后悄然离开了。

请。随着稍为拖沓的一个"请"字,值班把门推开了。待关子良一脚踏入室内,便是一怔。

这是一间近三十平方米的办公室,豪装。大白天,灯火通明。巨大的办公桌后面,坐着一个女人。四六分头,戴耳环,景泰蓝的那种。穿藏青色小领西服,紫红色领带,腰杆笔挺……

关子良虚幻了好几下,终于确定下来,这个女人,或者说坐在阿里山电子集团副董事长办公室里的这个女人正是曼妮——那个被他叫作女嫖客的曼妮。

第二章　Disillusionment

关子良的脚步立刻黏稠起来,进退维谷,但最后,他还是笑了笑。他也不知道自己为什么会向这种女人微笑,但是,他就是笑了。

曼妮也笑了笑,说,关先生是吧?请。说完,她拿出一张名片递了过来。关子良并没有坐。他接过名片看了看。名片上有许多字。关子良拣大字认了一遍,上面说,陈希瑞(曼妮):阿里山电子集团常务副董事长、台湾新生活运动协会副会长、美国EMBA博士后、广州茶文化研究会会长……

这时,曼妮说,关先生,欢迎你应聘亚洲地区最大的电子总汇,阿里山电子集团总公司。

关子良用两个手指将名片轻轻地弯成一个"U"形,然后又轻轻地放在桌子上说,谢谢。目前,我还没有这个决定。还有,我那个老乡就在你这上班喽。关子良这么问时,心里想,如果是这样,也算不错。

这时,曼妮说,呵呵,你那个老乡只配浪漫,不适合在这里工作。你懂吗?

关子良点了点头,说,你忙,告辞了,说着,转身就走,这时,曼妮在他身后说,能说几句话吗?

关子良就停在那里。

曼妮说,一个人,为了朋友可以去拼命;一个人为了自己的老板,差点坐牢;一个人穷时不愿连累朋友,富了不愿忘了朋友;一个人可以为了村庄的荣誉,可以把自己所有的打拼和积累一夜归零;一个人为了老乡,敢骂广州地区电子生产企业的大姐大。说到这,曼妮拿出一张纸条念道:

满田麦子,还缺麻雀这一口吗?男人就是死了,骨头也要插在坟头上!你的路难道只有女人的床那么宽,那么长?

还有还有。说到这,曼妮翻了下手机,念道:

别以为有钱胃口就好,他只剩下了骨头,当心卡住了。

小岗村的年轻人

我回到了老宅,如果你真的很凶,冲我《聊斋》。

念到这,曼妮把手机往旁边一放,说,其实,出入辛巴克的,不一定都是你想象的那种人。对于我来说,辛巴克只是一种解压场所,我是个孤独者,这个我承认。这些与事业又有多大关系呢?在事业上,我们的热情都是一样的,我也是个敬业者,很能拼,和你绝对是一搭。还有,这些年,我一直在苦苦地寻找自己的合作伙伴。你让我眼前一亮。留下来吧。你朋友对你非常敬佩,我找你也非常用心。

曼妮说到这时,脸上的表情极为诚恳,不容置疑,这一点关子良看到了。

35

关子良决定留下来的原因有三,第一,曼妮的一番话确实打动了他。他承认,这个女人的确有非同寻常的地方,那些似乎是设计好的台词,最终变成了最为"致命"的一击。第二,曼妮手里的那张纸条就是他让那两个小乞丐送给螺螺的。曼妮告诉关子良,你误解了他。这个人除了有点懒散和怕吃苦,品质一点问题都没有。曼妮说,那天是螺螺主动约的她。螺螺找上这个女人,没有关子良想得那么龌龊,根本就不是为了讨生计,而是求曼妮帮一下关子良。螺螺认为,按照关子良的臭脾气,潦倒之下,他绝对不会返乡,想继续在城市混又很难……

曼妮这番话让关子良有些意外。关子良一直认为螺螺有着孩子般的幼稚和自私,不大会为别人着想。今天,为了自己,竟然做到了这一步,这让关子良有些震动。

第三,待关子良明确表示自己愿意留下来时,曼妮告诉他,刚才你看到的这个厂区,是总部所在地。在总部工作的人员都是精英,或者是特殊人才,然而你都不是,你需要积累。关子良没想到曼妮说话这么直接,他很喜欢。这让关子良看到了一种规矩和秩序。这正是关子良所追求的。在一个

第二章　Disillusionment

充满原则和规范的环境里成长,这很符合他的心态。

　　随后,曼妮将关子良安排在了阿里山电子总汇的一个综合车间。该车间在山里,离总部很远,午饭后出发,下午四点多才到。说是综合车间,当关子良对这个地方有了比较全面的了解后,他又被吓了一跳。

　　这是一个集收购、拆解、再造、二次销售等为一体的大公司。回收的范围也很大,大到火车头、机床、旧船坞,中到各种中大型家电,小到各种电子元件。在管理上,公司有着精准的细分,其精密度一点都不亚于总公司。有二十多个子公司,如搬运公司、储备公司、总分车间、清洗车间、拆卸车间、电镀车间、检测车间、评估车间、再装配车间和各种类型的分销公司。

　　因为关子良学的是机电一体化,所以上班第一天,人事科就把他开到了拆卸车间。

　　上午,关子良揣着用工介绍信来到了拆卸车间。尽管关子良对集团的规模已经有了一个宏观的认识,但是,当他走进车间后,还是很震惊。

　　车间可以用巨大来形容,一眼望去,到处都是机器拆卸下来的零部件。没隔几米就有一堆人,不是在拆卸,就是在装卸。车间里不时传来铿铿的敲击声和行车吊装机器的声音。就在这时,关子良被一个景象吸引住了。

　　在车间大门左侧的一扇窗户下面,悬挂着一面蓝底白色标志的旗帜,从两个拼音缩写上不难看出,这是集团的旗帜了。在集团的旗帜下,竟然跪着三个人,都穿着灰色工装。三个年轻人都不大,还互相小声说着话,其中,那个大点的光头工人,一边嘀咕,一边小心地向四周观察,脸上的神情是那种很不服气的样子。

　　关子良的旁边就有几个工人在拆卸,由于每个工人都戴着胸牌,关子良便向一个叫呼国强的老工人打听这些工人下跪的原因。呼国强笑了笑说,见怪不怪了,哪叫我们在人家台湾厂里干的呢。这时,有人小声喊,老白干,老白干……呼国强立刻不吭声了,低着头,认真地干起活来。

　　关子良转头一看,一个男人背着手向这边走过来了。此人三十多岁,一脸的横肉。脖子粗短,左眼好像有问题,似睁非睁的。大高个,人走进来时,

151

像一座向下倾倒的山一样。胸牌上有名字:刘斐然。职务:头手。

关子良从来没有听说过"头手"这个词,但从"头手"的字面含义上还是能感觉到此人分量的。这时,早已有人把凳子放在刘的屁股下面,接着,又有人把茶水和香烟都送了上来。关子良知道这个刘就是"本殿阎王"了。

这时,刘忽然看见了关子良,冷不丁地问,你是谁?这么问着,古怪地吸了两下鼻子。

关子良忙把介绍信拿了出来,然后毕恭毕敬地递了过去。刘看了关子良一眼,便把目光放在了介绍信上。刘在看介绍信时,脸上的表情越来越阴沉,接着,又是打哈欠,又是摇头的,一副很不屑、很为难的样子。过了一会儿,他问,老家哪里?

小岗。

香港?

关子良提高声音说,安徽省凤阳县小岗村!又说,就是那个中国农村改革第一村。

听关子良这么说,刘上下打量了一下关子良,冷笑了一声说,嚯!很骄傲嘛。中——国——改——革——开——放——第——一——村!很牛吗?你不在你那个第一村吃大餐,到我这里干什么?

关子良从对方的语气里感到了一种挑衅和蔑视,就不再说话了。

这时,刘又把目光放在了那张介绍信上,然后,漫不经心地问,到车间多长时间啦?

九分钟。

感觉如何?谈谈。刘说着,一伸手把自己的右腿架在自己的左腿上。

关子良说,头手,我觉得用罚跪的方式来惩罚员工,有点过分了。

刘把目光从介绍信上转到关子良的脸上,看了很久说,其实,我正在考虑要不要你。

其实,你更应该考虑的是,让工人跪在那里合不合适。

国有国法,家有家规。

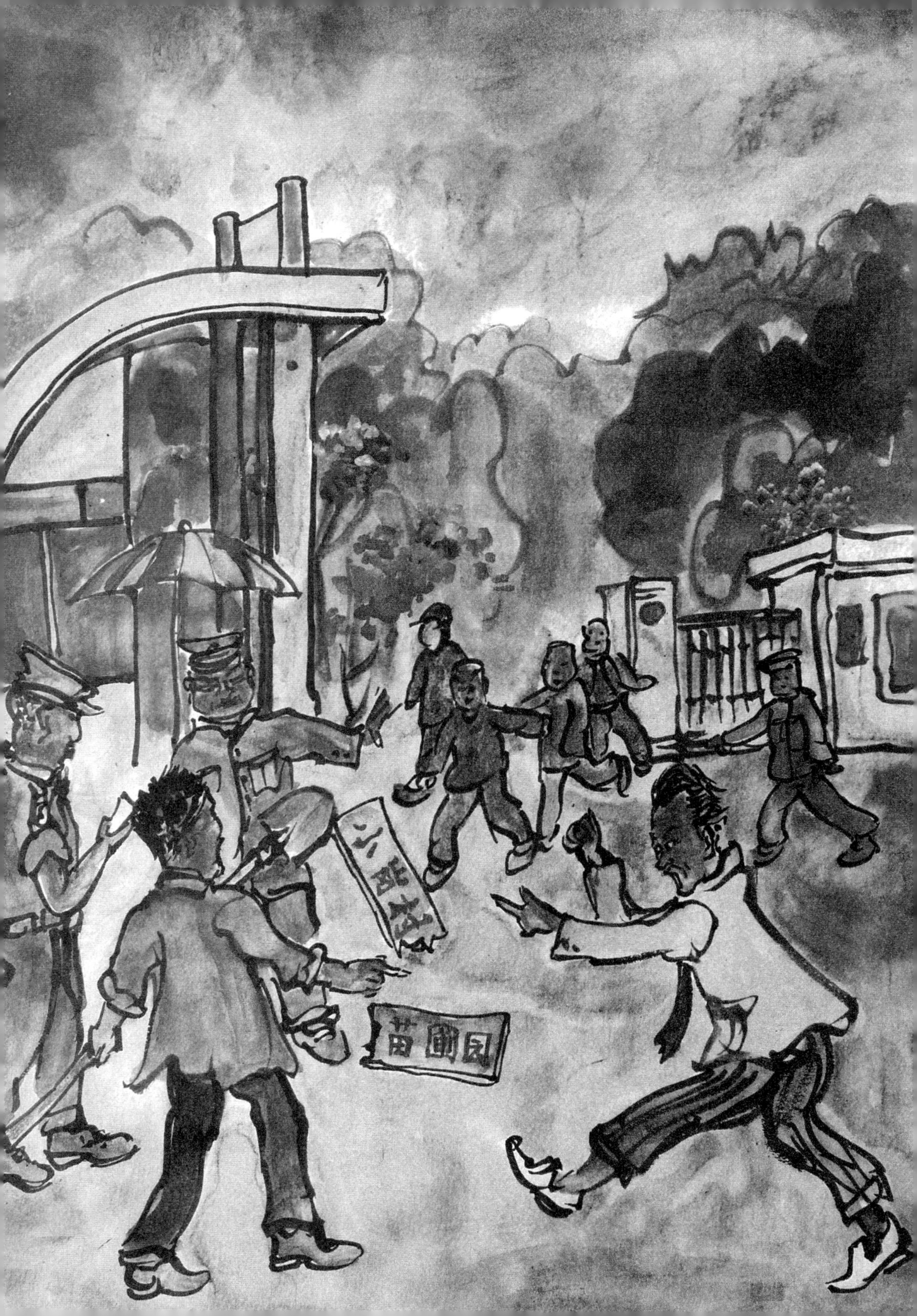
苗圃园

第二章　Disillusionment

在大陆,这就是犯法的,就是违规的。

刘放下架在一起的腿,突然低声而威严地说,我马上就让人把你撵滚蛋你相信不相信?

关子良说,你如果再不让他们起来,我立刻打110你信不信?

刘猛地摔掉关子良的介绍信,对车间众人大喊,把他撵走!

关子良和刘在争执时,工人们都把手里的活停了下来,此时,听刘这么喊,竟然没有一个人动的,相反,都把目光投向了刘。

这时,关子良对跪在那里的几个工人说,你们要是中国人,就站起来。

听关子良这么说,跪在那里的几个工人用余光看了看刘,但是,没有人敢站起来。

刘冷笑一声,他看了一下手表,说,到点了,起来吧。说完,他向车间狠狠地扫视了一眼。

此时,刘俨然就是一挺马克沁机关枪,那目光尖锐得像一颗颗愤怒的子弹。"子弹"所到之处,原先大胆看他或者说逼视他的工人便纷纷中弹了,此时,再也没有一个人敢与他对视,纷纷低下头,干自己的活去了。刘便有了一种胜利的气势,大步流星地走出了车间。

刘刚走,车间里的人便一起向关子良竖起大拇指。这时,那三个被罚跪的工人也走了过来,那个光头向关子良表示了感谢,同时,介绍了自己,我叫吕进,都喊我蛮仔。又介绍呼国强说,他是我们车间的酒王,外号老白干。大家都笑了。这时,蛮仔又说,台湾人定的制度可多了,说是一视同仁,其实,根本就不把我们大陆人当回事,平时,心里都堵着,没有一个人敢说的,一说就开除。今天,你老弟算是给我们出了一口气。这时,老白干却忧心忡忡地说,出气是出气了,只是让我们心里不安了,今天是你上班第一天,你看,你看……

老白干这么一说,关子良忽然清醒过来了,心里倒真有些后悔起来,也觉得自己太过冲动了,但是,一想到刘那个阴阳怪气和霸道的德行,一想到以自己弱小之躯为这么多从未相识的人带来了胆气,他觉得值了。

去你妈的。关子良在心里痛快地骂着,老子再找下家去。这么想着,关子良便准备离开这里了,就在这时,挂在车间墙上的一部黄色电话机响了,蛮仔几步跑过去,接听了几句后,脸上便带上了笑容,他把话筒一挂,对关子良说,大侠,台湾刘召见。

　　这个消息让老白干的脸上有了喜悦之色,他拍了拍关子良的肩头说,小伙子,去吧,跟他好好说啊。

　　关子良走进台湾刘的办公室时,台湾刘正在打电话,他看也不看关子良,只是冲电话机吼。关子良环视了一下。办公室不大,很干净,墙上的规章制度都是英文的,这让关子良有些奇怪。在台湾刘的身后,挂着工帽、雨衣和电筒,同时还挂着一根三截棍和一只臂力器。这时,关子良忽然看见正在打电话的台湾刘用手向面前的一只茶杯上点了点。关子良先是一愣,马上就明白了。他忙拿起水瓶,给刘的杯子里添上了水。

　　电话终于打完了,台湾刘咕嘟咕嘟喝了几口,然后看着关子良说,口才很好呀!那就接着吹吧。说说你的过去,看能不能把我吓倒。

　　台湾刘一副嘲讽和不信任的样子激起了关子良的愤怒,于是,他就把自己到广州后最为光彩的几段一一说了。为了震住对方,在描述自己的过去时,关子良也多少加了点水。譬如说,当年自己在中国心挤出公司如何为企业带来了效益,在小岗苗圃园,自己作为副总,是如何为企业创收的,譬如说曼妮为了将自己留在这里,如何调动人力寻找的。

　　这么说,你是总部直接派来的?台湾刘问,低着眉眼,并不看关子良。

　　是的。关子良不甘示弱地回答。

　　台湾刘又咕嘟咕嘟喝了几口水说,能看懂墙上都写些什么吗?

　　关子良说,我不大关心别人的秘密。

　　台湾刘得意地笑了笑,说,你是想说你看不懂英文吧?

　　关子良不说话了,他想马上离开,他实在不喜欢这个有点变态的寻衅滋事的家伙。

　　这时,台湾刘说,昨晚,我看了你的简历,我有些想法跟你探讨,一、我的

第二章　Disillusionment

学历要比你高,二、你的过去,对于我来说,一分钱不值,三、在这里,我是老大,你先趴下,等我说姿态正确了,再跟我说话,四、我敢说,你是个华而不实的人。所以,我觉得你在我这里撑不下去,即使我给你机会。

关子良本想摔门走人,但是,台湾刘的这句话,再次激起了他强烈的自尊心,他说,不见得吧。

台湾刘拍起了手,说,好,我们开始。

36

关子良日记摘抄:

来吧!早已做好了心理准备。来吧!你让我干什么我都接受!
——6月2日

当着那么多人的面故意大声地呵斥我,故意让我难堪,其实,我坚强了,你更难堪!
——6月4日

这算什么,在农村不就是两头不见太阳吗?我能挺住,一定能。
——7月2日

子良,一定要坚强,不要有回头的想法,不要想着退却,他就等着看你笑话呢。台湾地区正等着看你笑话呢,要坚持住,一定啊!
——8月6日

今天有些小悲观。呵,还流了眼泪,因为心里黑暗了,一盏灯都没有了。我看不见未来,我怎么了。真的颓废了。想那个小村庄了,想妈妈的单饼卷豆角了。
——8月10日

我好想杀了你!去你妈的台湾佬,一枪崩了你。在学校军训时,老子可是打了两个十环,我看用七环就够了,你身上没有哪个部分能经得起我的仇恨的,只要我们相遇,你必然是死了。我需要一个机会,给我吧,那时,你解脱了,我也解脱了。

——8月17日

  从5月底进厂,到8月中旬,转眼就过去了两个多月。对于关子良来说,这两个月却比两年、二十年更难挨。尽管他喜欢把事情往好的方面想,但是,那个台湾刘的所作所为常令他有一种灰飞烟灭的感觉。

  在这两个月里,台湾刘先是让关子良洗地、洗机器、打扫工区,接着是做搬运、仓储计数,再编入三班倒,做拆卸、机修、打包工,甚至连行车都学了半个月。

  在这两个月里,关子良咬住牙关不吭一声,但是,那个台湾刘从来没有一句赞扬的话。相反,每次来车间,专门盯着关子良的工位看,关子良稍有操作不合格的地方,就大声呵斥,有时还带脏口。

  看什么看?不服气是不是?台湾刘问。

  关子良确实有点不服气,盯着台湾刘看。台湾刘从关子良的眼里看出了对抗,就撸掉上衣,说,想单挑是吗?你选地方吧。

  关子良仍然定定地毫不示弱地甚至有些鄙视地看着台湾刘。老白干和蛮仔见状,忙来拉关子良走。但是,他们拉扯了几下,关子良都纹丝不动。见关子良的形象吓人,有的工人想献殷勤,就挡在台湾刘面前,但台湾刘根本就不领情,一挥手就把护他的人划拉到一边去了,然后勾动食指说,来,你来。说着,向不远处的两台机床走过去。

  这是两台刚进的机床,型号都是一样的,正等着拆卸。台湾刘走到其中的一台机器跟前说,在这里是要凭本事吃饭的,我陪你一把,开始吧,你先。听说头手要和关子良比试拆卸,大家都把目光凝聚在关子良身上。蛮仔则向关子良一个劲地眨眼,暗示他不能接招。但是,关子良还是走到一台机器跟前,然后打开工具箱便拆卸起来。

  机床拆完了,用了17分钟。众人露出了惊讶的神色。有的趁台湾刘不

第二章　Disillusionment

注意,向关子良暗暗地竖了一下大拇指。台湾刘却瞪了关子良一眼,然后一弯腰,钻到了机床肚子下。

不一会儿,台湾刘就从机床的肚子里爬了出来,有人掐了表,说,10分23秒。

台湾刘说,别拍马屁,13分钟。

众人面面相觑。台湾刘冷笑了一声,对关子良说,你就是5分钟又怎么样?我还是你的老板。他指着旁边另外十几台机器说,你技术好,这些活都给你了,拆不完不许下班。又指着其他人说,这是我和关子良之间的事哦!你们不要插手哦!

听台湾刘这么说,大家下意识地后退了一步,然后看着台湾刘走出了车间。

台湾刘向外走的时候,老白干向关子良一个劲地挤眼和做手势。对于老白干的手势,关子良能看得懂。就是叫关子良赶紧向台湾刘低头,不能接这个活。

可是,关子良还是走向了机床。

从下午四点,一直干到第二天的凌晨三点,关子良才将所有的机器拆卸完,此时,关子良感到自己的腰好像断了,整个人已经无法直立。

下午,老白干来看关子良,见关子良躺在床上,脸色苍白,心疼而不解地问,何必呢,到底为什么呀?

关子良笑了笑说,就是不想低头,不想让他看到我的失败。

老白干说,你大头大啊,在人家手里攥着啊!你永远都是背的。

关子良说,我觉得胜利了就一定是胜利的。

老白干也不懂关子良说的话,只是表示无奈地摇了摇头。

其实,关子良说这句话时,特别想哭,他觉得自己这会儿太像阿Q了。老白干走后,他整个人发起呆来,心里有一种东西在慢慢地滋长,他知道这种东西叫崩溃。他叹了口气。

关子良在考虑退路了:他深深地感到,表面的坚强,终归抵挡不住滚滚

159

而来的严酷的生活。没完没了的恶意的刁难,连钢筋都会折弯的。但是,如何走得体面,确实是一个大问题。

好在,有一个机会终于来了,说着就是10月天了。

37

和小岗苗圃园相比,在阿里山电子集团,凡事都显得简约得多,这里很少开会,有事就站着说,说完各干各的。公司有专门的公告栏,但是,里面经常雪白一片,好像从来没有在上面张贴过什么东西。

今天,关子良一进厂区,就发现两处广告栏下都站满了人,个个昂着头,目光急切切的。有的边看边摘抄着什么。

关子良走近后才看清,这是总部发来的公告,内容是,近日,阿里山由于和日企联创产业项目,急需管理人才,总部准备在各下属厂招收头手培养对象70名。报名和录用方式如下:一是自荐。二是民议民选。三是各组长和头手直接推举。

关子良看了一会儿就退出了围观的人群,他觉得这个事对于他来说,有点遥远和滑稽了。

第二天上午,蛮仔走进车间后,先是对四处啪啪啪地拍了几记巴掌,然后代表台湾刘做了部署,他告诉大家,上午就开小组推选会,每个人都有选举资格,人人都要填表。

蛮仔刚把表发下去,台湾刘就走进了车间。他手里拿着一本资料,脸上阴沉沉的。一些胆小的工人,忙站了起来,老白干和蛮仔则分立两旁,腰杆一个比一个弯得深。此时,关子良蹲在机器的一侧,在选聘表上算起了评估数据,他对昨天交给刘的那张数据怎么都不放心。

这时,刘向四处看了看,然后说,关子良,你过来。

关子良便走了过来。当关子良走到刘的跟前时,刘突然将手里的那沓资料猛地甩在了关子良身上,满眼的鄙视,大声地说,大学生,看看你的杰

第二章　Disillusionment

作。你这是评估？你这是卖我的工厂啊！看看。

关子良感到了一种羞臊，但是，因为是自己的问题，他没有资格表示反抗，便默默地去捡地上的表格。表格落了一地，关子良弯腰去捡时，没有人帮他。

台湾刘并没有放过关子良，他说，关子良，听着，在这里，在我面前，你永远都是学生，这件事，只有一次。

关子良感到自己的脸滚烫，有一种灼人的热。好在，台湾刘不再骂了，而是说，我们开始选举。

蛮仔忙搬来一张椅子放在了台湾刘的屁股底下。

台湾刘坐下后，突然问，在这里谁是老大？

你是老大。蛮仔献媚地说。听蛮仔这么说，众人也笑着一起附和。

这时，台湾刘又把目光放在了关子良身上，他蔑视地看了关子良一眼说，你别七个不满，八个不在乎的，你怎么不说话，谁是老大？

关子良对于台湾刘的这种挑衅已经忍耐到了极限，他没有吭声，只是平静地看着台湾刘。老白干忙捣了捣关子良的胳膊，意思想让他表态，但是，关子良仍然没有吭声，他已经做出了决定，如果台湾刘的挑衅到了侮辱自己的地步，他就会绝地反击。

好在台湾刘又把目光转到了一边，他说，既然我说了算，我们来换一种方式选举吧。

蛮仔马上鼓掌。

这时，台湾刘忽然说，关子良，你先出去。

关子良立刻向外走去。关子良向外走时，分明感到众人都以同情的目光看着他，这让他的内心充满了委屈、感激、不解和愤懑……

五味杂陈的关子良径直走到车间外，然后在离车间很远的车棚下站着。此时，他特别想立刻走人。

十分钟后，关子良发现台湾刘从车间走了出来。刘从车间走出来时，显然看到了关子良，但是，他马上转过脸去，很快就钻进了自己的小车。

161

不一会儿,关子良看见蛮仔和几个工人也从车间走出来,他们看见了关子良,然后,一起向关子良招手,见关子良没有反应,蛮仔再一次招手,关子良不知道发生了什么,便走了过去。当关子良快走到车间门口时,大家便一起鼓起掌来。

什么情况？关子良问。

关子良这一问,掌声更响了。而蛮仔根本没有回答关子良,只是在关子良的肩上狠狠地打了一拳。

是的,事情出乎意料,关子良被选上了。

晚上,蛮仔让全组凑份子给关子良送行,大家都喝到嗨,祝福的话说了又说,一时间,酒里有话,话里有酒,都醉成了一团。而最让关子良感到压力的是,老白干来跟自己敬酒时,先是笑,然后哭成了泪人。见劝不住,关子良大声喊,你到底为不为我高兴？你说。要为我高兴就擦掉眼泪。老白干擦了眼泪,然后说,兄弟,×能啊!! 去了那边个,要好好表现一家伙。你是我们乡下里的头号人物,要为我们乡下人争脸!

说到此,一仰脖子将杯中的酒罍了。

38

那天晚上,关子良彻夜未眠,一方面是酒喝得太多,太兴奋了。一方面,他百思不得其解,为什么会出现这种结局。饭桌子上,他问过蛮仔,蛮仔详细描述了当时的场景。

当所有的票都出来后,台湾刘将那些选票都撕了,然后拍着巴掌说,集中了,我宣布结果,就是那个乡巴佬关子良了。说到这,他眼瞪得溜圆,然后凶横地环视一下大家说,有不同意见吗？蛮仔马上鼓掌,随后掌声响成一片。

对于关子良来说,在车间的这几个月,就是在精神上和肉体上被台湾刘反复摧残的几个月。在这几个月,关子良从刘的眼里,看到的都是轻视、鄙

第二章　Disillusionment

视和厌弃。为此,在所有的好事面前,他的第一反应就是绕开。可是,现在到底发生了什么呢?

那天,关子良办完了所有手续,然后去和台湾刘告别,但是,去了几次都锁门,因为,马上要去总部,关子良在电话里向台湾刘表示感谢,他说,谢谢你……

还没等关子良说完,台湾刘就打断说,关子良哦,还是那句话,别以为自己有什么了不起的,还差得远呢!说完,就把电话挂了。

关子良很无奈,对于这样一个人,这样一个结局,他不知道是恨还是爱。

这是3月的一个下午,广州不冷不热,湿度也不大,曼妮约了关子良。

这是关子良到总部学习后,第一次和曼妮见面。这个结局关子良很满意。这期间,他确实想见到这个女人,但是,又不愿意去主动找这个女人,现在,这个女人竟然来找他了,他便有了许多主动的感觉。

曼妮把关子良带到了周洋一条街,就在当初和螺螺谈事的地方坐了下来。

曼妮喜欢咖啡,于是,她先给自己点了一杯咖啡,然后又为关子良要了一份水晶筒木瓜汁。

曼妮的高贵和优雅对于关子良来说确实很有压力,但是,关子良不想失去谈话的优势。他说,在班里,我可是最优秀的。

曼妮笑了笑说,怎么,这算是向我汇报吗?

关子良笑了,感到了一种女老板的狡黠和硬度。

曼妮说,到总部有一段时间了,还能想到在山里的日子吗?

那是噩梦!关子良有点感慨地说,你永远都不知道,在山里的那几个月我是怎么熬过来的,不,是怎么死里逃生的。

知道。曼妮淡淡地说。

那是想象吧!关子良说,有些事情你可能都无法想象,应该说,那里是一个地狱,而且确实有阎王。

曼妮想笑,但忍住了,她示意关子良接着说。

163

关子良说,作为一个现代化水平如此高的企业,你们真不该把刘这种人派到那里去,并委以重任,知道他都干了些什么吗?

对谁?

对我。

当然知道。先是让你干洗地工,接着是搬运、拆卸、行车、电镀、维修,总之,在那个厂,所有的工种你都干过了。

关子良感到了蹊跷,说,他还干了什么你不知道?

知道。从不肯定你,哪怕是对一只小蚂蚁,他都可以赞扬一番,就你不行。一分钱都不值。

关子良愣愣地看着曼妮。

曼妮淡淡地一笑,低头去品尝咖啡。咖啡在冒泡,看上去很有内容,很奇怪。

关子良浑身冰凉,他感到了一种暗算或者说阴谋。

这时,曼妮说,我答应过他,让你接受他所有的考验。

关子良恍然大悟,他再次愣愣地看着曼妮。

曼妮说,尽管如此,在你们那个小组,你的票数也不乐观。可是,他为你写了一份近四千字的介绍,其实是推介信。他信誓旦旦地说,你已经毕业了。他以他的名义保证,他完成了我交给他的任务。他就是这样一个人,我父亲喜欢死他了。

关子良极为小声地说,你是说他?

曼妮点了点头。

关子良内心有了感动,一时无语。

曼妮说,所以你要感谢他,没有他的坚持或者说自以为是,我们没有在这里喝茶的机会。这太奢侈了。

关子良令人不易察觉地叹了口气。他端起杯子说,陈总,来。

曼妮微笑着问,是敬我,还是敬他?

关子良也狡黠起来,他笑而不答,和曼妮碰杯后,自己先喝了一口,算是完成了仪式。

曼妮也轻轻地几乎是象征性地呷了呷,然后轻轻地放下杯子说,子良,真正的关口是我父亲。

关子良对曼妮的父亲一概不知,他追寻着曼妮的目光。

曼妮目光柔柔地看着关子良说,学习班一结束,我父亲就会从台北飞来,然后戴上他的老花镜,在那些表格里一个字一个字地挑选。父亲的目光非常尖锐,像只探铲,凡是能燃烧的,一定会被他选出来。怎么,你有点紧张了吗?

关子良说,我有点兴奋了。

曼妮歪着头,挑衅地又带着点恐吓的语气说,父亲非常专制,非常非常专制,而且非常挑剔,非常非常挑剔,我对你一点信心都没有。

关子良说,是的,我可能死定了。我不喜欢阿谀奉承,尤其是涉及台湾的事。

两人都笑了,曼妮还用指尖凭空弹了一下关子良。

那指尖上是有残留的,关子良感到自己的心扉被慢慢地打开了。

不久,关子良知道,那个性格暴躁、飞扬跋扈、蛮横武断的台湾刘原来是曼妮的堂哥。

39

张大器很少发呆,所以庄晨晨一边梳头,一边向窗口那边看。

在巨大的落地窗帷下,张大器正坐在一片极其柔和的光晕中抽烟。因为没有干扰,那细细的弯弯的烟雾,轻轻地向上飘动着,这让张大器的剪影显得特别神秘。

装什么深沉呢?庄晨晨问。

张大器把手里的那截没有抽完的烟撅了,然后清了清嗓子说,你来。

庄晨晨就走了过来。

张大器说,我想回趟老家。

这几年,张大器对于自己在小岗村的那些项目,确实努力过,做过投资,其间的理想也是宏大的,但是,胸有成竹的他,还是尝到了市场的苦头。由于疏于经营,加上两线乃至多线作战,结果眼高手低,如今,他打着招商引资的旗号盘下来的那些公司大多成了空房子,其中,两千亩土地,由于资金没到位,荒草已经长得比人还高。糟糕的是,这几年,张大器在广州的生意也做得越来越不好,由于资金链单薄脆弱,手上的许多产业不得不并了,一些店面不得不撤了,人员也是一裁再裁,外面欠的债像石灰岩地貌样,一层摞一层的。

当初,张大器去小岗村招商,确实想到过如何有效利用政府的政策,但是,那个时候,如果说张大器是为了骗取政府的扶持资金,那真是太侮辱他了,他真不差政府这点钱,可是现在呢?有点捉襟见肘的张大器,其目光也不得不斜睨了。譬如,张大器现在要回去,想的就是那点事。

张大器把这个意思委婉地表达出来后,庄晨晨不以为然。首先,她觉着这种行为有骗的成分,而且是在自家门前行骗。再说,都是乡里乡亲的,一旦戳穿了,脸上不好看。另外,那点钱对于企业目前的窘况来说,也挡不住几扇窗户。于是,她说,企业现在是个大窟窿,不是几万块钱能解决的,再说,你回去一趟,也要花销,除了皮毛,落不下几个。还有,那些空壳企业,你不在场,任人怎么说,你去了,人家难免就要问你怎么办?即使嘴上不问,脸上和眼里都是不好看的。

张大器不悦地说,你说得太多了,我做你看就是了。

企业萧条以来,张大器的日头长了许多,人也显得疲惫多了,庄晨晨不想在这个时候和张大器再说什么,再说,她知道说什么也是白说,此时的张大器,是不会放过那点收入的。想到一个蒸蒸日上的企业老板,到了这个境地,庄晨晨的心里不由得一酸。不过,她还是问,订什么票,现在动车也很快的。

张大器不容置辩地说,飞机。

第二章　Disillusionment

　　下午,张大器就坐上了从广州到南京的航班,当飞机置身于万里云海,张大器的心也渐渐膨胀开来,他笑了。

　　昨天,他在跟父亲通话中得知,为推动小岗村的全面发展,县里成立了小岗办,同时准备在小岗村成立一个青年创业联合会,简称青创会。青创会属于小岗办直管,有专门办公室,有专项资金,有项目开发和使用土地的权力。目前,青创会的领导班子正在组建,主要领导和班子成员就从小岗村本土选拔。

　　这个消息对于此时的张大器来说真是太兴奋了,如果能顺利当选,当上青创会的会长,就等于拿到了一把金光闪闪的银行钥匙,既救了自己在小岗的项目,也救了自己在广州的企业。最主要的是,这些年,生意场上的打拼显得太无聊,每日见钱不过是一时之喜,银子响后,便是一片无聊,就算是日进千斗,家财亿计也是一片虚空,如果能谋上一官半职,加上腰缠万贯,那就再美妙不过了。

　　接到这个电话后,张大器彻夜未眠,这么多年来,他觉得自己是一个心肠很硬的人,没有什么事能搁在心上的,可是这件事真是太大了。而且,父亲的心也是他的一个担子。

　　在村子里,老一辈中能打能上的还有六个,那就是自己的父亲张大喷嚏、关子良的父亲关大疤癞、许乐的父亲许六叶子,还有顾老边、杜二嗯、朱耀山。除了关大疤癞抱住几亩地不放以外,其他四户都很强势。许六叶子口才好,是小岗村公认的解说员,平时,村子里无论来领导还是记者,他都参与讲解,有时,还随团到全国各地参加对小岗的宣传推广,又风光,又有收入。顾老边手眼都快,一下子就占了中心街道四个门面,全开饭店,村里一旦有人来参观,基本上都被他带到了自己家。杜二嗯也霸了半个街,连村图书室都占了,专卖小岗村土特产。朱耀山开了个五金店,专卖各种五金,生意好得很。而张大喷嚏只能守在儿子为自己盖的二层楼里,坐吃山空。二层楼刚盖起来时,大喷嚏还嘚瑟了一阵,光鲜了一阵,等过了新鲜劲,再看那几个人,心里早就不平衡了。因为这个,张大喷嚏还跟顾老边、杜二嗯等人

167

多次发生冲突,受尽了气,这一次,张大器如果能当选一把手,所有的山都翻过来立了。

40

张大器往家赶时,张大喷嚏、许六叶子等几个老人正聚在史学久家谈青创会的事。

这些年,村子里虽然说有村委会,有一把手和一套班子,但是,小岗村大凡碰到关系民生和发展的大事,都要把村子上几个老当家的喊到场,久而久之,几个老当家的也养成了习惯,一旦碰到这类事体,都往史学久家去,然后围在一起聊。

这会儿,关于如何选拔青创会的一把手,杜二嗯提出了两个想法,一是从留在村子上的后生中选,哪怕是入赘上门的也行。二是把在外打工的年轻后生们都喊回转,石头沙子合在一起挑。

杜二嗯的话一撂到桌面,一帮人七言八语地就说上了,加上满屋子都是烟,气氛乱哄哄的。最后,几个人把目光聚集到了在外打工的几个后生身上,一口气排出了十几个:张大器、关子良、螺螺、庄晨晨、闫军、林江、许乐等都在其中。

名单排出来了,张大喷嚏问史学久,史委员,该你点将了。你拿个主意,高矮丑俊,我们都没有意见。可好?

顾老边有点鬼祟地看了史学久一眼说,嗯哪(是的),一窝鸡蛋,好坏还不都是一个窝里的,你史委员张嘴就说,我们都望着你。

来吧来吧。杜二嗯也说。你定下了,往白纸上一添,我们按手印就行了。

一大伙人在说话时,史学久一直偏着头,嘴里鼻子都往外冒烟,这会儿,听杜二嗯这样说,他苍白地笑了笑,说,都干才好呢!又说,这是我的真心话,就是没有那么多交椅。

第二章　Disillusionment

张大喷嚏知道史学久说的不是真心话,又不痛快,就用手背抵了抵朱耀山,朱耀山一愣,马上就会意了,便缩着头,声音很大很突然地说,我看张大器管(可以)。这时,杨立华马上说,对,大器有冲劲,手头又宽敞,外面的头绪也多,各条路都疏通了,照(可以)。

这时,许六叶子说,我也提一个,我看子良不错,为什么呢……

许六叶子的话还有说完,张大喷嚏就打断说,史委员。见史学久在发愣,他又喊,老史,老史。一锅豆子炒半晌了,该你揭锅了。你表个态,你说吧……哎哟,大家都别说了,听史委员的。

史学久把手里的烟急急地抽了几口,然后把烟把子扔在脚下,又用脚尖使劲地搓了几个来回,说,组织上要在小岗选干部,这是对我们的一种抬举啊！那么,选的这个人就要讲究了,一是要大家心里都服气,二是要上头都认可,三是头等的×能,真正能为我们小岗的发展着想,能带着我们呼呼叫地往前跑,乖乖,这个事不轻巧啊！就跟打家堂一样,一斧子砍斜了,那就四腿难立了。说到这,他牙痛似的吸了两下,又沉吟说,嗯——你们提的人,个个好……这个,我回去思想思想再说。这么说着,先自站了起来,这就有送客的意思了,于是,大家纷纷往外走。

一群人走到院心时,史学久就听到张大喷嚏开始打起了喷嚏,从院里一直打到院外,引得好几家狗都叫了。

41

这几年,全国的关注,省、市、县的重视,推动小岗村大步小步地向前赶。村里人不说,凡来小岗村的人都感到,小岗村的"身体语言"变化太大了,就说盖房子,过去是"乱栽秧",中心村的几十户人家鹌鹑撂蛋似的,想怎么盖就怎么盖,住得七零八落的。现在,村西口的那座大门楼立了起来。从门楼看去,笔直的一眼望不到边的街道两旁,是一排排整齐的房屋,而且,这种房子,有标准的设计图纸,每家的高度、宽度、纵深一样,门头一样,颜色一样,

169

一色的月光白,已经看不出老乡村的影子了,倒像是一座很洋气的小集镇。

村子重新规划后,关大疤瘌家和史学久家住得很近,仅有一扁担远,这会儿,史学久只是一袋烟的工夫就到了关大疤瘌家。

关大疤瘌家的变化也很大,原来绑在房角的那根丑陋的电视收视天线没有了,看上了有线电视,32英寸,液晶的。前年,关子良从广东回来时,关大疤瘌向他提了个要求:想做一个家堂台子。这种台子高2米,宽50公分,长3米,放置在中堂前。在农村,这种家堂台子一般是富庶人家才有的。张大喷嚏家自从盖上两层小楼后就有了。关大疤瘌看不得张大喷嚏那份神气,一心想做一个和张大喷嚏家一样的家堂台子,好宽宽自己的心。

现在,这种家堂就放在那里,不过,上面落满了灰,堆满了东西,既有碟子碗和剩汤剩菜,也有成袋的粮食和农具。冰箱很大,没通电,这会儿门大开着,里面塞满了各种纸盒子和塑料袋。

史学久走进来时,关大疤瘌正在磨刀。那磨刀石也有年头了,过去想必是一个方块儿,现在,从当中弯了下去,那刀在那弧线里一上一下的,显得很吃力,发出了嚓啦嚓啦的声音。

短短的几年,关大疤瘌也老了不少,头发全白了,背也驼得很,往里深深地卷着,脖子上的皮都松了,有的地方挂上了小"窗帘"。抬头见史学久进来了,疤瘌连忙让座。烟就在旁边的小墩子上,疤瘌在屁股上擦了下手,从烟盒里揪出两支烟来,递给史学久。

史学久从下端接过一支烟来,干咳了几声,然后点上火说,疤瘌,你这叫什么,再过几个晌午,收割队就南下了,几十台机子呢,一亩也就几十块钱,你那×几亩地,哪经得起机子喝的,头一低就蹚平了。

关大疤瘌听史学久这么说,把烟别在嘴角,又磨起了刀,而且比先前更带劲了,嘴上毛糙不清地说,那东西我信不过,毛手毛脚的,糟头大(浪费大),拾掇不清,还是自己上手放心。

史学久知道关大疤瘌说了半边话,说到拾掇不清,是真心情,一边倒的是为了省钱。于是,史学久也就不撵这个话题了,转而想谈推选干部的事,

第二章　Disillusionment

当他准备开口时,忽然咳嗽起来。这咳嗽来自肺部,有一股很大的气流,这使他咳嗽时不得不张大着嘴。过去咳嗽,虽说在屋子里,脚下却都是泥土地,随便就啐了。如果遇到主家讲究的,从大锅灶下,抓一把柴火灰就盖上了,现在,家家都用了液化气,别说柴火灰没了,连炉渣子也没了。

史学久左右看了看,找不到一个啐的地方,就站起来,几步走到外面,大声地咳了几声,啐了几下,然后再抹着嘴回转了。

史学久一进来,关大疤癞就说话了,听杨立华说要选干部了,有合手的吗?

史学久则问,大良子还在那厂子里呀? 可想回来?

听史学久这么问,关大疤癞笑了笑,眯着眼,用粗糙的大拇指在刀锋上轻轻地荡了几下,摇了摇头,脸上带着一种完全不屑的表情。

关大疤癞上个月去过一次广东。关子良亲自开着皇冠车去接他。

这几年,关子良在阿里山电子集团可谓是顺风顺水。阿里山的管理层有个基本链条:班组长—头手—主任—大主任—副总—常务副总—总裁。目前,关子良已经干到了大主任,离进核心领导层只有一步之遥。手下已经管到了十个车间,近两千人。待遇也是翻了又翻,一路筋斗云干到了彩云之上,在一起进厂的那群人中,早已是人上人了。配了专车、秘书,住了专门公寓,月薪在10万到15万之间。每天的事不多,就是瞄一瞄各车间主任送来的报表,然后再到一些进度上有些问题的车间转转,"想骂人了就骂,想打人了,可以随便打,摸到什么就是什么。想给谁小鞋穿,躲都躲不掉"(关大疤癞的话)。

疤癞到广州后就住在儿子的公寓里。80多平方米,三室一厅,有厨有卫和阳台,电视、电话、电脑一应俱全。吃饭的点上,知道消息的车间主任和头手们一起过来向老爷子请安,有的车间还列出了招待老爷子的日程表(现在,这个表仍然装在关大疤癞身上,回村时,因为经常拿出来给人看,边角有些皱了),当然都被关子良拒绝了。看关子良训那些车间主任的那个官样,关大疤癞很得意,快活得流哈喇子。

171

而关子良本人也变了,头发短短的,很精神,眼睛好像更大了。穿一套藏青蓝西服,打领带。棕色皮鞋又尖又亮。鞋底打的鞋钉,走起路来,发出了嗒嗒的响声,有如跳踢踏舞。那气度和稳重先是让疤瘌从心里生出无限的喜欢和自豪,接着又有了些许莫名其妙的陌生感和畏惧感,两眼一个劲地看儿子,又不敢长时间地看,只恨自己没把老婆子带来,也好看到儿子的威风,又恨这个阿里山不在小岗村附近,否则全村人都能看到儿子现在的这个样子(张大喷嚏一定是要看的,庄大柜子也是一定要看的)。

所以,当史学久谈到让关子良回来,关大疤瘌感到很可笑,他说,嘻,小岗有什么干头。子良事多心门大,不会回来的。

昨天,几个老家伙在议论青创会时,史学久看出了张大喷嚏的心思,他之所以没表态,是因为他心里有一个比较。

在小岗村,张大器的那些项目瘫痪后,村里的人反应很大,那些当初在招标中败在张大器手下的人开始写信,指明张大器是在利用项目骗取补助,为此,小岗办曾经多次找过史学久,要他联系张大器,马上回安徽收拾摊子,但张大器总是以各种理由推托,久而久之,在史学久这里就出现了一个风箱现象,前面有小岗办,后面有村民,当中那个老鼠就是史学久。为此,提到未来的接班人,史学久的心里当然只有关子良。

来疤瘌家的路上,他还是很兴奋的,他觉得,自己能把小岗的当家人安在关子良身上,关大疤瘌不知多高兴哩,不知该怎么感谢自己呢。再说,当初,关大疤瘌是不希望关子良走的。他还记得,当初,自己硬留子良并承诺给个官做时,疤瘌那个"京巴"样。现在,看疤瘌这个不屑一顾的样子,就等于把他一下子按进了冰窖里,又觉得有一根牛绳勒住了自己的脖子,紧紧地,一句话也说不出来。

42

从关大疤瘌家出来后,史学久感到浑身没劲,在他心中,小岗是最了不

第二章　Disillusionment

起的,别看现在的后生们都往外跑,那不过是抢一些嘴头食,最终还是要回来的。今天,关大疤瘌的态度让他有些意外,最为关键的是,他的希望落空了。在他心中,青创会的领头人只能是关子良,既然这个孩子心高气傲,看不上这顶帽子,他宁愿把这个事喊回去,继续让上头派人下来。

史学久心里这么合计着,焦虑着,很快就到了自家门口,刚要推门,门开了。开门的是老伴芝麻。想必是早早就听到了史学久的脚步声,这会儿,她一把揪住史学久的衣袖,把史学久往自己怀里一带,咬着史学久的耳朵,小声说,张大喷嚏爷俩来了。

什么事?

也不长,也不团的,只顾坐。你个见?(见不见)

史学久思想了一下,转身要走。芝麻一把抓住他,又说,带那么多东西,怎搞?

史学久犹豫了。芝麻又扯了扯史学久的袖子,两眼盯着史学久看。史学久头一低就去了后面的屋子。

史学久一进屋,张大喷嚏和张大器就站了起来。张大器张口就喊,我大爷,回来了。这一声我大爷,把史学久喊得浑身起毛栗子,因为,过去张大器见到他,尊敬点喊老史,大部分都喊"哎!"。有时,干脆装着看不见,跟演《三岔口》一样。

史学久忙招呼爷儿俩坐,这边,脑子里猜测着张家父子的意图,那边,张大器已经把一包"大重九"送了上来。还没等史学久把烟在耳后面架稳当,张大器已经开始将带来的东西往桌子上摆。四瓶茅台酒、两条软中华烟、两盒龙井茶、四盒养生产品(至于是什么东西,史学久在电视广告上都没有看过),还有几盒韩文的礼品和一台榨汁机。

在张大器把礼品一件一件往桌子上摆的时候,史学久说,又搞这×东西,回头都带走。

张大喷嚏说,该的(怎么回事)?他大爷嫌孬呀!就是一把炉膛灰,也是小孩子的心呀。

173

史学久向上摇了摇胳膊,不知是什么意思,好像是说,你再说也没有用,一定要带走。

这时,在张大器递过来的火头上把烟点燃后,史学久问,该的,不年不节的,这会儿往家跑搞啥呢?

张大器说,我大爷,我回来是向您老人家请罪的。

好像怕被喷一身狗血似的,史学久下意识地往后面斜了斜身子,然后说,你看说的。你有什么罪,信口雌黄。

张大器说,大侄我过去幼稚,为别人考虑得不多,我在小岗承包的那些项目,让大爷您承担得太多了,不仅如此,也让村里人有看法。我这次……

张大喷嚏见儿子嗫嚅了一下,就插话说,他大爷,大器想回来了,集中精力把那几个项目搞起来。

听张大喷嚏这么说,史学久点了点头,他说,大器,你这就对上了。

张大器就开始说他的宏伟计划。在张大器说话时,张大喷嚏一直想插话,最后,终于插上了。他说,大器,你大爷事多,讲明白就行了,先回去歇着吧。你头里走,我后面就到。

张大器便和史学久夫妇告别。史学久忙扯住张大器的衣袖,嚷着要张大器把东西带回去,却被张大喷嚏张开双臂挡住了,张大器乘机跑了。

见张大器走了,张大喷嚏把门关了,然后坐下来跟史学久说,他大爷,实不相瞒,大器是个心里有根的孩子,别看他腰缠万贯的,没有一天不看护小岗的,要不,说什么也不会到老家来投这大笔钱。

史学久听张大喷嚏说话跟放熬鹰的一样,就问,他这次回来有资金打算吗?

有,什么都有!张大喷嚏说,然后直接切入主题,他大爷,孩子是我叫回来的,经我一说,有心回来干一番事业。他大爷,这事还得请你在四周多讲讲,在上面也多讲讲。大器这孩子我知道,就是重感情,赶明儿他的章子(公章、权力)不就是你的章子吗?

史学久笑了笑说,愿意回来是好事,大器的能耐我也知道,只是,眼下这

174

第二章　Disillusionment

个事有点乱……

呵呵！乱什么？张大喷嚏说,不就是那几户吗？抱树数也能数出来的。你看哦,关大疤瘌不会吵的,他在庄子上都吹过了,说他家大良子在台资企业混得又大又粗,眼皮子睐都不睐我们小岗。许六叶子干夯什么（胡乱叫唤）,他家那囡女除了逮脸漫画（化妆）,什么也不问,你看个能干（能不能干）？顾老边的两个儿子饭店开得热火火的,你让他干,他根本就看不上这两个死工资。其他的还有谁能跟大器比。

是的,大器这孩子照！芝麻一直坐在灯影子里,这会儿混插上来说。

史学久不满地看了看老伴,转而又换了一副表情,对张大喷嚏说,喷嚏,一个人心里一杆秤,这事不能就我俩说,就算有几家不争,还有许六叶子他们呢,还要报到小岗办呢。

张大喷嚏笑着说,报到天安门去,都要经过你这里。他大爷,下次开会,只要你能提到大器就行了。可照？至于说许六叶子他们,我来搞。

史学久没有说话,只是一个劲地抽烟。

43

小岗村的西北是一片梭子形的山坳。清晨,一层雾从那山坳里飘了起来。因为没有风,远远看去,那雾像是一层浮动的奶酪,又像是一层悄悄涌动的棉花。当这层"棉花"渐渐稀薄时,史学久看到了关大疤瘌和黑户英两口子在那里,有三亩多地是关大疤瘌家的,此时,麦子已经熟了,两口子正在收割。想必是早早就来了,有一亩地的麦子已被放倒,关大疤瘌在手上连连啐了几口,开始打麦把子。

史学久走到田垄,用脚在面前试踩了一下,把草上的露水踢掉,然后蹲在那喊,他姑,你这样一刀一刀地割,得忙到哪天晚上呢？

正在割麦子的黑户英没有反应,显然,镰刀发出的密集的嚓嚓声盖住了史学久的声音。但是,当史学久不说话时,她却察觉了。她一手揞着腰,僵

175

硬地站了起来,然后笑眯眯地跟史学久打招呼说,哎哟,他大爷也这么早。

史学久点上一支烟,笑着说,你们两口子这算什么哩。这都什么世道了,你们左右转着看,还有哪家自己割麦子的。

黑户英抹了抹脑门上的汗,笑了笑说,也快,也快。

史学久说,这大忙天的,大良子没回来?

黑户英说,忙。

史学久说,忙!忙钱是吧?

哪是,忙不到钱。黑户英说。

史学久说,能忙到钱,又有什么用呢。大良子在外面就是有座金山、银山,你两口子可又能够上?

心里原本是有缝的,这话就钻到心里去了。黑户英叹了口气说,哪不说哩。

还有!大良子今年二十八了吧?属牛的,跟螺螺他们般上般下。

黑户英想了想,说,那不是吗?出去时才二十二,这都快六年了。

也该说人了(找对象)。史学久皱着眉头说。

史学久的这句话像是一颗子弹,直接就打倒了黑户英,她索性坐在了麦秸堆上,拽下脖子上的毛巾,胡乱地擦着脸说,哪不说呢,愁死人了。

史学久说,叫大良子回来吧!这几年,小岗村变化太大了,他根本就不知道。现在,中央在小岗村下了多大劲头,他就更不知道了。国家是要把小岗村搞成世界一流乡村的,前途要多远有多远,你们看不到,我明头(清楚)。

那是。黑户英说,他大爷不是掘(脚)面支锅的人,吃公家饭,当然知道得多。

史学久便乘机把目前村选干部的情况说给了黑户英听,还在话里添了一瓢水说,不是我看上了大良子,县里看上了。在外面花花草草有什么用,再干,干到金銮殿也是个野皇帝。

黑户英的心被说得溜溜顺,连连说,你说得对,他大爷说得对,我表兄你说得一点账目都不欠。

第二章　Disillusionment

　　史学久说,你让大良子回来,我培养他。你两口子放一百八十个心在肚里头,我保证让他光荣。还有,说到这,史学久向四处看了看,压低声音说,我的个妈,这是个肥缺呀! 这个话都不该讲的。

　　黑户英忙说,那是,那是,他大爷我还不知道吗?

　　史学久这就放心了。他说,你也别一刀一刀地割了,防止伤着,医院跟老虎样,进去不得了,连屋子带墙倒。我去西冲去,那里上机子了,我喊一台过来,一袋烟工夫就帮你吐噜完了。

　　说着大步走了。

　　见史学久走了,黑户英想着史学久话,感到了糖味,又想着机子要来,索性不干了。不一会儿,关大疤瘌吭哧吭哧地来了,见黑户英坐在那,说,马上起太阳了,不趁凉快干,等着晒鱼呀。

　　黑户英就迎上去,把史学久的话干干地翻了一遍,又把史学久要带机子过来帮忙的事说了。

　　话没说完,关大疤瘌就说,你也是和尚日姑子,一时一出子。当年,史学久要留大良子,你是怎么说的? 你说人家是牛×筒子,现在你倒好,亲手拉着牛找他吹了。

　　黑户英说,当年是当年,那时候,他说的我看不到,现在我都看到了。

　　你看到什么了? 关大疤瘌把扁担绳子往田里一扔说,噢! 听他的,让大良子回来当主任。他说让谁当就让谁当啦! 牛×大的嘴,他算哪颗牙。还有,那边,大良子一把手辞了广州,什么都丢了,这边,上面又不批了。一头涝,一头旱,你看怎搞!

　　这个还带变的? 黑户英问。又说,公家啊!

　　哼! 关大疤瘌撇撇嘴说,想变不分公母,还公家母家呢。

　　黑户英沉默了,抠手上的灰,间或还摇了摇头。

　　关大疤瘌说,别云游四海了。你再看看许六叶子他们,家家都有孩子,个个心里都有小九九,没有一盏灯是省油的。真是大良子干了,他们能跟在后面顺? 不起刺就算好的了。头等的是张大喷嚏,现在是浑身抹了油往里

177

面滚呢,一顶帽子,又想卡在自己头上,又想卡在儿子头上,大良子干上还不等于跟他张家结了两辈子仇……

黑户英嘀咕,那我们家大良子就……

够啦!关大疤瘌大声说,然后向西冲一指说,去,快点。黑户英看了关大疤瘌一眼,丢下镰刀,连走带跑地去西冲了。

44

从小岗办出来时,已经是中午十一点多了。现在八项规定抓得紧,按过去,这种群体性会议,是要安排饭局的,现在不行了,会议一散,不用暗示和交代,与会者各自"流窜"。

看中午一点头绪都没有了,史学久也缩着头往外走。走到大门时,一辆黑色"大众"嘀嘀地叫了两声,然后从他身后滑了过来。史学久忙向一边躲,躲闪时他看到了坐在车里的开主任。此时,开主任正看着自己,一张大脸把车窗户塞得满满的,声音不大地跟自己说,事情要抓紧,思想要统一,方法要得当,担子还很重,啊?

见开主任的车从自己身边慢慢地滑了出去,史学久也"啊"了一声。开主任的"啊"是警示的意思,史学久的"啊"是"好的好的"的意思。

搭上回小岗村的笨笨车(手扶拖拉机),史学久扳着手指数了数开主任说的十几个字。每数一个字,就如同在心里压上了一块石头,最后,整个人沉沉的,看笨笨车时,笨笨车好像都开不动了。

今天,史学久来府城开的是午季协调会,会前,开主任让秘书把史学久喊到了他的办公室。在办公室里,开主任告诉史学久,全县乡镇以上的干部会议已经开了五次,每次会议都冠以"紧急"二字。会议的主要内容就是进一步贯彻科学发展观。会议明确指出,小岗村又进入了新一轮冲刺。小岗不仅要抓住这个机遇,还要使出浑身解数,实现弯道超越。目前,赵书记只盯着两件事,一是小岗村青创会的成立。二是通过新一轮招商引资,打好区

第二章　Disillusionment

域经济这张牌。

谈到青创会,开主任说,今年,在县委一班人的眼里,小岗村青创会的成立,是践行新理念,加快区域经济发展的重头戏。在这折大戏中,青创会要有重大表现,要成为小岗村经济发展的一只长矛。所以,组建青创会班子的事不能再耽误了,一点都不能耽误了。

那天晚上,关大疤癞的态度并没有让史学久死心,所以,昨天他还是去找了黑户英。史学久总觉得黑户英要比关大疤癞更懂得疼儿子,也更明事理,但是,当他把收割机开到山坡上,被黑户英拦住时,他死心了。同时,心里也产生了一种不悦,他觉得这两口子真不识抬举,目光短浅。

事到如今,他感到自己没有后路了。下午,史学久让杨立华把人召集到了队部。

人一上齐,史学久就把上午开主任催促自己的那些话拿出来说了。他说,现在大家要明头。就两条路,要么等上面安人,要么自己地里出。我的意思,不要再在芝麻叶子荞麦头上打转转了,只要是我们小岗地界的,先摸一个出来,生熟就是他了,可好?

对!张大喷嚏率先表态,不管三七二十一,先把帽子拿过来了再讲。

听张大喷嚏表态,大家也嗯呀地答应着,也不萎靡,也不高亢。

召集大家来村委会前,史学久做了两手打算,一个是请大家提名,一个是画选票。要大家提名,可能会出现混乱局面,因为,谁都想把自己的亲属向前提,如果一下子提出五六个不一样的人,还得从头选,于是他问,你们看怎么选?这时,杜二嗯说,不要费那大劲了,我看张大器不错。

史学久看了一眼杜二嗯,感到有些意外,因为昨天他还听人说,杜二嗯到处夸自己儿子比斗,好像这小岗青创会的一把手非他家比斗不可,今天怎么就来了这么大的弯弯。杜二嗯的话音一落,顾老边也扬了一下胳膊,这个动作史学久明白,就是同意的意思。接着,许六叶子也说了一句,照!史学久见关大疤癞坐在那不说话,就说,青创会会长是一份大光荣,现在是我们村小年幼们的领头雁,将来可能是我们小岗村的领头雁,再将来还可能是县

179

领导、市领导,到那时候,今天的选举的重要性就看明白了,所以呀,每个人都要尽心尽力地选好。疤瘌,你怎搞?

史学久在问关大疤瘌时,张大喷嚏两只眼睛死死地看着地面,耳朵神经质地动了动。当关大疤瘌说,这不好吗,好呀!张大喷嚏这才笑了,然后,莫名其妙地说,哎哟,这哪行,这真是,哎哟,你看……晚上,都别走,我打酒了。

当张大喷嚏喜形于色时,史学久却神情严肃地问,你们几个,也说说啊。

行。朱耀山点了下头说。还没等史学久把目光转到自己的身上,顾老边和杨立华都接二连三地说,行!可以。

这就等于大家都表态了,这时,张大喷嚏的两只眼睛又开始死死地盯着地面了,耳朵又开始动了两下。几秒钟下去了,史学久那边也没有声音,张大喷嚏便扔过去一支烟。那烟不像是扔,更像是砸。史学久被砸到后,身子明显一颤抖,正要看张大喷嚏,张大喷嚏已经向其他人扔烟了。那烟是中华的,每个人见烟过来了,都双手去接,然后紧紧地拿在手里。

这时,史学久终于说话了,好!他说,也算是了结了我的一件心事。你们眼里有大器,我心里也有。大器为人精明,又见过世面,手里的资金也活,帽子戴在他头上,章子交给他,我放心。

听史学久这么说,张大喷嚏激动不已,想表达什么,只是一句也没说成,嘴里嘀嘀咕咕的。

这边,史学久便吩咐杨立华整理会议记录,准备向县小岗办写汇报材料。这期间,大家轻松下来,有的开始向张大喷嚏表示祝贺,而关大疤瘌则开始说他的儿子关于良:那厂子真大,几万号人,大良子不是副总嘛,副总是有秘书和警卫员的,大良子不大样(不骄傲,不摆架子),亲自开车来接我,那车真漂亮……

45

5月28日,小岗村青年创业联合会会长的人选上报到了凤阳县小岗办。

第二章　Disillusionment

6月10日,史学久、张大喷嚏和杨立华去县小岗办打听消息,未果。

6月18日,小岗村村委会门口贴出了一张县小岗办关于任命张大器为小岗村青创会会长的公示。

7月15日,县小岗办传来消息,小岗村青创会负责人的人选被否定了。

7月20日,史学久带张大喷嚏和杨立华再去县小岗办打听消息,答复是,有人写张大器人民来信,暂停。

7月26日,有一条消息在小岗村传开了:关子良就要回到小岗村了。上午,张大器返回广州,动车之上,张大器脸色铁青,牙关紧咬,他骂,关子良,你这个卑鄙的小人!

46

——谢谢你!我的梦一向是空泛而不合理的,因为有你,它膨胀了,具体了,增值了。

——让我飞吧!我一定会飞起来的,就在这里,一次又一次地跃起,直到顶端!那一年,我二十八岁,我在自己的国里,看到了一面属于自己的旗帜!一定的,一定会的,我对自己充满了信心,谁也无法阻挡。

摘自关子良日记

47

被台湾刘送到总部举办的头手学习班后,是出于感恩,也是出于希望,在那个班,无论是理论课还是实践课,关子良都是第一。学习班一结束,关子良就被集团老总——曼妮的父亲乔北亲自圈定为001车间的头手,并颁发了任命书。

那天晚上,关子良把寝室的门关牢,又拉上窗帘,再将集团的旗帜悬挂在了墙上,然后一动也不动地站在那里,久久地凝望着这面旗帜。看着看着,关子良的眼泪便在脸上滚动起来。最后,他把那本烫金的任职书贴在胸口,举起了右手,默默地说,一个人应该有一种品格,那就是感恩、忠诚、誓死而为。他哽咽地说,你给我生,我就可以为你去死。阿里山,我生命中的山,我愿意匍匐在你巍峨的山脚下,心甘情愿地做你的崇拜者、仰慕者和奉献者。

在大是大非面前,关子良相对同龄人来说,有一种令人刮目相看的矜持和成熟,但是,第二天,他还是把自己升职的消息告诉了父母。他实在无法抑制自己的兴奋。

听说儿子在台湾人办的大公司里当了大干部,黑户英高兴得嗓子里发出一阵阵赫赫的声音,而关大疤瘌则不停地打断关子良的话说,×妈的,让庄大柜子听听,庄大柜子要听到才好呢!

接着,关子良又给螺螺打了电话。此时,螺螺已经和雪晴结婚,也有了孩子,开始在家养羊。那天,关子良喝了酒,他说,螺螺,我问你,一百头羊值多少钱?十万。也就是说,你全家闻着羊臊味,累死累活,一年才十万,或者说,只能拿到一半,而我呢,我一个月就可以帮你再造一圈羊。年轻人,眼光要放开些,来吧,那些糟糕的梦让羊们去做吧!

半天,螺螺才有点蒙地问,你不回来啦?

关子良说,回小岗村?

螺螺没吭声。关子良语气里散发出的那种气息镇住了他。

关子良说,你过来吧。快点快点。

螺螺幽幽地说,不管了(不可以),有几只羊养了(生了),雪晴弄不了,家里乱哄哄的……

螺螺这么说时,话筒里传来了孩子的哭声和羊们此起彼伏的咩咩声。一种怜爱掠过关子良的心头,他痛心地发现,在广州,螺螺是会说普通话的,现在,一嘴的凤阳话,生硬而又难听,整个人则显得无精打采。不用说,原先,浑身上下都充满着罗曼蒂克情结的螺螺,完全成了另一种生活的从动者和奴隶。接着,关子良又给许乐打了电话,他激动地说,来吧,我给你梦,给

第二章　Disillusionment

你一切。许乐一个劲地笑,然后说,太忙太忙了。关子良问,都忙些什么?许乐一个劲地傻笑,最后说,妈的,我被他迷住了,嘻嘻嘻……

关子良摇了摇头。他想,一个要做生活的奴隶,一个要做情感的奴隶。你们都可以在荒唐国里混日子,我关子良不可以。拜拜!

接下来的三年,关子良没有食言,他把全身心都献给了阿里山集团。关大疤瘌每每说到自己的儿子,都会给予太多的描述。这些充满骄傲之情的描述有所夸大,但基本属实。三年后的关子良不仅把头手这个职务做出了含金量和榜样,同时又连连往前走了好几步:主任、大主任助理、大主任……

按理说,对于一个来自乡下的小子,能有今天,该多满足啊!但是,关子良的步伐从来就没有停止过,他觉得在这样一种充满朝霞的时空里,他根本就停不下来。那天,集团办了个西式派对,整个草坪上全是端酒杯的人,关子良从服务生的托盘里拿了一杯法式鸡尾酒,然后把曼妮拦在一角。需要献媚吗?关子良问。

三年里,关子良在曼妮的心里已经发生了巨大变化,她不可抗拒地喜欢上这个倔强、坚韧、目标明确、为人讲规则的小伙子。在来大陆后相当长的一段时间里,离异后的曼妮既是一个玩世不恭者,也是一个女强人。但是,自从关子良走进他的生活后,她的内心出现了混乱。这种混乱就她本人而言,是件绝好的事,譬如,她再也不去那种娱乐场所了,她的很男性化的短发改成了长发,这样看上去,她是可以被称为妩媚的,即使在办公期间,也开始涂口红,这让她的唇异常生动和饱满,充满了情绪。最为明显的是,在关子良面前,一向咄咄逼人的她,说话常常结巴。同时,她也能接受关子良在自己面前刻意表现出来的某种油滑和随便。

此时,曼妮看了关子良一眼,轻轻地均匀地晃动着杯子,低着眉眼问,你认为在这个场合说这种话合适吗?关子良说,你是常务副董事长,是核心层,对于我来说就是一个壁垒,我进不去的,哪有你说的那种机会呢。在公开场合,你可是一直正襟危坐,尤其对我。

你说这句话是什么意思呢?曼妮这样问关子良时,嘴角带着淡淡的笑;

183

杯中的酒是紫红色的，那笑便有点颜色。

关子良故作矜持地笑了笑。

曼妮说，你关子良可不是随便向谁献媚的人。关子良点了点头，说，谢谢你的总结，你看得很准。但是，如果向你献媚能得到一些真理级的解答，我也很愿意改变一下自己，包括人格。

曼妮知道关子良说的是什么，她轻轻地叹了口气，然后把手里的酒杯伸向关子良，意欲和关子良碰杯，关子良却无动于衷。曼妮只好把酒杯收回来，表示无奈地摇了摇头。

关子良说，呵，碰杯，你这是一种仪式吗？表示终结、无奈还是鄙视？

曼妮慢慢抬起眼睛，然后毫无顾忌直直地看着关子良。

关子良看到，曼妮的眼里有一层薄薄的晶莹的东西慢慢地升了起来，但是，关子良没有退却，直到曼妮走开了。

48

这件事要从去年说起。

那天晚上，曼妮约了关子良。对于曼妮的主动邀约，关子良的反应并不积极。进集团两年，关子良很少去找曼妮，他不想让人感觉自己在这个集团里有靠山，尤其是女人。最主要的是，他发现，曼妮的形象在一点一点改变，那种很男性化的平头改成了长发，一向素颜的她，开始浓艳起来。此时，关子良有一种强烈的感觉，这个女人因为他关子良在改变自己了。但是，关子良自己又是怎么想的呢？

曼妮女人形象的回归，令关子良心驰神往过，并让他常有找个女人结婚的欲望，但在心里，他还是无法接受这样一个曾经出现在那种场合的女人。他觉得，自己如果有爱，是万万不会给这种女人的——无论在别人的眼里，这个女人是多么优雅和高贵，在其面前又是多么心虚和胆怯，但是，因为辛巴克，他可以在内心蔑视她，挑剔她，令她任意变形。

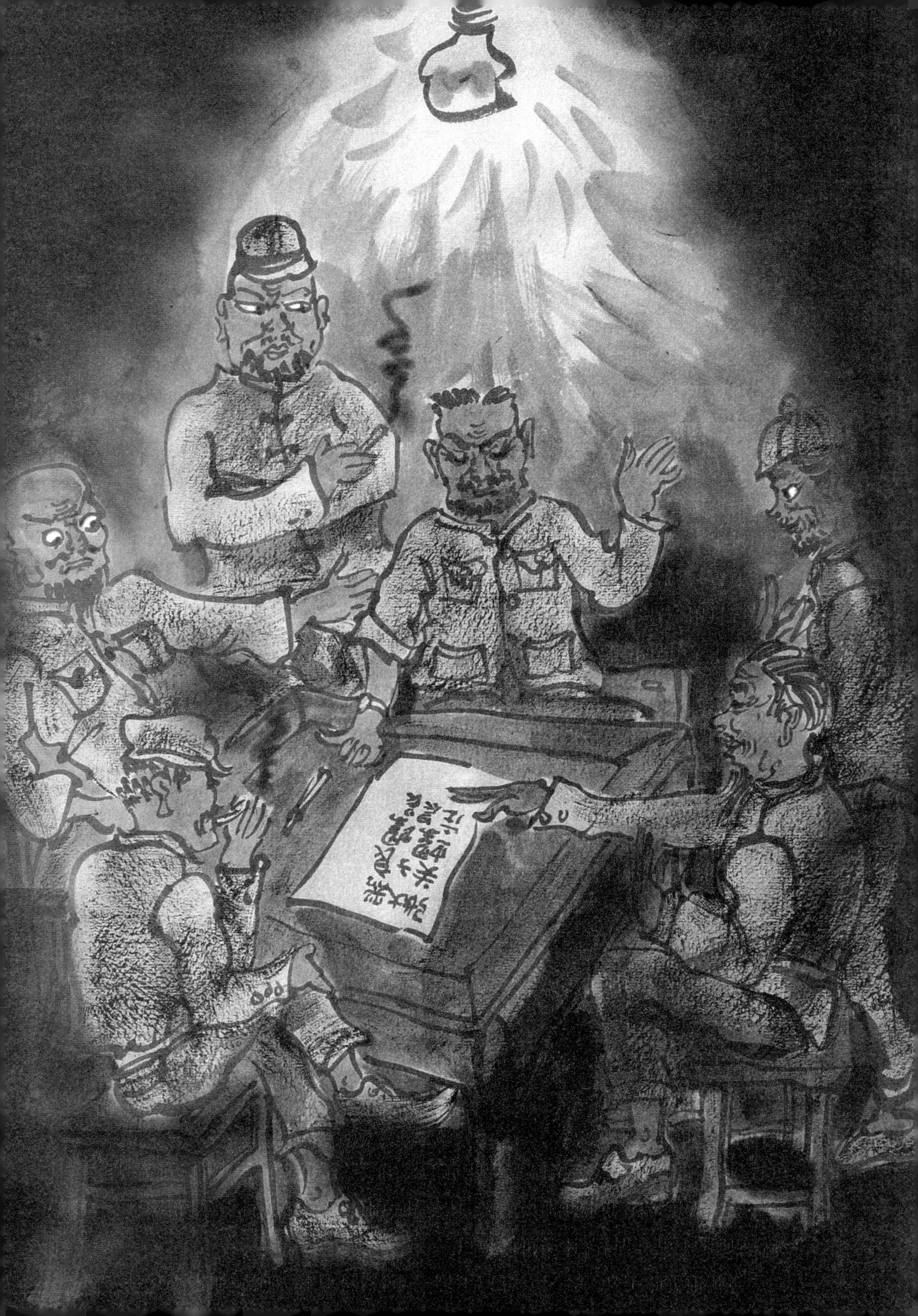

第二章　Disillusionment

　　今晚，他们在 1912 见面。老规矩，茶饮和点心都由曼妮安排，关子良不是吝啬，而是存心要花曼妮的钱，以保证自己在这种女人面前的优越感和强势的心理地位。

　　曼妮可能根本想不到这些。她很开心地点完单子，然后向关子良透露了集团的内部消息：近日，阿里山电子集团要在全集团大主任里遴选三到四个人进入集团核心层。

　　接着，曼妮又向关子良透露了选人的具体条件。

　　在这个信息面前，关子良矜持不起来，他情不自禁地笑了笑。

　　曼妮说，咦！你的眼里怎么会有一种轻佻，是不是因为我出卖集团的原因？

　　关子良说，不是轻佻，是信心。

　　凭什么？

　　你说呢。

　　曼妮用勺子将咖啡上的一点泡沫洒向关子良。关子良没有躲开。

　　两人沉默了一下，又是曼妮在说，老头对你很欣赏。

　　说完这句话，曼妮意味深长地看着关子良，关子良感到了一种灼热，他说，我该怎么做呢？

　　你说呢？

　　关子良一时无语。曼妮眯着眼看着关子良，勺子在嘴里不动了，很久才说，感激别人就那么难？

　　关子良马上笑着说，感激你喽。

　　曼妮摇了摇头——她需要的显然不是关子良这句话。她终于说，从来没有可怜过我吗？给我介绍个男朋友吧。

　　关子良笑了，他说，也可怜可怜我吧，给我介绍个女朋友吧。

　　曼妮的目光又强势起来，她问，真的假的？

　　关子良连忙回避了曼妮的目光，曼妮则感到了一种怠慢和无趣，轻轻地叹了口气，低下了头。

187

接下来，两人都不说话了，再过了一会儿，关子良开始考虑如何应对这次选拔了。是的，有面前的这个女人在，有自己的积累，他很有信心，但是，他也不敢掉以轻心，这符合他一贯的处世原则。

49

两个月后，进班子的人选出来了，是 G3 车间的大主任。

关子良先是有些意外和失落，但他很快就从这件事中走了出来，一如既往地投入管理中去，这期间，他还向乔总递交了新电子体系的更新换代工作，得到了老总的赏识。集团大会上，乔总表扬说，作为一个上市企业，不仅仅是产品上市，品牌要上市，思想和精神要上市。在这方面，A16 车间的大主任关子良非常具有代表性。

集团大会结束后，有人碰了碰关子良的胳膊说，乔总说你的精神上市了，其实就是说你可以上台阶了。

此人恭维到此并不算完，还不顾旁边有人，向关子良深深地鞠了一躬，说，将来，云头之上，万望多看小民一眼。

关子良嘴上没说，心里喜喜的，他觉得自己的隐忍和宽容多么正确，上次没有进班子，肯定是自己做得不够，接下来，只要自己坚持，机会一定会有——他分明记得，就集团配备而言，尚缺两人。

他等待着。

一个月后，结果出现，T6 车间的大主任走进了集团办公室。

关子良有些迷惑，大主任们经常在一起开会、晒成绩，这个 T6 车间大主任无论如何也是不能和自己比的。

关子良想去找乔总，又想去找曼妮，但是，都作罢了。他觉得伸手要来的东西不甜，他还觉得，在这件事上，来找自己解释的应该是曼妮。关于这一点，他很自信。但是，直到 T14 车间的大主任又跻身副总行列时，曼妮也没来找他。

第二章　Disillusionment

　　关子良仔细揣摩过这里的原因:那天,曼妮分明是在向自己示爱的,但自己搪塞了,这一点算不算得罪了她呢?因为在这件事上,唯有曼妮可以在父亲面前为自己捧场或者抹黑,哪怕是表示冷淡,乔总也会重视的。

　　很快,关子良否定了自己的想法。

　　那么问题出在哪呢?

　　这期间,关子良非常不安。他期望能在一个特别自然的状况下与曼妮相遇,这样,就有机会向曼妮暗示自己的委屈和不服,甚至找到事情的根本原因。但是,这种机会太少了,而令他更为疑惑和焦躁的是,在那次集团改水协调会上,他碰见了曼妮,但曼妮迅速向另一个方向走去,那情势分明是在回避。此后,关子良打过曼妮的手机,他决定为自己让步,约曼妮一次。但是,那天曼妮的信息是回台湾,飞机即将起飞。

　　这个冬天可有些漫长,广州没有雪,但在关子良的心里却是白雪皑皑的。他感到异乎寻常地冷。

　　这天晚上,有一个电话打了进来,是许乐。许乐好像特别想说话,可是,一向喜欢占据主动权的关子良掐断了许乐的话,把自己的疑惑说了出来,然后说,许乐,我从来没感到自己的智商低,今天,我感到了自己的乏力,请帮我分析一下这里的原因,可好?

　　许乐就笑,笑够了,她说,你问我?

　　关子良说,是的,谈谈你的直觉。

　　许乐说,我什么也谈不好呀。接着又说,你说的这些竞争者都是哪里人,是大陆的,还是台湾的?

　　关子良一怔,慢慢地,额头上便出现了汗水。

　　许乐在那边喊,喂喂,你说话呀!

　　关子良忽然惊醒过了,说,哦!听着呢。

　　许乐说,好了,好了!我不想费这个脑子了。说到这,许乐的声音忽然小了起来,他说,哥,我失恋了……很痛苦…… 想去投奔你。

　　关子良叹了口气说,不要……我一无所有,我突然发现,我一无所有……

我不在乎呀。许乐说。

关子良感到脑海了一片空白,也没和许乐再说什么,就挂了手机。

50

在那天的草坪派对上,关子良想逼曼妮说出真心话。但是,曼妮还是走开了。他知道,曼妮在躲避自己,是在故意避开这个话题。这使他非常绝望。

当天晚上,他想写一篇长长的日记,来缓解一下自己的心情,但是,打开笔记本后,他的思想根本无法流淌。转而,他又想给曼妮写一封长信,或是表达自己的委屈、愤懑,或是再次据理力争,暗示曼妮给予重视和支持。但是,直到凌晨,他只在本子上写下了一个词。他反复看着那个词,感到自己的眼睛热热的,鼻子酸酸的。他奋力昂起头,努力地控制着自己。最后,他苦笑一声,挥手撕下那张纸,然后把它压在了台板下。

一个星期后,关子良向台湾阿里山电子集团总公司递交了辞职报告。

这真是匪夷所思。这是乔北老总在办公室对关子良说的话。说着,他把关子良的辞职报告慢慢地撕了。

关子良笑了笑说,其实,这不过是个形式。

乔北把茶水亲自放在关子良面前说,阿里山电子集团从不亏待一个为它忠贞不贰的人,对于人才尤其如此。你突然提出辞职,使我感到羞愧。必然是我们在哪个方面做得不够,你完全可以说出来,是待遇还是人权?

关子良说,关于公平。

乔北笑了笑说,关于公平,不应该是我们俩讨论的话题,而是你的那些工人,那些同乡。一样出来和你混,如今他们和你却是天壤之别。

我承认。关子良说。

乔北很满意,说,这就好。你觉得你还缺什么呢?

第二章　Disillusionment

关子良说,我缺什么,乔总必然知道,但是,你一定不会说。

还是有关公平。

是的。

乔北看了看关子良,极其温和地说,年轻人应该懂得珍惜,应该满足。事情都是有规则的,包括你我,包括你和这个集团。

关子良说,我懂了。

不要意气用事,回到你自己的岗位上去。

是的。在那里,乔总给我准备了宽大的办公桌,准备了丰厚的薪水,还有人伺候我,但这都不是我要的。如果这是最后,是这个集团留给我的底牌,我早就感到乏味了。

乔北呷了口茶,仍然和气地说,回到你的岗位上去吧,我说过,有些事情是讲规则的。回去吧！他们都等着你。我可需要你为他们做榜样啊！

关子良站了起来,说,谢谢乔总。是的,我应该知足的。谢谢。

说完,关子良走出了老总的办公室。

下午三时,关子良出现在了白云机场,身边跟着许乐。当办完行李寄存,关子良正要带着许乐向安检口走去时,曼妮出现在他的面前。

今天,曼妮显得特别憔悴,或许是走得匆忙,口红都没有上。这样,人反而显得秀气和真实了许多。她也不说话,只是拦在关子良的前面,直直地盯着关子良看。见这情景,许乐的表情有些复杂,忙悄悄退到一边。

关子良。这时,经过一段令人窒息的对峙后,曼妮终于说话了,为什么要走？

曼妮的声音不大,却像是重物砸在水面。

在曼妮直视自己时,关子良一直没有退却,听曼妮这么问,他笑了笑。他的笑容里明显有一种嘲讽,而他的冷静,让曼妮有一种绝望和发疯的感觉。

这时,曼妮拿出一张纸,举在关子良面前说,你写的？什么意思？

那张纸上写着的英文是:Disillusionment(幻灭)。

191

关子良说,你的英文水平比我高呀。

曼妮把纸收了,冷笑一声,然后上前一步说,没有歧义吗?如果是这样,就要解释,不解释清楚,休想进安检口。

关子良仍然十分平静地说,行。你不知道吧,这些日子,我一直想约你,可是,你总是躲着我。今天既然给了我这个机会,我也不愿意放过,只要你能说真话,我就留下。

曼妮说,你说。

关子良说,我的资格不够进班子吗?够!但是,我不是台湾人。是不是?

关子良的这句话像是激素,注射进了曼妮的身体,曼妮的脸突然间就红了。她没有回答。

这时,关子良冷笑一声说,也就是说,在那个集团,大陆人永远都是一个打工者,永远都不可以进入核心领导层。

是的。这是关子良把曼妮逼到山穷水尽之后,曼妮说出的两个字。

关子良笑了笑,点了点头,咬着牙。

曼妮说,你现在不是高管吗?你没有高薪吗?进不进核心领导层意义就那么大吗?

很大。关子良说,那是一个标志,说明我们可以是一家人,是一个事业的共同主人,说明我关子良只要付出了,就会有回报。说明我关子良可以靠自己打出一片江山来。这个我看得比什么都重。

但是,曼妮很认真很镇定地说,你要知道,在那个集团,是没有个体的,我们每个人都是集团的螺栓,只是型号不一样而已,正因为如此,每一个螺栓都得最遵从整体的配置。不是吗?

关子良说,对不起,我只遵从自己的内心。

曼妮好像无话可说了,轻轻叹了口气。两人静默下来。

仅仅是几秒钟,曼妮说,总之,我把真心话都说了。

关子良说,谢谢。你尽到了你的责任,我也尽到了。再见。

第二章　Disillusionment

曼妮愤怒地看着关子良,声音很低地说,你……骗子,无赖……说着,眼里噙满了泪水。许乐则在一边说,你怎么骂人?说着,拉着关子良就走了。

第三章　彼岸的花朵和一个人的新历史主义

1

　　自从上了飞机，关子良一直很少说话。许乐是第一次坐飞机，先是兴奋了半天，然后开始关注关子良。见关子良心情沉闷，她问，子良哥，你的事可跟我大爷大妈说过？关子良笑了笑说，跟他们说有什么用？说了也不理解。

　　许乐歪着头看着关子良，笑了笑说，换我也不理解。这可是台资企业啊！福利、待遇又这么好。都干上大主任了，别说是大主任，在这种企业，能给我一个蒜瓣那么大的职位，我都愿意干一辈子。

　　许乐的话显然震动到关子良，关子良令人不易察觉地轻轻地从鼻腔里舒了口气。许乐看见了，她把手指轻轻搭在关子良的衣袖上，轻声地问，后悔了吧？

　　关子良又笑了笑说，男人汉，事情做过了就做过了，有什么后悔的。此处不留爷，自有留爷处喽。

　　许乐推了一下关子良说，什么呀！不是人家不留爷，是你这个爷太难伺候，你以为我不知道。

　　关子良淡淡地笑了。

　　见关子良情绪好了许多，许乐又歪着脑袋，从下往上看着关子良问，她是谁啊？

　　关子良淡淡地说，我上司。副董事长，常务的。

第三章　彼岸的花朵和一个人的新历史主义

常务副董事长？许乐像是被惊到了，身子立了起来。

关子良看了眼大惊小怪的许乐，身子往后一躺，闭上眼睛睡觉了。

仅仅安静了一会儿，许乐又晃了下关子良说，我觉得她不像你领导。

关子良说，我困了。说着，身子歪到一边去了。

许乐无奈地看着关子良，脸上的表情非常复杂。

其实，此时的关子良已经不去想曼妮了。既然离开了，既然从来都没看起过这种女人，当飞机离开广州的那一刻起，这个女人就画上句号了。他现在想的是父亲，那个倔强的爱慕虚荣的老头。

那天，他在电话里和父亲谈到要回去的事，关大疤瘌以为关子良在单位受气了，说气话，就劝他耐心些，说，舌头和牙齿还碰呢，人满地蝗虫样，难免爪子挠到腿，说开就算了。关子良就说，没有那么些事，我就是不想干了。关大疤瘌听儿子的口气很认真，显得很惶惑，一个劲地要关子良说出理由。关子良不想把自己的心事说给父亲听，他觉得自己的那些理由，对于父亲来说，就是作死的理由，根本就不能接受。于是说，就是干够了，腻烦了。关大疤瘌生气了，说，哪听说点票子能点烦的，你是吃肉饭吃够了是不是？不能回。后来，关子良不想再说，关大疤瘌也不想再听，早早就把话题断了。两天后，关子良接到母亲电话，说是代表关大疤瘌说话，要关子良断了回来的心，想都不要想。但是，关子良还是说，我下个星期二到家。

飞机在南京准时落地，又换乘了好几次车，上午十一点左右关子良和许乐在小岗村西头分手了，然后各自回家。

到了阿里山电子集团后，由于太忙，关子良已经整两年没有回来了。这会儿，站在小岗村的那座巨大的牌坊下，他感慨万千。记得当年和螺螺离开小岗时，这个牌坊刚建，牌坊后面还是乱七八糟的房子，现在，村子里全部是水泥路了，村庄完全街道化了。这种变化，让关子良有些意外，也有些兴奋，心里涌动着从来没有过的激情。一时间，他竟然想流泪。就在这时，他听到了一阵鞭炮响，再一抬头，看见父亲和螺螺向这边走来，同时，街道上也出来了许多人，都站在那，伸着头，向这边看着。关子良正惊诧间，螺螺和父亲已经走到近前。让关子良大跌眼镜的是,螺螺在学校时没戴眼镜,在广州时没戴眼镜,这回乡抬大土,倒把眼镜戴上了。不过,眼镜一戴,人的确显得更加斯文了。关子良张开双臂去拥抱螺螺,螺螺却躲开了,只是和关子良握了一下手,然后从关子良的手里接过一只包袱,关大疤瘌则一把将关子良的拉杆箱拿了过来,本来是可以拖着的,他却高托高举地扛在肩上,见有人要和关子良打招呼,他便抢着说,大良子回来了,呵呵,他舅母吃了哦!他大爷吃了哦,大良子回来探亲了……

待走到家门口,关子良发现,果然是自己家放的鞭炮,地上到处都是鞭炮的纸屑。关子良问,放炮干什么?一直没说话的螺螺笑了笑说,你回来了嘛!这时,黑户英和关子良的两个姨娘也出来了,一起拥上来,把关子良围在当中,问个不停。再往堂屋走,关子良发现桌子上摆了一大桌菜。这时,黑户英说,你爸一早就去凤阳府了,这菜都是你爸拖回来的。

内心一直忐忑的关子良平静下来。

稍事休息后,关家就开饭了。今天,不仅关子良的两个姨娘来了,三个舅舅、两个姑姑也来了,大家便围着桌子坐了下来。关子良想跟螺螺说话,就拉着螺螺坐在自己的身旁。但是,酒刚一喝开,大舅就问话了。

听你爸说,你在台湾都干到副董事长了,是不是?

关子良感到父亲吹得有些离谱,有些莫名地懊恼。但是,他还是笑着说,没有,大舅。另外,也不是台湾,是台资企业,只干到车间主任,离副董事长还很远哩。

二姑说,听你爸说,你经常跟老板去美国什么的,乖,那场口大!

没有没有。关子良忙摇手说。心里越发烦恼,觉得父亲的这些谎言像苍蝇一样叮得人难受。

二舅说,这个没有,那个没有,乖,该不是怕我们借你的。

众人都笑了。

大姨说,听你爸说,你进出都坐小宝车,这次怎么不开回来,让我们稀罕稀罕。

关大疤瘌忙说,坐飞机回来的。小宝车才几个轱辘,连天加夜滚,也跑不过飞机。

看来二舅喜欢开玩笑,飞机上不给带小宝车,要不子良就一起带回来了。

众人一起笑。关大疤瘌笑时流口水了,吓得他连忙去抹。

这时,大舅又说,子良,来,敬我一杯酒,我有话说。

关子良忙站了起来,恭恭敬敬地敬了大舅一杯酒。待他刚坐下,大舅就说话了。子良,无论干多大,不要骄傲,要珍惜,可知道?

对! 二姑接上来说,俺们这一门子,满园果子就看你一个红了,混到这程度还得了,一定要把住门框子(站稳了)。

饭桌上,关子良一心想和螺螺多说说,但是,一直被几个舅舅和姑娘、姨娘纠缠着,他们说的这些话,看似很随意,很缥缈,但句句都是有来头的,哪一句都有父亲吹嘘在前的影子,哪一句都有父亲的交代和托付。关子良越来越烦,但是,坐在这里的除了螺螺都是自己的长辈,又多年没见,只好按捺住自己的性子,慢慢应着景儿。

好不容易把中饭混过去了,关子良正想把螺螺往楼上拖,好好聊聊。饭桌子上,一直无话的螺螺却站起来说,子良,羊圈离不开人手,我先回了。说着,微笑着向其他人打个招呼,径直往外走了。

其实,村口一见面,关子良就开始观察螺螺了。和四年前相比,螺螺沉闷了很多,人也干枯了许多,黑瘦黑瘦的,头发里有明显的羊饲料颗粒,脖子上还有几道新伤痕。关子良本来想问,但是,当他感觉到这伤痕像人抓的,就缄默了。

待螺螺走出关家大门了,父亲在那说,唉! 在外混了几年,混不下去了,就回来啃那二亩地。啃不出个什么毛来,看人家拾翻(捣弄)羊,又弄羊,也没看给家里添什么,自己的出息一天比一天少了不说,还经常跟老婆闹,整天撕得跟羊熊样(很惨)。

关子良心里一沉,便感到肚子里的那些酒如气球一般,慢慢地就大了起来。

2

争执是在晚上九点开始的。

此时,双方的观点都已经很明朗了。尽管在飞机上,许乐一再告诫关子良,千万不要跟父亲说自己辞职的事,即使说,也要委婉地分步骤地说,以防父亲一下子接受不了。但是,在这个晚上,关子良还是说了,而且没有拐弯抹角。他觉得有些事情是很原则的,掖着藏着反而会让事情更复杂。对于父亲来说,这个事如果是痛苦的,那么长痛不如短痛。

尽管在电话里,关子良已经说到了要回来的事。但是,当关大疤瘌听说儿子真辞职了,还是极为震惊,他不容置辩地说,日子往前走难乎,往回走容易。你马上给我回去上班,跟你老板说,我们不辞职。

关子良见关大疤瘌一本正经的样子,感到这个乡下老头真可笑,就笑了笑。

关子良这一笑,关大疤瘌感到了前所未有的绝望,甚至感到很受轻视,他悲愤异常地说,大良子,你妈了个×,你要是辞职了,你老子这张脸往哪放,啊?

关子良没想到,自己都长这么大了,父亲还能用这么脏的话骂自己,他有些不耐烦地问,我辞职与你的脸有什么关系啊?

关大疤瘌用短粗的手指头笃笃笃地敲着桌面说,那好,你让我不要这张脸我就不要了。我问你,你现在是不是糊涂油蒙心了?你在南边干得这么好,又有那么大的干部当,人家就是把梦做成米汤了也得不到啊!你怎么想丢手就丢手了,啊?

关大疤瘌的话很入妻子的心,黑户英在旁边叹了口气。叹气时,一手托着腮帮,好像牙很疼,而母亲的这叹气声让关子良压力很大,也很孤单。

关大疤瘌见有人声援便更来劲了,他压低声音说,你说你回到小岗干什

第三章　彼岸的花朵和一个人的新历史主义

么？就拿这条街来说,好地盘子都被他们几家占上了,开饭店的开饭店,开超市的开超市。要说招商做大买卖,张大器早几年前就画好圈子了,话又圈回头(换一种说法),做大买卖要大本钱的,没有几千万往这里扔,没有人看待你。你说,你回来还能干什么,还去啃那几亩地,要么跟没有出息的螺螺一样去拽羊尾巴。

关子良很不赞成父亲对螺螺的评价。他说,人家养羊也是创业嘛,你怎么这么说。

关大疤癞根本不接儿子的话茬,他说,你要是眼泡子亮晶,给我赶紧回去。

黑户英忧心忡忡地怜爱地看着儿子,口气软软地说,大良子,你爸说得对,歇几天,调理调理,还是要回去,你娘老子也舍不得你走,只是……

关子良不想再跟父亲瞎扯,他觉得父亲不仅虚荣而且短视。他对母亲说,妈,回来之前,我不是没做过研究。我分析过国家形势和农村政策,在网上也浏览过省里、县里的网站。就我而言,小岗要是面面都好,我还真不回来了,正因为有发展空间,我才有机会,再说,年轻人做点艰难的事,得到的才会有意义……

关子良正在激情之中,关大疤癞就打断说,这些劳什子,中央广播行,安徽省广播行,凤阳府广播也行,从你大良子嘴里出,就是放狗屁。就按照你说的这些熊话,你迷巷了,别说了,年纪轻轻的,越歇越懒,过了明个(明日),后个就走。

关子良把头昂得高高的,他没想到现在的父亲竟然和四年前的父亲完全不一样了,反而不会体贴自己了,也更霸道更自私了。

关大疤癞看不惯儿子这个倔劲,提高声音说,你后个要是不走,我把你箱子扔出去,不信就试一下。

黑户英转而心疼起儿子来,对关大疤癞说,说的什么话。那叫什么？死相！说犯病就找不着医生了。我看你动动小孩的箱子瞧瞧。

关大疤癞忽地一下站起来,气冲冲地走开了。

关大疤瘌走了,屋里就剩下关子良和母亲。一时间,母子两人都在刚才的话题上失去了方向,屋里寂静了很久。过了一会儿,母亲说,别听他的,睡吧。

关子良回到自己的楼上,原先的亲切感和新鲜感渐渐被一种迷惘和冷漠所取代了。他独坐了一个小时后才睡下,可是,刚睡下,就听楼下发生了争吵,因为楼台子高,加上有两扇门挡着,父母亲吵的内容变成了一片模糊的昂昂之声。只是一记摔东西的声音非常清晰,这让关子良一震。

3

第二天上午,关子良睡到十点多才起来。这边洗漱完毕,那边黑户英就将饭菜端上了桌。几张水烙馍、一盘红椒土豆丝、两只咸鸭蛋、一碗玉米稀饭。这些家乡的土菜俗饭再普通不过了,却给关子良带来了一种浓郁的亲切之感,食欲也一下就上来了。他像孩子一样笑了笑,拍拍大腿,坐了下来。黑户英见得儿子笑颜,自然也高兴了几分,随着也坐下,然后替儿子卷起了水烙馍。就在关子良从母亲手里接过水烙馍时,关大疤瘌趿拉着鞋子从外面进来了,只是不往屋子深处走,把鞋子取下来,往门槛上一丢,正对着关子良,一屁股坐了下来。

关子良突然间就觉得手里的那张烙馍神奇地一缩,显得僵硬而难看起来。这时,关大疤瘌说话了,大良子,我让一步。

黑户英见关大疤瘌脸上不好看,忙说,等你到南天门站岗呀?不能吃过饭再说。

关大疤瘌不理黑户英,只顾自己说,你辞职也可以,吐在地上的唾沫不好舔起来是吧……

黑户英见那块饼在儿子的手里不上不下的,心疼得很,再次说,让小孩吃过,你再喘(再说)不行啊?

关大疤瘌瞪大眼睛说,没有你的。这一次,关大疤瘌的声音很高,人显得很激动,嘴唇颤抖着,风吹荷叶一般。

黑户英回瞪了关大疤瘌一眼,去锅上了;心里有气,把锅里的碗筷弄得哗啦响,赶上家里的小猪过来讨食,在腿边哼哼的,她就踢了一下猪,嘴上还骂,去去,死猪——

那猪疼了就叫,猪叫时,关大疤瘌也说话了,他说,你辞了广州也行,不能回小岗村。又停顿了一下说,除了小岗村任哪都行,南京、合肥、淮南、滁州也管(也可以)。

关子良早就不耐烦了。他在饼上狠狠地咬了一口,然后说,别说了,我不走了。

关大疤瘌气哼哼地看着儿子,一副激动万分,说不出话的样子。

关子良也激动起来,他说,小岗村是生养我的地方,是我的家,我为什么就不能留在这里。至于将来,不要你问,命大命小都是自摸的。

关子良说这番话时,黑户英担心地转过身来,警惕地看着关大疤瘌。按过去的情形,关子良这句话一落地,关大疤瘌脱掉鞋子就砸过来了。但是,黑户英发现,关大疤瘌欠了一下屁股又坐下来了,然后手指着关子良说,你这是自己给自己刨坑,也是给你亲娘老子刨坑呀!你自摸,你过不好日子,我们要那些日子搞什么。好,好好好!你不是会做绝事嘛,行,老子从今往后,不会再管你,我要管,我就是葫芦头里蹦出来的瘪子。说完,站起来,拎着鞋子就走了。

黑户英在后面骂,怎么说小孩呢,什么叫做绝事,有多大事,天塌下来了,死熊样,没有一句好听的,去气吧,气死算了,外面稻草多着呢!一把火给你焐了。

关大疤瘌也不回骂黑户英,阴沉着脸出了院门。

关大疤瘌走了,关子良一点胃口没有了。吃那饼时,像在咀嚼一把干枯的草皮。这时,黑户英在一旁坐了下来,为关子良剥起了咸鸭蛋。见关子良胃口越来越差,就说,唉!你爸一辈子计较脸面,头等是你和晨晨散了,他又气庄大柜子狗眼,又气张大喷嚏摆件(显摆),窝囊了好几年,直到你在南边

201

混得像模样了,他才缓过一口气来。平时,在庄子上,逢人就夸你,真正把你当成了他的一张脸皮,你说你现在突然出了这么大的变故,那他还不是从云彩眼里一头耍下来嘛,能活一时就顶天了,你也要担待些。

关子良本来心里满是火,满是怨气,听母亲这么一说,心里软了下来,他没有再说话,只是把碗里的稀饭喝个精光。他上楼时想,如果父亲再回来,他就好好跟父亲聊聊,他觉得自己一定能说服父亲,因为,对于未来,他心里有底,他可不是一个毫无目标的人。

但是,关子良的顶嘴和表态让关大疤痢气得不轻,加上自己又发了誓言,绝不再问关子良的事,这一出门,到了傍晚也没回来。黑户英到底还是心疼丈夫,出去在街心站定,哞哞地喊了几嗓子,疤痢——疤痢——死疤痢——

声音有深有浅地出去了,只是四处没有回音,也没有别人搭腔,她又去村西头自家的田里找了找,结果也没见到关大疤痢的影子。黑户英回来后,就跟关子良说。关子良也担心起来,穿上衣服,拿起手电筒,就要出门。黑户英说,没事,不腥不臭的,没有人要,狼子(黄鼠狼)都不拖,随他,可能去你二爷家去了。关子良二爷家就在离小岗中心村不到三公里的地方,过去村上放牛的形容两个村子距离近,就说,一鞭子就抽到了。

听母亲这么说,关子良也就放心了,然后上楼去了。

到了楼上,关子良正准备打螺螺的手机,门被推开了,关子良一看,笑了。

4

一踏上小岗这片土地,关子良最想见的是两个人,一个是螺螺,一个就是史学久。想见前者,是因为,在关子良心里,螺螺只是个理想主义者,在具体的生活面前,能力是很有限的。螺螺离开关子良后,关子良一方面内疚,一方面担心。内疚的是,螺螺是跟自己出来的,结果扑腾了好几年,大好光

第三章 彼岸的花朵和一个人的新历史主义

景耽误了不说,也没能混出来;担心的是,这样一个华而不实的大男孩回乡后怎么办,或者说,离开了自己怎么办。至于后者,关子良应该说心情很复杂,一方面,他确实不喜欢史学久那种牛×筒子,但是,他喜欢史学久对生活的态度和信心,牛×可以吹破、露底,但是,任何困难也埋不住他。关子良喜欢和强者在一起,喜欢那种对生活充满希望的人,更喜欢笑看生活,勇往直前的人。在这方面,史学久虽然不能拿满分,但可以做个"同事"。如今,自己回来了,他很想听听这个牛筒子的态度,尤其是现在,他更希望史学久能多跟自己吹吹牛,还像当初挽留他留在小岗一样,盛情地邀请他,为他打气。

来者正是史学久,关子良显得很高兴,和史学久握手后,就开始让座,其间,慌里慌张的,弄得板凳桌子直响。

两人坐下后,史学久笑眯眯的,像看出土文物一样盯着关子良看,嘴里发出一连串奇怪的难以描述的声音,半天才说,大城市来的就不一样,你看,八面官样,乖乖!

史学久的这句话让关子良有些窘,他忙摇了摇手,又去找烟,但是没有找到。这边,史学久自己把烟点上了,又捏出一支,朝关子良面前晃了晃,关子良忙摇头。关子良发现,史学久给自己让烟时,手是抖的,心里忽然掠过一阵岁月冷酷的悲凉。

抽了几口烟,史学久笑眯眯地问,在广州干大了吧?关子良说,没有呀。史学久说,这个遮盖什么,都听你老子说了。我相信。干大就好,我们小岗出人才难,你混出来了,我们脸上都跟刮了好几遍的样,亮堂的。听说,那厂里要提拔你了,你是怎么盘算的?要我说,给就接着,年幼人,肩上有挑子好。扯回来说(换句话说),你又粗又大的,亲戚邻里的都有个攀头,我还想请你帮我安排一下呢,前郢他表舅家小三子下学多长时间了,一直没找到合适的事做,你好带就带上。

听史学久不是白夸自己的,怕是要岔得很远了,关子良忙说,大爷,我辞职了。见史学久两眼瞪得只剩下眼白子了,又说,不在广州干了。

那么好的摊子辞了干什么?史学久吧唧吧唧地咂着嘴说,脸上一副极为可惜的样子。

关子良笑了笑说,想转转场。看史学久不大相信自己的话,又说,一言难尽。

史学久低下头,抽了几口烟说,你有你的难处,怕是你老子转不出来。

关子良说,慢慢来吧。

史学久像抹泥灰一样将手里的烟蒂在地上抹灭了,然后问,将来是怎么打算的,歇歇再出去找活件(找事做)?

关子良笑了笑说,大爷,我不想走了,想留下来。

关子良说完这句话时没有看见,史学久的眼睛一下子就亮了,但是,他很快就低下头去,干咳了几声,又点上了一支烟,抽了几口。他说,子良,乖乖,这个你可要想清楚,开弓没有回头箭啊!从广州那么大的厂,再到小岗,也算是一天一地了。

关子良说,大爷,我已经决定了。他笑了笑说,我喜欢从头再来,还年轻嘛,撞几次没事,断不了。

史学久笑了,但是,马上又把笑容给收了。大良子,史学久说,这件事不是三分钱两分钱的事,你真要想好。你父母把你养这么大不容易,你要考虑到他们。

关子良轻轻叹了口气说,哪家父母不想儿女好呢,我会让他们高兴的。

史学久对关子良的这句话很满意,他不停地点着头,像看出土文物一样看着关子良。看了半晌,史学久笑了笑说,中晌,你老子和我呱了半天。

让你来劝我?关子良马上问。

史学久又笑了笑说,唉。古话没有空的,可怜天下父母心。你老子说得对也好,不对也罢,都是为了下人好,你也别在这上面跟他敆口了(顶嘴),有话好好说。

关子良感到这个事出得有趣,就发起呆来,在那从头至尾地想着。

这时,史学久猛地抬起头来说,不走也好!就跟在我们后面干吧,我包送你进班子。

第三章 彼岸的花朵和一个人的新历史主义

关子良感到这句话好熟悉,都成了史学久的招牌话了,又觉得四年的牛×,在史学久这,尺寸并不见小。

这时,史学久又说,子良,这几年,你在外面干大了,小岗也没闲着,这回你也都看到了,四处都跟发面样,扑开了长,别说是省里县里,国际上都往这边看了。今年,上面对小岗又有想法了,想再把小岗往前操一把,让它长成大个子,你等着,马上一溜子政策都要下来了。话说回来,政策再好,也要有人领下去是不是,所以,县里成立了小岗办,小岗办要成立小岗村青年创业联合会。为我们小岗长脸的是,这一次,上面发话了,青创会的会长和班子成员全由自己选。

关子良叹了口气。史学久看出,关子良的这口气可不是因为败兴,而是因为兴奋。果然,关子良说话了,青创会已经成立了吗?

史学久摇了摇手说,你听我说,前一阶段我们搞了一次选举,人也选出来了。

关子良高兴地说,太好了。

史学久马上说,你别急,你听我说,结果被哪个捣掉了。

捣掉了?关子良问。

是哦。史学久说,写人民来信了。用人关口,上面见到信就如见到了刀,哪敢随便往脖子上荡,就把这个事停下了。几家都正愁着呢,你就回来了,这下好了,一天的云头都散了,我马上打报告,要求再选,再推荐,大良子,只要你不走,我一个劲推你。

关子良刻意地让人不易察觉地嗅了嗅,感到史学久今天没喝酒。

这就是出门碰上了轿子,关子良感到身上热辣辣的,但是,整个人转而又黯然下来。因为,他感到,对小岗来说,四年来,自己一分钱的投入都没有,现在来参加竞选,而且是当大当家的,就有点下山摘桃的意思。

史学久想不到这一点,他说,子良,听大爷说,现在,我们小岗碰到了千载难逢的机会,你也碰到了呀!干吧。

在史学久信誓旦旦,信心满满的时候,关子良却觉得很不简单。他说,我大爷,我还是先摸摸底子再说吧。

史学久觉得,在心理上也应该给关子良一个来回的机会,就主动岔了其他话题。

两人一直聊到十二点多,隔壁谁家的电视机因为没有台可看了,已经发出了吱吱的声音,史学久这才要走。

关子良要下楼送史学久,被史学久拦住了,赶在不上不下的地方,史学久歪着头,嘴巴向着关子良的耳朵眼子,小声地说,这些话说出去有人操蛋(找碴闹事),不要过给别人听了,暂时,你娘老子都别说。关子良答应了。

待史学久出了关家大门,再往街东走了几十米,一个黑影就闪了出来。这个黑影拦住史学久后,递了一件东西给他,接着打着了手里的火机。一片光晕下,才看清楚,递东西的是关大疤瘌,此时,刚刚把史学久嘴巴上的烟点燃。

犟得很,怎么样?关大疤瘌问,答应回去了吗?

史学久想了一下说,大良子还是听话的,说考虑一下。疤瘌,缓缓吧!弯子不要拐得太急,崴脚。

今晚,史学久是受关大疤瘌的委托来劝关子良回广州的,现在,见史学久胸有成竹的,觉得事情向好的方向转了,他鼻子里重重地喷出一股气流来,嘴上骂道,个日✕的,我等他几天。

5

随着大量的土地被流转,农忙季节越来越短了。所以,关大疤瘌心中的几日在关子良这里就显得特别快。

下午,黑户英来楼上送水,见关子良在写东西,就坐在了一边。打上小学开始,关子良就有一个记忆,只要自己写作业,母亲就会悄悄地离开,或者把门轻轻地掩上。今天,母亲没有走开,而是坐了下来,便觉得母亲必然是有话要跟自己说了。果然,母亲伸手整了整关子良的一只衣袖,满脸带笑地

第三章 彼岸的花朵和一个人的新历史主义

问,那个……你到底是怎么打算的?

关子良问,我爸让你来的吧?

黑户英说,听你爸说,许六叶子家的许乐都要回城了。按理说,一个女孩子家应该本分的,想必是乡下没有念头了,要不许六叶子怎么也不让走。许六叶子管小孩多管得严。

关子良知道母亲说话的意思,说,妈,我决定不走了。我想在家里做点事。

黑户英显得很为难,说,就算你爸的话,你腻烦了,你史大爷的话,总该听听吧。那天,他跟你怎么说的?不说你答应歇几天就走吗?

关子良说,妈,我要是个残疾人,你愿意不愿意养活我呢?

黑户英吓了一跳,责怪说,胡说什么,你就是一分钱不往家里添,我和你爸也得养活你。又说,只是,你现在好手好脚的,待在家里,外面会说闲话的。

关子良说,我没说待在家里呀,我正准备干大事呢。

黑户英好像意会到了什么,说,我的个妈呀!该不是那个牛×筒子当了塔务(特务),劝你留下了?

关子良把母亲额头上的一小片青菜叶子轻轻地揭掉说,妈,我都多大人了,你觉得史学久能左右我吗?谁也左右不了我,你儿子有了想法,一定不会轻易放下的。妈,支持一下你儿子吧!我不走,不代表我不争气了,将来,你会看到,我比以前更加争气了。

母亲是相信儿子的,眼里流露出疼爱、自豪、信任和希望。但是,过了一会儿,她又满面忧愁自言自语道,你说得头头是道,我跟你爸怎么说呢?

关子良说,你别跟他说,你让他来找我,我跟他说。

让他跟你说,那就吵吧。黑户英担忧地说,然后双手撑着膝盖,显得很吃力地站了起来,慢慢地下楼去了。下楼时,嘴里嘀嘀咕咕的,不知说什么。

到了楼下,黑户英在厨房里呆呆地坐了一会儿,然后出门寻关大疤癞去了。

207

现在,农村大多数人家都不用草锅了,小岗村更是这样,为此,村子四周的草长得又高又密。此时,关大疤瘌正在西冲田埂上割草,准备回家编一些笘帚和刷锅把。见黑户英来了,他把刀一扔,一边捆着草,一边问,讲过了?

黑户英捡起关大疤瘌丢在田埂上的刀,一边唰啦、唰啦地伐着草,一边说,嗯……

关大疤瘌觉得老伴回答得不干脆,就丢下手里的活,站在那看着黑户英。

黑户英说,在和外面联系,说联系好就走。

这话是黑户英自己编排的,倒是启发了她的灵感,就接着说,现在哪还有现砍现安的活,不都是前面讲好了,后面去,那就等等吧。

关大疤瘌有点生气,冲着扑棱棱的一撮草,一下子坐下来,然后点上了一支烟。

黑户英说,没有你这样逼孩子的,要是瘫了瘫了,你就不养活了?

关大疤瘌气不打一处来说,你跟我就是抓钩子挠头,两道子。他要是瘫子,庄大柜子也气不上我。

黑户英又怕因此引出许多话来,就不吭声了,于是,嚓啦嚓啦的割草声顺着田埂向前越去越远。

一个小时后,田埂上的草被砍光了,关大疤瘌挑着草歪叽、歪叽地走在前面,黑户英一步一步地跟在后面。两人谁也不说话,似乎都在想着对策。

回到家,黑户英早早地就往楼上喊,想让关子良下来帮关大疤瘌卸草挑子,好笼络笼络疤瘌。可是,楼上没人回声,黑户英便知道关子良出去了。

关大疤瘌卸下草挑子,在井边吭哧吭哧地压出几股水来,先是歪头喝了几口,又洗了洗手,然后上楼去了。

见关大疤瘌往楼上去,黑户英的眼里了流露出了一阵担忧来。她愣愣地看了关大疤瘌一会儿,想说什么,但是没说出口。只是过了一会儿,关大疤瘌拿着一沓纸从楼上下来了。黑户英见着了,便声音低低地问,你拿他东西做什么?

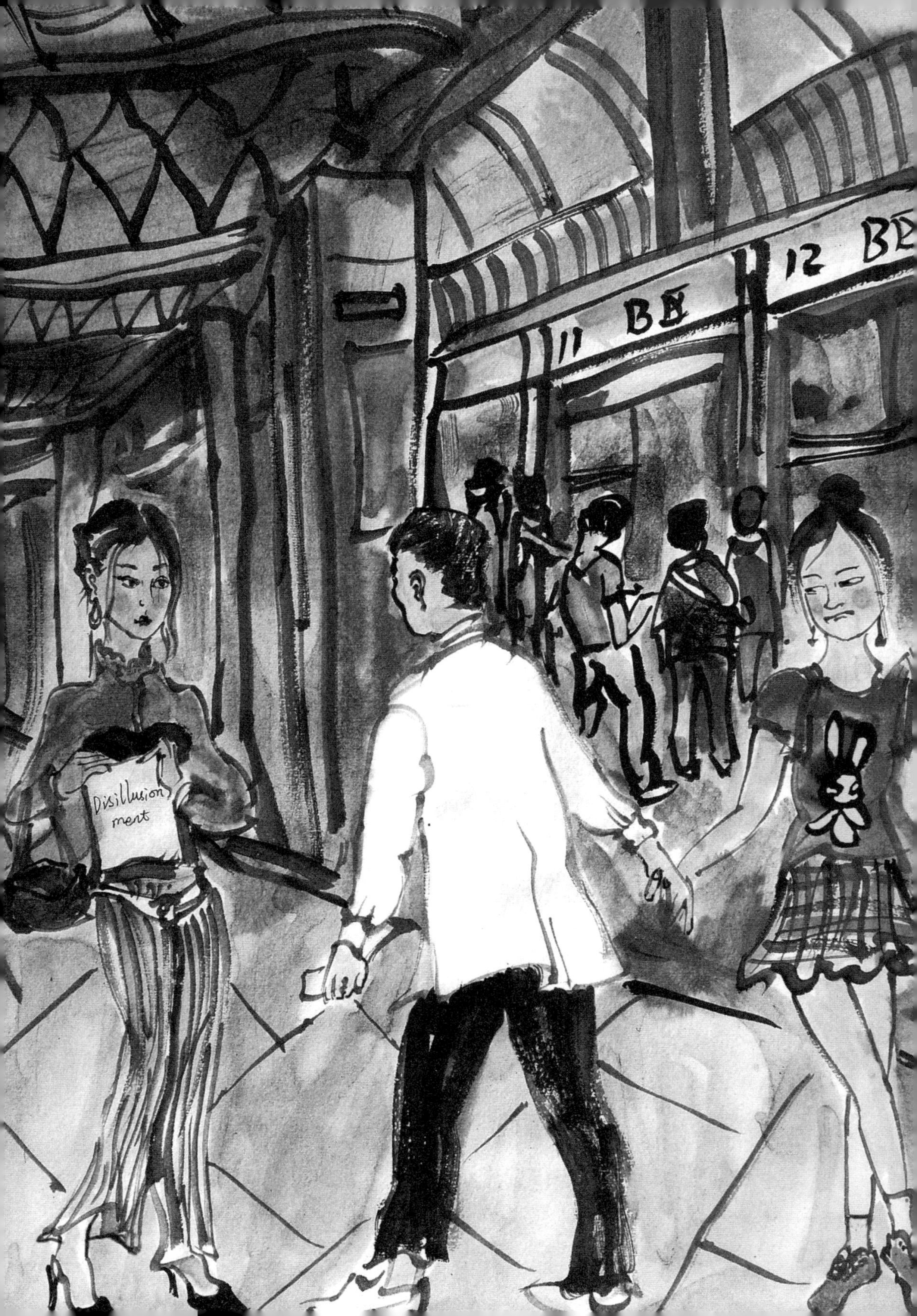
Disillusion
ment
11
12 BE

第三章 彼岸的花朵和一个人的新历史主义

关大疤瘌不理黑户英。黑户英就说，我听大良子说，他在给招聘单位写什么推荐信。

听黑户英这么说，关大疤瘌便看了看那些纸张。但是，除了几个阿拉伯数字，其他的字，一个也不认识。于是，他拿着那些纸走出了家门。黑户英在后面说，你拿小孩东西干什么，回头让他叫唤。

黑户英的话大都落在了家里，关大疤瘌的身子早就出了院子。

关大疤瘌来到村文化站时，史学久正让杨立华在写些什么。史学久看上去很跩，肩上披着衣服，两手抔在腰眼上，一边来回走，一边口述着什么，杨立华则在飞快地记着，那副手忙脚乱的劲头，张网抓鱼一般。关大疤瘌进来后，也不和史学久说话，拉着杨立华就出去了。

到了外面的走廊上，关大疤瘌把手里的纸往杨立华手里一塞说，立华，帮我认认。

杨立华便一张一张地看了起来，脸上的表情先是很严肃，接着，渐渐舒展起来，并满带欣喜和崇敬之情。最后，他说，好呀！胸怀大志啊，有抱负！

关大疤瘌高兴了，问，可说去那边？

什么去那边？杨立华问。

关大疤瘌掏出烟递给杨立华说，大良子可说到哪个城市工作了？可说要回广州呀？

杨立华笑了笑说，疤瘌，你家子良可不是这么说的。这是一份创业计划，尽管是框架，还没有什么具体内容，但是，可以看到你家儿子的气魄和大志。

哦哦！关大疤瘌说，在哪里创业？可说好了？

杨立华说，子良没跟你说？就在我们小岗啊！

关大疤瘌的脸皮先是迅速堆在了一起，接着一下子又掉了下来。这时，他一把夺过那些纸张，在上面飞快地看着，好像转眼间，那上面的字他都认识了。

看了一会儿，他又把目光放在了杨立华脸上，问，个是的（真的吗）？

杨立华说,咿,这不是好事吗?

关大疤痢转身就走了,而且越走越快。

杨立华和关大疤痢站在走廊里说话时,史学久已经跟出来了,一直站在不远处。现在,他从后面撵了上去,一把拽住了关大疤痢,疤痢,我有话跟你说,史学久说。关大疤痢睁着血红的眼问史学久,学久,你跟我说实话,你是不是又在那个孬种面前吹牛了?

史学久笑着说,胡扯什么,现在小岗哪还有牛。你听我说呀。

关大疤痢推开史学久的手,生气地说,你不帮我劝劝就算了,你要是吹牛糊弄这孬种,你对不起我。

史学久说,疤痢,你别说这种气人的话。有好事。好事你听不听?

关大疤痢盯死史学久的脸看。

史学久向左右看了看,小声说,我正让立华打报告,子良要进班子了。

哎哟!哎哟!关大疤痢像是被蛇咬的一样叫了起来,一边拉开要走的架势,一边说,你考我们家大良子了。庄子上想这个位子的人多,你硬,你去搞他们去吧。

说着就走开了。史学久在后面喊,哎!你把东西留下来,你那个给我。

经史学久一提醒,关大疤痢忽然想起来了,他一用力,将手里的那沓纸三下两下地撕了。见状,史学久忙跑过去阻拦,但是,留给他的只是满地的纸片。史学久大惊,忙去捡那些纸片。忽然一阵风刮了过来,那些纸片就成了一群来历不明的蝴蝶,漫天飞舞。史学久就满处追逐那些"蝴蝶",胳膊一扬一扬的,最后,连披在肩上的衣服都被甩到了地。

6

关大疤痢气冲冲地往家走时,正碰上张大喷嚏和许六叶子,此时,两人正在村口的门楼子下说着什么。张大喷嚏手里拿着一只红壳收音机,收音机里在哇啦哇啦地说,他也在那说。想必都说到了许六叶子心坎上去了,许

第三章　彼岸的花朵和一个人的新历史主义

六叶子一个劲地点头。忽然看见关大疤瘌急急地走来,张大喷嚏招呼说,疤瘌,忙什么家伙?狗颠独笼的样(狗在笼子里乱转)。疤瘌回他,富人抱墙根,穷人闲,跟你喷嚏比个啥?张大喷嚏斜着眼睛,看着关大疤瘌说,近些日子到村委走动得很勤嘛,大良子的事差不多了吧?高升了给酒喝呀。疤瘌说,鸡巴打大雁,看你什么枪(腔)。要说干小岗村青创会会长,我看也只有大良子。我都不急,你急个毛。张大喷嚏哼了一声说,凭本事吃饭没有错,我最恨那些裤裆里伸出手的人。你还不知道吧?有人文笔好,写我家大器人民来信了。目的达到了,这下路让开了。关大疤瘌定定地站在那,看着张大喷嚏,问,大喷嚏,什么意思呀?怀疑我干的,还是怀疑我家大良子干的?张大喷嚏忙指着门楼子说,哎哎哎,门楼子在哦,谁冤枉人,门楼子砸谁哦。谁暗害我家大器,也走不过这门楼子。听张大喷嚏这么说,关大疤瘌一步跨到门楼子下面,说,大喷嚏,我站好了,你看,大梁正对着我天灵盖,你的诅咒要灵验就让门楼子倒下来。来,你让它倒来呀,看你能的。

许六叶子见两人杠上了,忙说,还有说话请阎王的呢,都少说少说。

关大疤瘌瞪了张大喷嚏一眼,撇着嘴,青创会会长是多大的官呀,你把它当金元宝了,在我眼里,算个熊!我跟你说,我家大良子根本就看不上。太可笑了。哈哈哈,可笑,笑呛着了。

说完,关大疤瘌快步走开了。张大喷嚏正想回几句解气,突然就想打喷嚏了,于是张着嘴,对着牌坊柱子,连打了二十几个。由于打得急,发声重,一口气下来,脸都打变形了。

关大疤瘌气冲冲地走到家时,一眼就看见了关子良。此时,关子良正坐在院子里的那颗榆树下发呆,脸上的表情很难看,转眼看到父亲回来了,猛地站起来问,你拿我那些东西干什么?

关大疤瘌没好气地说,给我一句话,你走不走?

关子良也没好气地说,我不会走的。我东西呢?

关大疤瘌不理关子良,大步向屋内走去。此时,黑户英正好从屋里往外走,和关大疤瘌挤在一道门槛上。她侧着身子问,大良子的东西呢?关大疤

213

癞一把推开老伴,然后三步并作两步走进屋。不一会儿,人又出来了,腋下夹着一床被子。黑户英慌了,迎上去,急急地喊,疤癞,你做什么?疤癞再次推开老伴,说,要是往常,我早打断他两条腿了。现在不行了,他腿胫骨硬了,我打不动了。好,我走。只要这个孬种在家,我就不回来。

黑户英急了,他挡住关大疤癞,喊,你才孬种呢,我儿走得直,站得正的,哪里孬种了?你不孬种你能跑。我问你,这多大的事,你兴风作浪的,让人家笑掉牙了。

关大疤癞狠狠地说,我这张脸被撕得还有吗?还要撕,没有脸就是最大的事。

我东西呢?关子良问。

撕了!关大疤癞说,大步流星地走了。

关子良先是愣愣地看着父亲的背影,然后一屁股坐在椅子上。

黑户英冲着关大疤癞的背后喊,老不死的,走得越远越好,一跤摔在牛脚窠廊里(牛脚印里)淹死才好呢。

从广州回到家后,父亲突然就变脸了,一点也不问原因,只是强迫自己回城,今天竟然又撕了自己的方案。对此,关子良是非常恼火的。但是,母亲这样咒父亲,又让关子良感到太过分。他说,好了,你也歇歇吧。说着,头一低,上楼去了。

回到卧室,关子良立刻感到了屋子的压抑和内心的无着落,心情更为沉重了。不用说,他对将来是有所准备的,但是,对父亲一点准备都没有,他这才感到,回家的路是如此艰难。他也简直不敢相信,几个月前在广州见到自己时,还有点诚惶诚恐的父亲,转眼间就变成了这样,说是市侩不对,说是无情也不准确……那天,史学久的游说让他完全动心了。如今,他把自己的眼珠子都熬落堂了,才做出的《小岗再创业方案》,竟然被父亲撕了,这才是他最痛苦的。他特别想凭借着记忆,把这些方案再写起来,可是,此时,他的心乱成了一团,整个人一点都不想动,脑子也慵懒起来,什么也不愿去想。他趴在床上,感到了一种前所未有的孤独和空虚,感受着一种从未有过的失败

第三章　彼岸的花朵和一个人的新历史主义

感和迷惘感。趴了一会儿,他又站了起来,然后把自己的头发挠得乱乱的,接着在屋里来回转着,俨然就是一只被困多时、无计可施的小兽。

过了一个多小时,有人敲门了。他说,进。门就被推开了。见到来人,正半躺半靠在床上的关子良一下子坐了起来。

来者是螺螺,显然是换了一套新衣服,但是,关子良还是嗅到了羊臊气。而见关子良一副张飞的模样,螺螺也笑了笑。这一笑,让关子良很生气,他觉得四年下来了,螺螺还是一副令人腻歪的女人相。不过,此时螺螺来看自己,关子良还是高兴的。他整了整自己的头发,让螺螺坐下。

螺螺坐下后,说,你跟我大爷吵架了?

关子良问,你怎么知道?

螺螺说,今天我妈去羊圈帮我,我大娘去了。

关子良明白了,心里有点不安,因为螺螺的羊圈在山窝子里,离村子可不近,路也很难走,平时很少有人去。他叹了口气,把吵架的原因都说了,他说,螺螺,对这个事你怎么看?

螺螺先是很女性地摇了摇手,然后说,你辞职没有什么,就是……要留下来我觉得……不好。忽然见关子良满脸的失望,他说,我也说不出哪里不好。

关子良说,你直说,我留下来会怎么样?你直说!

螺螺笑了笑说,到哪里都需要有本事的人,反正,在这里我不行,但是……现在我是浑身上下都是链子,走不掉了……

关子良叹了口气,看着螺螺,笑了笑说,螺螺,你当卫星可不是一年两年了,也别绕了。我知道,你对我留在小岗是持否定态度的,或者说对我的生存能力和未来是没有信心的。

听关子良这么说,螺螺忙摇摇手,笑着说,我已经说了,在这里我是不行的……又说,这个事,你自己定,我随便说的。

就在这时,关子良的手机突然响了起来。关子良看了看手机,按下了接听键。

215

打电话的是许乐,关子良嘴里的"喂"字刚有个半声,那边就疯疯癫癫地笑开了。关子良说,说话呀。许乐还在笑,关子良说,我挂了?许乐忙说,呵呵,怎么样,都被我猜到了吧,你老豆离家出走了吧。是不是很郁闷,很低迷,狠狠地想到我?关子良觉得话筒离螺螺近了,就下意识地向一边挪了挪说,没事我挂了。许乐提高声音说,哎哎,我还有你猜不到的呢,你不想听?关子良往椅子上一靠,由对方说。

　　许乐说,哥,你目前的麻烦不小啊!知道吗?张大喷嚏把张大器落选的原因都怪罪在你身上呢,说是你写的人民来信。

　　关子良的身子地震似的晃动了一下说,什么?

　　许乐说,哎,别冲动,别价,冲动是魔鬼,智商小于或等于零。

　　这是谁说的?关子良越发地愤怒了,大声地问,歪着头,唾沫星子乱飞。一边,螺螺用手仔细地轻轻地擦着脸。

　　许乐说,你别管了。现在,在小岗村,除了我,都相信这封信是你写的。时间也对,正是你决定辞职回来的时候。

　　我考!关子良一拍自己的脑门,大声地说。旁边的螺螺像是被吓到了,忙摇了摇手,很女性的。

　　许乐问,要不要我说了,想不想挂我电话了?

　　关子良一下子就把手机关了,然后愤怒地把手机扔在了床上。但是,不到一分钟,手机又响了,还是许乐。许乐说,哥哥,这种反应可不是做大事的样子啰。关子良有点气急败坏地说,你讲。许乐说,你必须冷静。答应我。

　　你说吧。

　　许乐说,史委员答应让你进班子的吧?答应让你参加竞选的吧?史委员到处跟人说,要保密,现在全世界陆地部分都知道了。你知道最不安的最慌的最恨的是谁吗?

　　知道!关子良说。

　　现在,张大喷嚏到处活动,也找我爸了,要我们小岗所有在外打工的都回来。当然,这个事,唯有一个人不知道,那就是螺螺,嘻嘻,因为他男不男,女不女的，用不上知道。

关子良忙把手机换到了另一侧，这样声音可以背着坐在一边的螺螺。

许乐接着说，张大喷嚏明着跟各家说，是给青年人一个机会，让大家都来参加竞选，其实就是想让大家联合起来跟你干。连步骤我都知道了，选举时，全部选张大器，如果县里指明是你，就一起按红手印反对你……

显然，许乐感受到了关子良的黯然和走神，她说，哥，相信我……

关子良笑了笑，说，这样也好。

关子良如此颓废地说话时，那边突然就静默了。

过了一会儿，许乐明显是流泪了，她抽泣一下说，哥，还是走吧，我也想走……真的，一点意思都没有……

关子良心里乱乱的，加上螺螺在，他故作平静地说，别的事就不用你操心了，你的事，你自己决定好了。

许乐在那边说，什么叫别的事，我就等你决定呢。

关子良说，再说吧，说完就把手机关了。

屋里一下安静下来，螺螺像做错了什么事一样耷拉着脑袋，一句话也没有，这让关子良的心里越来越乱。这时，螺螺忽然站了起来，他说，子良，回来这么久了，还没到我家吃过饭，这几天，你要是不走，就来吧，雪晴腌了羊腿。

好。关子良说。螺螺便走开了。

螺螺刚走，关子良的手机便响了一下，关子良看了一下，是许乐发来的信息，三个字：烦，心疼！

7

开头，关子良以为父亲离家出走只是做做样子，没想到，这一走就是一个星期。前两天，黑户英还走着唱着，大袖子甩得哗啦啦的，跟没事人一样，这几天，明显没有精神了，往哪一坐就发起了呆，这让关子良的压力越发地大起来。他正准备如何劝慰母亲,如何去找父亲,黑户英却来到楼上和他说这个事了,看上去也是难了又难,半天,才黑着脸说,大良子,你真是不想走,妈不会撵你,只是路太窄了,容不得你父子二人,总要有一个人先让一下。他是老子,怎么办呢,你就向外挪一步吧。

关子良想听听母亲是什么建议,就看着母亲。或许是关子良的期待和殷切让黑户英感到了窘迫。她结巴起来,说,你……你看这样,是不是先……先去城里找个事做,避一下这个老炮的,也许过了今个,明天就好了。

接着,黑户英告诉关子良,关大疤癞离开家后并没有走远,就在小溪河边帮人喝沙(淘沙)。黑户英说,晚上都睡在船上,船底子贴水,凉气大,你老子气管又不好,唉……

关子良说,妈,我知道了,说着走开了。

就在关子良要回楼上时,杨立华来了,说是蚌埠电子元件厂来了两个人,指明要见关子良,请关子良到村委会去一下。

关子良感到非常纳闷,因为,蚌埠虽然离凤阳不远,但是,他很少有认识的人,更别说是什么电子元件厂了。

关子良准备了一下,便跟杨立华去了。

关子良来到村委会办公室时,发现屋里有三个人,冲门坐的是史学久,背对着门坐的是两个女人。不看脸面,只看装束,关子良就能判断出这是两个来自城市的女人。

见关子良进屋,史学久站了起来,嘴上说,子良,来来来。那两个女人也站了起来。当这两个女人转过身来时,关子良一眼就认出左边一个穿紫红色堆领衫的女人,是曼妮。

关子良一怔,曼妮则大方地伸出手说,关先生,久违了。

关子良只好和曼妮握了一下手,接着又和另一个女人也握了手。曼妮向关子良介绍了身边的女人——台湾阿里山电子集团的客商,在蚌埠电子元件厂销售科工作。

这女人想必也是手脚带眼的人,见关子良和曼妮接上了,就拿起手机,

第三章　彼岸的花朵和一个人的新历史主义

一边拨着,一边走了出去。杨立华也是个见过世面的人,自己先走到了外面,然后冲里面喊,史委员,我有个事跟你说。

史学久正盯着关子良和曼妮,一副要看热闹的样子,听杨立华喊他,便疑疑惑惑地出去了。

很快,屋里就剩下关子良和曼妮。

关子良说,坐吧。

曼妮还站在那,她目不转睛地看着关子良,眼泪像瀑布一样地往下流。那眼泪好像积攒多少年了,那么多,流淌得又那么急,没完没了的。

关子良有些慌了,他说,哦,擦擦吧,这是村委会办公室。

可是,曼妮的眼泪仍然不断地流着,关子良更慌了,他想去关门,但是,又停了下来,等他再看曼妮时,曼妮已经将眼泪擦干净了。关子良这才舒了口气。这时,他听曼妮自言自语道,唉,原来,男人也是可以这么毒的。

不用说,这是说自己的了。关子良想岔开话题,就说,你是怎么找到我的?

这是一个并不高明甚至有点傻气的搭话,所以,曼妮根本不接招,她只是说,你一走了之,可是,我一切都乱了。

关子良说,你说严重了。

我知道你恨我。

没有。

有的。

真没有。

在你和我父亲闹得不可开交的时候,你一定会问,我为什么突然消失了,为什么不帮你说话。可是,你知道为什么吗?因为,这两个男人在我的心中都很重,除此以外……

你干吗这么自责,我没有怪过你呀。

你怪了。但是,你错了。我一直站在你这一边,你可以去集团的人力资源部打听,为了能让你进班子我和父亲吵过多少次,我失踪的那段时间,其实,我是被父亲开除了。

关子良有些意外,忽然有点感动,因为,关于这件事,他的确怪过曼妮,他觉得在这件事上她或是太原则了,或是向亲不向理的。他说,都过去了,我也想通了,你父亲没有做错什么,他们只是按照自己的原则办事,与我个人无关,是我把这件事上升到一个高度。

那好吧。曼妮再次擦拭了一下眼泪,然后说,既然你如此冠冕堂皇,我也公事公办吧。我是代表集团,代表父亲,请你回去的。所有的事情都不是绝对的,你的感受,我愿意重新考虑。

关子良说,谢谢。

是谢谢还是谢绝?

曼妮,知道吗?好马不吃回头草。回去则显得我利欲熏心了,还有点小人的戾气。

好马不吃回头草,回小岗又怎么解释呢?

小岗是我的家呀!

我呢,你问过我吗?曼妮问,眼里又晶莹起来。只要你回去,我会奋不顾身……

关子良被曼妮的这句话深深地吸附着。

曼妮又说,父亲生病了,不久,阿里山就会完全交给我。……我真不想这样说,好像是当着你的面点钱。我知道,一个女人在男人面前点钱是很俗的,但是,我想让你回去,如果你现在的状况正如螺螺所描述的那样。

关子良很意外,他问,是螺螺跟你说的?

他是你朋友,你不认为他做得非常好吗?

关子良想了想说,他没做错,也感谢你来看我,尤其是这个时候。

好像得到了巨大的回报,曼妮的眼圈又红了。

这时,关子良又说,是的,目前我是碰到了许多麻烦,但是,他们对我的麻烦,对我现在的想法可能误读了,或者根本就没从旁揣度过。我真正的烦恼绝对不是他们的劝阻,而是,我不知何时才能在这里证明我自己。我承认，在这一点上，我是迷惘的。

关子良说话时，曼妮一直低头听着，她对关子良的话充满希望。现在听关子良这么说，她抬起头看着关子良。

关子良说，其实，我想说的是，从广州回来，不是溃逃，是北上，因为我以陌生的眼光看中了小岗，而且，对于他的前景，我很自信，最主要的是，我决定了，就不会轻易改变。

曼妮目不转睛地看着关子良，泪水再一次流了下来。

对不起，关子良说，让你失望了。

不！过了一会儿，曼妮擦去眼泪说，我说过，我喜欢你这种性格，现在，我还有什么理由说不喜欢呢！

说着，曼妮把自己的包拿了起来。

8

傍晚时分，大溪河的河边被夕阳一层一层染红了，看上去斑斓而鲜艳。河里，关大疤瘌正和几个汉子在挖沙，这时，一个汉子拍了一下关大疤瘌的肩膀说，疤瘌，快看，你老马子（老婆）来了吧？一个光头汉子嬉笑说，你们都说疤瘌不照了，要是不照，人家老马子还上门找呀。几个汉子都笑了。

打远处走来的正是黑户英。黑户英个子不高，走起路来，就像整个人打团往前滚。这会儿，人已经到了岸边，也看到关大疤瘌了，就直招手，身子一摇一摇的。关大疤瘌把锹往沙堆上一插，走了过去。

走近黑户英时，关大疤瘌说，你也别这样扭来扭去的，我没有软弱给那个狗东西。你要是跑够了，就带床被子来，让那个东西一个人在楼上打把式去。

黑户英一脸焦虑地说，老爹爹，你作嗨，大良子走了。

走啦？走得好。关大疤瘌说。什么时候走的？

黑户英眼泪就下来了，说，才走。

你不在家?

赶巧,就在我出去的时候呢。这么说着,黑户英抹起了眼泪。箱子全不在了,什么都不在了。

关大疤瘌说,好。走得好!

黑户英责怪说,你怎么当老子的,对自己儿子这么狠,他不是你锻的(生养的)?

关大疤瘌说,这是为他好,他会明头的(觉悟的)。我东西都在船上,你带回去吧,我晚上回家。

黑户英抹着泪,就去船上找疤瘌的铺盖去了。

关大疤瘌重新回到挖沙现场,先前的几个汉子继续拿关大疤瘌开玩笑。关大疤瘌先是跟着说两句,后来话就不多了。再往后,他忽然对那光头汉子说,小骚,我去凤阳府,用"毛驴子"送我一下。"光头"也不问一二,上得岸来,拽过摩托车,上去就踹,摩托车被踹得嗷嗷叫,屁股蛋子呼呼地冒烟。"光头"然后驮着关大疤瘌就走了。

进到城里,关大疤瘌就让小骚回去了,然后自己在火车站、汽车站和出租车集中点,一地接一地地跑,直到天黑才回家。

关大疤瘌回到家后,见黑户英不在厨房,喊了几声也无人理,就上楼去了。到了楼上,却发现黑户英坐在儿子的床上抹眼泪。关大疤瘌正要说话,黑户英又黑着脸,一步一步下楼去了。

关大疤瘌打量了一眼四周,觉得儿子真走了。因为屋子里收拾得很整齐,儿子来家时,自己带了毛巾和茶杯,现在也不在了。于是,关大疤瘌也坐在床上,弓着腰,点上一支烟抽着。抽着抽着,心里就觉得空了起来,他忙站起来,向楼下走去。

等关大疤瘌走到楼下时,桌子上已经摆了几样菜,黑户英还在锅上忙着,只是一边忙,一边流眼泪。关大疤瘌坐下来,说,大良子做得对,像我儿子。黑户英听疤瘌这么说,就将手里的水舀子在锅台上猛敲了一下,水舀子里的水,溅得很高。

关大疤癞不说话,抓过一张饼,吃起来。

接连两天,黑户英也烧饭,也洗衣服,也屋里屋外地扫地,但是,就是脸上没有半点表情。到了第三天,人一寸一寸地软,忽然就病了。

打成亲后,关大疤癞就没伺候过人,这一下确实有些慌,忙去村医院喊医师。医师来后,听了心脏,把了脉,就走了。疤癞感到奇怪,撵到门口问,哎,老句,要紧吗?句医师摇了摇头。疤癞说,你早晚(多少)开点药呀。句医师笑了笑说,药在你那。疤癞愣愣地看着句医师。句医师只好照明白里说,气的。关大疤癞眼睛眨了眨,低下了头。

中午,关大疤癞从小店买了几袋方便面,刚把老伴的那份泡好,史学久来了。关大疤癞忙让史学久坐下,并上了烟。史学久看了眼四周,家里乱糟糟的,就问,户英呢?关大疤癞说,不调和(不舒服),睡着呢。史学久问,子良呢?关大疤癞说,集团离不开他,一刻不停地打电话,回去做领导了。

史学久笑了笑,说,疤癞,事情做得有点过头了。

关大疤癞把烟点上,只等史学久的下文。

史学久说,为孩子好不是你这样的,我看头等的是为了你自己,为了下人,大人莫说是脸,就是命你可舍得割?

疤癞说,舍得割。

史学久说,多大的事儿,你要多大的脸面呀,硬是把孩子往城里撵。大良子不就是想在家干点事吗,又不是为了懒,又不是准备盗抢,怎么就容不下了。弄到今天,你说你面子在哪,家里楼上楼下一片明,逼儿子住到山里的羊圈里。

史学久的话还没说完,蓬头垢面的黑户英突然从屋里冒了出来,然后一边弯腰拔鞋子,一边向门外快步走去。

9

关子良搬回家住的十几天后,小岗办的批文下来了,同时,分管小岗的开主任也下来了,宣布了两件事,一是关于搭建青创会班子,允许小岗村搞海选。二是,催促小岗抓紧选。开主任手一挥,定了个期限,要求9月20号前,把这个事定了。

按照摸底,关子良是这次海选中的重要角色,史学久来做疤癞的工作,关大疤癞不表态。史学久说,眼下,看好小岗的可不止一个两个,也不是一地两地。现在,一顶大轿子任哪不去,专门停在子良的楼下,你就别上顿喝糨糊子,下顿也喝了,赶紧做决定。

关大疤癞说,那就把轿子抬到张大喷嚏家门口嘛,我喝的是糨糊子,他喝的汤明亮,头等的是,他儿子上了,他就安心了,我们也干净了,省得他整天到处说,是大良子写了他儿子人民来信。

史学久说,大器上了,张大喷嚏也照样说。无凭无据的,随他说去。见关大疤癞不为这句话所动,又说,我跟你疤癞说啊,让子良参加海选,是县里的意思,开主任三番五次点名了,这个你别糊涂,什么都能抗,县级领导的话抗不得,在古时,那就是砍头令。见疤癞看了自己一眼,他又说,这小岗村也千万户人家了,哪家祖坟冒烟能熬到县老爷给你说话。县老爷啊!我的妈,在凤阳府大街上,只要弯腰拔鞋子,马上就有人趴上来舔。你觉乎着呢(你以为这个事很小)!

疤癞不说话了。史学久就说了许多关子良当上这个会长的种种好处。史学久的文化程度不高,说这些好处时,也没有比喻和节略,俗气得很,但对关大疤癞很管用,尤其是说到这些话:只要把小岗的年轻人都带起来了,让我们小岗又镀了一层金,别说是子良,你关大疤癞也是大功臣,到那时候,大小溪河的鱼都得看你爷俩的眼色摇尾巴,别说那些人了。

于是,关大疤癞受用了,关节处发出了咔吧咔吧的声音。

但是,史学久捂了这头,那头又起了。

自从接受了史学久谈话,关大疤癞不再回避儿子的眼神了,同时,看关子良的眼神也温和了,也有内容了。那天吃饭,黑户英做的是豆芽烧肉。豆芽多了,肉少了,关大疤癞就一直吃豆芽。父子俩一起夹菜时,见儿子的筷子过来了,关大疤瘌还把一块排骨向那边挑了挑,那个样子,着实像老母鸡用爪子为小仔鸡挠食。

关子良从他父亲的眼神里和一系列行为里捕捉到了一些信息,人也轻松起来,就回乡创业而言,这也算是小胜吧。关子良喜欢泗州戏——那种带拉魂腔的剧种,现在,关子良的嘴里也常常哼出一些曲调了:古道荒山苦战争／黎民涂炭血飞红／黄沙影里山河映／白骨堆边魂魄惊／视死如归贞烈妇／舍生救主是英雄……

接下来,关子良开始有目的地在村里转,并跑了二十户人家。有时,聊到晌午了,就在人家吃了,聊到掌灯时分了,也在人家吃了。关大疤瘌又有些担心了,对黑户英说,史学久一点性子都没有。黑户英知道疤瘌的心,就说,这些事又不是牛×筒子一个人说了算。当官那么容易的?关大疤瘌说的不是这个意思,他说,让大良子别乱撞,看上去游手好闲的。黑户英说,散散心有什么不好,也许大良子不是白诳呢。

黑户英说的是对的,关子良正在做调查,在为自己未来找话题。而且,随着走的户数越多,看得越多,信心也更强了。

这天,关子良正坐在床上翻看自己的调研心得,手机响了。

是许乐打来的,开头就笑。许乐说话就笑原本是一种习惯,没有多少内容,关子良却故意问,找到对象了?

滚!许乐说,但马上回击,不是我找到对象了,是你找到对象了。

什么意思?

许乐告诉关子良,前天,张大器又回来了。昨晚,张大器在林江家饭店请客了,摆了两桌,标准是每桌一千元,这在乡下,算是超大宴了。请的全是小岗村的后生,男男女女的有二十多人,许乐也去了。宴席前,张大器给每人发了一个真皮钱夹,每个钱夹里放了一张卡。

你收了?关子良问。

嗯!许乐理直气壮地嗯了一声。不收白不收,我还想为你要一份呢。

不知为什么,对许乐一丁点感觉都没有的关子良心里忽然不舒服起来。

许乐笑了,问,吃醋了?

关子良说,至于吗?

许乐说,说点有涵养的话好不好?还诗人呢!能捎带点平仄吗?

关子良说,张大器请客也是寻常事,你这么兴致勃勃地跟我说,什么意思?

许乐忽然不吭声了。

怎么嘞?关子良问。扎破了?

许乐说,哥,在这件事上你为什么这么老实呢?

那件事上?关子良问。

许乐说,选举就要开始了,张大器在这个时候花这么大本钱,目的不是很明显吗?昨天,林江来敬酒了,说,张书记,等您当上了青创会的一把手,要常来照顾我生意啊。桌子的人都一起向张大器敬酒,好像他真的是青创会的头头了。

你也敬了吧?关子良笑着问。

许乐说,我肯定敬了。我心里很难过。

关子良说,如果大家是真心向张大器敬酒,我看也没有什么难过的。

可是,他们也可以向你敬酒呀。许乐说。哥,你也该活动活动了。你也不缺那几个钱喽,真是舍不得,我可以先借的,利息可以背一辈子哦。

关子良笑了,许乐也笑了,笑声里有些小猥琐。

10

上午,史学久从凤阳府回到小岗后,整个人都被汗湿透了。他没回家,直接把杨立华喊到了自己家。

立华!小岗办定调子了。杨立华一进门,史学久就这么说。杨立华闻到了一股馊味,他没敢向史学久身边靠,就问是怎么回事。

史学久说,上午,开主任向他交了底。开主任说,小岗的年轻人我们都

第三章 彼岸的花朵和一个人的新历史主义

摸了底,目前,符合选干标准的只有关子良,为此,一定要把这个年轻人选上来。考虑小岗村目前的复杂性,史学久说,选举可以,至于说能不能保证把子良选上来,很难说。主任能不能给我们支点招。开主任很不高兴,说,我把床都给你铺好了,上床还要我抱吗?一、28号完成选举;二、一定要保证选出关子良。

史学久没想到比自己要小二十岁的开主任,训起人来,一点不讲尊长有序,哪还敢说一句搪塞的话,就连连答应了。

此时,杨立华问史学久可有什么好点子。史学久说,点子就你拿,馊了都是我的。

于是,28号上午,张大喷嚏、杨立华、朱耀山、关大疤癞、许六叶子、杜二嗯、顾老边都来到了史学久家。

张大喷嚏等一走进史学久家,就发现八仙桌上摆满了一牙牙西瓜。那一牙牙西瓜红彤彤的,像是一块块刚出炉膛的火饼。旁边,史学久还在那切着,刀锋垫在桌面上,发出咯噔咯噔的声音。见张大喷嚏进来,他快乐地喊,贵客到,请上座,吃瓜——

史学久显得很神气,大家也很高兴,上来便吃起来,一边稀里哗啦地吃,一边还拿史学久开心。

其乐融融了一会儿,桌子上只剩下一堆西瓜皮,史学久让杨立华给清理了,然后开会。

会前,史学久萝卜秧子,豆角藤子,围着庄稼地扯了半天才把会议的主题说出来。他说,按照小岗办的要求,今天一定要把青创会会长选出来。再难也要选,哪怕拿筛子筛,也要把这个人找出来。说到这,他的态度忽然诚恳起来,说,其实,我们小岗是有人才的,像大器,县里问我一千次,我还是说,这孩子达标,但是,大器在南方有产业,太忙……

他不忙!这时,有一个声音打断了史学久,正是张大喷嚏。经张大喷嚏冷不丁地一打搅,史学久像是被什么东西噎住了一样。他艰难地吞咽了一下,接着说,大器是个有事业的人,嘻嘻,他也看不上这个位置……

227

史委员可别这么说。这时,张大喷嚏又打断史学久说,大器非常看重这个位置。

史学久忙说,好了好了,今天不谈这个,开始搞吧。

于是,杨立华开始发选票。在杨立华发选票的时候,史学久说,候选人名单都在选票上,大家先酝酿,然后再在选票上画大圈。

这时,张大喷嚏突然一拍桌子站了起来,不行不行不行,我正式宣布,这场选举无效。

众人大吃一惊,一起向张大喷嚏看。史学久说,大喷嚏,你说的什么熊话?

你是什么熊人?张大喷嚏指着史学久问,我问你,你凭什么剥夺了大器选举的权利。这上面,各家名单都有了,为什么没有大器?你看看,你看看,头一个就是关子良,然后家家都有一个,你这叫选举,你这叫分芋头。至于最大的给谁,老鬼都清楚。

史学久说,张大喷嚏,有些话还一定要说得那么明白吗?

张大喷嚏说,上一次,我家大器得票最多,最后不了了之。你们知道是什么原因吗?有人要来夺权,又不敢明着来,就暗地动手,写我家大器黑信了。对不对?

史学久说,那就不能说是不了了之,是县小岗办的决定。

这是小岗选干部,县里为什么要插手。

大喷嚏,你又错了,这是县里看重我们,信任我们,让我们代表县里在小岗选拔干部。

那为什么缺我家大器。

哎!这个事你是知道的,上次因为有人反映问题,小岗办已经把大器拿下了,这次还怎么往上添?

这时,许六叶子说,吵个熊,史委员,在前面加上一张床不就算了吗?

杜二嗯说,嗯,加上吧。天这么热,这里坐不住。

其他几个人见张大喷嚏蹲在那气呼呼的,也都跟着赞同。

第三章　彼岸的花朵和一个人的新历史主义

见这个情形,史学久没辙了。他沉吟了半天,把目光投向了杨立华。杨立华被张大喷嚏吵得头疼,如同站在马蜂窝跟前,他把脸转到了一边。这样,史学久就感到自己特别孤立了,人也立刻软弱了许多。最后,他显得很烦恼地说,加加加,立华……

还没等史学久把话说完,杨立华就把张大器的名单写上去了。先是写在关子良的下面,觉得不妥,写在关子良右边,又觉得不妥,最后就写在了关子良的上面。

无记名投票、计票、唱票,结果很快就出来了:

关子良3票,张大器1票,许乐1票,比斗1票,林江1票,朱上课1票。

很显然,关大疤瘌投了儿子一票,史学久和杨立华也把票给了关子良。

所有人的得票都没有达到半数,选举无效。史学久很沮丧,又想到开主任给自己的命令,他显得非常焦虑,他说,各位是不是再酝酿酝酿?

张大喷嚏站起来说,酝酿什么?酝酿关子良是不是?明人不做暗事,我第一个反对,谁敢投他票,就是和我过不去。

张大喷嚏这么说时,关大疤瘌伸手把鞋子脱下来了。他都想好了,不让关子良干可以,但是,今天,你张大喷嚏要是敢在这里公然说那封信是关子良写的,马上掌嘴。但是,张大喷嚏吼完后,愤然离开了。史学久见状,忙撵了出去。这时,关大疤瘌也站了起来,骂道,芝麻粒大的官,连灶王爷都不如,争个熊,我走了,你们谁当谁当吧。说着便走了。

在塘埂上,史学久撵上了张大喷嚏,他说,大喷嚏,你什么意思啊?

张大喷嚏说,让他给我滚,那封黑信就是他写的,我先把话说在这,在小岗,有关子良就没我家大器。这种没有品行的人配不上这个职位。

史学久说,喷嚏,不要平白无故地冤枉人家。

你什么意思?噢,不是他写的,你写的?

是……是的。史学久突然这么说。

张大喷嚏一怔,他以为自己听错了,就说,你说什么?

史学究说,大喷嚏,那封信确实是我写的,我在府城找人写的。

229

史学久说这句话时并没有脸红,张大喷嚏的脸倒是红了,红得像紫猪肝,他上下打量一下史学久,一字一句地声音低沉地说,乖乖,疤瘌家这缺德孩子是什么星下凡,犯得上这么护着他。

史学久说,疤瘌,事到如今,我装不得孬种了,真是我写的。我觉得大器什么都好,不过,要是和子良比,还是缺不少东西。

张大喷嚏的眼球像是被谁生生挤出来一样,暴突地直愣地看着史学久,老半天才骂道,史学久,你真是个白眼狼啊!我家大器成箱子酒,成条子烟喂你,也喂不饱呀!他一把扣住史学久的衣领子,问,你凭什么去写大器的人民来信,你也太阴险啦?

史学久经张大喷嚏这一骂,反而镇定了,他说,不错,我背着人写这封信不对,不过,我这么做完全是对上级党负责,对小岗负责,对你家大器也有好处。

说什么狗屁大道理呀。张大喷嚏说,然后一推史学久,满脸都是讥笑的表情,搞得跟真的样。你敢不敢跟许六叶子他们说?当着他们几个人的面承认那封黑信是你写的?

史学久被张大喷嚏这一推,有点火了,他一点都不示弱地说,管(可以)。我就说大器丢下的那些烂项目的事,让大家都听听,我写这封反对信该不该?在小岗,一屁股屎的人还能不能带别人搞发展?跟你说,我不但敢当着他们几个人的面说,还敢到小岗办说,到村委会上说,我还要爬到喇叭筒里喊,让全安徽省都知道,你可相信?走吧,我现在就跟你到会场上去。

史学久要往前走时,张大喷嚏却站在那不动了,只是愣愣地看着史学久,然后指着史学久说,你给我听着,从今往后,我跟你祖宗八代不会再来往。说完,气冲冲地走了。等人走到村口那座大门楼牌下,便开始打起了喷嚏。一路下去,也有好几十响了。

11

无论是当年招投标还是今天的选举,张大喷嚏父子在史学久身上都没

第三章　彼岸的花朵和一个人的新历史主义

少使劲,不过,史学久心里有一道线:既然村委会相信自己,小岗办相信自己,委托自己来操持这个事,自己就得给这件事画线:张大器绝对不能当小岗的带头人。

这些年,张大器的那些项目烂在了地里不说,张大器还以此揩了小岗不少油,对此,村子上人说什么的都有,那真叫脸上抹辣椒,眼被辣了,鼻子也够呛——有人骂张大器的时候,也连带骂了史学久,说史学久喝了张家的酒,就变成了张家的狗。气得史学久直摸自己的屁股,生怕长出一条狗尾巴来。

但是,面对着张家父子"攻城",他还是弱了些。那时,史学久确实想把张家父子的大礼一把推出去,可是,那些东西太名贵,令史学久俗气得挺不起脊梁,他说到"不要客气"四个字时,舌头上一点力气都没有,再伸手去推让时,手指上的力气也一丝都没有了。最后,又喝了人家的五粮液,啃了人家的猪爪子,当场就把水牛、黄牛吹得满场子跑。加上那个时候,关大疤瘌跟他妈魔鬼邪灵上身一样,死活不答应让关子良回来,他只好推送了张大器。当然,史学久的这种推举带有一定的投机心理。一要应付上面的催促,二要对张大器的重礼有个交代,三是他确信张大器不可能入选。

万万没有想到的是,张大器在背后做了那么多功课,竟然就他妈的选上了。面对这种结局,很长一段时间,史学久的脑子里都是白茫茫的一片雪原,心里也跟跑马场一样,乱纷纷的,自责、内疚、罪恶感、莫名的恐惧感,流星锤般地在他眼前飞蹿,最后,他还是做出了一个决定:说什么也要把这个事翻过来。他感到这有关良心,有关小岗村的老少几代人的未来,太重了。

今天,为了保证选举能顺利完成,或者保证能把关子良选上,他自己掏钱买了几个大西瓜,还亲自开杀,为的就是先讨好一下张大喷嚏和许六叶子等。他万万没想到的是,张大喷嚏能明目张胆地站出来反对选举结果。原因很简单,除了不服气,最大的结就是认定关子良就是那个写张大器黑信的人。史学久深知,这个结如果不解开,选举根本就无法进行,也无法完成开主任交给自己的任务。再说,这件事是自己干的,让关子良给自己背黑锅,他心里很不忍,于是,他只有浮出水面,舍生取义了。

见张大喷嚏走远了,史学久也向家里走去。这时,杨立华远远地迎上来,拦住史学久问,老史,怎么样?

史学久说,狗✕的,想权都想疯了。

杨立华笑了笑说,都疯了。

史学久不解,看着杨立华。杨立华说,你前脚去追大喷嚏,他们后脚就吵了起来,说什么,从县里到村里,摆明了要推关子良。说什么,要说为小岗搞发展,不能就剩下关子良了,家家都有后人,家家都想为小岗做贡献,只要给机会,哪个都能干……

杨立华的话还没说完,史学久就火了,说的都比唱的好听,心里是什么样,可敢红的白的扒出来给大家看看。就你们这几家,便宜还没占够吗?你张大喷嚏,让儿子搞了那么多空壳企业,一个子儿不交,每年还从政府那领创业补贴,不要脸的脸比牛✕都大。你许六叶子,前年就占着老村委几件房子当废品站,至今不退,你那个女儿许乐,读到了高六都没有拿到毕业证书,整天嘻嘻哈哈的,评不出公母,能当会长?你杜二嗯,打着你家大哥是大包干带头人的名义,硬是批了一个什么小岗土特产专卖店,还一手遮天,垄断经营,不允许别人卖土特产。你儿子比斗,好好的教师不当,缩头下来当老板,从地上抓一把土,贴上标签就小岗土特产了,别说是心肝肺了,脚丫巴都黑了,骗了多少钱可知道?你顾老边,一手占了四个门面,让嫁到外面的两个女儿回来各占一个,让林江占一个,地沟油烧得吱吱冒烟,赚了多少好处,你顾老边心里还没有数?还有你朱耀山……

说得太急了,说到这,史学久吭吭地咳了起来。杨立华知道史学久说到朱耀山时话没说完,就说,是的,朱上课又是个瘸子,性子又暴躁,跟人家一说急了就扔拐棍,怎么能行?

朱上课就是朱耀山的儿子。

史学久缓过劲来了,他说,都把共产党给小岗的好处占尽了,现在,还好意思说这个那个的。又说,这些年,人家关子良虽说没有给小岗带来一分

第三章　彼岸的花朵和一个人的新历史主义

钱,也没有占小岗一分钱,小岗现在要的就是干净人。

杨立华担忧地咂了一下嘴说,唉!这个事是裤腿拖在泥里了,往下怎么走呢?

史学久也大叹了一口气,然后向屋里走去。

12

史学久主意已定,决定去县小岗办辞职了。

开主任说,老史,你是不是党员呀?

史学久知道这句话有下句,就没接茬。果然,开主任说,在战场上,冲锋号一响,党员就得往前冲。哦!冲了几次上不去,你跑下来说,我不冲了,你看行不行?按照你们凤阳话说,可管(可行)呀?

史学久早就对这个比自己小了近二十岁的开主任有看法了,觉得人不大,官腔打得跟八大爷一样,对人一点都不尊重,于是便负气地说,你们看着办。要是够判的,就判,我年龄大了,别的干不了……

开主任说,你这就不像是共产党员说的话。说着,扔了一根中华烟给史学久。接过烟,史学久忽然就觉得自己有些激动了,好在还扣了半句。原话是,我年龄大了,别的干不了,蹲大牢还行。

这时,一个脸面白净净的年轻人敲门进来,说,主任,华科长在等着。

开主任就挥了挥手,然后走到史学久面前,为史学久点了烟。史学久心里顿时一热。

这时,华科长进来了。开主任说,老史,给你介绍一下,这是干部科的华科长。

因为有主任的刻意介绍,华科长忙走到史学久面前,跟史学久握了握手。

待华科长落座后,开主任拿出一沓资料说,老史,你不来,我也要找你。

见开主任神情严峻,史学久不敢装孬了,睁着眼等着下文。

233

开主任说,你知道吗?我们的东西被别人注册了。

史学久没有注册的概念,他看着开主任,等他进一步解释,开主任告诉他,有人先小岗办一步,已经成立了一个什么新农村青年创业联合会。

史学久被吓到了,本来坐着时,腰是佝偻着的,这会儿像是被充了气,一下子就绷直了,哦!他说,嘴里却只蹦出一个字来。

开主任说,这个青年创业联合会来头不小,目前有人员近五十人,共同推举张大器为青创会会长。

说着,开主任把手里的纸往前一伸,华科长忙站了起来,把那张纸接下来,送到史学久手里。

史学久不识字,只看到上面有许多人名,有密密麻麻的红手印。

在那张纸上看了半天,史学久才说,这不叫"另立中央"吗,犯法吧?

开主任笑了笑说,是违规还是犯法,暂不去说它。但是,既然是民意,我们表示重视。

接下来,开主任告诉史学久,7月9日上午,县委决定在小岗广场召开小岗村青年创业联合会会长海选大会。小岗中心村和卫星村村民全部参加。届时,候选人张大器和关子良进行公开演讲。现场进行公开投票。电视台现场录像,县委组织部、人事局、公安局多部联动,到场支援和监督海选。其间,主要联络人就是这个华科长。

一切都是充分酝酿成熟后才决定的,所以,在对这个方案进行陈述时,开主任显得很自信,过于红润的嘴唇显得更加饱满和富有光泽,但是,当他把目光转向史学久时,发现史学久很沉闷,如同一块剩了多日的咸菜饼,于是,他说,老史。

史学久忙咂了一下嘴说,主任,我说这话,可能不上套子。如果你们存心想保关子良,县里就直接任命算了。搞这种东西,关子良一点便宜都占不到。在我们小岗,头数张大喷嚏、许六叶子、顾老边几个人难伺候,平时,都喊他们为老干部。在这几个人中,又头数张大喷嚏难缠(难对付)。还有,张大器手头宽裕,到时候,这爷俩,一个使脾气,一个使钱,选票还不都归到他

第三章　彼岸的花朵和一个人的新历史主义

们那里去……

　　开主任拧灭烟说，我喜欢看《动物世界》，有个场景非常有信息量。几头狮子围住了一头野牛，由于野牛陷入了淤泥，眼看就有生命危险。这个时候，在一旁观察的摄影师只要开一枪，那头野牛就得救了。但是，他们没有这么做。知道为什么吗？这叫尊重自然规律。你刚才说的，不仅是不上套子，而且还违法。在这件事上，我们需要强者，如果关子良能在这种形势下获胜，即使他伤残累累，满身血迹，我们也用，因为，这才是英雄。小岗的英雄时代该来了！

13

　　县里要举行海选的消息很快就传遍了小岗，张大器和关子良作为小岗村青创会的两个主要候选人也都得到了消息。村西口的广场上，县里派了工程队，正在搭台，惹得一大群孩子围着看。

　　这几天，许乐往关子良家跑得最勤，她三次去县城，为关子良买了许多有关演讲的书，每次送书时，都很少逗留，只在临走时，会向关子良举一举拳头。而关子良的心并没有放在演讲上，他觉得那不是考试，而是交心，到时候，自己能把自己的心，在小岗村老百姓面前，坦坦荡荡地说出来就可以了。眼下，他考虑的是如何缓解和张大器的关系。

　　此时，他觉得和张大器的和解非常重要，这个疙瘩无论如何也要在这个时候摘除，否则，必将埋下众多的隐患：若是张大器胜出，自己能不能进青创会且不说，这些天来，自己为小岗村的诸多谋划可能就要付诸东流了。如果自己的这些方案白送给张大器，张大器也不要，那就太让人心疼了。以上是站在张大器那边想的。再站到自己这边思考，关子良同样很担忧：如果是自己胜出，张大器对自己的误解就会更大。最可怕的是，这种误解有可能会演变成仇恨，到那时，许多难以预测的事情都会出现，自己的创业之路上就不仅有困难，还可能常踩到雷。

五年的历练，关子良早就过了那种冲动的年龄，决定离开广州，是幻灭，也是激动。决定离开广州的那天，他是内疚的，也是兴奋的。

内疚的是，在外打拼的这五年里，他可谓尝尽了人间的酸甜苦辣，他想，如果当初的这些付出都是为了小岗，自己的人生该多厚实啊！兴奋的是，在小岗渴望发展，渴望再次起飞的时候，自己及时回来了。届时，如果自己能扎扎实实地当一块砖，那么这些年所受的苦都是值得的。如果能把自己在外这些年所学的东西，都用在小岗建设上，那无疑就是完成了一次完美的升华，实现了人生的转场。

可见，自己这次回到小岗，一不是因为被人抛弃，二不是为了到小岗来拿那点工资，更不是为了名，是为了一种表达。这种表达是高尚的，是一个小岗村的后人才有的情怀。为此，他不想让这种情怀被玷污，被混淆，甚至被扼杀。至于张大器，关子良想，过去，自己和张大器互相看不起，到了外面，才发现，看不起自己的是那些对小岗充满怀疑的人。再说，在外的那些年，自己为了小岗的荣誉，被打，甚至有生命危险，不都坚持过来了嘛，今天为了小岗再向自家弟兄低一次头又算什么呢。

他决定上门拜访张大器。

关子良走到张大器家门口时，张大器的小车正停在那里，尽管来时，关子良的内心很坦荡，很平稳，此时，心里还是一咯噔，如同正走在楼梯上，被人突然抽掉了一个台阶。他急忙调整了一下自己的情绪，走进了院子。

关子良走进院子时，张大喷嚏正在修水管。他单膝跪在那里，歪着头，用力拧着水管上的螺丝，脸憋得通红，嘴里不时发出哼哼的声音。转头时，忽然见到了关子良，整个人先是一愣，然后连忙爬了起来，满脸带笑地骂道，现在混粗混大了，眼里还有你大爷吗？怎么想起来到我家来的，不怕粘了你一身穷气？

关子良被这一骂，心里倒坦然了，笑着说，我在南方混不下去了，怕我大爷骂我不争气，哪敢随便来。

张大喷嚏就笑了，说，妈个×，你这孩子多会说话，快里屋坐。

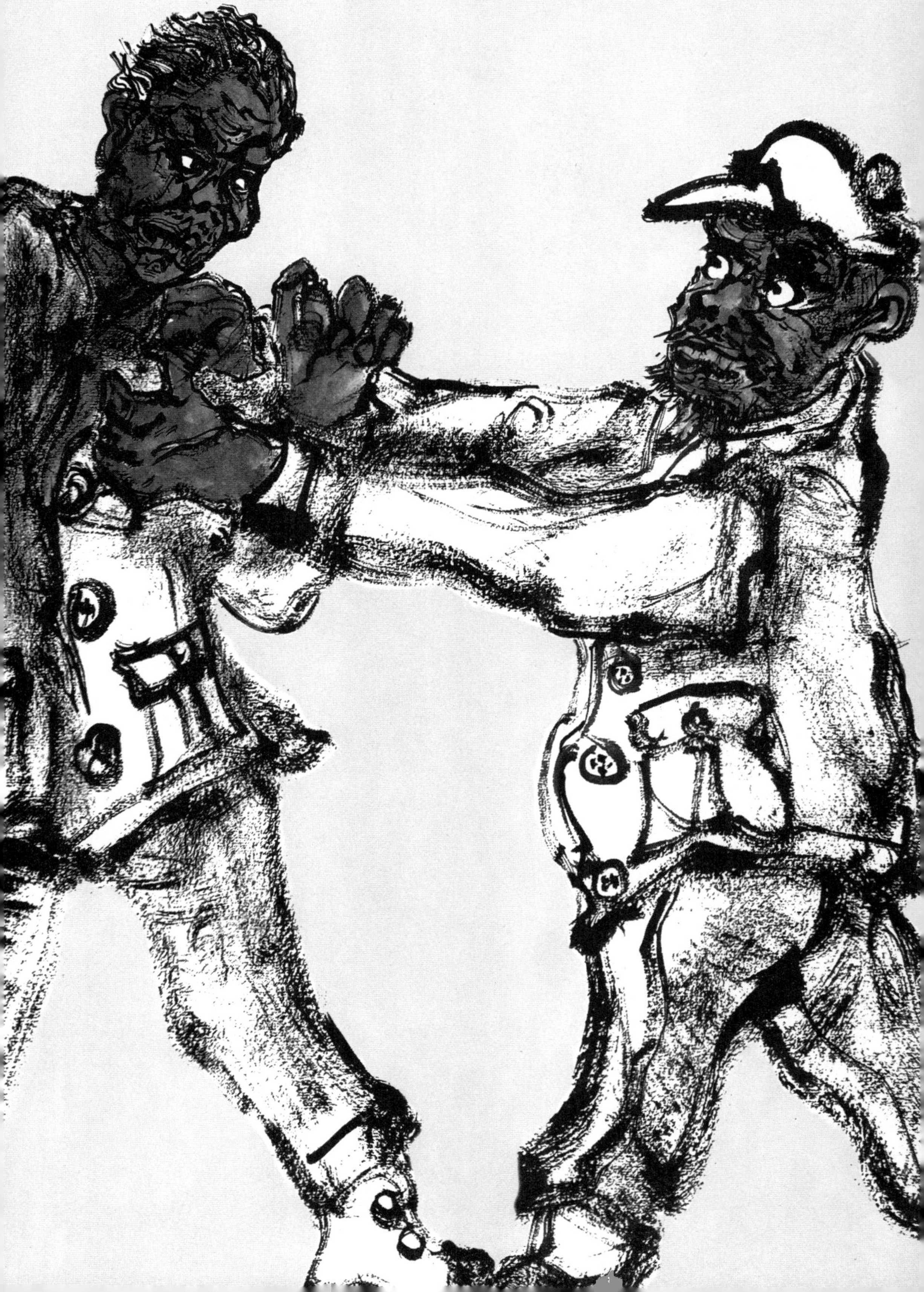

第三章　彼岸的花朵和一个人的新历史主义

　　进了屋,关子良问,我大爷,我是来找大器玩的,人呢?

　　张大喷嚏指了指楼上,然后给关子良倒上了水。待关子良把水接走了,他也坐下说,大良子,你对谁发脾气都不能对你大爷哦。

　　关子良说,大爷,您看您说的,借我胆子也不敢。

　　张大喷嚏说,你大爷可是看着你长大的,小时候,就喜欢往我家跑。可记得了?你小时候,说话带搪塞(不清楚),你一说错,你老子就上手,一打就没轻没重的,任人劝都不行,只有我能拦住他。我一抱他的腰,他就喊,别搂我,我把他的狗腿卸掉用大缸腌。你想想,你才蚂蚱高,腿能有多粗,你老子还要用大缸腌,哈哈哈……

　　关子良也笑了。

　　此时,张大喷嚏的态度,让关子良很意外,现在又忆苦思甜,带着自己回忆他原先的好,关子良便知道是要往那件事上引了,正要主动去说,张大喷嚏倒是说了起来。他说,你大爷是个多大肚量的人,外面这样那样地传你,我根本就不信。你今天来,你大爷高兴!呵呵呵!

　　关子良知道这个事可能在自破了,也不想再描,就说,谢谢我大爷。

　　这时,张大喷嚏说,这次海选,我都想好了,准备两挂炮仗,你和大器哪个被选上,我都放炮,要是同时选上做正副,一起放。

　　这时,楼上的门开了,张大器出现在门口,见是关子良,便招了招手,关子良忙和张大喷嚏告别,上楼去了。

　　楼上有空调,冷气全面开放,张大器穿着一套高级的苏绣睡衣,趿拉着一双皮拖鞋,脖子上挂着一块羊脂玉,论价要以万计了。邀请关子良坐下后,自己也稳稳而坐,并跷起了二郎腿。关子良虽然已经在外打拼多年,此时和张大器相比,还是显得土俗了许多,这样,张大器就体会到一种绝对的优越感。而在关子良看来,张大器确实要比自己讲究得多。屋里十分整洁,所有的东西都如同新的,甚至是名牌的。

　　张大器说,子良,我对这个事看得很淡,或许就是一场闹剧,你看,我什么都没准备,我最近发现自己特别跑偏,许多字都写不出来了。

239

关子良知道张大器误解了自己拜访的目的,就说,大器,这次海选,有关小岗的荣誉,你我应该认真对待。选不选上不重要,一定要让在场的每一个人都能记住我俩。让他们感到,小岗人不是人们常说的那种好吃懒做等馅饼的人,而是对未来有想法,有诉求。说到这,关子良忽然话锋一转,他说,不过,我这次来,不是来和你讨论如何应对这次海选的。大器,转眼五年了,我们在同一个村庄长大,在同一个城市居住过,但是,我们从未坐下来认真谈过一次。今天我来,特别想跟你谈清一件事。那封人民来信不是我写的,我只是赶上了这个节点。我觉得我们真没有必要在这件事上耗费太多的时间,真的太浪费了,还有许多事情等着我们做,对不对?

张大器笑了笑说,你多疑了,我从来就没听说过这件事,也从来不认为你会做这种事。这件事早就烟消云散了,OK!

关子良觉得张大器一口气说了一大串前言不搭后语,逻辑十分混乱的话,但是,他非常认可张大器此时的态度,他说,太好了!点赞了!

张大器说,其实,我对这次海选一点信心都没有。你知道,我真正的事业在南方,这里没有什么值得我惦记的。我之所以要趁这个热闹,是因为老头的意思。我对他们这代人简直不可思议,我想你也是。

关子良说,老人的心我们都应该理解。

张大器说,所以,你一定要选上。

想到张大器说到的他在南方有事业,关子良便知道张大器说这几句话的意思,他笑了笑说,不用那么绝望吧,现在,每个人都没有绝路。

看你好有信心。

不能说信心,只能说我很平静。

你准备得很充分吧?

是的。

张大器脸上明显掠过一种不自然的表情,但是,他马上拍拍手掌说,提前祝贺了!

关子良笑了,说,大器兄,你还是把这个事看得太重了,我回小岗不是冲这个青创会来的。我有自己的计划。这个计划或许与这个职位一毛钱关系都没有。

张大器明显对关子良的这番话不感兴趣,只是上下打量了一下有点激动的关子良,说,子良,这一次,唯一让我放心的是,死活都在你我之间,你要是当选了可别忘了老兄啊!老兄在小岗还有几家企业,到时候可就全仰仗你了。

关子良说,若是仁兄入围,老弟我尚有宏伟蓝图需要实现,万望拉扯提携啊!

两人都笑了。只是,关子良笑得最为开心,他觉得这一笑,许多事情都可以归零了。是的,关于庄晨晨,关于人民来信,他都可以放下了。此时,他需要一个干净的自己,需要一种菲薄和剔透。

14

这是海选前的最后一个晚上,夜显得特别漫长,心情一直很平静,把这件事看得很淡的关子良忽然有了一种五脏六腑被同时拧紧的感觉。

海选的程序和内容,关子良大约知道了,其中最为重要的一个环节就是,他和张大器每人至少演讲半个小时。关子良算了一下,除了语气词和副词,他准备的讲话长度是远远不够的。尤其是这几天,村子里忽然热闹起来,除了那些从外地来小岗参观的游客,海选一事使得村口广场显得特别热闹。用于海选的主席台已经搭起来了,巨大的写真背景墙也竖起来了,上面赫然写着"中国改革开放第一村——小岗村青年创业联合会会长海选现场"一溜大字。为了保证当天的音响效果,大喇叭里不断传来喂喂的试音声。村广播站也在向全村做循环广播,不间断地提示参会的时间、地点和要注意的各种事项。广播员的普通话很差,有时干脆就用凤阳本土方言播。而省、市、县各家媒体都没有闲着,《安徽日报》《合肥晚报》《新安晚报》《滁州日报》《蚌埠日报》《凤阳日报》《江淮晨报》等各大报纸联动,纷纷开辟版面,发布选举预告,连江苏的《扬子晚报》也打出了"改革之风强劲吹动,凤阳腾飞正于其中"的标题,标题用大黑体,看上去有力而雄壮。其间,凤阳电视台动作更大,除了新闻中开辟《海选追踪》栏目外,还专门采访了张大器。

听到有这档栏目,关子良特地放下手上的事情,看了一次重播。采访安排在田间。绿油油的庄稼地里,张大器高挽袖子和裤腿,正在挥锄除草,这时,两个记者走了过去。

记者:请你描述一下你的对手。

张大器:对不起,我没有对手。我和关子良都是小岗村人,让小岗高调走进社会主义新农村行列是我俩的共同目标。

记者:你觉得他会胜出吗?

张大器:如果子良能胜出,我为小岗高兴,因为,小岗选出了一个比我更强的人!

记者:你这好像也是对自己的一种肯定啊!

张大器:哈哈……

在新闻上看到这段采访录像后,关子良先是感到很陌生,觉得电视上的张大器像是换了一个人,接下来,感到对话有些生硬,最后还是感动,他觉得张大器说得很诚恳。他心里霎时一热。他知道这种采访和报道是系列的,是有整体策划的,接下来,记者肯定要找上门来,采访自己,自己该怎么说呢?

记者:你是愿意参加这次海选,还是准备放弃?

关子良:当然参加。

记者:这个愿望强烈吗?

关子良:当然强烈。

记者:为什么?

关子良:因为,时代需要一个更强的小岗村的年轻人。

记者:请你描述一下你和对手的关系。

关子良：如果张大器胜出，我愿意做他的助手；如果我胜出，我坚决要求把张大器配到班子里来。

记者：那请你谈谈你对这次海选的感受。

关子良：我从广州回来后才知道，前两年，小岗有过大学生创业的经历，很成功，也取得了丰硕成果，给小岗带来了无限活力。那两年，正因为有一帮年轻人在小岗创业，小岗才让人眼前一亮。这说明，调动广大青年建设新型小岗的积极性，是一条可以长期走下去的光明大道。今天，县委决定成立小岗青年创业联合会，无疑是英明之举。这表明，小岗新一轮发展即将来临，也表明县委对小岗的希望和信心。作为小岗的后生，我们每一个人都应该积极参加到这种活动中来，大胆接受乡亲的挑选。

记者：你对小岗的未来怎么看？

关子良：荣誉都挂在墙上，未来还是要从我们这一代重新做起吧。

……

可惜，关子良没有等来记者。关子良有点遗憾，但想到海选将至，活动频繁，报道任务繁重，就把这个事忘了。

夜里十二点多的时候，关子良的手机突然响了。关子良拿起来一看，是许乐的。

其实，关子良并不想和许乐有太多接触，许乐的过度关心既让他感到小题大做，同时也感到了一种莫名的压力。于是，他接通后的第一句话就是，我好困啊！许乐大呼小叫地说，你还能睡着呀？我有海量消息给你啊。关子良漫不经心地说，说吧，说标题呀。许乐问，你准备得怎么样了呀？关子良听许乐这口气，简直就像自己的妈。他说，准备什么呀？不就是上台说几句话吗？

许乐说，这地方的人，现在谁还稀罕你说大话呀？他们不听你怎么说的，只看你怎么做的。

关子良笑了笑说，那我该怎么做呢？见人就跪？

不是你给人家跪，是得让他们给你跪。

243

关子良笑了,问,你喝酒啦?

喝你个头啊!你知道这些天,他都在干什么吗?

关子良知道许乐说的是张大器,说,我管别人干什么?

可是,人家每一步都是冲着你的呀!许乐激动地说。接着她告诉关子良,前天后半夜,从南方忽然来了一辆卡车,上面拉的全是色拉油和东北大米,是那种真空包装的,见到人家就敲门,门开了就发米发油,不开门就往院子里扔,地都砸出坑来了。

许乐问,你知道这是谁干的吗?就是张干的。话都说明白了,收礼就投票,要投就投张大器。除了送米送油,凡是家里有孩子参加高考的,一家一部手机;如果选举成功,一家送两桌谢师宴。

见关子良半天没说话,许乐问,喂喂,怎么啦?吓傻啦?

关子良叹了口气。

许乐说,怎么样?感受到距离了吧?还有,那个什么新农村青年创业联合会,完全是张请人炒作的,就几个鸟人,手印都是重复按的。还有还有,凤阳电视台采访张大器的新闻你也看到了吧?那也是设计的,张大器包大红包了,连号的。

关子良又叹了口气。

许乐停顿了一下,声音忽然低沉下来,说,对不起,让你难过了。

不。关子良说,我是感到不解。

那就快点清醒吧。许乐说,哥,我要警告你哦!你一定要被选上,否则,我饶不了你。

哦!你能把我怎么样?

把你带走。

把我带走?

手机立刻挂掉了。

15

昨晚睡得太沉,第二天早上,关子良一起来,就发现母亲坐在自己的床边。见关子良睡眼惺忪地看着自己,黑户英说,怕你睡过头了。关子良这才想起上午的海选,骨碌一下就爬了起来。见关子良起来了,黑户英就下楼了。

关子良刚洗漱完,黑户英就把饭菜放在小桌子上,想必早早就做好了,怕凉了,都用碗盖着。此时,关大疤瘌就坐在一边,低头抽着烟,脸上的神情一点都不轻松。

关子良坐下后,黑户英走了过来。她默默地打开那些盖菜的碗,然后将饭碗推到了关子良近前。关子良问,你们呢?黑户英说,你先吃,关子良就吃了。关子良吃饭时,关大疤瘌一直不说话。等关子良吃到半道时,关大疤瘌说,别怕,他有钱,屁股上也不干净,小岗人没有几个喜欢他的。上台后,你只管合劲(用力)讲,不要留嘴马子(口才)。

好像就等着说这几句话的,这会儿一口气说完了,关大疤瘌就走了。

对于父亲的教导,关子良没有及时回应,他感觉到父亲把这场海选当成互相砍杀了,这有悖于他的参选理念。父亲说完,关子良估计母亲也要说几句的,可是母亲自始至终一个字都没说。

从小到大,包括在广州这几年,关子良都没改掉吃饭不吃净的毛病,这会儿,饭算是吃完了,但是碗里到处都是米粒。见儿子把碗推到了一边,黑户英拿过来,用筷子将那些饭粒归拢一番,一口吃了,然后走开了。

关子良在院心漱了口,就上楼准备去了。等推开门时,他发现母亲把他的衣服都找了出来,一件一件放在床上。关子良说,你忙吧,你也不知道我穿什么衣服。

黑户英说,要穿好些,然后就走了。

小岗村的年轻人

尽管母亲对自己的着装这么看重,但是,关子良还是穿了一件很休闲的衣服,他觉得今天是一次融入而不是区分。他希望今天自己的着装和身份都更为本色些。

按照事先的安排,上午八点,关子良和张大器先后来到村委会集中。今天,张大器的穿着非常讲究:头发烫了。一套藏青色西服,红领带。皮鞋是新的,故意没擦,保持着鲜明的光泽。身上好像还洒了香水,身边的微风中飘着一种淡淡的香气。关子良看了一眼,不得不承认,张大器真的是可以当明星的,而自己已经旧得有种万劫不复的感觉。

不一会儿,史学久把两人喊到了小会议室。在这里,华科长和电视台的一个导演都在。华科长重申了这次活动的重要性,要求张大器和关子良把这个活动作为一次政治任务来对待,同时,就演讲的时间、主题做了交代。导演则从画面和镜头的效果考虑,就两人的站位、语速、走台和情绪等一一做了讲解。

接下来是抓阄,张大器拿到了1号。

九时五分,海选大会的最重要的章节开始。主持人的话音刚落,张大器第一个向主席台走去。或许是张大器的气质和装束震到了全场,当张大器在演讲台前站定时,台下一下子就安静下来,黑压压的人群转眼就成了一片寂静的森林。

这时,张大器扶了一下麦克风,开始演讲。张大器的演说无任何修饰,上来就奔了主题:

上台前,组委会跟我说,演说的时间是半个小时,试问,说那么长干什么?话如果句句顶用,我看有个一两句就够了。

(台下笑。虽然笑声不多,但都是在表示欣赏。)

当然,一两句话怎么能说完我对大家的承诺呢?

(台下再次发出笑声。笑的面积在扩大,如同涟漪,"树林"晃动了一下。)

那我就慷慨点,再慷慨点,说三句。

246

第三章 彼岸的花朵和一个人的新历史主义

（全场几乎都笑了，"涟漪"扩散开来，"树林"晃动开来。）

第一句，关于利益。这些年，我们小岗发生了天翻地覆的变化，大家得到了实惠，但是，在我眼里，还不够，还要增加，不断地增加。让你们"吃不了，兜着走"。那么接下来，我们青创会要做的承诺是，将来，村委会能给你们多少，我给多少。

（台下响起了掌声，尽管掌声有点参差不齐。）

第二句话，还是关于利益。过去，你们没有得到的，我们青创会一定要让你们得到，要让你们不断地得到，让你们"得意忘形"！

（台下掌声四起，并带有愉悦的笑声。）

第三句话，在我张大器手里，小岗就是共产主义社会，谁想穷，谁就是我们的公敌。一定要让你们富，要让你们……

（张大器的话还没说完，下面齐声喊，不断地富——）

对！张大器高喊，富可敌国——

（众人大笑，再加以狂热的掌声，那"林子"喧哗起来。）

接着，张大器又向村民们做了十大承诺：

一、年终，青创会给每家补助装修费一万元。

二、五年内，每家用上小汽车，每年汽油补助不少于两千元。

三、村医院实行全部免费治疗，这笔资金由青创会提供。

四、凡是小岗村的子弟，从小学到大学，学费由青创会提供。没有上学的，参照上学的标准补齐。

五、婚丧嫁娶的经费，青创会全包。

……

张大器的十大承诺只说到五条，台下就沸腾了。张大器不得不举起双臂，请大家保持安静，但是，回答他的则是更加热烈的掌声，张大器只好三度鞠躬，才控制住狂热的场面，得以把最后五条说完。至此，张大器挥手高喊，我是谁——

众人答：

天兵天将！

神仙。

银行。

……

当然，回答"张会长"的较多，于是，声音渐渐汇成一片涛声：

张会长——张会长——

台下，张大喷嚏和身边的每一个人握手，激动得脸颊不停地颤抖，后背完全湿透了。

当众人群情激昂，难以抑制时，站在螺螺身边的许乐两颊通红，眼里充满了慌乱，她紧张地看了一眼螺螺。螺螺将拳头举到胸前，轻声地喊，关会长，关会长——

在张大器演讲他的十大承诺的时候，华科长和史学久把关子良喊到了一边。华科长小声地对关子良说，你压力大了。

关子良笑了笑说，大器还是很会抓人的，祝贺他。

华科长却没有关子良轻松，他说，不过，他的演讲有一个重大漏洞。

听华科长这么说，史学久立刻把头歪到一边，耳朵对着华科长。

华科长说，小岗村有今天的变化，离不开国家的"三农"政策，离不开各级领导对小岗的关怀，更离不开全国人民的大力支持，这是不可抹杀的。但是，小张只字不提，这显然是不讲政治的表现，在电视上会被掐掉的。

史学久无比崇敬地看着华科长，不停地点头，不停地说，对对对。

这时，华科长向台上看了一眼说，你听，演讲到现在，他还是没提到这些。你上台后，要把这一点作为演讲的核心，要说到在党和人民政府的领导下，如何保证小岗的发展方向不变，然后才能是村民的具体利益。

这时，张大器的演讲已经结束，在狂热的掌声中款款地向台下走来。关子良开始向台上走去，史学久跟着走了好几步，嘴里说，你也要像他那样说呀！啊？他们喜欢，你就照那样说。

不一会儿，关子良走到了台上。此时，台下还沉浸在张大器给他们带来

第三章　彼岸的花朵和一个人的新历史主义

的那种兴奋之中,三五成堆地聚在一起,议论着,笑着,脸上都带着异样的光彩,好像张大器承诺的那十条,已经兑现了。

见台下静不下来,华科长跑到台上,握住麦克风喊,乡亲们,乡亲们,安静些,演讲还在继续,精彩还在后面,请大家以热烈的掌声欢迎关子良演讲。

台下的掌声响起来了,但和刚才相比,弱了很多,杂了很多,而且显得很敷衍,只有许乐和螺螺在那拼命鼓掌,惹得周围人以异样的眼光看着他们。

台下渐渐安静下来,关子良先鞠躬,然后再环视了台下一眼,说,亲爱的村民们,尊敬的前辈们:请允许我先把谁当小岗村青创会会长这个事放在一边,我们不妨先来厘清一些事。因为,人最可贵的是,要能够弄明白自己的前世今生,乃至未来:

一、20世纪80年代之前,有一段描述,叫"吃粮靠返销,花钱靠救济,生产靠贷款",说的是哪个村?答,是我们小岗村。二、1978年,是谁敢为天下先,解开了中国农村改革的序幕,吹响了中国农村改革的第一声号角?答,是我们小岗村。三、别听"大包干"歌唱得欢,一夜解决了温饱,二十年未过富裕坎,说的又是谁?答,还是我们小岗村。

关子良的话音一落,台下立刻喧哗起来。

这是谁在造谣?

谁说我们小岗村不富裕了?说这种话的人就是眼瞎。

对!让说这句话的人来看看!

我看是嫉妒。

是攻击改革开放……

见台下一片混乱,史学久忙不断地摆手。但是,他越摆手,台下越乱,声音越大。

这时,关子良又说话了。奇怪的是,关子良一说话,台下立刻就安静下来。

老乡们,我理解你们的心情,其实,第三个问题最值得我们思考。我想,如果大家能把这个事琢磨透了,大家就不会这么激动了,思想就统一了:我们真的富裕了吗？

不可否认的是，从 2004 年到 2009 年，在"开发现代农业，发展旅游业以及招商引资发展村级工业"三步走的策略中，我们小岗又向前跨越了一大步，但是，那都是过去式了。改革绝对不会留恋过去，发展需要一日一篇。

所以，我要说的是，富裕的概念不能狭隘到只解决温饱，只解决现在，只局限于过去的发展。

目前，全国有十大名村，和那九大名村相比，我们难道没有差距吗？没有再发展的空间吗？在新一轮改革来临，新的机遇到来之前，我们就只躺在父辈们的荣誉里睡大觉吗？只能等、靠、要吗？或者说，我们的眼里只有那点小钱和政府的惠农政策吗？

说客气些，这是一个"懒"字在作怪；说不客气些，在从中央到省、市、县都高度重视，大力支持我们小岗的情况下，我们再有这种思想，未免就有些可耻了。还要有什么？还要有眼界，有历史前瞻的能力，也就是说，最大的富裕就是精神的富裕，是思想的富裕。

关子良说到这句话时，台下又乱了起来，有人喊，哎！小关，别扯那些空的，我们听不懂。

对，说点实惠的。

也摆几件和张会长比一比，让我们挑一挑。

关子良笑了笑说，对不起，我没有张大器先生那么多具体的承诺给你们，相反，未来的青创会是需要大家支持的。也就是说，青创会在小岗办的领导下，和村委会是共建的关系，和大家也是共建的关系，还是那句话，未来的小岗不需要懒人，更不需要蛀虫和投机者……

这么说，你他妈裤带没系好就跑出来了呗。还共建，也就是说，你搞不好，我们还得给你担着。

喂喂喂！你们可听出来呀，这熊孩子在骂我们小岗人啊！

对，怎么可耻了？什么叫懒？这说的是什么话？

这个孩子变了。

第三章 彼岸的花朵和一个人的新历史主义

是啊,怎么出去几年连祖宗都忘啦?

……

华科长在关子良走向演讲台时,走向了一部摄像机,这时,他说,关了。

16

张大器以高票当选。

关子良的讲话录音被整理成材料后,送到了县小岗办。当天晚上,开主任召开了小岗办扩大会,现场播放了关子良的演讲录音。

史学久接到通知也来了,来时,开往县城的班车停了,等他赶到小岗办,关子良的录音讲话已经过半。

关子良:前辈们,能让我说完吗?

(混杂着群众的声音。)

别吵了,听他说。

对,看他怎么扯叶子(胡说八道)。

关子良:这些天,我走访了许多老人,包括我们小岗的那些"大包干"带头人。我问,当初,你们逃荒要饭,按红手印搞"大包干",是为了什么?他们说,因为土地养不活人!

老人说这句话时,眼里充满了泪水。

这说的是 20 世纪 70 年代的事。时间到了 21 世纪初,小岗村人不能再说土地养不活我们了,因为,我们已经解决了温饱问题。但是,现在的小岗从来就留不住人,只要能出去的,都往外跑了,包括我自己,包括今天在座的许多年轻人,他们有的正在外面打工,有的正准备出去,这又是为什么?

2004 年,对于我来说,是一道坎。这一年,我的感情生活走上了绝路,因为,我深深挚爱的小岗,已经无法满足新一代年轻人的精神要求和物质欲望,无法给他们提供未来的视野和畅想。外面的世界根本就不屑于这片土地,不屑于这一把粮食。于是,我在那场感情生活中惨败了。

曾经,我想过留下来,然后在这片土地上找到自我。但是,我所面对的只是一片片土地,看上去那么呆板,那么冒傻气,由此得出结论,这片土地已经养不起人了。我决定走了。

我是2004年走的,我走时,小岗很穷,很乱,草房子和瓦房子混盖在一起,人们很没有精神。六年后,我回来了,小岗没有使我失望,她变大了,变漂亮了。

但是,在座的每一个小岗人要扪心自问,在这些巨大的变化面前,我们只顾着分享改革开放的红利,有谁算过奉献账?

你们认为我说错了是吗?那就看看吧。你们看到这些宽阔的马路,这一排排整齐的房子,这一家家企业、工厂,请问,这些项目你注入了多少?

再请看看这样一组数字吧。村口立牌坊两千万,农贸市场投资三千万,友谊大道八千万,自来水工程六千万,程控电话三百万,葡萄园产业两千万,体育馆五百万,信息综合大楼八百万,住宅楼改造九千万,还有还有,在这么多投资中,你又拿了多少?你又创造了多少?在荣誉感面前,我们有无羞愧感?我们没有羞愧感吗?

相反,有一些人,包括我的父母,哪个敢说他们没有借着这样那样的政策,向政府伸过手?哪个在无偿拿到政府的这样那样的补贴后,没有露出乞丐得到一块饼的那种满足的笑?直到现在,许多人仍然不去想如何理解政府的苦心,不想追随政府的发展理念,想的还是如何多拿点,多钻空子,一说要奉献就说是空话,一说给钱就激动,一说到天上掉馅饼了就看着天,嘴张得比斗还大,眼里看到的不是我们小岗集体发展的红利,而是一家之得失、一人之得失,这不叫小气叫什么?这不叫短视叫什么?这不叫自私又叫什么?

我舅舅是个木匠,他和徒弟的关系是,三年管饭授业,临别送一套工具,下面的路得徒弟自己走。这些年,各级政府都在管我们的饭,都在手把手地教我们,又为我们增加了那么多基础设施,铺设了那么宽的路,积累了那么

第三章 彼岸的花朵和一个人的新历史主义

多的资源,我们也该出师了吧?再说走不好路,再两眼看着奶瓶子,就显得有点痴呆了吧?

乡亲们,我来竞争这个职位是有私心的,因为这个职位最能吸引我的是,它可以让我借一代小岗村的年轻人的力量,来完成我多年的梦想,那就是,借助改革的东风,利用政府对我们的支持,走我们自己的路。也就是说,我要带领小岗村的所有后生,用自己的手,来创造一个属于我们自己的小岗,哪怕是一块钱、一毛钱、一分钱,只要是我们自己奋斗出来的,也光荣,十分光荣!

(混:议论声此起彼伏的叫骂声。其中,史学久的声音最大:不能扔鞋子,不能砸人,放下,给我放下……)

(完全默声。)

没有了?开主任问。

没有了,主任。一个年轻干部说,当时场面一下子乱了,关子良讲不下去了。

会议室鸦雀无声,但是,这种寂静也仅仅维持了十几秒,很快,许多声音便从不同的角落传了出来。

有点偏激。

这个人眼里没有群众。

呵呵!说书的样,有点个人英雄主义啊!

什么个人英雄主义,我看是自以为是。

是的,有占山为王的企图。

我的看法和你们不一样。我以为,这个人的讲话在更大程度上是在否定小岗人的创造力,说白了就是公然诋毁改革开放的成果。在公共集会上这样说,影响太坏了。

据说这个人去过广州。过去,那个地方是资本主义大本营,西化得非常严重。还有,苏联解体后,以美国为首的西方势力亡我之心不死,那个地方出现过许多成分复杂的人。建议发函到广州,摸摸这个人的底细。

否定小岗村人的自我发展能力,这不仅仅偏激,还是不学习,在政治上就是个大文盲,此人万不可用。

推荐人是谁?要把责任担起来。

……

史学久来参加会议时,手里拿了两样东西,一是辞职报告,一是"认罪书"。在"认罪书"上,他就推举关子良的错误行为,向组织做了深刻检讨。此时,听有人这么说,他哆哆嗦嗦地将这两样东西拿了出来,然后递给开主任。开主任瞄了一眼,将史学久送过来的两张纸放到一边。

吵吵嚷嚷了一阵子,会议室又恢复了安静。

这时,开主任点上一支烟,问,一条声吗?难道没有不同的意见?

会议室里没有人回应他。这时,华科长进来了,他将一份带红色文头的文件放到了开主任的桌子上。文件上分明有:关于聘用张大器同志为小岗村青创会会长的决定。

开主任将文件反复看了看,然后说,散会。

17

在这次海选中,关子良是惨败的,他苦心经营的创业理念、施政提纲受到现场群众的强烈谴责和鄙弃。正如我们在录音中所听到的,除了公开叫骂以外,确实有人向台上扔了东西。

小岗村分为小岗、严岗、石马、大严队4个队,23个村民小组,940多户,近4000人。今天,按照县小岗办的要求,4个生产队23个村民小组到齐了。关子良住在中心村,那天海选大会上,中心村的人虽然觉得关子良说的有些过分,但毕竟是低头不见抬头见,没好发声,可是,其他村的村民就不管这些了。所以,那天骂关子良的,向台上扔石头的,都是这些人,也占了参加海选的大多数。

第三章 彼岸的花朵和一个人的新历史主义

在人们一边倒地走向张大器的投票箱时,关子良离开了会场。

关子良刚回到家,关大疤瘌就气冲冲地回来了。见关子良在那洗脸,他跳脚大骂,你说的是什么话!张大器漫天撒金元宝,你没有金元宝,撒一把青菜籽也能安抚人心。你怎么能说那些混账话呢?你说这个话,神也得罪了,鬼也得罪了,你可知道?从县里到村里,眼睁睁都是扶你的,你这样说,不等于让人家逮自己脸扇吗?

关子良已经把脸洗了,他又把毛巾放进水里反复搓揉着。因为,他知道,父亲心里的火不是一句话两句话能发完的,如果丢下了手里的毛巾往楼上去,父亲还会跟自己动手呢。

果然,仅仅停顿了几秒钟,关大疤瘌又骂道,你是成心要给人家长脸。你看张大喷嚏狂得,这边票数刚出来,就在会场上放炮仗了。见到我,你猜他怎么说?他妈妈个×,他还拍拍我的肩膀说,你家子良说得不错。好!这不是故意往我脸上蹭屁股吗?你再看看史学久,脸都青了,见到我,转身就走,就差没向我脸上吐唾沫了。

关子良把毛巾挂在洗脸架上,然后颓然地坐在板凳上。

关大疤瘌说,这下该死心了吧,这次该不是我撵你走的吧?

关子良愤然站起来说,我没错,你不要再这样责备我。

关大疤瘌忙去脱鞋,觉得不妥,又连忙穿上,然后跑到院子里找东西,终于找到了一截棍子。这时,黑户英、许乐和螺螺进来了,见状,一起抱住关大疤瘌。关大疤瘌甩不掉许乐和螺螺,突然向黑户英打了过去。关子良冲过来,一把夺过关大疤瘌手中的棍子,然后站在母亲面前说,你打我妈干什么?你想打就打我吧!又对螺螺和许乐说,你们别拉,让他打!

关大疤瘌拾起棍子正要往前走,许乐却一下子挡在关子良面前,她哭着说,我大爷,子良说错了,以后不会再说了,他都这么大了,你打什么呀。

关大疤瘌把手里的棍子狠狠地摔在地下,然后指着关子良的鼻子骂,我的脸都被你丢尽了,你给我赶紧滚回城去。三天内,你不走,我走,我找坟茔窠廊(自杀)去。说完,气呼呼地走了。

小岗村的年轻人

　　黑户英在后面说,要死等不到三天,出门就撞钉子,个烂心的,个老炮铳的。

　　在黑户英破口大骂的时候,关子良往楼上走去。

　　许乐见状,担忧地喊道,子良。

　　子良突然转过头来说,喊什么喊?我没错!说完,很快就上楼去了,然后狠狠地关上了门。

　　关子良发火时,许乐像是被吓到了,半张着嘴,傻傻地看着关子良的背影,脸颊涨得通红。

18

　　关子良上楼后,坐在那里足足发了半个小时的呆。

　　在这半个小时里,海选现场的景象不断地在他的脑海里浮现。或是一张张听了张大器的话激动万分、感激涕零的脸,或是一张张听了自己的宣讲充满不解和不屑的脸,当他的眼前忽然飞来一只鞋子时,他下意识地一躲,接着,他感到自己浑身冰凉,指尖如同冰锥一般。而小岗办华科长那张冷漠的脸、张大喷嚏的欢呼雀跃、史学久的拂袖而去、父亲的怒目圆睁和许乐、螺螺一脸的担忧和失望,都像一把把钩子,撕扯着他的心。

　　对于这次演讲,他尽管没有写演讲稿,但是,每一个字都在他那滚烫的心中过了一遍,都那么铿锵有声。他是掂量过这些话语的,考虑过小岗人对自己这些话的反应。他自信,小岗人一定会接受他的激情,一定会为他热烈鼓掌,因为,他用心了,他的心就放在小岗,放在小岗所有人的身上,小岗人一定能听得懂他在说什么。他实在想不到,小岗人的反应会这么激烈,而且仅仅针对他的一些想法。由此,他感到了一种冷酷无情的否定,也感受到了绝望。

　　就在这个时候,手机昂次昂次地响了,关子良一看是许乐的,内心突然涌动起内疚之情。刚才,许乐的眼泪及她见父亲要打自己而奋不顾身地挡

第三章 彼岸的花朵和一个人的新历史主义

在自己面前的情景都让关子良非常感动,而自己上楼时,对许乐的态度,又让自己感到了一种鲁莽和无理,于是,他连忙按下了接听键。

刚接通手机,许乐就在那边哭着说,你凭什么向我发火?你就是刚愎自用,自不量力,和张大器比起来,你就是幼稚、鲁莽、好笑。今天就是照妖镜。你到底有多少才华,谁最有魅力,你心里最清楚。你这个不知好歹的孤家寡人,你的下场活该分崩离析,一文不值。

像是写好的台词,又反复背诵了,许乐在痛骂时,干净利落,酣畅淋漓,像久旱后的一场暴风雨,宣泄后,很快就一滴不剩地被吸收了。

许乐像风一样,狂飙一番后就走了。关子良愣愣地看着毫无声息的手机,刚才还在冰凉的心又掠过一阵寒意。

接下来的几天,关子良打过许乐的手机,得到的提示是,对方已经关机。后来,关子良接到过几个广州打来的座机电话,但当他喂了两声后,那边就挂断了。再后来,关子良的手机像一块石头,再无一点点动静。接着,关子良的日子越来越难过了。不知为什么,黑户英多年没犯的腰病又犯了,这一次要比七年前的那次重,半个身子都不能动。关大疤瘌里里外外地忙,脸上的表情完全没有了,那张脸俨然就是一只冰冷的木雕。

关子良感到自己住的屋子越来越逼仄,空气里的湿度也越来越大,每次呼吸都要用很大的力。他想找螺螺聊聊,可是,打了几次手机,螺螺都没有接,最后一次,他连打了三次,前两次都响到最后才停止,第三次终于有人接了。接手机的是雪晴,雪晴告诉关子良,螺螺最近很忙,因为有一个政策,凡是户口在小岗的养羊户,养羊的数目达到了一百只,就可以到县畜牧局办理扶持基金手续,一次性可补助十万到十二万元不等。螺螺正在忙这个事。

关子良想,这事再忙也不耽误接一次手机,想必是自己在演讲中,提到了伸手党,提到了乞丐帮,也伤及了好友的自尊心;想必是自己成为众矢之的后,也成了螺螺的忌惮。关子良的眼前出现了一棵倾斜而光秃秃的树,曾经,那树上都是猢狲。

随后,他还想着去找史学久聊聊。现在,他责怪自己不应该为了一种神

257

秘感事先不跟史学久交流一下自己的演讲内容。现在，他相信，作为欣赏自己、一直力推自己的人，史学久一定会接受自己的解释。

那天，关子良在楼上看到史学久去超市时，就找过去了。待关子良赶到超市时，史学久刚埋过单。见到关子良走来，他忙走出店门，向右边走了，而且越走越快。

关子良不甘心，撵上去说，叔，我有话跟你说哩。

这时间，史学久走到了两棵树下，他站住了，然后背对着关子良，点上一支烟。

关子良说，叔，我让你老失望了吧？

史学久转过身来，笑了笑说，没什么，就是想得周到，话没说好。

关子良不能理解史学久这句话，说，叔，其实，我们能聊聊吗？史学久说，就那些事，不聊了。我也向村委会和小岗办交过辞职报告了，他们一批，我就撂挑子晒蛋了，你自己看护好自己吧。说完，史学久一步一步地走开了。

好像是一夜间，这个小岗村的热心人、牛×筒子老了很多，从后面看去，背似乎更驼了，头发也更花白了。

望着史学久踽踽独行的背影，关子良感到自己好沉重、好黏稠，人站在那，一点也无法挪步。就在这时，杜二嗯走了过来，猛然看见关子良，想躲开已经来不及了，只好冲关子良毫无内容地笑了笑，然后慌忙走开了，走开时，脚步轻轻的，驾云一般。

回到家，关子良坐在床上，仔细地痛苦地体会着一种叫作虚无和孤独的滋味，体会着嫌弃、背离、不被理解的感觉。这些感觉体会久了，他便开始怀疑起自己来了：难道真是六年来的江湖让自己与世隔绝了？一个年轻人在是非曲直面前想表现得浪漫些、率真些，真的就过时了？难道自己的那些思考、自己说出的那些话都是肤浅的？

关子良的眼前突然出现了一个情景：那么大的盆底上，一只小小的蚂蚁在可怜地茫然无助地爬行着……

第三章 彼岸的花朵和一个人的新历史主义

还要走下去吗？理想还剩多少？关子良开始动摇了，心里忽然有了一种强烈的逃脱的欲望。他知道，在这个世界上，有一个女人还在等着他，这个女人有足够的力量收容他，帮他逃离物质和心灵的空洞，只要他软弱一下，只要他给一个暗示。于是，他拿起手机，他非常想和曼妮说说话。

但是，仅仅是几秒钟，他就放下了手机。他抱着自己的头，仰面躺下，然后默默地看天花板。看了一会儿，他心里有了一个决定：离开这个伤心地，离开这些昏聩的人，一直往西北走，据说，在那里能找到一些很穷的需要年轻人的地方，可以做些最为实际的事情。

想到这，关子良一下子就爬了起来，然后开始整理箱子。

他没有多少东西，箱子很快就整理好了。接着他坐下来，纵容自己发一会儿呆。几分钟后，他彻底清洗了一下自己脑海中的那些理想的情绪，然后拉起箱子就走。就在这时，楼下传来了黑户英的声音。

子良，我要喝水。

这是母亲的声音，关子良这才感到，自己竟然忘了楼下还有生病的母亲。于是，他忙将箱子放到一边，下楼去了。

当关子良把一杯开水端到母亲的床边时，黑户英并没急着喝，她说，子良，是不是在收拾东西？

关子良一怔，忙说，没有。

黑户英艰难地喘息着说，大良子，上个月可以走，前几天也可以走，现在就是不能走。你要走了，人家就会说你是孬种，是被撵走的，是说了昧良心话、做了亏心事待不下去了。我家儿子利利落落，走得端，行得正，不是孬种，可懂……

关子良的眼泪在眼里转了起来，但是，他硬是控制住了。

大良子，事情做过了就做过了，何况你又没错，话说得不体面，也不假呀。你自己骨头要一根是一根的。

关子良的眼泪终于落了下来。长这么大，他从来就没有听母亲说过这么有力量的话，尤其是在自己身处幽谷荆棘的时刻。他说，妈，知道。他笑了笑说,六年来,我经历的事情太多,这不算什么。

黑户英抓住关子良的手,看着关子良憔悴的脸和日渐尖锐的下巴,流着眼泪说,这样就好。

这一夜,关子良彻夜未眠,想起母亲激愤、痛苦的样子,他知道,自己是断然不能离开了,至于母亲说这个时候走是孬种,他并不以为然。他觉得自己没有必要在一群短视者面前证明自己的品性。

19

关子良没走,黑户英的心情便好了许多,几天后,就下床为关大疤癞父子做饭了。

这天上午,关子良正在一本旧电话簿里翻找同学名单,忽然听到黑户英在楼下喊自己。关子良忙走到窗口,伸头向下一看,发现杨立华正在院子里和母亲说话。从神情上看,母亲有些紧张。杨立华的旁边还站着两个年轻人,看那个白净样和气质,肯定是城里人了。

关子良觉得这两个人可能是记者,而且不是大报社的,因为只有小报记者才会对失败者感兴趣。此时,心灰意冷的关子良可不想配合这些新闻狗仔演戏,但是,见母亲一副很害怕的样子,他还是决定下去看看。

见关子良走了过来,杨立华说,子良,这两位同志是县里的,你跟他们走吧。

黑户英一把挽住关子良的胳膊,带着哭腔问,去哪?啊?

关子良感到母亲的手抖得很厉害,心里也慌乱了一下,脸上就红了红,但是,他马上就镇定下来,问,什么事?

杨立华说,也别问了,去就行了。

黑户英脸色已经变白了,她紧紧抱着关子良的胳膊,哆嗦着说,我们不去,我们哪里都不去。

关子良向外看了一下。院门口停了三部车,村子里的人开始向这边聚拢,许多人拥在门口,伸着头,挤着往里面看。

就在这时,站在杨立华身旁的两个年轻人突然向后退了一步,脸上的表情显得很紧张。关子良转头一看,关大疤癞不知从哪里跑了出来,他三下两下脱掉上衣,往地上狠狠一摔,然后抄起一把铁叉,往关子良面前一站,手指着杨立华,大声说,哪个敢带走我儿子? 说着,他啪啪地拍着胸脯,声音更高地喊,我儿子错在哪? 他一指门外那些看热闹的人大骂,妈×的,我儿子说得就对,都是好吃懒做的种,都是伸手货。要逮人是吧? 我儿子在会上说的那些话都是我教他说的,反党反国,逮我,来! 谁敢动我儿子,我就敢叉谁,不信就来! 来! 他大声喊着,不断地晃动着手里的铁叉,枯瘦的手臂上青筋暴露,一根根肋骨清晰而突出。其间,由于激动,他是想咳嗽的,或许此时咳嗽会显出虚弱来,他坚挺着,以至于脸色青紫,看上去,泥塑的一般。

这时,一个年轻干部将一封信递给了关子良。关子良拆开信看了看,说,妈,我爸,没事,你们回去吧。

儿子眼里的那种淡定,脸上的那种从容和轻松,一下子就说服了关大疤癞夫妻俩。黑户英看着儿子的眼睛,慢慢地松开了紧挽着儿子胳膊的手。

20

关子良:

你的讲话录音,我听了两遍,演讲录音稿看了三遍,感到其中还是有许多信息的,欢迎来小岗办细谈。

开则成

这就是纸条上的内容。

两个小时后,关子良在县小岗办见到了开则成。

头发乌黑,有些自来鬈;两只眼睛吊梢子,像是唱京剧的;鼻翼和唇线饱满而线条分明;腰杆笔直,只是走起路来有些外八字。

纸条上有"欢迎"一词,语气也很诚恳,这让关子良充满了期待。但是见面后,关子良感觉这个开主任还是很冷傲的,官味做派十足。

待屋内只有两人时,开主任便和关子良谈起了天气。接着,开则成又问了关子良这几年在南方工作的情况(这一点,关子良感到很舒服,因为开则成不说是打工,而是说工作),最后还谈起了顾城和海子的诗,只是在顾城和海子的诗的比较上,关子良对其观点不是太认同,忍了忍,还是说了出来。没想到,在对文学的认识上,大家的身份模糊起来,开则成显得很高兴,对关子良在新诗的一些点评上还表示出了好奇和赞赏。

关子良明白,开则成喊自己来可不是为了和自己讨论诗歌的。他说,主任,海选结束后,我对自己的演讲也做了分析,我感到了自己的不足。

开主任点了点头,说,你现在可以把不足的部分说来听听。

关子良笑了笑说,演讲前,我认真看了历届美国总统的就职演讲,同时,也把我在大学时搜集到的各种演讲看了一遍……

开主任笑了笑。

关子良当然懂开主任笑中的含意,他说,所以,我的演讲和大器的演讲相比就显得太高飘、太不接地气了。这也是下面的群众认为我的演讲很空、很没有内容的主要原因。

开主任又笑了笑,说,你现在也是这样。

关子良也笑了,他说,那我就把自己在海选中没来得及说出来的几点向你汇报一下吧。

开主任点了点头。

接下来关子良谈了几点想法:

小岗村青年创业联合会的关键词是"青年""创业"和"联合"。第一,不仅要将在家的所有青年组织起来,最重要的是,要使其成为一块聚集在外打工青年返乡创业的吸铁石。目前,小岗村下辖23个村民小组,拥有940多户近4000人。在这近4000人中,有70%的青年在外打工,这一部分人的含金量在于,他们不仅为改变生活积蓄了资金,也为了生活积蓄了各方面的知

第三章 彼岸的花朵和一个人的新历史主义

识,是小岗发展的真正后劲。青创会成立后,我们打算大力实施"凤还巢"人才工程,利用在外务工经商的"第二代小岗人"的技术、信息和资金优势,大力推行现代农业。

这时,开则成主任忽然用手示意关子良停下话头,然后问,你刚才提到了"凤还巢"。在目前的形势下,你认为有多大的可能?

因为开则成突然插话,关子良不得不想了一下,然后说,就这个问题,我做过调研。目前,全国流入城市的农民工近2亿。这么庞大的打工队伍,思想分化也非常快,大致分为两个阶段。第一阶段,许多人进城只是为了赚足眼下的急用钱,然后回乡盖房、跑运输或者做个小生意。第二个阶段,随着进城的农民工文化程度的普遍提高,开始有了在城市生存和发展的欲望。但是,在具体生活中,他们必须面对一个致命的问题,那就是公平问题,比如就业条件、户口、学区、学籍等等。这个问题,据说已经引起有些地方政府的注意,并开始征询意见,但是,从调整到相关政策落地还会有一个很长的距离,这个距离,对于大多数打工者来说是备受煎熬的。

开则成说,于是,这个时候,如果我们能及时出手,并有足够的能力或者条件吸引他们,他们必然回头。

关子良高兴地说,对!

开则成有力地十分刻意地点了点头,然后一挥手说,你接着上面说第二。

关子良便说,第二,极大地调动青年创业的积极性,充分挖掘和利用他们的智慧,在创业上做文章,并突出创新、精工和高效。第三,只要有利于小岗发展,青创会不限于小岗本土青年,不限于年龄和身份。

对关子良以上的这些设想,开主任是赞赏的。他说,你可以重点谈谈第二点。

关子良又谈了三点:第一,要有顶层思维,把小岗的发展,放到全国十大名村中去思考,放在安徽省工业强省战略中去思考,更要放在一个工业发展历史中去思考。关子良认为,目前,我们已经进入后工业化时期,创新、绿色、文化和信息已经成为发展的主打歌,为此,加快小岗村经济发展,一方面要继续加强道路、通信、供水、供电等基础设施建设,努力为小岗村创造良好的投资环境,另一方面要加强人才梯队的建设,其中的一个重要设想是成立一个人力资源产业园。

对于这个概念,开主任显然是第一次听到,他忙拿起笔,显然想记下来,但是,手刚伸向笔筒,不知为什么又缩了回来。

关子良解释说,我准备把这个人力资源产业园就叫作小岗村青年创业人力资源产业园。主要内容为:人才引进,人才培训,人才管理,人才输出。道理有如大棚菜,除了保证自给,还能纳入市场。

开主任点了点头。

关子良说,1978年冬,十八位农民以按下鲜红手印,实施"大包干"的大创举,成就了中国农村改革的第一份宣言,掀开了中国农村改革的序幕,创造出"敢想敢干,敢为天下先"的小岗精神。但是,我们不能止步不前,这个产业园的真正意义就是第二个开举国之先,化虚为实。

关子良说到这里,他发现开主任的脸色忽然更加严肃了,果然,开主任停顿了一下说,这些年,小岗一直在发展,一直在创新,为了这两点,可以说从省、市到凤阳县委、县政府都想尽了点子。你应该也看到了,按照文明村的要求,目前已兴建了通往小岗村的柏油路和村内水泥路,在村内全面实施了改水、改厕和绿化、美化工程,建起了大包干纪念馆、村民图书阅览室、档案室、卫生室、广播电视室、农民科技文化学校和一座含幼儿园的完全小学。对了,小岗村还与张家港市长江村结为友好村,实行东西联动,共同发展。这些都是有目共睹的。

是的,关子良说,这就是我回来后为什么不再想走的主要原因。但是,留下来不是我的最终目的,干点什么才是我的主要追求。

这个好!开主任说。你接着谈。

关子良说,据我了解,此前,我们小岗在调整产业结构,发展现代农业上做了许多尝试,成果都很好,但是,可持续性和后劲不是太足,尤其是缺乏创新,比如种葡萄、水产养殖等等,按理说都还属于传统产业。

开主任点上一支烟,身子往后一仰说,好呀!谈谈你的创新。

关子良笑了笑说,框架已经有了,但是,需要考察、评估和补充,我想,很快就会成熟,到时候,我会向你详细汇报。

开主任问,有配套要求吗?这个可以先透露一下吗?

关子良说,有的。人力资源产业园如果能注册成功,给我三间办公室即可,如果我手里的这个项目能推出来,首期土地需要一百亩。

开主任想着关子良的话,然后抬起头说,胃口小了。如果你的这个项目能通过论证,首期我会给你五百到六百亩,到时候,我手里掌握的项目资金也可以拿出来。

关子良兴奋地看着开主任,一时竟然说不出话来。

这时,开主任说,目前,小岗村正在大力推行振兴经济和社会发展"三步走"战略,县委赵书记非常重视,只抓两点,一是创新,二是招商引资。还有,书记对青年创业这一块非常看重,你有的是机会。

关子良眼里晶莹起来,他笑着点了点头。

这时,开主任忽然就不吭声了,他在想着什么,显得非常深刻。过了一会儿,他说,其他的还有吗?

关子良平静了一下自己,又谈了两点,这两点再次引起开主任的浓厚兴趣。关子良认为,第一,目前,小岗在前几年的招商引资中遗留下了一些空壳企业,群众意见很大。这种企业其实就是榨油锅,每天都在煎熬小岗的荣誉和成本,必须终止合同,土地予以收回。第二,在小岗的中心村,沿友谊大道一线,所有好的地势和好的店面,都被杜二嗯等几个老资格小岗人的子女们占了,包括小岗的许多集体资源,也都在这些人手里,群众反应也很大,这涉及新农村建设的公正、公平原则,必须要清理,有占用公共资源的,必须要让出来。

说到这,关子良说,第三,成立青创会后,我会积极把他们的子女吸纳入会,积极做他们子女的工作,然后,通过他们的子女去解决这个问题。

听到这里,开主任笑了笑说,谢天谢地,在演讲现场,亏着你没有说出这三条,否则,砍在你身上的,至少也有三把斧头了。

关子良笑了笑。

看过《百万英镑》吗?这时,开则成突然这么问。

没有。关子良说,一本书?

是的,马克·吐温的作品,后来改编成了电影。

在这件事上,关子良感到了自己的鄙陋,有点不好意思。

开则成说,两个银行家对一个问题争执不休,那就是钱在那个社会里到底具有什么样的魔力,在美元的金属线下到底能发生多少离奇的事,于是,他们把一张面值一百万英镑的大钞给了一个穷光蛋,下面发生的事,果真很神奇。

关子良说,我很感兴趣,有机会看看。不过,我在演讲中说过,我不希望小岗人在赏赐下活着,小岗不能当金鱼缸。

开则成说,我不是说要给你钱,我想给有抱负的人一些权利,然后,我也想看看会有多少神奇的事情发生。

说着,开则成将一张纸缓缓地推到了关子良面前。

那是一份红头文件,右上角有开则成的签字:

同意录用。

21

走出开则成的办公室,关子良感到四处都在浮动,整个人晕晕的。走到大街上后,仍然很晕。他曾经看过张艺谋拍的一部电影,叫《我的父亲母亲》。电影里,那个女孩心里有了爱情后就走不好路了,怎么走也走不成直线,现在,他感觉自己也是。

待坐到回小岗的中巴车上,关子良完全处于一种悬浮状态,真实与不真实同时环绕着他,使他一时半会儿怎么也厘不清。事情出现这么大的逆转,

第三章　彼岸的花朵和一个人的新历史主义

除了自己的想法很大胆,很新颖,很吸引人外,一定还有什么原因。关子良想,那么海选的结果怎么办？张大器怎么办？张大器可是民选出来的啊！摄像、录音、拍照,还有上万只眼睛。

想到这,关子良的心情又沉重起来,不知道接下来要发生些什么。

出城后,中巴里的人少了,气味也淡了许多,关子良忽然得到了一种松懈,歪着脑袋睡了。兴奋之下,人睡得很浅,但是,照样有梦。梦中,螺螺在铁轨上拼命地撵羊,手里拿着一把卷刃的镰刀。又梦见史学久在水塘里摸鱼。他的身边到处都是鱼,就是抓不住。就在这时,车子猛然一个急刹,停了下来。由于刹车太急,车子里的人都叫了起来。有一个女孩的叫声非常刺耳,像是被谁生生地摘走了胆囊。前面,司机正冲着窗外大骂。

关子良见车上人都向窗外看,也伸出头去。他看见,一个女孩刚从路边的一个积水坑里爬起来,然后,也不敢看司机,扶起自行车,骑上就走了。当这个女孩侧过脸时,关子良认出来了,是许乐。此时,她脸色苍白,消瘦,头发纷乱,身上全是泥水。关子良惊愕地睁大了眼睛。

在广州打拼几年,关子良得到的就两个字：幻灭。那个阶段,关子良心灰意冷,整个人完全坠入了绝望的境地。就在这个时候,许乐闯进来了。此时,对于关子良来说,许乐的出现是一种慰藉,也是一种尴尬,因为当初为了追到许乐,好友螺螺发过小疯,自己为帮螺螺,也出了许多点子。无奈,许乐谈及螺螺就大喊头晕眼花,在这方面螺螺真是背运极了,可是直到现在,螺螺的心里还有许乐,这一点,关子良的心里清清楚楚。而他关子良自己呢？他从来就没看上过这个疯疯癫癫的女孩,最主要的是,他觉得这个女孩在感情上太随便,太没有脑子。她每次换男朋友时竟然都会跟关子良说,那个坦然劲好像是换裤裙。有一次,关子良问过她,你换男朋友干吗要跟我说。许乐笑着答,你们男人不都喜欢看笑话吗。让你笑还不好。关子良就哈哈哈大笑起来。

这一次,许乐又失恋了,又跟关子良说了,但是,哭得放不下手机。关子良从没有看过许乐这个样子,好奇而又同情。他觉得许乐这次可能真的受伤了,不好再开玩笑,只能草草地安慰一下。最后,许乐哭着说,其实,我对每一段感情都是认真的,我真舍不得。可是,我的命真不好。他们都是骗子,说着就结束了通话,后来就是很久很久没有联系。这次临到关子良不安了,那天,想到许乐泣不成声的样子,想到一个失恋的女孩独自在广州游荡,他犹豫了一下,还是给许乐发一条信息,说,我想回小岗了,你呢?许乐回:呵呵,我也回。许乐的高兴劲,让关子良有些后悔了,他觉得许乐好像就在等他这个信息似的。

是的,我就等你这个电话呢!那天,许乐和关子良见面后,得意地说,这是冥冥之中的事,在劫难逃。接下来,关子良接受了许乐的几次邀请。在茶吧,他们谈得很好。关子良还发现了许乐的另一个方面:特别会站在别人的角度考虑问题。一时间,这让关子良得到极大的宽慰。

回小岗后,关子良曾经想疏远许乐,但是,就如许乐自己说的:冥冥之中的事,在劫难逃!为此,他无时无刻不感到许乐的存在,而这场海选又拉近了他们……

中巴车到了下一站,关子良下来了,接着,他上了一趟反方向的车。这样,车子开了不到二十分钟,关子良看到了许乐。

这是一段上坡,许乐骑不上去,只好推着自行车往上走。腿明显不灵便,往上走时,好像是顶着风,显得非常吃力。

关子良喊,许乐。

许乐一下子就站住了。

关子良问,你去哪?

许乐见是关子良,现出一副想哭又想笑的样子,一时竟然说不出话来。待关子良走得很近了,她不停地打量着关子良,问,不是说把你抓走了吗?

谁说的?关子良问。

许乐好像在惊吓中才缓过劲来,轻轻地拍着心口,喃喃地说,天哪,天哪……

这么说着,喘息急促起来,眼泪在眼圈里打起了转转。

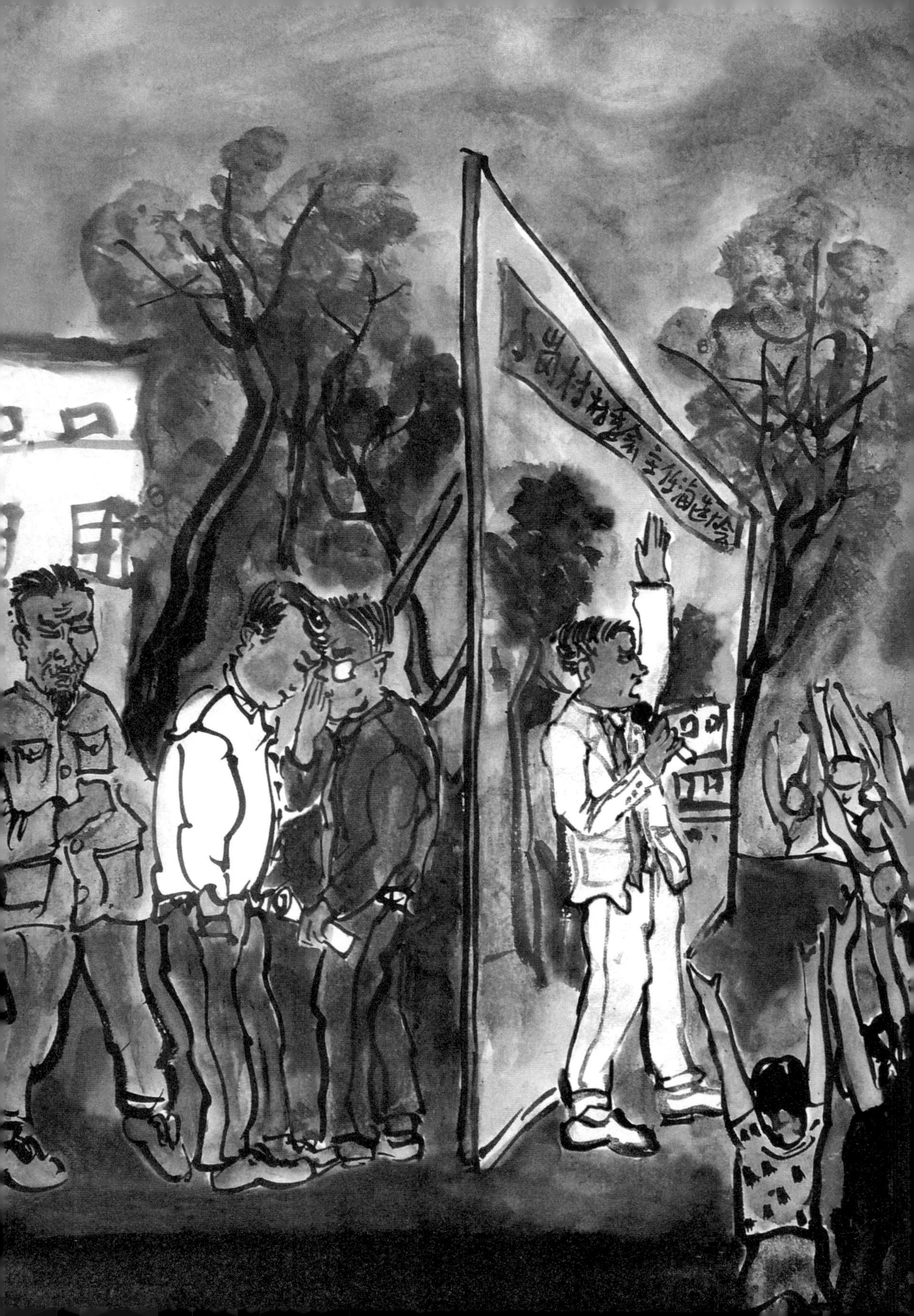
小岗村村委会主任演说会

第三章　彼岸的花朵和一个人的新历史主义

关子良关切地问,怎么啦?

许乐不回答关子良的话,眼泪却下来了。

关子良又问,你去哪里呀?碰到什么事了?

许乐把脸转到了一边,摇了摇头。就在这时,有人喊关子良,关子良忙转过脸去找人,许乐则跨上自行车,转身下坡了。

喊关子良的是杨立华,骑着一辆没有牌照的破摩托。他把车停稳后,看着远去的许乐,笑着说,要喝你喜酒啊!

关子良笑了笑说,你误会了,我们是巧遇。

哈!真巧啊!杨立华笑着打趣,然后又说,子良,明天上午县委组织部来村里宣布你的事,你看我能不能现在改口,关会长。呵呵呵……

关子良忙说,不好声张吧。

杨立华马上做了一个明白的手势。

关子良看着远方说,现在,我有点困惑。

还有些担忧。杨立华说。

关子良点了点头。

杨立华再次把目光向许乐离开的方向看去。这条公路属于国道,虽然不是太宽,但是很长。此时,许乐已经缩成了一个点。上个星期二。杨立华说,县委办公室和小岗办同时收到了一封实名举报信。同时,收到了一个包裹。信里反映,张大器贿选。举报人拍了许多照片。

贿选?实名举报?关子良感到很吃惊,但是,他及时控制了自己的好奇心。

不想知道写信的人是谁吗?杨立华问。

关子良当然想知道,但是他没有打听。

杨立华说,许乐。

关子良十分震惊,忙向许乐离开的方向看去。此时,路上已经没有了许乐的身影。路的尽头,云低垂着。

杨立华说,你落选后,不知为什么,许乐和许六叶子吵架了,据说吵得很厉害,许六叶子还打了许乐,收了许乐的手机,锁了人。今天早上,庄子上传疯了,说你被抓走了,许乐把窗玻璃砸了,骑车往这边来,就是来县里找你的。

听杨立华这么说,关子良的眼睛眯缝起来,他下意识地抚摸了一下自己的心口,然后又摸了摸自己的脖子。

杨立华又问,不想知道这封信是谁送出来的吗?

关子良摇了摇头。

是螺螺。杨立华说。

22

张大器在海选中胜出,却又落选;自己被凤阳小岗办的一把手单独约谈并委以重任,这是一件多么大的喜事啊!此时,关子良是兴奋的,他非常想把这个特大喜讯告诉史学久,让这个一直在力挺自己,此时又非常沮丧的老好人高兴一下,也非常想告诉父母,让尚处在焦虑不安中的他们得到安慰。关子良知道,此时,父母可能还在院子里,面对面坐着。过去,家中一旦出现什么难过的事,两个老人总是这样,如同一对失去家园的鹳鸟,一坐就是半天或者整晚。但是,关子良还是打消了这个念头,不知为什么,此时,他特别想跟张大器聊聊。

张大器落选,其心情是可想而知的,关子良认为,自己在这个时候应该出场,一可证明自己内心的坦荡,二想真心地安慰一下张大器。他想把张大器留下来。张大器在外闯荡这些年,商业经验是丰富的,将来自己上任,少不了这样的人才。

这么想着,关子良心里就有了底,心情也没那么沉郁了,便大步向家走去。

没出关子良的意料,客厅里,关大疤瘌和黑户英果然头顶着头坐在那。猛然见关子良回来,黑户英一下子站了起来。她几步就迎了上去,一下子抓住了关子良的双手,急切地打量着儿子,接着又在关子良的脸上、肩上和腰板上摸了一下,好像怕儿子少了什么似的。去县上都怎么说?她问,显得仍然很紧张。

关子良笑了笑,说,没说什么,我饿了。

儿子这一笑太重要了,黑户英脸上的表情一下子就轻松了下来,她忙不迭地说,好,我弄饭去。这时,坐在那一直没说话的关大疤瘌,腰杆子眼见着就直了,他站起来,慢慢地走了出去。

23

第二天上午,关子良思前想后,还是打了许乐的手机。

这一次开机了,但是没有人接,关子良又打了一次,还是没有人接。当关子良第三次拨打时,终于有人接了,但不说话,也不"喂"。

关子良说,我有重要的事情找许乐。

那边说话了,是许乐的声音,快点说,要不我挂了。

关子良确定是许乐了,忙说,我在县里听到了重要消息。大器落选了。

许乐迟钝了一下,问,怎么回事?

关子良当然不想戳穿对方,就说,许乐,参考一下,我想去看看张大器。我的想法是……

关子良的话还没说完,许乐就说,知道村子里的人怎么议论你的吗?

关子良笑了笑说,石头都砸过,我还在乎他们怎么议论我吗?

许乐说,关子良这个人,在外打工时脑子是正常的,回到小岗就不正常了。这个时候,你还想着他。

关子良说,都是年轻人,我想……

许乐打断关子良的话说,很同情他是不是?人家可没这么想,也没放下武器。

关子良觉得许乐在谈及自己和张大器的关系时,用"放下武器"这个词

273

有些生硬甚至是血腥,就笑了笑说,这是什么话。

许乐说,告诉你吧,昨天晚上,小岗二十几个村民小组都闹翻了天。张大喷嚏和张大器已经知道了这件事,雇了十几个人,带了三台车,分成好几个组,一家一家按红手印,要求县委给予解释,要公布海选结果,不答应就上访合肥,上访北京。前年,张大喷嚏跟"大包干"带头人到北京开会,认识一位北京的领导,回来后还有联系。那些人在海选前都拿过张大器的东西,又知道张大喷嚏北京有人,每个人都按手印了,也来我家了。那口气,就跟收公粮的样。

关子良问,你也按了?

许乐愣了一下,然后说,按了,十个手指一起上。我恨你,说着就把手机关了。

张大器知道自己落选后有点过激反应是可以理解的,没想到有这么大动静,关子良决定就这个事和杨立华对对词,于是,就去了村委会。

杨立华正在填一张有关小岗村村民年收入表,见关子良来找自己,忙把门掩了,小声地笑着说,子良,这阶段你最好不要到这里来。

杨立华说话的语气很神秘,神情则显得很谦卑,但关子良知道杨立华是在提醒自己。他说,事情重大,还是要当面说说。

杨立华忙给关子良让了个座,然后坐下来听关子良说。

听完关子良的话,杨立华笑了笑说,楚河南,汉界北,坐的可都是高人啊!

关子良明白杨立华这话是什么意思,那么,张大器父子深夜逼人按手印的事,杨立华是怎么知道的呢?

这时,杨立华说,事情要比按手印更为严重。如果按照张大喷嚏说的,直接去北京上访,这还只是嘴上说说,问题是,现在他们采取的是分级点火策略,成立了请愿组,让朱耀山和杜二嗯当代表,去了凤阳府,接着才是北京。

关子良问,结果怎么样?

第三章　彼岸的花朵和一个人的新历史主义

杨立华笑了笑,摇了摇头。

关子良说,现在呢？去北京了吗？

杨立华又摇了摇头,笑了笑说,开则成二十六岁就是副县了,老干部了,还能让他们去北京？

那天,杜二嗯和朱耀山作为上访代表受到了华科长的热情接待。在两人激情澎湃地表达了自己的诉求后,华科长让工作人员拉上窗帘,关上灯,然后播放了幻灯片和录音。在这两个材料里,两人看到了张大器贿选的全过程。

华科长说,贿选不仅不可录用,还要受到相关法律的制裁。我们来看一看《中华人民共和国选举法》。

这个法律条例还没有读完,两人的脸色就花了。一个脸色苍白,另一个脸色先是发黄再红中带紫。

华科长说,考虑到事情的复杂性,也鉴于张大器年轻,贿选一事暂不上报了,我们在做内部消化,也请张大器能吸取教训,不要再做这种荒唐事。两位还有什么要说的吗？

此时,两人的嘴巴都如同一锅出的,全粘在了一起,听华科长说"就这样了",便一起往外走。因为都想早离开这个房间,走到门口时,门就显得有些小了,朱耀山和杜二嗯还互相挤了一下。

24

上午,听说张大器已经离开了小岗,关子良不安起来。虽然这件事不是自己决定的,但是,至少可以说,张大器是因为自己的存在,才落到了这一步。于是,关子良特别想给张大器打个电话。既表示安慰,也想请张大器留下来。关子良拨打张大器手机时,里面正在通话,再打时还在通话,等他不打时,手机上出现了"未接来电"的文字显示,正是张大器的。显然,在关子良打张大器手机时,张大器也在打关子良的手机。就在这时,张大器又打了过来。

出乎意料的是,张大器显得很开心,声音也十分清亮和欢快:子良,走得匆忙,没有告别啊。

不知为什么,张大器的这句话,这种情绪,让关子良有些莫名难过和感动,他说,应该说一声的。

张大器说,来日方长。

关子良说,好!我等你。

这时张大器说,昨天,小岗办干部科请我过去了,也是巧,他们请我的时候,我正准备跟他们谈事。我的公司要上市了,加上台湾花莲有十个实业集团要跟股。这样一来,小岗就待不下去了。

因为对方在公开撒谎,关子良不好搭腔。

这时,张大器忽然声音很小地说,有一件事,跟别人就别说了,我举荐你了。先恭贺啊。哈哈……

关子良觉得张大器的笑好做作,心里忽然冰凉起来,但是,他还是非常真诚地说,大器,能否留下?真对小岗有想法,我们可以捆在一起干的。小岗村青年创业联合会正式办公后,我可以聘你当副会长。

张大器沉吟了一下,笑着说,刚才我都说了,广州生意盘得太大,回来是不可能了。只是,我在小岗还有几家企业,拜托兄弟多照顾啊!

关子良这才明白了张大器主动给自己打电话的用意。关于张大器留在小岗的几家空壳企业,关子良一直想以朋友的身份跟张大器聊聊,现在张大器主动提到这个事,正是个时机,但是,转念间,关子良还是打消了这个念头。他笑笑说,我对企业一窍不通啊。张大器又说,还有我爸,年轻时争强好胜,当年修水库时闪了腰,到老了,都显现了,一到半夜就疼得打滚。我爸为了小岗,也算是鞠躬尽瘁了,兄弟看在我的面子上,多体谅……

说到这,张大器竟然有些哽咽。关子良颇受感染,他说,大器,说的什么话,是你父亲,也是我长辈,应该的。

张大器又说了一些感激的话,就把手机挂了。

第三章　彼岸的花朵和一个人的新历史主义

和张大器结束通话后,关子良还是很失望的。从通话中,他感到了一种辜负和不良的暗示,而张大器撒的谎,把他的劣势变成了人情,更让张子良感到了一种油滑和市侩。唯有那阵略加掩饰的哽咽,让他感到这个人内心深处尚有脆弱之处。

关子良是在村西的那个大门楼下和张大器通话的,往家走时,必定要经过比斗家的那个小岗村土特产店。待关子良快要走到土特产店时,关子良发现店门口围了一堆人,再往前几步,关子良发现,是张大喷嚏在和村民们说话。张大喷嚏声音很高,我家这儿子,自小要强,这次回来,就是要证明一下自己的能力。好呀,他大爷大妈都给面子,选票都给大器了。

给面子有什么用。一个老女人说,选上了又走了。我们还指望他多给我们要点钱呢。

张大喷嚏笑着说,没办法,县里催他上任,广州催他上市,那些大老板,靠住(固定)一天多少遍电话,大器的手机就跟锅里捞的样,滚烫,吱吱地冒烟,不回去哪行。

众人又羡慕又遗憾,有的摇头,有的嗯嗯。

这时,张大喷嚏突然看到了关子良,就说,大侄子来了。乖,今天这派头,跟大菱角米子样,格棱棱的。

关子良知道张大喷嚏话里有话,笑着问,我叔,什么意思啊?

果然,本来坐在台阶上的张大喷嚏站了起来,他在自己的屁股上不停地拍打着那只老蓝布帽子说,乖乖,这满园果子就看你一个红了,将来,你还不就是我们小岗的稻占子吗,老少几千口子都指望你了。

关子良仍然笑着说,我叔到底要说什么啊?

张大喷嚏提高嗓门说,大侄子,说你呢。我把几千口子的话都带上了啊。赶明儿,你要是当官了,可不能像你在演讲时说的那样啊,把政府给的好处都往外推,那叫甩子(傻子)。

怎么啦?这孩子要当头?是这孩子吗?那个老女人问。一大帮人都把目光转向了关子良。有的已经夸上了,这孩子一看就是大王相。

有的不忘张大喷嚏的话,说,是啊!我们小岗比鸡都难,鸡还能挠一爪子吃一爪子,我们只能靠上面发安心粮了。

众人纷乱时,张大喷嚏已经走开了,边走边嘀咕,当官不为民做主,不如在家卖红薯啊!嘀咕未停,又打起了喷嚏,这一打就是三十个左右,吓得在路两边聚精会神寻食的鸡愣愣地站在那里。

25

张大器是什么想法,张大喷嚏又是什么想法,此时,对关子良都不重要了,那算是正常反应吧。关子良想得更多的是如何尽快进入角色,走好自己的第一步。关于未来,关子良先前是有很多想法的,但是,当理想抵近现实,关子良反而觉得有些混乱了,诸多令人兴奋的想法像发了一夜的豆芽,一下冒出头来。还有,自从小岗办的开主任和自己谈过话,关子良在家里一句都未泄露。现在,既然全村都知道了,父母亲想必也知道了,因为中心街就刀把子长短。想到父母亲又兴奋,又欣慰的样子,关子良的脚下立刻轻快起来。

关子良回到家时,看见父亲背对着大门坐在院里,一动不动地在抽烟。关子良走近时,发现父亲的脸色很难看。关子良很纳闷,问,怎么啦?关大疤瘌不理关子良,只是把烟把子扔在脚下,使劲地踏了踏,说,子良,不能干啊。

口气是严厉的。

这有点出乎关子良的意料。这时,黑户英忽然从屋里出来了,他一把拉着关子良就往家走,一边走,一边说,不理他,饭撑的。关子良觉得蹊跷,就站住问,我爸,到底怎么啦?黑户英再次拉着关子良的手说,走吧,要说到屋里。关子良就跟着母亲进了屋。关子良再次问,怎么啦?这时,关大疤瘌进来了,他说,现在,大喷嚏满村子广播,说这个会长是他家大器让给你的,看你在小岗穷混可怜。

第三章 彼岸的花朵和一个人的新历史主义

黑户英说，你别说了。

关大疤瘌瞪眼骂道，去你的，不要你插嘴。

黑户英瞪了关大疤瘌一眼就不吭声了。

关大疤瘌好像怕黑户英还要插嘴和阻拦似的，声音又大又快地说，大器妈跟人家怎么说？说你上次就写张大器人民来信了，这次又是你写的。这个官还有什么好干的，就等于是他张家吃剩的，是他张大器赏给你的。是你暗中放小鬼得来的。不干！不能干！我去过村委会了，我已经跟杨立华说了。我请他赶紧到小岗办，把这个事取消。

关子良愣住了。要说这件事，当是张家父子跳出来跟自己干的，没想到竟然是自己的老父亲放了第一把火。他有些恼火，说，八字没见一撇呢，你们搅和什么呀！干还是不干，我说了算，说完，上楼去了。关大疤瘌对着楼上一通大骂。

就在这时，有人说话了，这么大声音呀，能接喇叭了。

进来的是史学久，黑户英见了，忙笑脸迎上去，弯腰在史学久屁股下放了一张板凳。

史学久坐下后，说，疤瘌，上根烟吧。

关大疤瘌淡淡地笑了笑掏出烟来，捏出两支，一支递到史学久面前。

史学久看了看关大疤瘌递过来的烟，是五元一包的黄山，笑着说，疤瘌，马上就是会长老爷子了，吃这个×烟？

黑户英笑了。

疤瘌说，什么老爷子，不能搞。

史学久把烟点上，深深地吸了一口，说，立华跑到我家说这件事时，吓得跟鬼样，我以为出了什么大事，原来是你疤瘌要掀你自家的锅。疤瘌，别糊涂，是好事啊！你挣不来，求不来，是天上掉下来的，你今个不接，明个就没有了。

疤瘌说，哎哟，谁捡谁捡，我们不稀罕，要说是他张家父子赏给我们的，我们就更不要了。

279

史学久说，你也年纪一大筐的人了，大良子要是不耽误，你孙子都拖书包去学堂了。怎么听话听不出衬子和里子呢。他爷俩下了那么大本钱，结果江山还是丢了，叫你你也不服。大喷嚏又那么好强，你儿子又得了，他不往大良子身上说往哪说。他是神仙呀，说了就信了。他说得越多，笑话他的人越多。

黑户英咬牙切齿地对疤癞说，你好好听听。

疤癞瞪了一眼黑户英，但没骂。倒是黑户英斜着眼看着疤癞，在那嘀咕着什么，看口型骂得很脏。

被史学久这么一说，疤癞好像平复下来了，语气也诚恳起来，他说，不光是这个。我都掐算过了。他爷俩为什么这么热心当这个头头，那么多人为什么都跟他爷俩跑，又是给票，又是按手印的，为小岗着想的只占三成，都是为眼下的利益。大良子上了，就得要按照他们想的去做，你不做，就横竖让你坐不住。这些年，这些人我都看得清楚，被上面喂惯了，你说，快来拿东西，一个个笑嘻嘻地都来了；你说，快来干活，那是麻雀子钻树林，一根毛都难捞。大良子那天演说就不妥当，你说带小岗人奔什么目标都行，就是不能说自力更生，更不能说不要政府补助，你这么说就等于挖多少家祖坟了。难！有一群拦路虎趴在路上，大良子走不过去的。这话我说在这搁着。

史学久笑了笑说，关大神仙，你说得都对，一卯对一卯的，就是缺一点，你要看看大良子背后有哪些人，我支持不支持？

关大疤癞看了一眼史学久，史学久忙说，县里支持不支持？子良的官不是这些×人封的，是小岗办封的。到时候，就是一朝权在手，就把令来行，怕个熊啊！

黑户英兴奋地说，他大爷，可是真的？大良子的官真是上面封的？

史学久说，小岗办干部科的文件都到了，过几天一宣读，谁还敢吭一声？还有，小岗办已经让村委会为青创会调办公室了，一把手给了三间。子良的办公室就在东边那一间，对着明晃晃的大太阳，带个大院子。办公桌我都看到了，又宽又大，子良往那一坐，还不八面官样。

黑户英笑了,说,呵呵,嘻嘻,呵呵……

史学久在关家又吹了一个多小时,后半场,关子良也从楼上下来了。史学久又说了许多撑腰的话,这个时候,无论是关大疤瘌还是黑户英,心里都是虚的,所以,史学久的牛×吹得越大,他们的内心就越感到结实,待史学久要走时,全家都来送了。

关子良将史学久往外送时,又陪史走了很长一段时间。走着走着,一直斗志昂扬的史学久神情渐渐凝重起来。过了一会儿,他说,子良,这一铺子的都想好了?关子良说,考虑了很多方案,正在筛选。史学久点了点头说,方案不在多,要在点子上。别看你老子一个字只能识一半,在这件事上,说得都在理。等乌纱帽套头上了你就知道了,将来在你腿胫上绊来绊去的,还有不少棍子。

关子良笑了笑说,没事,大爷,只要我心是为小岗的,棍子就软了。

史学久看了看关子良,笑着骂,就你会跩文。

关子良笑了。

史学久又说,小岗办已经把杨立华从村委会调出来了。

关子良问,是调出来了,还是……

史学久说,到青创会,给你用了。不错,这个人合手。

关子良点了点头,内心忽然一阵阵涌动,他知道大戏真的要开始了。

史学久又说,干吧!我没看错,归你的,早晚都归你。说着,将肩上的衣服往上耸了耸,走了。

晴,太阳鲜明。天宽阔,四处亮丽。关子良只是向上看了一眼,就感到眼睛辣辣的。

26

7月1日上午,华科长和两个办事员来到小岗村,他们代表开则成主任,当着小岗村全体村委委员的面,宣读了关子良的任职决定。正式任命关子良为小岗村青年创业联合会会长,杨立华为会计。委员人选由会长指定,其他职务,会长可根据工作的实际需要酌情安排。

会议期间,由于张大喷嚏不断地打喷嚏,华科长的讲话几度中断。华科长说,老张,你这是情绪性喷嚏呀,还是生理性喷嚏?张大喷嚏忙表示道歉地摇了摇手,然后站起来,弓着腰,急急地离开了会场,那景象活脱脱像是夹着一尾巴。

关子良的任职决定宣布后,关子良也表了态,这时,张大喷嚏捂着鼻子进来了。见张大喷嚏坐下了,华科长便请大家谈谈看法,实际上就是要求大家表态。这时,张大喷嚏明显活跃起来,他先是向朱耀山使了眼色,然后又向杜二嗯眨了眨眼皮。杜二嗯清了清嗓子说,嗯,好吧,嗯,我提点意见,嗯,嗯……

杜二嗯在嗯来嗯去地找词汇时,华科长说,我先说两句。

华科长的这句话让杜二嗯立刻把头缩了起来。

华科长说,关于任命关子良为小岗村青创会会长一事,是逐级上报的。确切地说是组织任命,是党交给子良同志的担子。这个将是分管小岗未来发展方向的开则成主任亲自点的,并向县委赵书记做了报告。我和居留、亚勇两同志来前,开主任专门召开了会议,明确指出,关子良就是开则成,关子良在青创会的言与行就是开则成的言与行。你们在座的任务,就是要坚决服从关子良会长的领导,毫无保留地心无杂念地协助关会长抓好青创会的工作。这是个原则。嗯!

华科长说到这显得很激动,样子也像极了开则成,说"嗯"时,目光犀利;巡视会场时,如同嗖嗖放箭。

见大家沉默下来,史学久忽然放缓语气说,讲,都讲讲。

华科长的目光仍然不愿意放过在场的任何一个人,在与会人员身上来回看,嘴上说,都说说吧,畅所欲言。这么说时,他手里好像牵了一条狼狗,随时都能放出来咬人似的。

这时,史学久说,先表个态吧。我坚决拥护组织的决定,拥护县小岗办

第三章 彼岸的花朵和一个人的新历史主义

开主任的决定,将来也会尽我的力量,支持青创会,支持关会长。

杨立华接上说,关会长年轻有为,见过世面,我对他很有信心。我调到青创会后,会努力完成关会长交给的工作,尽职尽责。

许六叶子看了一眼张大喷嚏,见张大喷嚏低下了头,就说,我是拥护的。

于是,在场的人一一表了态,无非都是"同意""很好"之类的。这样,华科长就笑了,会议取得了圆满成功。

散会后,大家将华科长等送出大门口,在华科长的要求下,史学久和关子良又把华科长送到村南广场,因为华科长的车就停在那里。

到了车旁,华科长对关子良说,任重道远啊!希望不要辜负开主任。关子良说,放心,我不会让小岗失望的。这时,华科长又说,青创会成立后,要实现开门红,要出活,身边的人很重要。委员的配备要慎之又慎,如果不成熟,可以先放放,实在找不到理想的人选就扩大范围。

一旁的史学久觉得华的话说得有道理,就点了点头。而关子良却没有做明确表态,只是拉开了车门说,科长,请吧,你们事多。

华科长便钻进了小车。

见华科长的小车远去了,关子良转而对史学久说,我大爷,对我有什么要求就直接讲吧。

史学久看了关子良一眼,说,晚上给我酒喝。

关子良笑了。

晚上,关子良家果真办了一桌子酒菜。关子良去喊史学久时,史学久建议把张大喷嚏、许六叶子、朱耀山、杨立华和杜二嗯以及在村委工作的几个人都喊上。关子良说,大爷,算了吧!不是侄舍不得酒菜,是不想把工作上的事搞得太民间,就目前而言,关系越简单越好。再说,这么多日子,我爷俩也没有好好说过话呢。

史学久想了想说,也好,那就连立华都不要喊了。

这样,各家掌灯时分,史学久在关大疤瘌家就喝得人五人六的了。关子良刚去厨房拿水瓶,史学久就对关大疤瘌说,疤瘌,六年前,也是小鸡上宿的

283

时候,我给你们怎么说的?我说,只要大良子不走,我包他进班子。现在呢?不只是进班子了吧,肩膀后面插令箭了。

关大疤瘌笑,冲史学久举起了杯子,黑户英则为史学久夹起了菜,说,唉,唉,都亏着他大爷呀!史学久看着满碗的菜说,别捣了(夹菜),再捣就加毡子了(圈放粮食工具)。说着,嗓子眼里嗯了一声,就把一大杯酒喝了。这时,关子良进来了,坐下说,大爷,可以了吧?黑户英说,这孩子,哪有这样说话的。你大爷为你的事高兴,想喝多久咱就喝多久。说着又把史学久的杯子加满了。史学久也不阻拦,对关子良的话也不做回应,拍着胸脯说,子良,放心,我支持你,甩起膀子干吧。

关子良不喜欢这些没边际的话,但也很无奈,只说,谢谢。

这时,史学久睁着眼睛,严肃地看着关子良说,看关会长这个熊样,不相信我?

关子良忙给史学久夹菜,笑着说,我大爷,你吃菜。

史学久拿起一个鸡膀子,也不急着吃,只是看着关子良说,子良,你也许都忘了,我还记着他的话呢。

谁?关子良问。

史学久说,就是那个不懂得三纲五常的小华。

关子良笑了,当时,他就看不惯华科长对史学久的态度,以为在领导面前,史学久已经习惯了,原来,老史一直憋在心里。

这时,史学久说,这个小华说得对,你身边要有一帮人,现在的这帮人不是来给你当扶手的,包括我。

黑户英忙说,你看他大爷说的什么话,在小岗,你不扶子良,他路都走不好。算盘珠子(脊椎骨)掉一路的。

黑户英说客气话时,史学久已经把那只鸡膀子吃得不像样了。这会儿,他把鸡骨头往桌子下一扔,在桌子上的一块抹布上抹了一下手,说,子良,大帅有了,将怎么配就是你的事了。

关子良问,大爷,对这个事,你的想法是什么?

第三章 彼岸的花朵和一个人的新历史主义

史学久说，那个小华说得对，你要慎重。张大喷嚏、顾老边和杜二嗯他们几家，你千万别沾。

关大疤瘌马上接上去说，除了这几家难缠户，中心街上的人也一个都不能用。到时候，你等着他们翻天吧。

坐在一旁的黑户英忙得不轻，史学久说话时，她看史学久，关大疤瘌说话时，他又看疤瘌。待两人都不说了，她一脸焦虑地问，子良，你大爷和你爸的话可听见呢？你说说。

关子良分别为关大疤瘌和史学久倒满酒，然后笑了笑说，在你们眼里，这个青创会怎么变成我的了。

史学久一拍桌子说，又浑了吧。不就是你的吗？连小华都这样说了。说什么，委员和其他职务都你一个人说了算。

可是的？可是的？黑户英攥着史学久问，兴奋难抑。关大疤瘌也把一只鸡腿拎起来，轻轻地抖了抖汤水，放在史学久面前，然后渴望地看着史学久。

史学久把酒喝了，然后抓起鸡腿说，这哪能胡扯，一个字也不会掉在地下。

这时，关子良说，大爷，理解你的心情，但是，我必须跟你们讲清楚的是，第一，青创会绝对不是我关子良一个人的，它属于小岗村。第二，青创会不是我关子良的装饰品，是县里、小岗办和村委会给我搭的平台。在这个平台上是看我能耐和本事的，最后要落实到，我带的这个团队到底能不能为小岗村做事。所以说，青创会班子的建设要具体到三策。上策是众志成城，中策是有人欢呼，下策是孤家寡人。你们看我要用哪一策？

史学久、关大疤瘌和黑户英都不说话。一个觉得有理，但又不愿表现出来，另一个听不懂，第三个则是出于娇宠——儿子说什么都对。

三人不说话，关子良就接着说，班子要迅速健全，干事讲的是众人拾柴火焰高，一刻都不敢怠慢。班子成员一定要吸收顾老边、杜二嗯和朱耀山他们的子女进来，这叫讲团结，变消极为积极，变被动为主动。

关子良说这番话时，史学久和关大疤瘌都不吭声了，倒是黑户英说，子良说得对，一大碗芦秫面（玉米面）混一锅汤，能喝都喝一口。

27

送走了史学久，关子良想起了两个人，许乐和螺螺。此时，他十分兴奋，需要一些释放，尤其想和他们一起谈谈自己的计划和抱负。

关子良看了一下手机，已经是夜里十点多了。关子良估计螺螺没睡，便打了螺螺的手机。果然，螺螺正在羊圈里点蚊香，想必是山里的蚊子太凶残，手机里不时传来羊的叫声。

接到关子良的手机，螺螺显得很高兴，他说，山里风大，好消息两天前就吹来了。

关子良知道是说自己任职的事，就问，羊倌，你怎么知道？

你说呢？螺螺说，我看你就降了吧？

什么意思？关子良问。

螺螺告诉关子良，前两天许乐来了，谈到了关子良的事，最主要的是谈到她对关子良的感情。

考虑到螺螺曾经追过许乐，关子良不想在这个话题上说太多，就说，螺螺，你要支持我。

螺螺说，怎么支持你，要不你把羊全拉走吧，我实在养够了。山里的日子真难熬啊！

不是！关子良觉得螺螺有点狭隘了，就说，现在，我心里有许多计划，需要你和许乐支持。

螺螺说，你肚子里的东西我又看不见，你现在是大干部了，你指挥，我跟在后面干喽。

螺螺说话时，最后一个音有广东味，关子良想到自己和螺螺在广州打拼的时候，想到自己对螺螺照顾不周的诸多细节，非常感慨。他说，螺螺，允许我再带你闯一次吧,相信我。

螺螺拍打着蚊子说,管(行)唉!

关子良不喜欢螺螺对自己唯唯诺诺的样子,但是,螺螺每次对他表现出很依赖很崇拜的样子时,他又感到很舒服。螺螺如此快地答应了他,让他很高兴,他觉得广州分别后,螺螺对他是失望的,自己心里一直很内疚,现在,这种内疚就淡了许多。

搞定了螺螺,关子良决定打许乐的手机。他对许乐是有底的,别看许乐跟自己使性子,发脾气,那都是装的,许乐真正需要的是关子良对她来个主动出击,给她一个扎扎实实的表白。但是,天很晚了,加上有一阵子,许六叶子对许乐和自己相处很不快乐,关子良就想让螺螺打这个电话,话到嘴边了,他还是决定自己来。

手机是许六叶子接的,关子良一愣,但是,听说是关子良,许六叶子倒显得惶恐起来,忙说,是子……是会长呀。乐乐在洗澡,你有事吧?我喊她。

许六叶子的态度让关子良很意外,但他立刻就镇定下来,说,是的,我想和许乐聊聊青创会的事。这样吧,明天我让螺螺找她,一起到办公室吧。

许六叶子连连答应,嘴里像是被热豆腐烫了,能让人想到舌头飞舞的样子。

第二天下午四点多钟,关子良正在办公室写方案,螺螺和许乐先后进来了。

走进办公室,许乐冲关子良一个劲地笑。一边笑,一边还很瘆地点着头,最后,她向关子良竖了一下大拇指。

关子良知道许乐是什么意思,心里升起了一种自豪感,忙为二人倒上茶水。这时,许乐说话了,关大会长,刚才我跟螺螺说了,本人近况很差,钱少,对象难找,准备出去找工作了,算是来告别了。

关子良抽出一张纸巾,在桌子上擦来擦去地说,钱一定会多起来,对象也会多起来。相信我。

许乐斜着眼看关子良。螺螺见状,忙说,电话来了,电话来了。说着,边掏手机边走了出去,顺便还带上了门。

螺螺刚走,许乐就站了起来,几步冲到关子良桌子前,那里放了一杯凉了很久的茶水,许乐端起来喝了一口,然后猛地喷向关子良。

见关子良傻傻地惊恐万状地看着自己,许乐哈哈大笑起来。

关子良忙喊,螺螺,螺螺,进来谈事。

螺螺就进来了,见关子良一身的水,又见许乐侧着身子在那偷笑,螺螺说,哦!天仍然那么热!

关子良听惯了螺螺这种不见头尾的话,就说,我们开个小会。

见关子良说这句话时,是那么严肃,严肃得令人陌生,许乐和螺螺也都严肃起来。

接下来,关子良谈到了组建班子的事。关子良说,应该说,我回到小岗的愿望实现了,有了做事的平台,但是,这个平台是小岗的,是大家的,不仅要做好,而且要带着大家做好,亮出几招让大家看看,我们作为小岗村的后人,不装,不赖,不傻,不厌,有大智慧,有大作为。

这是几句特别有脾气的话,也见得着血腥,许乐和螺螺的眼里都发出了兴奋的光芒,而许乐除了兴奋,还有崇拜,她的手在微微颤抖。

这时,关子良说,现在,我正式邀请你俩成为青创会成员,不知二位意见如何?

许乐和螺螺听关子良这么说,立刻咧嘴笑了。作为一个女孩子,前些日子又刚跟关子良置过气,所以笑得比较矜持,笑一下就收了,螺螺则笑得尺度很大,嘴巴都变形了,但稍后也收了。他问,此事甚好,我的羊怎么办?

许乐捣了他一下说,杀了,做羊蝎子,供应联合会。

螺螺撇了撇嘴说,血腥。

许乐见螺螺酸酸的,捂嘴笑了。

接下来讨论吸收会员的事,关子良提出了自己的主导意见。出乎关子良意料,在听关子良要吸收顾老边、杜二嗯、朱耀山几家子女入会后,许乐和螺螺举双手赞成。

第三章 彼岸的花朵和一个人的新历史主义

　　许乐说,这样的话,老一辈们的心里就平衡了,小一辈就能常走动了。
　　螺螺略有些担心,他说,只是比斗和朱上课他们手里都有生意,不知可看得上我们。
　　许乐马上说,是我们能不能看得上他们。
　　关子良笑着说,这么分又成你我了,先做动员工作吧。所有的文件和表格都做好了。我们先成立一个三人小组,分头联络各村年轻人,动员他们入会,争取在一个星期内拉起一支队伍来。关子良说到这激动起来,年轻的朋友们,把你们青春借给我几天吧,让它们燃烧起来!
　　螺螺说,先让许乐把青春借给你吧,我得回去把那些羊干掉再说。
　　许乐叫了一声,把螺螺推倒在沙发上,又掐又挠起来。

28

　　分配好任务后,关子良把工作切入点,首先放在几个"大包干"后代的身上。目前,在小岗村,当年参加按红手印搞大包干的老人还有六个。出乎关子良意料,也令关子良感动的是,上门后,当关子良说明了成立青创会的目的、意义和工作方向后,几个老英雄一致赞成,有子女在家的,当场喊回家填表,子女在外面的,当着关子良的面打电话,要求孩子入会。
　　下午,关子良通过手机,和在外宣传的许乐和螺螺做了交流。
　　经过一个多星期的宣传,许乐和螺螺的工作也有了重大进展,目前,在他俩的努力下,已经有62人要求加入小岗村青年创业联合会。原先,关子良要求19日完成新会员登记造册工作,22日完成联合会执委会委员选举,25日举行联合会成立大会,现在看来已经不成问题了。
　　许乐在手机里说,要求入会的人员中,男女比例是七比四,有70%都在外打工,他们对我们这个联合会非常感兴趣,都说了,一定回来参加家乡的联合会,如果有好的项目就不走了。
　　许乐说到这时,显得非常激动,声音都是颤抖的。

289

短短的时间内,取得这么大成绩,让关子良欣慰之余也十分震惊。这些填表的青年,多数都在外地打工,联系这部分人,还要说服他们参加联合会,要花多大的精力是可想而知的。

接下来,许乐又告诉关子良,她把几个闺密全动员起来了。闺蜜的闺密也动员起来了。宣传语是许乐根据关子良的讲话编的:看,我们就是小岗村的年轻人!

好!好!关子良开心地说。

许乐忽然小声说,你如果奖励我,我只要一样。关子良说,你讲。许乐说,我闺密一个比一个漂亮,不许看,谁看谁害眼。关子良笑了,说,放心,绝不会当你面看。许乐立刻把手机挂了。关子良因为还有事情和许乐讨论,又打了过去,许乐马上接了起来,大声说,你再说一遍,我面前就是电门。关子良笑了,说,闹什么闹,有事说呢!许乐却不给关子良先说,她说,还有呢,你听不听?关子良说,你讲。许乐说,螺螺把他在安徽科技学院的同学都联系上了。关子良笑着问,呵呵!联系这些人干什么?许乐说,让他跟你说吧。

不一会儿,螺螺给关子良打了电话。螺螺说,我知道你不会放过这些土地的,我就提前为你联系一些研究土地的同学啰!关子良竖了一下大拇指,说,有眼光。接下来,关子良要求许乐说话,螺螺说,许乐,子良找你,用自己的手机。许乐却一把夺过了螺螺的手机,说,喂!

关子良笑了,问,你们去找比斗和林江了吗?

许乐说,杜二嗯不亏叫杜二嗯。那天,比斗去府城进货去了,我们就动员他,希望他能给比斗传话,动员比斗加入青创会。结果,这个杜二嗯,也不说长,也不说短,只嗯。我们打比斗手机,你猜比斗说什么,他说,如果这一天我看不到货架子,心里就空空的,弄那虚头干什么。

关子良问,那林江呢?

许乐生气地说,更直接,一个劲地说,别耽误我开饭店,没有时间陪你们玩。关会长,我有一个建议,我们青创会成立后,难免有应酬,一顿都不要放在他家,气死他,让他明白,到底谁带谁玩。

关子良说,你现在给林江打电话,就说中午我们青创会有一桌人,请他备菜。

许乐大呼小叫地说,天哪!关会长,我要搭多高的梯子才能够到你的脑袋。

中午,顾老边家的饭馆异常热闹,一下子就上了十五个年轻人,关子良、杨立华、螺螺、许乐都在其中。

见上了这么多的客,顾老边乐得到处跑,见人就打招呼,大侄、姨侄女的喊个不停歇。不一会儿,随着嘟嘟一阵响,到小溪河买菜的林江开着三轮车回来了,看到这阵势,林江又惊又喜,大包小包的菜还没下,就撑着人散起烟来。见到关子良,自然也不喊关子良了,只说,子良会长,你们坐,坐坐坐。

杜二嗯家的一张十八人的大桌子至少有一年没用上了,这会儿也被几个人吆喝着推了出来。待桌子放稳当了,显得顾家全是客人了。

见大家都坐上了,关子良说,林江,今天中午,家里有什么好吃的尽管上,今天由小岗村青年创业联合会请客,我关子良私人埋单。

顾老边说,你看子良说的什么话,你们只管吃,只管喝,过后写个条管半年,以后你们青创会兵强马壮了,多认你叔这个门头就行了。

大家笑了。

这边,来帮忙的林江的二叔把菜都卸下来了,大家刚一落座,林江便把白毛巾往脖子上一绕,去厨房做菜去了。说是厨房,其实就在大堂里,离饭桌不到五米。

关子良说,林江,你烧饭吧,我们借宝地开个小会。

林江把烟叼在嘴上,一边把铁锅翻了身,一边说,你们搞,你们搞。

按会议要求,杨立华首先汇报了青创会办公室的建设情况、专项办公经费情况、收入支出计划和青创会挂牌大会准备情况。接下来,螺螺汇报了近期小岗村青年要求加入青创会的情况。

螺螺说,截至今天上午十点,已有九十七人要求入会。

许乐大声说,啊!怎么会有这么多人呀!这个不行,要控制,不能让什么人都入会。

杨立华说,会长,还有许多外村的人也要入会,怎么搞?

闫军说,我的意见,凡是小岗村的青年,只要有这个意愿都可以参加,外村的不要。

许乐马上说,就是本村也要设立标准,不能茄子、萝卜只要是菜就往篮子里撂。

螺螺说,对,要考试。

许乐说,我同意,考试分为笔试和面试两个环节,尤其是面试,要重点考察几个问题,对小岗村历史不清楚的不要,对小岗村现在的发展成就不了解的不要,对小岗村的未来没有想法的不要,自私的,只顾眼前利益的更不要。

关子良说,青创会需要一支敢打敢干的队伍,小岗村需要一股强劲的新势力,所以,队伍越大越好,至于外村的青年想加入的,可以考虑一下他们自身的资源,只要有利于青创会发展,有利于我们创业的,也可以考虑吸收。至于说到考试,肯定是要考的,但是,我们的试卷是在将来,我们要看这些入会的人将来怎么做,因为,我相信,只要是我们小岗村的年轻人,都是可以进入初试的,因为我们都是在荣誉里长大的,是在老一辈的敢为天下先的教育中长大的,底子非常好!

大家都笑了。

接下来,关子良让闫军宣读了近期加入青创会的名单,然后,关子良说出了自己的创业想法,就自己的想法,一是请大家畅谈,二是请大家提出建议。

讨论非常热烈,杨立华率先发言,他认为小岗原先的葡萄种植和蘑菇生产项目可以再加强开发。有杨立华的这头一炮,桌子上就接连有了动静,有的建议在西冲搞一个黑猪养殖场,有人建议租用小岗村村委会空闲的房产做一个新型水笔加工厂,有的建议在大包干纪念馆的基础上,再搞一个小岗村乡土文化纪念馆。

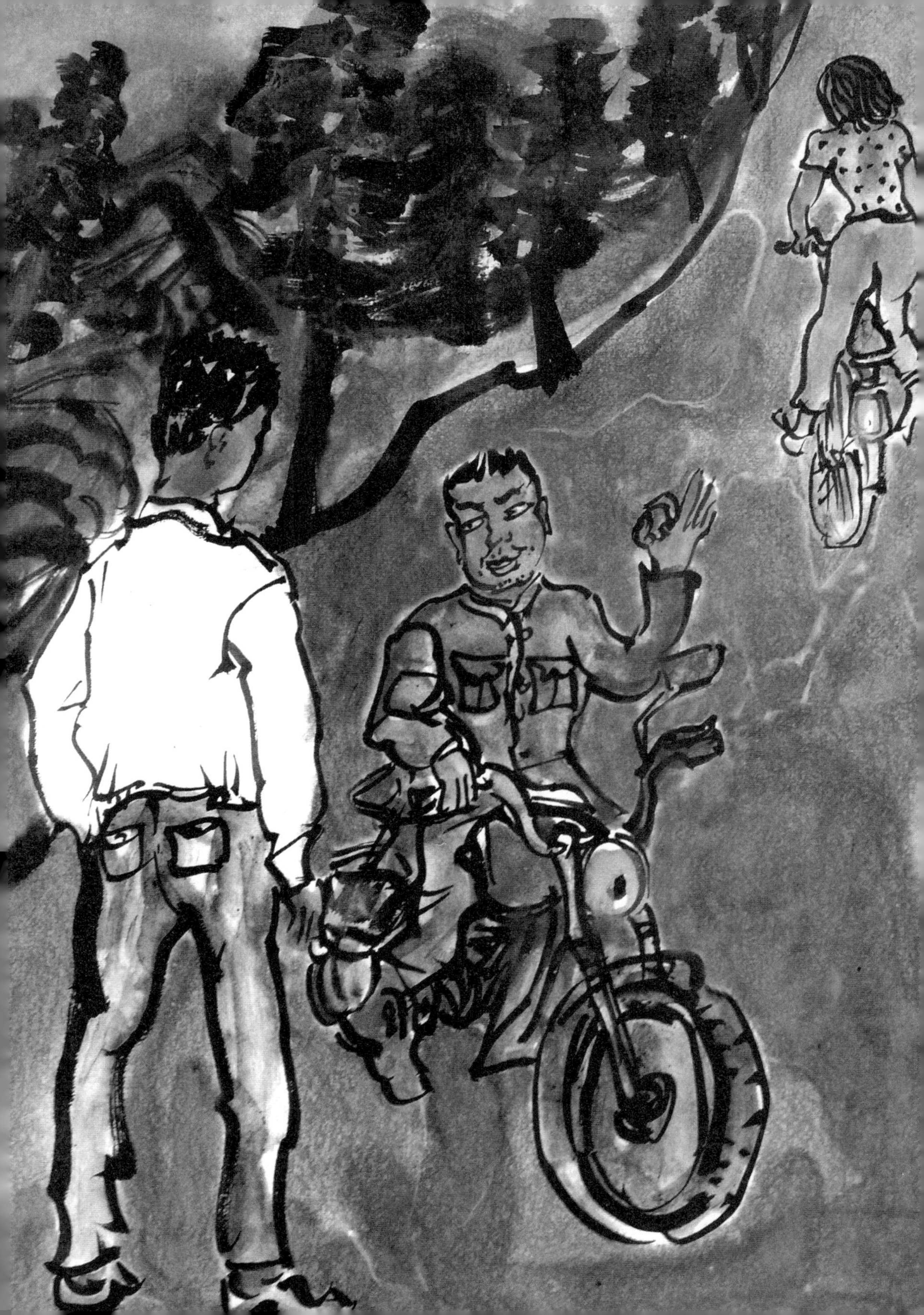

螺螺则和许乐吵了起来,螺螺建议沿着小岗村周围建一个塑胶跑道,让小岗村人有一个锻炼的地方。许乐说,那就把你的羊赶来吧!让你的羊和留在村子里的大爷大娘们一起散步吧。

众人笑了。

许乐说,现在我们小岗村大部分人年轻人都在外面,等他们回来了,就要按照我们青创会的要求,连天加夜地干活,哪有时间在你的跑道上漫步。

在大家热烈讨论时,在一边烧饭的林江显得很不安宁,不是锅翻了,就是碗掉在地下了;待大家开始喝酒时,他站在螺螺旁边,一边擦汗,一边笑着说,螺螺,你的塑胶跑道我感兴趣呀!

关子良忙给林江倒了一杯酒,说,林江,坐下说。

林江屁股一歪,就坐在了螺螺旁边。林江说,我可以在塑胶跑道旁建几个大饭店呀。

众人笑了。

关子良说,林江,你的想法也不是不能实现。目前,小岗村中心村的几家饭店缺少整合和品牌意识,随着我们小岗旅游业的发展,他们的这种做法太散兵游勇了,已经无法适应新常态、新时代了。小岗村青创会挂牌后,我们会成立一个小岗村饮食文化协会,集中整合小岗村的餐饮业,到时候,我们可以选你来当会长嘛。

哈哈哈!那边,顾老边不知从哪里出来了,他大笑起来。林江则端起一杯酒,敬了关子良一下,然后一饮而尽。

中饭后,关子良掏出一沓钱来,要去结账,顾老边腆着肚子站在关子良面前,坚决不给结,直到关子良说,一个星期内,再给青创会定几桌,顾老边才答应关子良付钱。

不一会儿,一伙人说说笑笑就离开了,关子良是最后一个走的,待他走到门口时,林江撵了上来,到了关子良面前,一副不知说什么好的样子,只是搓着手说,子良,那个……这个……

关子良从衣兜里拿出一张青创会入会表格来,往林江的怀里直直地一塞说,你先看看。

林江笑了,接过表格后,嘴里连连说,呵呵,好的,我马上填。

29

小岗村的中心街道上有几家小卖部和超市,但是,生意并不是太好。尽管杜二嗯家的超市位于中心中的中心,也不是太景气。关子良走进超市时,比斗正躺在椅子上玩游戏。太投入,关子良都走进门店了,他也没抬头。

比斗!买东西。关子良敲了一下玻璃门说。

比斗这才站起来,看是关子良,笑着问,当官的,买什么?

关子良也笑着说,这话说得怪怪的。有记事簿吧,给我拿七八十个。

比斗答应着就去了柜台,但是,只走出去一步,他便站在那里问,是七八个,还是七八十个?

七八十个。

比斗看着关子良,说,什么,七八十个?记错了吧?

你等一下。关子良说,拨了许乐的手机,接通后,他问,许乐,培训班上要多少本子啊?

想必是许乐回答了,关子良挂了手机,然后把一份名单给了比斗,说,这是刚加入青创会的人员名单,按照这个名单准备吧。

比斗接过表格看了很久,才说,哦!126本啊!店里没有这么多啊。

关子良说,比斗,20日我们在青创会会议室有一个入会教育,到时候给我们送过去吧,要提前哦。另外,你这几款记事簿太小,太薄了,再进货时,进那种带皮壳的加厚的大记事本。

好好好!比斗连声说,兴奋得脸都红了,眼睛却在那张登记表上。这时,关子良说,比斗,青创会也欢迎你啊!说着,将一张入会申请表递给了比斗。

比斗忙接了下来,然后去拿烟,先是摸了一包南京牌的,觉得廉价了,又

第三章 彼岸的花朵和一个人的新历史主义

换成了一包金皖,然后抽出一支,递给了关子良。关子良平时不抽烟,但是,他还是接了下来。这时,比斗又来送火,关子良便把烟点燃了,他吸了一口,咳嗽了两声,脸憋得通红地说,比斗,我们小岗又要大发展了,青创会这个时候成立,就是要为小岗发展助力的。我知道你舍不得这个超市,但是,我想这与你参加不参加青创会没有多大的关系。还有,世界发展得太快,集约式经济已经成为主流,你也看到,实行土地流转的土地,要比单产单收的土地更会生孩子,生金元宝。一个人干事已经太孤单了。

比斗想着关子良的话,用食指轻轻地刮着自己的鼻翼。

关子良感受到比斗内心的变化,他说,目前,报名参加青创会的人员已经爆棚,我们统计了一下,小岗村90%以上的青年都入会了。对于这批会员,我们有一整套"带兵"计划,既要有计划地给他们安排培训和学习的机会,也要为他们安排就业和创业的机会。下一步,青创会还要推出自己的项目,为此,我们更希望会员们能积极参与我们的大项目。你喜欢上网,应该能看到,我们小岗新的发展机遇又来了,等我们小岗发展成全国乃至全世界首富的那一天,功德墙上是要留下我们青创会每一个会员的名字的,到那时候,你站在这面巨大的功德墙前,找来找去的怎么也找不到自己的名字,未免有些尴尬了吧,就别说子孙们怎么看你了。

比斗笑了笑,挠着头说,想那么远啊!

关子良说,想得远,才能干得长啊!

这时,螺螺跑来了,他说,会长,我到处找你呢。

什么事?关子良问。

螺螺说,两件事,一是青创会揭牌那天,背景墙上做些什么,二是林江的事。

关子良说,背景墙怎么做我回头告诉你,林江是怎么回事?

螺螺说,林江说他决定参加青创会了。

好呀!关子良高兴地说,问,表填了吗?

螺螺笑着说,他不小心把你给他的那张表格弄上油了,又不好意思问你

297

要,想让我再向你要一张。

关子良说,就用那张表格填,有油好,说明我们青创会会员都需要油水。

螺螺笑了,比斗也笑了。

这时,关子良说,比斗,别忘了,19日。

比斗看了一眼手里的入会申请表,意味深长地说,放心吧会长。到时候,我会一起送过去。

关子良笑了,他拍了一下比斗的肩膀。

30

至此,发展青创会会员一事取得了圆满成功。但是,当许乐准备把所有的登记表装订成册时,关子良却说,等等。

见关子良看着窗外发呆,许乐问,首批会员有一百二十人啊,这已经是一支庞大的队伍了,难道你还觉得不够。

关子良摇了摇手。

许乐见关子良又不说话了,就埋怨说,我说过,即使接一个八丈长的梯子也够不到你的脑袋,现在看来,就是潜到水下一百米也看不到你的心。

许乐当然看不透关子良的心。

在这个村子里,三岁孩子都知道,关子良和张大器就是两头长着坚硬犄角的牤牛,在海选中,一头牛终于将另一头牛顶下场去,为此,青创会成立后,站在关子良一边的人都认为,张大器离开后,关子良便"风清气正"了,一切都顺风顺水了,可是关子良却不这么想。他认为,在这个团队里,没有张大器就是他关子良的失败,没有张大器就显得他关子良气量小,视野不宽,自信心不强。为此,他说,许乐,我们邀请一下张大器吧。

听关子良这么说,许乐很意外,她愣愣地看着关子良,很久才把那一沓厚厚的登记表轻轻地往桌子上一摔说,原来在这里等着呢。告诉你,我不会找他的。你要让他入会,我就离开。

屋里的气氛一下子就紧张了。

过了一会儿,关子良坐下说,许乐,联合会不是帮派,是一个创业联合体,一切要按规矩来,一切要从团结的角度出发。

许乐说,照你这么说,忙到现在我们都没按规矩来呀?你说我们犯了那条规矩?

关子良说,张大器是不是小岗村的后代?既然青创会属于我们小岗村,他有没有加入青创会的权利?话再说回来,作为一个小岗人的后代,在小岗发展的关键时刻,加入青创会,与大家共同创业做贡献是不是他的责任?

许乐说,你说得头头是道,跟《新闻联播》一样,关键是他张大器会不会这样想。他要远比你现实得多!我向你发出红色预警,他进青创会那天,就是你这个会长夜不能寐的开始,不,是噩梦的开始!

关子良说,我不这么想,你知道吗?在这个庄子上,谁的工作最难做?谁最有鼓动力?张大喷嚏。别看他现在走在一侧,等青创会开展工作了,他就会一下子开进直行道,到那时候,既可以让你慢下来,也可以给你添堵。还有,青创会成立后,你让他加入,他可能会表示不屑,你如果不让他加入,他可能又拿到了把柄,他的这些小心思,我们权且放在一边,我们出于公心,出于对青创会长远的考虑,出于对小岗的考虑,正式邀请他加入,这既表明了我们的态度,也尽到了礼节,只要我们把事情都想周全了,该我们做的事情都做了,我想张大器一定会理解我们的苦心,张大喷嚏也会理解……

关子良滔滔不绝地说了半天,许乐的回答是,哦,忽然发现你果真是一个追梦人,好像已经打动了我,你可否尝试一下,看能不能再打动他……

关子良当然能听出许乐话里的嘲讽之意,他决定亲自跟张大器谈谈。

31

晚上,青创会的几间办公室灯火通明,杨立华、螺螺、林江、比斗、闫军等都在忙着,为即将召开的青创会成立大会做准备。

看完《新闻联播》后,关子良在家里草草地扒了几口饭,就去了办公室。他先是在电脑上把培训资料看了一遍,然后考虑跟张大器通话的事。

其实,和张大器通电话,关子良心里也有障碍。此时,他比谁都明白,在海选中花了本钱又失败的张大器是不能接受他的,今天,当他以一个会长的名义去邀请张大器,张大器拒绝的概率在八成以上。

他的心忽然就烦躁起来,于是,他走到了外面。

不远处就是小岗村的门楼,此时,村里灯火通明,那门楼显得十分巨大和鲜明。门楼的上方,因为一轮挂在天空的明月,显得广阔和辽远。关子良的心突然间就舒展开来,他拿出了手机,拨出了一串号码。

张大器的手机是通的,但是没人接。

关子良又打了几次,还是没有人接,关子良只好放弃了。就在这个时候,对方打过来了,说话的是一个声音很粗的男人:我告诉你啰,这点钱对公司来说毛毛雨啦。请不要再打电话啦,再打就告你骚扰啦。需要走程序,法庭上见好啦。

关子良一怔,以为自己打错了,他问,对不起,请问您是谁?

对方明显一个迟钝,反问,你是谁?

关子良说,我是张大器的老乡,有事找他。关子良的话音刚落,张大器的声音就传了过来,他听说是关子良,显得很高兴,解释说,刚才是我的业务经理,处理一个事,见笑了。

关子良表示理解,寒暄了几句,就把主要事情提了出来,希望张大器能作为一个小岗在外的成功人士入会。

张大器先是嗯了一声,接着表示迟疑,然后说,行,你看着办吧。那张表可以代填,我认账。需要会费,小岗办每年都有我的项目扶持基金,代扣就是了,没关系。

关子良想让庄晨晨也加入,觉得不妥,又觉得张大器急急地要结束对话,又听那个粗嗓门的男人在电话里喊,好啦好啦,不差钱啦!可以走法律程序嘛,法治国家啦,怎么都行的啦,不信任可以办港澳通行证的,可以到对面找法庭的。

关子良觉得那边像是一个作战指挥部,就客气了两句,结束了谈话。

打完电话后,关子良的心一下子就舒展起来,他实在没想到张大器会答应得如此干脆。他仰头望月,月亮一尘不染,更加明丽了。于是,他三步并作两步回到自己办公室。

他刚坐下,螺螺和许乐就一前一后地进来了。许乐说,会长,材料都装袋了,可有事了?没事我们先回去了。

关子良说,等一下,我有重要事情跟你俩说。

许乐和螺螺互相看了一眼便坐了下来。

于是,关子良就把邀请张大器入会,张大器爽快同意的事说了。

关子良说完这个事后,许乐和螺螺都没有什么反应,屋里的气氛一下子尴尬起来。

关子良笑着说,怎么都晒脸子给我看啊,这是一件好事呀,多一个人多一份力嘛。

许乐叹了口气说,是啊!下面就要看用力方向了。

关子良知道许乐的意思,他不想因为这个事破坏自己刚刚起来的好心情,就说,螺螺,张大器的入会表格,你帮着填吧。

螺螺说,他以后该不会不认账吧?

关子良说,这种想法多余了。

这时,许乐说,螺螺,今晚月亮好,过一会儿,你跟林江回去,从超市拿几炷香。

关子良知道许乐的话里有包袱,就不再说话,螺螺偏要问个明白,买香干什么?到底买几炷?

许乐说,随便几炷。

然后呢?螺螺问。

许乐说,然后,你赶一趟夜路,在张大器家的祖坟上烧烧,请张家祖宗万代以后不要为难我们青创会,记着,一定要磕头。

螺螺觉得自己上当了,吃亏了,就说,那不如我俩一起去磕头,我求他们不要为难青创会,你求他们一律不准为难子良。

关子良哈哈大笑起来,许乐则大叫一声,扑向了螺螺。许乐冲过来时,螺螺不仅不躲,还把自己的脑袋主动伸了过去,许乐掐他时,他就做极其享受状,嘴里贱贱地呻吟着说,哦!哦!舒服……

32

9月25日,安徽省小岗村青年创业联合会成立大会在青创会会议室举行。青创会全体会员、小岗办、小岗村村委全体成员、所有的大包干带头人、十七家新闻媒体的记者参加了会议。参加会议的还有中共凤阳县委宣传部、凤阳县共青团、凤阳县妇联、安徽科技学院的领导和代表。

会议的背景墙印着18颗红手印,像是一枚枚坚实而有力的足迹,另一边挂着一幅十八户农民当年按红手印的油画。两边的墙上则悬挂着几个条幅,口号分别是:敢闯敢干,敢为人先。务实创新,敢于担当。解放思想,敢闯新路。

整个会议室全坐满了人,但全场没有一点嘈杂声,大家都在默默地等待着。

会议的议程为奏国歌,向为小岗村的发展献出生命的和已经去世的先辈们三鞠躬,宣布新当选的青创会会长、秘书长和执委名单,为青创会揭牌,青创会负责人讲话,县领导讲话。

本次大会共选举出联合会会长1名、秘书长1名(关子良兼),执委18名。张大器、许乐、朱上课、比斗、林江、螺螺等均在执委名单上。

揭牌结束后,青创会会长关子良代表青创会上台发言。

关子良走上主席台后,先向背景墙上那些先辈按的红手印深深地鞠躬,接着又向台下的代表们深深地鞠躬,礼毕,掌声雷动。

不知为什么,关子良显得有些紧张,他环视会议室时,身子有些晃动,而

第三章 彼岸的花朵和一个人的新历史主义

许乐看见关子良的双眼是晶莹的。

这时,关子良走到发言台前,说,前辈们,领导们,新闻界的朋友们,青创会所有会员们:

我在外漂泊六年,在这六年里,我的心既硬了,也软了,更虚了,也更明亮了。硬的时候,什么都挡不住我回故乡,心软的时候,哪怕是看到小岗的一根小草,我也会热泪盈眶。虚的是,我是2004年走出小岗的,那时,因为我们村十八位农民以"托孤"的方式,冒险在土地承包责任书上按下了鲜红手印,实施了"大包干",不仅帮助我们解决了温饱问题,也掀开了中国农村改革的序幕,使我们小岗随着一首《大包干》歌,驰名海内外。那时,小岗在寻找新的道路,在聚集新的力量,在等待新的机会,但是我无视她的心情和心愿,无视她的潜力和信心,还是走了。

六年后,当我再回到这个村庄,小岗已经发生了翻天覆地的变化。第二代小岗人,在这片土地上,以农业为基础,以旅游、农产品加工为两翼,大行基础建设,然后是引进资源,集中土地,修建公路,造福乡里,塑造形象,场场大戏都爆满堂彩,让小岗从传统产业,顺利过渡到二产、实现三产,实现了步步登高。

那天,当我满带疲惫走进村头时,我是震惊的,也是汗颜的,因为,所有的这些,都与我没有任何关系。我想,这六年里,小岗一定是需要我的,哪怕是为她搬掉一块小石子,填上一个小土坑也好。没有!这六年里,在小岗火热的建设热潮中没有我关子良的身影,没有我这个小岗后代的一声吆喝。只身漂流在南方,我既像一个逃兵,又像一个懦夫,更像一只断线的风筝。

好在今天我回来了,回来了啊!我看到小岗像一个慈爱的母亲,早早就站在村头,然后一步一步迎着我走来,轻轻地将我拥在她的怀中。

心里明亮的是,目前,我们小岗在科学发展观的指引下已经进入了一个全新的时代,又确立了一心二园一带五区的空间格局,这是我们小岗的机遇,也是我们的机遇,我赶上了,你们也赶上了,我们都成了时代的幸运儿!

说着,关子良拿出一张照片来。他把照片向与会代表亮了一下,于是,大家都看清了,这是一张十八颗红手印的照片。下面,我代表青创会全体会员,向这十八颗手印宣誓。

没有任何人指挥和鼓动,关子良的话音刚落,与会代表纷纷自发地站了起来。

关子良的手颤抖起来,因为兴奋,也因为感动。他先把照片放在讲台上,再把手稳稳地放在照片上,然后大声地说。

我是小岗村的后代!我郑重宣誓:

不躺在父辈们的荣誉里睡觉,不在过去的成绩里打盹,不辜负组织的关怀,不辱没小岗的名声。敢闯,敢试,敢为天下先;忠诚,忠勇,争做改革先锋。竭尽全力,秉持真心,坚韧不拔,誓不回头,为把中国农村改革的第一村打造为中国幸福指数最高的村庄肝脑涂地,奉献一切……

这是关子良一个人的誓言,没想到,关子良念一句,众人就念一句,等关子良把誓言宣读完毕,许多人都流下了激动的眼泪。当关子良走下发言台时,雷鸣般的掌声一阵高过一阵。

接下来,华科长代表县小岗办做了鼓励性发言。发言结束后,关子良来送华科长,许乐则跑到台上用麦克风喊,各位会员和委员,领导退场后,我们还有活动,大家休息一下,马上分组进入座谈环节。

会议室外,华科长走到自己的车子前停了下来,他对身后的关子良说,会议开得非常成功,接下来就看你的了。现在小岗有多少人看你我不管,你心里一定要清楚,县委赵书记正在看着你,开则成主任正在看着你。

关子良说,谢谢华科长,这个我明白。

华科长说,你宣誓这个环节搞得很华丽,但是,工作不能停留在宣誓环节,县委赵书记天天问开主任要数据,开主任当然也要向你要数据,所以,青创会成立后,你要尽快把工作方案报上来。说到这,他用手指头点了点关子良的肩窝说,这可是开主任说的。

第三章　彼岸的花朵和一个人的新历史主义

关子良充满信心地说,领导请放心,我已经有了框架。

这时,华科长又在关子良的肩头拍了一下,说,对你有信心,说着就钻进了小车。

见华科长的小车走远了,关子良转身回到了会场。

关子良走进办公区时,讨论环节还没进行。院里,青年们三五成群地扎在一起聊天,几个准备下午就返回城市打工的会员,开始互相合影留念,尤其是螺螺介绍的安徽科技学院的几个女大学生,见关子良进来了,立刻围了上去,就如何在小岗进行特殊菌苗种植等问题和关子良展开了讨论。关子良非常感兴趣,边听边记。这鼓舞了那些大学生,有的说到高兴处,还紧紧挽着关子良的胳膊,不停地换着各种姿态拍照。

几个女大学生缠着关子良讨论和照相时,许乐就乱了阵脚了,去摆茶杯时,连连打落了两只。最后,她一把把螺螺扯到关子良的办公室,没好气地说,你介绍的这些大学生到底是不是凤阳籍的呀?要查查清楚好不好?把你选进执委了知道我好后悔吗,添什么乱啊,都几点了,会长还进不了场。螺螺见状,什么都懂了,忙说,Sorry,卑职马上去查她们的DNA。说着仓皇逃跑了。

九点五十分,小岗村青创会第一次讨论会正式开始。

首先发言的是比斗。比斗的发言更像是检讨,而且很深刻。他说,前年,我以小岗村的名义,批下了一个小岗土特产专卖店。这当中,我不仅不允许别人开同样的店,而且也不许别人卖小岗土特产。不仅如此,我们家还在土地流转中,以补贴不及时和不到位为借口,占了村委会的房子做超市,村委虽然协调了多次,我们家总是以各种借口加以拒绝。今天听了关会长的讲话,我感到了狭隘和自私。作为青创会的执委,内心更是感到不安和羞愧。今天,我郑重承诺,第一,合并小岗土特产专卖店和超市为一体,退还占用的村委房产,按月缴付房租。第二,愿意把小岗土特产这个品牌交给村委会或者青创会。第三,为青创会捐五千元,作为活动基金。

关子良带头鼓掌,接着,会议室里掌声四起。

掌声还没平息,好像怕落后似的,林江把手举了起来。

目前,林江家有四个店面,其中也有一间是村委的,一直没有退,今天,他也决定退出,同时表示,中午招待所有的会员。听着,听着!林江拍着手说,过去,凡是来领导、来记者,我都按照百分之三百的利润收费,现在我做几个承诺,第一,饭店转让,不要让庄子上的人说青创会班子的闲话。第二,今天的招待费由我个人付。大家鼓掌!

屋里的人一边笑着,一边鼓起掌来。

接下来,许乐和朱上课也做了表态。

又一次掌声结束后,有人问,我们中心街上有一个"老干部",叫什么喷嚏,他儿子在广州做生意,几年来,他们利用政府给的政策,在我们小岗开了好家企业,圈了两千多亩土地,但是,几年了都不见经营,还照样拿政府的项目补贴,怎么办?

下面有人骂起来:

这是赤裸裸的诈骗。

这是丢小岗人的脸。

我知道这个人是谁。这时,来自下村的一个青年说,就在我们这个联合会里,还有,他还是新当选的执委。

此话一落,全场炸了锅,坚决要求关子良把这个人从青创会里踢出去。

这个人要在,我们都退会。有人喊。

对!撵走这个人。

……

许乐看局面有点失控,担心地看着关子良。这时,关子良示意大家安静,然后说,我也给大家一个承诺,既然这个事出在我们青创会,我就必须承担,一个月内,解决不了这个问题,我引咎辞职。

大家热烈鼓掌。

许乐却没有鼓掌。她担心地看着关子良。这时,关子良笑了笑说,比斗和林江委员的发言非常坦诚,也让我非常感动,但是,今天的座谈会,可不能变成检讨会和揭发会,下一步,青创会要从务虚转为创业,再请大家从这个角度为青创会献计献策。

33

从小岗回来的第二天,华科长向开则成详细汇报了青创会揭牌的情况。

听完华科长的汇报,开则成没做任何表态,脸上的表情僵硬成一块,黑黑的很难看。华科长忐忑起来,不知什么原因,汇报完后,就想走人,开则成却喊住了他。

华科长坐下后,开则成扔了一根烟给他,给自己点上火,又把火机扔给了华科长。待华科长把嘴上的烟点上了火后,开则成说,今天上午,我被赵书记训了。

怎么回事?华科长问,显得很紧张,其实心里却放松了,因为,他判断出,刚才开则成的不快与自己没有什么关系。

开则成叹了口气说,老赵把全县招商引资重头戏压在了小岗,确切地说,压在了我们小岗办,2.5个亿啊!

华科长倒吸了一口冷气。

开则成说,我对这个数字只表示了一下怀疑,就被说成是对小岗的发展信心不足,对新一轮大突破有畏难情绪。

你答应了?华科长问。

开则成说,当着全县干部的面,我开则成也不想装孬种,再说,我后面有小岗,前面有村委会,又加上我们的青创会,我怕什么。答应了。不仅答应了,而且要求再加一个亿。

华科长不吭声了。过了一会儿,他问,这么大的任务,需要大项目支撑啊!项目有眉目了吗?

开则成说,项目没有问题,我的几个同学已经帮我谈,两个超亿元项目很快就会有答复。

华科长脸上的表情舒展开了，他情不自禁地说，太好了。

　　开则成喝了一口水说，好什么好啊！项目就如凤凰，只要你有梧桐树。现在的问题，我们要有足够的土地储备啊！等项目摆在了桌子上，人家张嘴就谈土地，你怎么办？

　　这个和村委会谈了吗？华科长问。

　　开则成说，小岗的土地就那么多，经过两轮流转，所剩无几，谈又有什么用。

　　这时，华科长一下子站了起来，对了，那个张大器手里不是有许多空壳企业吗……

　　开则成说，你以为我没有想到。这几年，村委会一直在追这个事情，根本就没有用，他拿着合同东躲西藏，法犯在法外，奈他何？

　　华科长说，这好办，把这个事交给青创会好了。张大器可是关子良手下的兵啊。

　　怎么回事？开则成很感兴趣地问。

　　华科长就把关子良把张大器发展成青创会执委的事说了。

　　听完华科长的汇报，开则成的眉头舒展开了，他说，这个小关会做事。

　　就在这时有人敲门了，华科长说，请进。

　　门推开了，进来的是关子良。

　　开则成和华科长相视一笑，开则成说，说曹操，曹操就到啊，请坐吧。

　　一个"请"字让关子良的心里一热，他坐了下来，华科长知趣，找个理由出去了。

　　开则成亲自为关子良倒上一杯水，然后笑着说，听说青创会的揭牌活动很成功啊！

　　关子良说，主任，我这次来就是为了向你汇报青创会成立大会情况的。

　　开则成摆了一下手说，刚才华科长已经说了，他是搞新闻出身的，又懂政策，可能比你汇报得更详细。

　　关子良忙说，那我就汇报一下青创会下一步的工作计划吧。

第三章　彼岸的花朵和一个人的新历史主义

开则成说,好呀！上次我们谈过这个事,你的那些观点我很欣赏,今天可以再谈细些。

关子良来时带了一个皮革包,这时,他从包里掏出一份方案来,然后递给了开则成。

开则成拿过方案,身子往沙发椅子上一靠,把方案举在眼前,逐字逐句地看了起来。

看得出来,开则成看方案时十分投入,眼睛一眨都不眨。

关子良感到很欣慰,不由得又把方案在心里过了一遍。

方案的题目是《小岗村青创会果蔬生产视频销售产业园企划方案》。

方案的核心理念是利用互联网技术,在小岗掀起一个新产业革命浪潮。具体内容是,面向海内外,在网上销售土地,集中产生一批地主,再由地主在网上选购果蔬品种、养殖时间段和土地保姆,然后,实行远程代收、代送和代销。其间,每个地主的田头都会配备一个旋转探头。这个地主可以通过这个探头,随时观察自己果蔬的生长情况,及时观看采摘过程。如果有客户上门购买,地主还可以通过探头直接和客户讨价还价。

看着看着,开则成的脸上就浮现出了笑容,他一页一页翻着方案问,你有多大把握,如何提供技术支持。

关子良说,主任,我是学机电一体化的,这个问题我研究得比较透,也不是问题。我得意的是,这种销售模式充满了趣味性,符合现代人对生活品质的要求和定位。还有它的宣传效应,导入感,最为重要的是,作为一种新生事物,会吸引更多有实力的地主参与这种买卖,还会吸引地主们从四面八方来到小岗,看他们的土地,看他们的"孩子",以此带动我们小岗的餐饮、旅游等第三产业,刺激小岗村相关产业链的形成和发展。

开则成点了点头问,谈谈你的管理思路和人才战略。

这时,关子良又拿出一本方案来,就是他第一次和开则成见面时提到了那个《小岗村青年创业人力资源产业园建设方案》。

关子良把这份方案递给开则成后,说,开主任,人力资源产业园讲求的是软实力建设,我是把它作为"小岗村青年创业联合会果蔬生产视频销售总公司"的一个重要推手来排兵布阵的。第一阶段,我可以以这个产业园为小岗吸引一大批创业精英,然后以虚带实,把青创会的第一步走起来。

开则成明显兴奋了,他站了起来,在屋里来回走了好几次,嘴里嘀咕说,新思路!新做法!

关子良在旁边说,一定会产生不同寻常的效益。

开则成忽然停下脚步,站在那里看着关子良,问,这些方案跟你的团队说了吗?

关子良说,这是商业秘密,只能跟领导先说。

开则成笑了,他重新坐到沙发上,说,不亏在南方打拼过。好吧,现在,谈谈你的要求。

关子良令人不易察觉地吁了口气说,青创会可以过些苦日子,但是,项目穷不起,所以,我向小岗办先期申请八十到一百亩土地。

开则成说,你的胃口小了,如果这个项目成功的话,不是八十到一百亩,而是八百到一千亩,两千亩或者三千亩。

关子良笑了。

这时,开则成扔了一根烟给关子良,自己点上后,又把火机扔给了关子良。见关子良没有点火,开则成说,听说青创会很热闹,还搞了大讨论,有不同声音吗?

关子良说,不同声音没有,但是,意见有,而且比较集中。

于是,关子良把会员们要求铲除张大器的空壳企业的意见说了出来。

对这个事你怎么看?开则成问。

关子良说,我来找他谈吧。在这件事上,张大器不仅要对小岗有交代,对我们青创会也要有交代。

开则成说,说得好。

这时,关子良将开则成刚才给他的那支烟放进口袋里,说,邀请张大器加入青创会,也是其中的一个原因吧。

第三章　彼岸的花朵和一个人的新历史主义

开则成点了点头,显得十分愉悦。这时,他又把关子良的方案拿了起来,翻了一下后说,你们青创会的工作我不会过问,但是,我还是可以提点建议的。

接着,开则成把他的想法说了出来,建议关子良分步骤走,先把张大器的问题解决,然后再操作两个项目。他说,张大器的空壳企业是老问题,多少双眼睛都盯着他呢,你能把这个问题处理好了,把这块大石头搬了,青创会的威信就树起来了,你的工作就好干了。这是虚的。你的项目需要土地,我实话告诉你,你的土地都在张大器那呢,你把他的空壳企业清理了,土地就全有了。在这件事上,小岗办和村委会都会配合你,到时候,我让华科长安排一下,给青创会一个委托书,让你手有令箭,好不好?

关子良点了点头。

34

回到小岗,关子良感到浑身都散了架,但是,当晚,他却无法入睡,是因为兴奋,也是因为压力。最后,他干脆从床上爬起来,然后凭窗而立。

窗外明月高远,四处静悄悄的,此时,青创会揭牌仪式上的群情激昂,华科长临别时的工作要求,座谈会上自己的承诺,开则成满意的笑容,不断地在他的脑海里过电影,使他两颊滚烫。他觉得,现在,张大器的问题不仅是青创会能否让一个会员脱胎换骨,积极成长的大问题,也是一件自己有没有能力为小岗办和村委会减轻负担,挑起重担的大事,意义非同寻常,必须认真对待。

想到这,他返身回到写字台前,拿过手机就给许乐发出了一条信息:

当下,清理空壳企业已成为青创会的首要使命,如何和张大器谈?我一步到台口,还是让螺螺出场,先试探一下张大器的态度?

令关子良意外的是,信息刚发出去,许乐的信息就回了过来。

不要命了?

你不要，我还要呢！

关子良的信息：打搅了，对不住啊！呵呵。

许乐的信息：我来跟张大器谈吧。螺螺那个伪娘狗都不吃，你以为张大器能嗅他。

关子良的信息：以后不可用这种语气说螺螺了，你们都是同事了。

许乐信息：算了吧，我跟他正经他还不习惯呢。我明天跟张大器谈吧。要不我现在就打他手机，有钱人的夜生活不还在进行着的嘛。

关子良的信息：容我再想想吧。你先睡下。

许乐的信息：一直就没睡啊。想白天你的样子……

关子良：那就快睡吧。

到了第二天，关子良还是决定先由螺螺跟张大器谈。因为，张大器虽然一向看不起螺螺，但是，对螺螺还是很信任的。想到这，他给螺螺打了电话。

打了两遍，手机里提示说，对方已关机。关子良就向许乐打听螺螺的下落。许乐显得很不高兴，说，为什么要向我打听？搞得跟真的一样？听许乐的语气不对，关子良忙问原因，才知道，这几天螺螺出来的次数多了，和雪晴打架了，打得很厉害，都打到羊圈里去了。许乐说，可笑得很，雪晴竟然怀疑我看上了螺螺，哈！你算星期几？看上他还有你的。看上你家的羊还差不多。

那年，关子良去常州找庄晨晨，正赶上雪晴和车间主任打架，此后，雪晴就辞职了。在乡村，雪晴的长相是数一数二的，回到小岗后，至少有十几户人家上门求婚，都被雪晴拒绝了。又过两年，父亲急了，问她，你到底要找什么样人？雪晴说，别逼我，要是真急，你们就介绍螺螺吧。那时，螺螺刚从广州回来，钱没挣到，蛮洋气的，看女孩时，鬼鬼祟祟的，讨人喜欢。

雪晴父母不好上门提这个事，就转个弯子，让史学久出面说。史学久觉得两人不配，没想到，他把这个事一提出来，螺螺父母跟捡了个元宝一样，立马就答应了。

结婚那天，螺螺问雪晴，喂，你闲得没事，找我干什么？

雪晴说，看你好欺负。

第三章 彼岸的花朵和一个人的新历史主义

螺螺只当这句话是开玩笑,没想到,结婚后,雪晴说到做到,处处管着螺螺,最后,连什么时候上床,都是她说了算。这些日子,雪晴能允许螺螺在青创会里来回跑,真算是开了大恩,也算是给了关子良天大的面子。于是,关子良要得理不饶人的许乐打住话头,就决定让螺螺和张大器谈空壳企业的事,和她进行了沟通。

许乐说,我昨晚考虑了很久,觉得这件事你走得太快了。关键是,你捅的这个马蜂窝不大,马蜂不小。暂时把这件事放放吧。张大器的空壳企业能存活到现在,外面可是结满了蜘蛛网啊!如果你撕不开这张网,反而被缠上了,怎么办?说到这,许乐的语气低缓下来,其实,大家都在看你怎么开头呢,与其出门摔跤,不如找个拿手的事情,做个圆满的结果来,让大家都高兴高兴了,你说对吗,何必让这么多人为你担心呢……

说到这,许乐突然不说了。关子良却能在一片寂寞中感受到对方的眼泪。他说,你怎么啦?

许乐果然在擦眼泪,却笑着说,没什么。又说,让大妈多给你补补吧。没觉得你的领口都大了吗?说完,就把手机挂了。

许乐的话句句在理,这令关子良刮目相看,他觉得这个女孩的心智原来有着别人不及的成熟。但是,这毕竟是一个女孩的看法,况且,这个女孩的看法里有一种爱,也有自私的成分。

关子良拨通了张大器的手机。

35

从小岗回到广州后,张大器被一种满满的失败感和羞辱感所包裹,浑身上下,每一根神经都被紧紧牵扯着,这让他异常疲惫。他都想好了,回到家,就躲进维多利亚公馆,好好休息几天,让五彩缤纷的休闲生活,修复一下自己那颗在灰土中几度跌落的自尊心。可是,下飞机后,他刚给庄晨晨报过平安,庄晨晨就冷不丁地问他,你背着我都干了些什么?

张大器一惊。一年来,张大器和东莞百利贷款公司的刘婧联系得非常频繁,私下里也约过多次。当然,这个刘婧人不大,却是根老鱼竿了,只收鱼,不下食饵。所以,每次见到刘婧,张大器虽然像个修理工,在刘婧身上拾掇个不停,就是没能把人家弄上床。平时,张大器还是很忌惮庄晨晨的,所以,今天,庄晨晨这样问他,委实把他吓了一跳,他试探地说,发什么神经,怎么啦?

庄晨晨说,跟你说吧,今天公证处来人了,还有一个人穿的是法院制服。他们要你出具资产登记书。什么意思?

张大器舒了口气,说,例行公事呗,说明我们干大了。在广州,对有发展潜力的企业,地方政府打两张牌,小炸是保护,大炸是控制。你慌什么?

庄晨晨似乎信了,就说,不上去了,在公共停车区c段,直接找我吧。

可是,当庄晨晨把张大器从飞机场接到家时,她傻了。小区门口,站了五六个年轻人,清一色的花衬衫,清一色的蛤蟆镜,见到庄晨晨的车,就挡上了。挡在前面的人肚子特别大,人还没到,肚子就将车窗玻璃堵得满满的。

张大器打开车窗,用广东话问,什么事啦?

一个一脸青春痘痘的汉子走过来,递了只信封给张大器,然后微笑着用东北话说,张总,我家老大带给您的信,看好了。

当张大器接过那封信后,这汉子手一挥,几个"花衬衫"便随他走了,走时,衣袂飘飘,看上去像一只只有毒的花蝴蝶。庄晨晨看了看这几个人的背影,也启动了车,问,你怎么和这些烂仔有联系?

张大器扫了一眼,就把信看完了,然后,把信往包里放。庄晨晨说,给我。张大器说,一份公函。给我。庄晨晨语气严厉了,并把车子停了下来。张大器笑着说,私人信函,有什么看的。庄晨晨不容张大器解释,强行把信抢了过来,只是看了一眼,脸色都变了。

三年前,刘婧第一次上门找张大器,向他推介绿色产业,即电动车制造产业。大股东是广东人,厂址在越南。张大器也不是白给的,他仔细研究了产业的生命和前景,感觉到这绝对是个朝阳产业,不要三年,整个中国的摩

第三章　彼岸的花朵和一个人的新历史主义

托车大部分都会被电动车所替代。对此,他又和政府口的几个酒肉哥们儿做了讨论,都认为这个产业是个钱袋,届时,就看谁有眼光,谁胆子大了。

合作的形式是以保底股权开始,起步一千万,每增加二百万,年红利增加百分之四。张大器经过精确计算后,追加了六百万。

别以为刘婧上门仅仅是推销股权的,她在拉住张大器的胳膊遛弯时告诉张大器,投资没问题,她可以以信贷部主任的名义为张大器搞到全额信贷,利率最低。

按理,张大器明白,这种美色交易的背后就是套牢,但是,当刘婧那条白皙如玉的胳膊裹着自己的胳膊时,他很快就"投降"了。

事情就这样定下来了,张大器从刘婧手上贷了一千万,时间为两年。第一年,张大器就有了四十万的返利,这让张大器非常开心,这四十万,他没有跟庄晨晨说,一方面用于企业的小补贴,一方面被自己挥霍了。到了第二年,返利就拖延了。到了第二年的下半年,返利没有了。张大器去找刘婧,刘婧说在越南的那个产业破产了,接着,刘婧就失踪了。

正所谓跑了和尚,跑不了庙,正当张大器发蒙时,百利贷款公司的函过来了,提醒张大器准备还贷。张大器瞒着庄晨晨,借了朋友的三百万,按照还款计划,还了第一笔,接着就是第二笔、第三笔的催款函。接着是被告上法院,被强制公证。百利是个民间贷款公司,手下雇了一大批催款人。这些人大多是全国各武术团队退役的运动员,平时,只靠肌肉和拳头思维和交流,于是,就有了几个"花蝴蝶"出现在小区门口,拦下庄晨晨小车的场景。

小岗村青年创业联合会成立之前,关子良想邀请张大器入会,给张大器打过一次电话。那时,张大器的手机里乱哄哄的,正是应付催款的。

回到家,庄晨晨几乎瘫在了床上,张大器倒是风雨不惊的样子,他说,多大事,没有金刚钻,不揽瓷器活。这些年,大风大浪我见得多了,商场上的亏盈跟月亮的圆缺一样,算得了什么。

嘴上这么说,张大器的心里还是很恐慌的,因为,眼下,百利冲他端的可是双管猎枪,一是要把他告到法庭。一是要黑社会插手,要不来就用刀子刮。两个月后,如果这笔钱加上违约金不能到位,百利就跟张大器走黑白两道了。

晚上,庄晨晨很晚才回来,脸色很不好看,她把一只信封往张大器面前一甩,就进卧室睡觉了。张大器一看,是一本存折,上面有八十多万。不用说,这些钱都是庄晨晨省下来的,张大器心里一热。

张大器推开庄晨晨卧室的门,走了进去。此时,庄晨晨正半躺在床上,闭着眼睛休息,整个人显得很疲惫。

张大器坐在旁边,半天才说,对不起,让老婆大人担惊受怕了。

庄晨晨把脸转向床里,幽幽地说,那又能怎样,是我选的,当年看上的不就是你的魄力吗?

庄晨晨的这句话不知是讽刺还是安慰,但是鼓励了张大器,他说,亲爱的,和你商议个事。

庄晨晨没有应答,但显然是在听。

张大器就把自己的想法说了出来。当年,张大器在小岗申请投资的九家企业项目,签约时间都是三十年。如果能把九家企业的剩余二十六年的年项目补助一次性提出来,应该有四千六百多万。但是,张大器知道,就这个事,过去的几年里,小岗村村委委托史学久多次找他,催他抓紧投资,抓紧处理空壳企业,他不是搪塞就是躲,使他租借的那些土地越来越荒芜,现在,自己的钱头紧了,再想去提什么项目补贴的事,估计是很难了,没准还会被人家反堵在屋里,所以,他想到了关子良,想让庄晨晨出面去找关子良,能否以青创会的名义将这些钱提出来。

庄晨晨一下子就坐了起来,她鄙视地看着张大器,连连冷笑了两声。

张大器涎着脸说,目光这么犀利做什么,呵呵,这个只能你出场了,我想关子良不会一点旧情不念吧。

庄晨晨突然用脚去蹬张大器,张大器连忙躲开,然后笑着跑到了一边。庄晨晨骂道,你还好意思提你那些企业,这几年你看我回去过几次?没脸回去呀!九家企业,哼,就是九个骗子!常年在骗人家的钱,而且,骗的每一分钱,都是乡亲们的。现在,你还好意思出这个馊点子,可耻。

够了!张大器不高兴了,他说,不愿意救我就算,说这些废话干什么。说着,一脚将身边的板凳踢翻,下楼去了。

下楼后,张大器心情沉重烦乱,他去了一个叫暗巫的酒吧,然后在那里,静静地坐了两个多小时。在这两个多小时里,他在自己的思想里挖了无数个洞,但是,都没有找到出口,最后,他还是决定亲自跟关子良谈谈。而正当张大器准备给关子良打电话时,他的手机突然响了。

36

张大器一看,是关子良的手机号,心中自然一喜,私下嘀咕,看来上帝是要眷顾心高气傲之人的,正赶上自己不知如何开口之时,当事人送台阶来了。他说,是子良啊!刚坐轿子,有点颠吧。是的,小岗那个地方太复杂,兄弟你悠着点,有什么困难跟我说说,我……

关子良打断说,呵,那好,我说说。

按照张大器的性格,他说话时,向来是不会允许别人插话的,更允不得别人压他的话头,但是,今天他心里有只手,是准备伸向关子良的,只好把路让开了。

于是,关子良就把小岗村最近发生的大事先说了一遍,然后也提到了张大器被选为青创会执委的事,并向张大器表示了祝贺。

关于加入青创会和当选为该会的执委,张大器根本就没有兴趣,因为,他认定这件事将来必定是一团泥巴,说不定哪天会烂在自己的脚上。但是,张大喷嚏不愿意,他觉得唯有张大器占了这个位置,他才安心。他才觉得自己在这个村庄上后继有人,威望不减。今日,关子良郑重其事地把这两个事提出来,张大器只能应景,说,惭愧,这是子良会做人,我记下了。

关于关子良又把那天青创会讨论的事刻意说了一下,把比斗和林江等人的表态也说了。他说,张总,比斗和林江能主动站出来摒弃个人利益,是给父

317

辈们挣脸面,是很得人心的,现在有一个问题就摆在了你我面前,你我必须面对。

张大器笑了笑说,嚯!怎么这么严肃,什么大不了的问题。

关子良说,就是你在小岗开办的那几家企业项目和贸易公司的事。

张大器笑了一下说,是呀!谁要投资吗?

不!关子良笑了一下说,是要撤出。

张大器不吭声了。

关子良说,张总,这个事,你我心里都清楚,你的这九大项目,其实就是九座空山。群众看不下去,反应很大,青创会反应也很大。你既是小岗村人,又是青创会的执委,应该有个态度了。

张大器说,那好,我先表个态好啰。第一,我坚决辞去你们那个所谓的什么小岗村青创会执委职务。这个轿子太轻,抬不动我。第二,请问群众是谁?青创会是什么组织?当初,这九大项目是县里敲锣打鼓迎进村的,那时,我可是小岗村的大救星,现在怎么啦?人老珠黄啦?要换床啦?要换也轮不到他们跟我谈。

关子良毫不含糊地说,不是他们跟你谈,是我跟你谈。

你也没有资格!张大器大声地说,接着就按了手机。

仅仅是几秒钟,关子良又打了过去。

手机刚接通,张大器就以十分镇定的语气,十分清晰的口齿,一个字一个字地说,大良子,我就知道你不会放过我,你用的是什么型号的雷,挖的是多大尺寸的坑,我都知道。神出鬼没的是,我的确没想到你会在这个节点上引爆。呵呵,只是你看错了人。当初,她看不上你,与我何干?现在你想证明什么呢?你以为你这样做,她就会看得起你了?算了吧,你仍然不会赢。

关子良说,张大器,在感情上我也不能免俗。如果你想把我清理空壳企业的事硬往这上面挂,我也不想分辩。现在,我谨代表青创会要求你务必于三日内递交企业整改方案。

张大器说,关子良,我的合同是三十年,甲方:凤阳县小岗办。乙方:张

第三章 彼岸的花朵和一个人的新历史主义

大器。请问,你看过那份合同吗?你看哪个字缝里能蹲得下你。

关子良说,合同就在我手里,合同的第二十八款中说,对于落户的项目,对于一年不见基础规模,两年不见效益的,视同违约……

张大器又把手机关了。

37

张大器和庄晨晨从××区法院的审判庭出来后,拿到了三件东西。第一件是××区法院的判决书。在上午刚结束的这场庭审中,张大器败诉。法院判决张大器必须在接到审判书后的一个月内还清百利信贷公司的所有贷款及违约金,否则查封张大器在广州地区的所有产业,冻结张大器在银行的所有资金。第二件是来自黑社会的一封信。信中直言不讳地说,他们一直关注着这场官司,如果在规定时间内,张大器无法还清百利公司的贷款,将对张大器采取强制措施。此函当付操心费五万元。第三件就是青创会发出的函件。该函告知张大器,按照违约条例,目前,小岗村村委会和小岗办已经名义上暂停了张大器在小岗的所有公司和企业,清理和屏蔽其在网上的所有广告,拒绝采访和发布有关这些企业和项目的所有新闻。同时,要求张大器必须在十五个工作日内退还四年来的所有项目补贴七百二十万元。

回到家,张大器就把三封信撕得粉碎。

庄晨晨进来时,张大器眉头紧锁,正在一口接着一口抽烟,脚下全是碎纸屑。庄晨晨看了张大器一眼,然后默默地坐在一边。

这时,张大器忽然冷笑一声说,这就是我的老乡。老乡见老乡,背后干一枪。

庄晨晨能听懂了张大器的话,也觉得这话很刺耳,但是,见张大器一脸的憔悴,年纪轻轻的,眼袋都出来了,她把一杯水轻轻地推到了张大器面前。

这时,张大器忽然抬起头,急切地说,晨晨,这个事,还得你站出来。你要跟关子良谈谈。

319

庄晨晨说，关键是，现在不是关子良一个人啊！信函上是三枚公章啊！

张大器咬牙切此地说，别忘了，关子良的章可是放在最后面的，他是背后推手。

庄晨晨说，我即使有能力把关子良的章抠掉，还有两枚呢？

张大器说，那两枚章不过是关子良的虎皮，关子良不在了，虎皮有什么怕的。

庄晨晨觉得张大器是病急乱投医，把这个事情低智商化了，便情不自禁地摇了摇头。

张大器冷笑一声说，我知道，你不会去的。你不想为难他是不是？你希望看到这种结局是不是？当初你嫁给我，心里一直对他有愧，现在可以搞个平衡了是不是？我——都知道！

庄晨晨火了，她说，你疯了？你讲不讲理？你浑蛋！庄晨晨说这句话时，声音不大，但是显得很激动，眼里是有泪花的。

张大器可不管这些，他开始给什么人打手机，手机接通后，他说，阿金嘛，我被逼急了，想做掉一个人，开个价吧……

张大器的话音刚落，庄晨晨疯了一样冲上来，奋力夺下张大器的手机，然后大声说，你真疯啦？

张大器手指着庄晨晨大声喊，我就知道你会这样，你一定会这样的。

庄晨晨流着眼泪说，不管怎么样，我都不会让你去杀人，不管杀谁。你真浑蛋！

张大器冷笑一声说，那好！现在，关子良有两条路，要么成为我的恩人，要么成为我的仇人，关键就在你。

庄晨晨流着眼泪说，张大器，你太卑鄙了。

张大器说，在家破人亡之际，你作为我的妻子，必须要有担当，你去不去？

庄晨晨的眼泪越来越多，她说，你想让我充当什么角色？你好可怕。

张大器说，你要不去，我只有花钱雇人了。

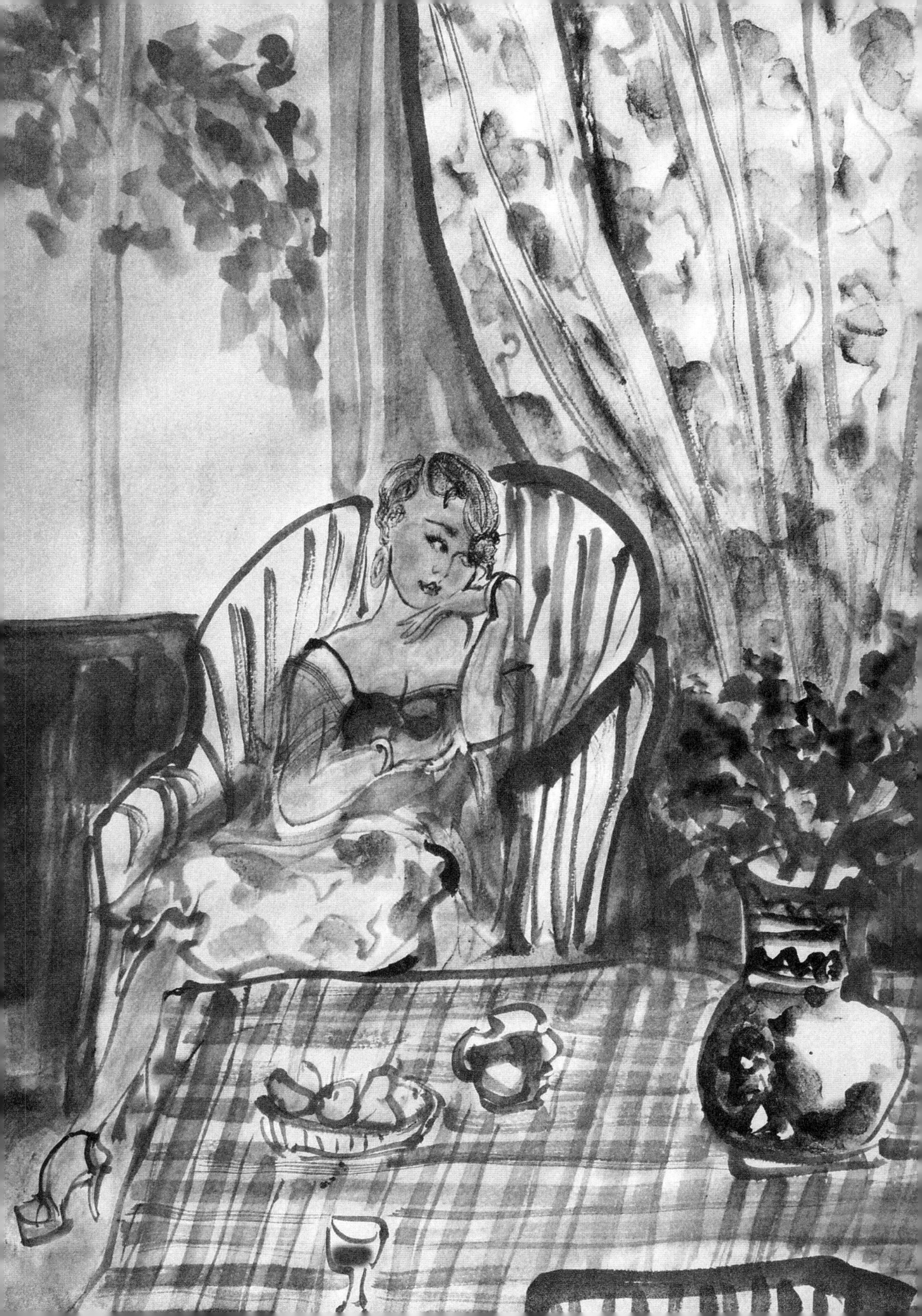

第三章　彼岸的花朵和一个人的新历史主义

庄晨晨说，张大器，知道我当初喜欢你什么吗？自信、大度、临危不乱。你今天这个样子让我非常失望，非常非常失望。如果已经堕落到这个地步，你说你花钱雇凶，我还会在乎吗？你说你因此被拉上刑场，我还会在乎吗？

张大器大声说，是的是的，你绝对不会在乎。

是的，我就不在乎，庄晨晨把手机往床上一撂说，打电话吧。前门还有刀子铺，你多选几把。说完，飞快地下楼去了。

张大器在后面喊，你当初最喜欢我的是钱，钱，他妈的钱——

38

那天，张大器的傲慢和奚落确实惹怒了关子良，这便成了那封公函里的一把底火。然而，公函发出后，关子良却一直处在一种不安和焦躁中，没有过一个好睡眠，人也变得有些脆弱了。

强制清理空壳企业这件事，无论多么堂而皇之，还是能让人感觉到有许多个人感情充斥其中，而自己和庄晨晨、张大器的三角关系，极可能成为他人议论的话题。同时，关子良还觉得，都是乡亲，这件事还可以处理得更冷静些、委婉些，让彼此都能有个台阶下。另外，他不得不承认，自己对庄晨晨感情一直未能泯灭，虽然没有了重温旧梦的渴望，但是，当初的那份爱太过炽热。此时，自己刀枪并举的，庄晨晨会怎么想呢？如果顺利地解决了这个问题，彻底扳倒了张大器，村子上的人又会怎么看呢？过去，关子良做事非常简明，决定某件事，既快也不会后悔，但是，到了小岗后，在如此复杂的群体和事物面前，他无法做到快速了。其实，这几天，除了不安和不停地反思之外，他还在等张大器的反应。此时，如果张大器能主动承认错误，愿意回到小岗，就空壳企业问题坐下来谈谈，他会向后退几步。但是，公函发出去几日了，一点回声都没有，空气中充满了对决和冷漠的气息，这样下去，只有将张大器告上法庭了。

关子良正在办公室苦苦地想这件事时，螺螺来了。

323

关子良很久没见螺螺了。今天,螺螺穿戴相当整齐,还梳了头,这样,眼睛就显得尤其明亮,只是鼻子一侧和脖子上有几道伤痕,乱了一脸的俊朗之气。

见关子良看自己的伤,螺螺低下眉眼说,少投了一遍料,羊炸圈了,被老山羊划了一下。

关子良把一杯水放在螺螺面前说,明明是雪晴撕的,你赖羊,如今羊也知道法院在哪。

螺螺没想到关子良这么不给面子,忙说,不是不是。说着,端水去喝,算是掩饰了。

关子良坐下来,语重心长地说,螺螺,不能因为和羊在一起,就成了羊。女人要管的,尤其是你家雪晴,你这样纵容下去,下地狱都找不到绳子,早晚是个祸害,不信可以等待见证奇迹的时刻。

螺螺索性承认了,却有点油滑地说,你说得对,以后我要慢慢教育,再敢就和她对撕。

关子良想笑,心中忽然有了一种浓厚的痛惜之情,就没能笑起来。他问,有事吧?

螺螺说,嗯。又说,陪我去蚌埠一趟。

关子良说,操什么蛋。我这可是一筐桃子,一筐梨,都是烂的,什么事?

螺螺挥了挥手说,陪我去吧。

螺螺很少求自己,又是很含蓄的男人,关子良就说,上午能回来吗?

螺螺又挥了一下手。

于是,两人就去了蚌埠。

凤阳离蚌埠很近,四十分钟的路。在蚌埠汽车站下了车,螺螺掏出一张纸条看了看,然后叫来一辆出租车,向城里去了。待出租车在珠城大酒店停下时,关子良有点纳闷了。这个酒店是五星级的,大多接待政府官员和商界大鳄。关子良从来没听说过螺螺有住得起这种酒店的朋友。他猜想着事情的根由,问,螺螺,准备扩大羊圈了?

第三章　彼岸的花朵和一个人的新历史主义

关子良心里有了一个评估：也许螺螺真找到了一个合作伙伴，想扩大他的畜牧产业了。但是，转而一想也不对，就螺螺那百把只羊，能找到合作伙伴吗？

这么七想八想着，螺螺把关子良带到了酒店右侧的一个咖啡厅。

咖啡厅人很少，所以，关子良一进门就看见落地窗边坐着一个女人。栗色短发，耳环是银白色的，发着尖锐的亮光。咖啡厅里的冷气很足，女人披着一个薄薄的桃色纱巾，手腕上的玉镯晶莹剔透，把手显得尤为细腻。由于是侧脸向着窗外，眼睫毛显得很长，尽管是假的，但是，整个人显得更为讲究和精致。

听到关子良的脚步声，女人转过脸来。

关子良看清了，是庄晨晨。此时，庄晨晨已经站了起来，并主动向关子良伸出了手，看上去显得很大气，但脸颊还是微微红了。

关子良完全明白了，他和庄晨晨敷衍地握了握手，然后坐在了庄晨晨的对面。忽然又觉得极不自在，回头去找螺螺时，不知什么时候，螺螺已经消失了。

好像是早就安排好的，关子良这边一坐下，咖啡、点心就上了一桌子。庄晨晨说，也不知道你喜欢些什么，就乱点了。

关子良向四周看了看，笑了笑说，你客气了，坐在这里就很奢侈了。

庄晨晨偷窥似的打量了一下关子良，说，听说高升了，让你来见我，不介意吧？

庄晨晨打量自己的眼光让关子良非常不悦，他感受到了一种蔑视和挑衅，于是，就针锋相对地看着庄晨晨说，说重了。是为张大器的事情来的吧？

庄晨晨的脸颊又红了红，但是，马上就镇定下来，她说，路过蚌埠就不可以看看老乡吗？

关子良说，这个事你来也好。

庄晨晨显得很失望，她说，其实，无论多么严肃的事，都可以浪漫些的。这么多年了，你还是老样子。

关子良说,有些事,恰恰是不能浪漫的。即使再过几十年,我也是这个样子。

庄晨晨像是被咽了,她端起杯子,轻轻喝着,拿杯子的手,微微颤抖着,关子良这个样子,让她感到了一种冰冷和决绝。

空气在两个人之间散淡和虚幻了一下,这时,庄晨晨放下杯子,说,是的,我来是为了他。我知道,这么多年来,你还记恨这件事。这个时候,我站在他的一边,想必你会更不舒服,但是,有些事情我们都无法改变,就算是他强奸了我,我也得来找你,因为,他是我丈夫。

说这些话时,庄晨晨不再敢看关子良,眼睛是湿润的。

关子良显得很气愤,他说,张大器口口声声说,我这么做是为了公报私仇,你现在也这么说,难道,我关子良比这件事的本身还龌龊?你们能否客观些,说别人之前,先抖一抖自己的毯子。

……

是的。当庄晨晨想说什么时,关子良粗鲁地打断了她,你从我身边突然消失,的确让我吃尽了苦头,但是,我慢慢地就把自己消灭了。我觉得原来的我,就是配不上你,再后来,我完全原谅了许多人,许多事。当我从这场爱中悟出了我一生都将为之骄傲的真理,并为之和生活死磕到现在时,我对你们充满了感激。现在,再提那场感情,提那种伤害,我已经浑然不觉,所以,我提请大家都别去提它了,谁提谁就是自作多情,很虚伪。

庄晨晨的脸色完全苍白了,她没想到关子良如此无情。她仓皇失措地搓了搓手,那手里全是汗。她说,那好吧。子良,我们就来用尺子量一下这件事。张大器到小岗投资,从一开始,我就是反对的,可是,那时他已经财迷心窍,无法回头了。今天,他走到这一步,完全是咎由自取,这是我的真心话。但是,我觉得,这件事也有值得商议的地方。不错,后几年,他利用空壳企业套了政府不少钱,应该退还,不过,前几年,他的确把大量的资金都用在了项目的基础建设上,也为这些项目想了许多点子,跑了许多地方,只是,他太过激情了,待项目落实后,他才发现,每走一步,都十分艰难。说确切些,他对自己评估不当,眼高手低了。我说这些,只有一个意思,张大器走到今天,原因不是一个私心能概括的,不应该一刀切。还有……

说到这,庄晨晨的声音忽然暗哑起来,她控制了一下自己,又说,最近,大器的日子非常难熬,我们那个家正面临着灭顶之灾。

接下来,庄晨晨把张大器在广州四面楚歌的情况跟关子良说了。

庄晨晨说得诚恳而凄楚,一时间,两人都沉浸下来。过了一会儿,关子良说,纵然都是实情,法律面前,谁又敢打感情牌呢。

你。庄晨晨说,显得特别激动,嘴唇颤抖着。关子良,这张牌你一定能打出来。因为,张大器救过你。

关子良愣了。

那年,关子良去辛巴克文化娱乐总会救螺螺,因为情急打人,被警察带走,在半道上,警察又莫名其妙地放了他,其中的隐情是,在关子良和辛巴克的人打成一团时,螺螺给张大器打了电话。张大器不愿意出手。庄晨晨闻讯后,非常焦急,想亲自到现场,又怕让关子良失面子,就托张大器的好友湾仔找公安局的哥们儿打招呼,这才放了关子良。

第二件事,在中国心挤塑公司,关子良因为掩护俞总,差点入狱,是庄晨晨让湾仔暗中帮助,救下了关子良。

第三件事,在关子良走投无路,茫然四顾时,又是庄晨晨暗中请湾仔四处寻找,并把关子良带到了苗圃场。

这三件事,对于关子良来说,哪一件都是恩情,此时,庄晨晨却把这些都安在了张大器身上。最后,她流着眼泪说,你在广州的这些年,你的身后总有一颗心,一双眼睛,一直放在你身上,一时不停地盯着你,那就是我。你回到小岗后,这双眼睛仍然跟着你,这颗心也是。当你选举失败后,在小岗被四处喊打时,我没有为我的丈夫高兴,而是为你彻夜难眠。你记不记得,那天晚上,你最难熬的那天晚上,有人从广州给你打了好几个电话,你知道那些电话是谁打的吗?

关子良端起咖啡喝了起来,到目前为止,这是他第一次喝庄晨晨的咖啡。但是,喝完后,他把脸转向了一边。

见关子良如同一座冰雕,庄晨晨擦掉眼泪,狠狠地说,知道你心硬,我知道的,这些年我太了解你了,没有谁比我更了解你。说吧,要什么条件,除了不能跟你上床。

关子良猛地站起来说,够了!把你的床收起来吧。说完,在庄晨晨泪如雨下的时候,大步离开了咖啡厅。

39

关子良从宾馆向外走时,心里是恼火的。见到庄晨晨的那一刻起,他是激动的,或者说百感交集。这是七年没有见面的情人啊!太多的不解,太多的委屈,太多的情愫。那时,尽管知道庄晨晨必然是为了张大器来的,他的心里还是有期待的,譬如对"移情"的委婉忏悔,对自己几年来所受的磨难的安慰,对往昔的深情回忆……他怎么也没想到,庄晨晨根本就不想谈及过去,或者说,已经把两人的过去丢到爪哇国,却像盔甲一样,始终护在张大器的前面。那时,即使张大器是卑鄙的骗子、恶贯满盈的强盗和不知羞耻的强奸犯,也能容忍,还有,他根本就不相信庄晨晨说的那些故事,尤其不相信自己在广州落难期间,那个对自己一向傲慢和不屑的张大器会向他的情敌频频伸手。而这些如果是庄晨晨编撰出来的故事,则更让他难以接受。

关子良心里有气,就想朝螺螺身上撒。当下,他觉得这个家伙太爱多事,骗自己到蚌埠来,存心让自己受气、为难和羞辱(一时间,他是这么认为的)。可是,在大厅里,他四处看了遍,也没有看见螺螺。出了旋转门,他才发现螺螺站在外面。

令关子良不可思议的是,大厅里有那么大一片休闲区,冷气也足,螺螺偏站在外面;外面也有树木和阴凉,他却站在太阳下。那日头明晃晃的,把他的脖子晒得通红。他不时地擦着汗,不时地擦拭眼镜。

这种傻人顿时让关子良失去了训斥的兴趣,但是,他也不想喊螺螺,出

第三章 彼岸的花朵和一个人的新历史主义

门就向左走了。螺螺倒是眼力好,一眼看见了关子良,忙小跑几步跟了上来,带着一脸的笑,急急地像要说什么,忽见关子良的脸如同一张掺多了碱的死面饼样,便不说话了,一边跟着快走,一边不时地看关子良的表情。

两人没赶上六点多的车,到了东山坳,天就黑得麻乱了。这一路上,关子良也不说话,弄得螺螺非常被动,哼唧了几声,一句话也没有。快要分开走时,螺螺微笑着说,你可嫌烦?跟你说个事。

关子良站住了,说,我是真烦。一路上,我把草席都算烂了,也没算出来你帮过我什么。你就是泥巴,我就是早秧,栽在你身上了。

螺螺手一挥说,那好吧,我去羊圈了。说着就向山坳里走了。

关子良还想问螺螺跟自己说什么事,心里有气,也不问了。

关子良和螺螺分手后不久,手机上来了信息,关子良一看,信息是许乐发来的,没有话,就一个问号?

最近,许乐跟自己说话时不那么直率了,声音也变了,好像从雄性一下子转为雌性了,同时,除了工作,话也少了很多,脸色、眼神和肢体动作在交流中的比例明显增加了,今天,发来的这个问号要是换成螺螺,非常吻合,对于快言快语的许乐来说,就有些不搭了。但是,从这个问号里,关子良还是感受到了许多暗示。他没有马上回信息,而是边往前走,边观察。走到离村子约半华里的样子,关子良忽然有所发现。远处就是凤阳城。小城的灯火到达这里虽然很弱了,但是仍然具有勾勒人与物的能力,关子良由此看见,小庙旁边的一棵树下站着一个人。

关子良做事有魄力和豪侠之气,但也有绝对的软肋,就是不怕具体的东西,唯怕那些看不见,摸不着的东西,比如传说中的鬼。

关子良的额头上一下子就渗出了汗,因为,在这空旷的地方,尤其是落下夜幕的时候,前面猛然出现一个模糊的人影,确实让他很害怕。他想停下来,结果如同有人在后面推他,整个人还是向前走了。走着走着,关子良发现那个人影忽然向自己快速移动起来。关子良的心狂跳起来,正考虑怎么办时,那影子越来越近也越来越清晰了——是许乐。

是关会长吧？许乐首先喊。

关子良舒了口气，向前挥了挥手。这时，许乐已经走到关子良的跟前了，她叹了口气，显得很疲惫地说，快三个小时了，你终于出现了。

关子良从许乐的口气中能感觉到什么，他问，这么晚，你怎么在这？吓死老娘舅了。

难道螺螺没跟你说？在微光下，许乐的面部是柔和的，但有明显的委屈和责怪之色。

说什么？

说我在这等你……无论等到什么时候。

关子良这才明白分手时螺螺跟自己说的那句话是什么意思，他说，你发信息给螺螺了？为什么不直接跟我说？

哼！许乐轻声地哼着，怕耽误你们呀！毕竟七年没见了，哪一秒不值个千儿八百的。

许乐这么一说，关子良知道，自己到蚌埠和庄晨晨相见的事，螺螺肯定跟许乐说了，他在心里骂道，这个猪头。

好像从关子良的脸上读出了什么，许乐说，到蚌埠来见你，是庄晨晨请螺螺帮的忙。螺螺拿不准，跟我商议，是我成全了你们。很开心吧，够不够意思？

关子良显得很放松的样子说，就是清理企业的事，谈得不好。

哼！骗谁。许乐噘着嘴说，斜眼看着关子良，你们是三点三十五谈的，一直到六点二十，谈得还不好，还不深入？

关子良说，你到底想说什么？

许乐就直直地看着关子良，嘴向里瘪了一下，突然就哭了，说，你根本就不应该去看这种女人。我允许螺螺告诉你，就是想考验考验你的。你真跑去了。这说明什么？说明这些年，你心里一直有她。你真可笑，可怜！这是个什么样的女人你难道还不知道？在她身上，你苦头还没吃够吗？当初，她一边跟你谈情说爱，一边跟张大器约会，还要我帮她撒谎。那次，你去常州

第三章 彼岸的花朵和一个人的新历史主义

找她,她根本就没有出差,他和张大器就在景秀园宾馆,在哪个房间我都知道。你不知道她多现实,她是和张大器试婚后,觉得张大器确实比你好,比你优秀,才彻底和你分手的……

许乐说到这忽然不说了,她发现关子良显得很难受,脸部表情极为难看。这时,关子良声音不大,但非常可怕地问,原来你什么都知道,你早就知道,当时,你为什么不说?

许乐发现了自己的失误,便转过脸去抹泪,回避着这个话题。

关子良很生气,也转过脸去。许乐却从背后一下子抱住了关子良,轻轻地哭诉着,因为我太爱你,真的……我不想告诉你,一点都不想……

七年来,如果说关子良对庄晨晨还有许多难以割断的情愫的话,今天,许乐的爆料让他在极度的懊悔中彻底绝望了。在这件事上,他什么都能忍,最无法容忍的是,庄晨晨早就跟张大器上床了,还跟自己周旋,这有关一个女人的品德,非常恶心。

许乐,你真爱我?这时,心灰意冷的关子良叹了口气,看着远方问。

许乐使劲地点头,点头时,下巴摩挲着关子良的后背。

关子良的眼泪流了出来。这眼泪里有委屈,有怨恨,有感激,也有一个男人的自卑和认命——保守的关子良,在心里是怎么也接受不了许乐这样一个女孩的。

他们接吻了,接着双双躺在草地上。

许乐真的爱这个男人,无比地爱。当这个男人策马而来时,她早早就打开了自己的城门。

暴风骤雨后,两人慢慢地退却了。八月,田野的风中夹带着太多的滋味,年轻的庄稼清香而令人迷醉。

许乐半梦半醒似的躺在关子良的怀中,迷迷糊糊地问,怎么办?她怎么办?

许乐的这句话暴露了一个女人的善良,关子良有些感动,他用手挡住了许乐的眼睛,然后茫然地看着远方。

夜色浓郁而厚重,远方很近。

40

那天,庄晨晨愤然下楼时,张大器以为庄晨晨是逗一时之气,没想到,待张大器下楼时,庄晨晨已经没有了踪影,接着就是三天没有任何消息。张大器惊恐万状,一向冷傲的他给庄晨晨发了一条充满柔情的信息:

老婆,回来吧!请再相信我一次,就像当初相信我一样,像当初那样义无反顾地跟着我。请您放心,什么都压不垮我,所有的困难都是暂时的。过去我能扛住的,现在仍然能。回来吧,现在我才发现,你才是我心中真正的大山,你塌了,我怎么能扛得住哩。深深地爱你。

星期三,庄晨晨回来了,此时,张大器正坐在客厅发呆,见到庄晨晨,他没有显得那么热情,身子动了动,还是没有起来。

家里乱得一团糟,茶几上已经有了厚厚的一层灰,衣服扔得到处都是,一眼看去,像是一个被反复轰炸的阵地。坐下吧。张大器说,语气中有一种渴望和急切。

庄晨晨坐下了,离张大器比较远。

张大器幽幽地说,整个广州城都找遍了。你所有的闺密,你最喜欢去的地方,包括爸妈……就剩一个人了。

过了几秒钟,庄晨晨冷冷地说,是的,我去找他了。

张大器显得很意外,他看了庄晨晨一眼,目光像一把刀,而他的食指则像马的前蹄,在茶几上轻轻地挠着。茶几上很快就出现了一条明显的痕迹。他在等待着,此时,他太需要一个振奋人心的好消息了,他的心没有他在给庄晨晨的信息中说的那么强大,这几天,他就要崩溃了。

庄晨晨说,事被你做成了墙,人家不想翻越,话只能说到墙根下。见张

第三章 彼岸的花朵和一个人的新历史主义

大器的眼睛又在自己身上翻看着,审视着,她说,所以,人家不稀罕你的钱,包括我。说到这,庄晨晨自信地心底坦荡地看着张大器。张大器在庄晨晨的这种目光下退却了。他用手把住脸,以至于自己不会深深地低下头去。

一连多日,张大器都很少回家,这天晚上,《新闻联播》刚结束,张大器回来了。

和前几天一样,今天,庄晨晨把饭菜做好后,就一直坐在那等,其间,她没有打过张大器的手机。这些日子,她从张大器看自己时的眼神里能感觉到,对于自己失联的这三天,关于自己和关子良的见面,张大器是充满想象的,无论自己怎么解释都无法打消张大器的怀疑。此时,她要做的,就是不卑不亢,这样或许才是最好的解释。

进屋后,张大器把包放在沙发上,也不说话,抽起了烟。

饭菜都在桌子上,位置也很明显,见张大器没有要吃饭的意思,庄晨晨还是忍不住地问,吃了?

张大器把仅仅吸了两口的烟掐灭,说,晨晨,我们谈谈。

庄晨晨心里咯噔一下,她知道,关于自己偷偷去会关子良的事,张大器终于要"打上门"了。心里这么忐忑地想着,却又很自信。觉得自己没有什么对不起张大器的。因为自信,她又感到委屈和恼怒起来。为此,她并不看张大器,语气生硬地说,你说吧。

张大器的一只手在头上梳了几下,说,晨晨,我们——离婚吧。

听张大器这么说,庄晨晨猛地转过脸来,一脸错愕地看了下张大器,又猛地转过脸去。

张大器说,我是认真的。

哼!庄晨晨说,好呀。不过,我可要提醒你,到时候,你可得净身出户。

可以。

还有,你那些烂事烂账烂人与我一点关系都没有。

行。

庄晨晨见张大器答应得干脆,她又狠狠地看了张大器一眼,再次转过脸

333

去,鼻子里发出了两次哼哼之声,然后说,那就快点吧！我等不及了。

张大器便从包里拿出两份协议书来,说,协议书我拟好了,对财产做了初步分割,你先看看,如果有不满意的,可以在旁边加。

庄晨晨不看张大器,却向张大器伸出一只手来。

张大器走过去,把协议放在了庄晨晨手上。庄晨晨认真地看了两遍,脸色苍白地说,有件东西你得给我。

张大器想了想说,你说吧。你想要什么尽管说……

庄晨晨突然扑向张大器,一边去撕扯张大器的衣领,一边哭着骂道,我要你的命！王八蛋……

张大器冷不防,一下子被庄晨晨扑倒在沙发上,任由庄晨晨打自己,骂自己,好好一个家,好好一个企业,被你一夜间败成这样,我没嫌弃你,跟你一起煎熬,一起扛,为你去求爹爹,拜奶奶,眼泪淌了几大缸,你难道都瞎了吗？不要你说一声辛苦,念一分好,你倒好,还想做出这种丧良心的事,说出这种丧良心的话。结婚后,没有孩子,明明是你的问题,为了你的面子,我都揽在了身上。别人家的太太,都去这里休闲,那里度假,我一分一分为你攒着。没跟你结婚前,我就为你做了三次人流……你为什么还要对我这样……

张大器把伤心欲绝、浑身无力的庄晨晨紧紧地搂在怀里,强制着自己的情绪说,晨晨,你听我解释。

我不听,不听。

张大器说,其实,我这样做正是为了爱你,为你留后路啊！

庄晨晨痛苦地摇着头。

张大器说,对这场官司,我做了一次综合评估。也许是今晚,也许是明早,这个家、那些企业就全改了姓。百利、法院、关子良就是三支穿心箭,一齐射向我,我必死无疑。

像是怕张大器被谁夺走了,庄晨晨紧紧地搂住了张大器,浑身战栗不已。

张大器说,所以,我想出这个下策,离婚,给你留点生活的后路,至于我,被追杀,入狱,都与你毫不相干了。

庄晨晨放声大哭起来,她紧紧搂住张大器的脖子,哭着说,你这是什么浑蛋想法啊!你不在了,我要这些还有什么用,你这是什么浑蛋想法啊!你浑蛋……

老婆的泪水像小溪一样流淌到张大器的脖子上。张大器百感交集,他想流泪,但是他高高地昂着头。当年,这个女人就是崇拜他的狂傲、自信和霸气,才不顾一切地奔向他的,现在,无论如何也不能让这个女人看到自己的眼泪。

正在这时,张大器的手机响了。张大器要去接,庄晨晨却紧紧地搂着他。张大器说,是祸躲不过,说着,把手机拿了过来。

手机果真是百利打来的,还是那个声音很粗的男人,他告诉张大器,说百利老总久久鸿就还贷一事,恭请张大器到礼顿酒店一谈。

张大器嗯了一声,对方马上说,要不,我们几个弟兄亲自到贵府接您。

张大器看了庄晨晨一眼,极力用平静的语气说,那不需要。谢谢,就到。说完就把手机关了。

庄晨晨一把拉住要站起来的张大器,惊恐万状地说,他们要你到哪?要不要报警?

张大器知道庄晨晨听到了对方说话,说,紧张什么,没事。和当家的见个面不是坏事,小鬼才是最难缠的。

不行不行。庄晨晨抱住张大器,坚决不给走。张大器怕那些人上来,吓到或者伤及庄晨晨,就撒谎说,是一个公开场合,公证处、法院都派人参加。没事。

庄晨晨半信半疑地看着张大器。就这样,张大器慢慢地将自己的胳膊从庄晨晨的怀里抽了出来。

张大器走进卧室,在庄晨晨跟进来的时候,偷偷地把一把防身用的匕首放在自己的口袋里,然后,吻了一下庄晨晨的额头,拿起包出门了。

小岗村的年轻人

到了一层,张大器刚走出电梯口,几个汉子便迎了上来。那"粗嗓门"点头哈腰地在前引路,不断地说,注意脚下,张总注意脚下。

这种把戏张大器见得多了,嘴里敷衍地说了声谢谢,便走向了一辆加长版林肯轿车。

张大器刚走到轿车旁,庄晨晨突然从楼道里跑了出来。跑到张大器跟前,她一把挽住张大器的胳膊,说,我也去。张大器说,回去。张大器这么说着,逼视着庄晨晨,目光中有担忧,也有暗示。庄晨晨却不想理会这些,她松开张大器的手,先是后退了几步,突然钻进了车。张大器忙向前一步,准备拉扯,这时,"粗嗓门"笑着说,就让少夫人去吧。张大器仍然逼视着庄晨晨,但见庄晨晨满眼含泪,他只好也钻进了车。张大器刚坐下,庄晨晨就一下子抓住了他的手。

41

礼顿大酒店在天河区珠江新城花城路上,离张大器家的小区不远。三十分钟后,车子开到酒店大门口,在服务生上前开门的时候,一个高大的男人走了过来。五十开外,国字脸,卷发,赤红脸,鼻子高挺肥大,嘴唇饱满红润,穿红色的中式带盘扣的暗花衬衫,胳膊牛腿般粗细,走起路来,一步算一步,一点都不含糊。身后跟着五个人,三个男的,清一色黑绸子短袖衫,戴墨镜,平头。两个女的,看上去一个比一个端庄和艳丽。当张大器下来时,那男人迎上来,微微鞠了一躬说,鄙人久久鸿,等候多时了。说着,向前做了一个手势,说,张总请,夫人请。

这个阵势,这种礼遇,一时间让张大器有点找不到北,只觉得庄晨晨挽自己胳膊的手,像是一道绳索,不断地向肉里勒。

一行人簇拥着张大器夫妇走进一个"9999"豪包时,早有两个穿着旗袍的女服务生迎上来,然后把张大器夫妇直接带到了座位上。

这是一个二十座的超大桌。有两张高背椅子是金色的,其余的椅子全是银色的。张大器和久久鸿在金色椅子上分别落座后,其他人一盆水泼到地下一般,哗啦一下分流到了四处。

张大器这边刚坐定,女服务生马上过来为庄晨晨铺餐布,而久久鸿则亲自把张大器面前的那个三角形餐布打开,张大器这才反应过来,忙说,您太客气了,自己来自己来。久久鸿微笑着,坚持自己来,张大器也不好勉强,只觉得眩晕得很,纵然自己也是走南闯北见过大场子的人,但是,这种让黄世仁亲自伺候杨白劳的事情还是让他错愕不已。

接下来,戴着白色高高的厨师帽的男生,走马灯似的过来走菜,很快,桌子上就五颜六色起来。八宝鲜莲冬瓜盅、粤式烧味四季饼、特色双味蒸星斑、好味汁爆美洲参、红葱头淋文昌鸡、花式燕翅鲍、三蛇会虎……

走菜的人你来我往,看似混杂,但是,节奏把握得非常到位。等三蛇会虎上来后,久久鸿把一枚新鲜得如同绿宝石一般的蛇胆夹了起来,说是本地的规矩,务必要把蛇胆先敬贵人。张大器只说不敢当,两人便如过武功一般,来往了几回,最后张大器还是领受了。

别看主家如此热络,其间,庄晨晨的手心一直汗津津的。坐在她旁边的女人不断地给她夹菜,她也很少吃,而且,张大器每吃一口菜,她都下意识地看上一眼,唯恐菜里被人做手脚。

张大器的心里一点都不比庄晨晨轻松,因为,久久鸿的这种热情对于他来说,就如同吃最后的晚餐一般。

终于,久久鸿用过湿毛巾后说话了。他首先让服务生将自己面前的酒杯斟满酒,然后,端着酒杯离开座位,绕到张大器的右侧说,张总,这杯酒算是久久鸿的谢罪酒,先干了!说着一饮而尽。张大器正疑惑,久久鸿说,张总,小弟我有眼不识泰山,还请海涵。

张大器摸不到头脑,只是打哈哈说,请坐请坐。

久久鸿坐下,满脸堆笑地说,张总,小弟事先真不知道贵企业是阿里山的旗下,唉,这件事,尴尬了,尴尬了啊!

久久鸿这么说时,桌子上的几个人都过来向张大器敬酒,个个也都是极为恭敬。

应酬期间,张大器紧急思考着这里的缘由,把脑子扣出洞来,也没想到是怎么回事,至于这个阿里山,他更没有听说过:是政府机构,是企业,还是黑社会?最后,张大器猜想,定是出现了重大误会,要是这样,待久久鸿清醒过来,自己还怎么能活?

这时,久久鸿说,老话说得好啊,不打不成交。以后,我们就是兄弟了。又拉住张大器的手说,这件事可是一块试金石啊!我看到了张总的沉稳和胸襟,佩服!关于两家贷款问题,到此为止了,打搅了,打搅了,呵呵呵……

张大器也跟着笑,只觉得整个人向云头上去了,飘飘荡荡的。

十点多,久久鸿送张大器和庄晨晨上车。待张大器上车后,久久鸿说,今后,还请张总能在阿里山为我们多多美言啊!别说给一两个项目,就是用指甲在脸上刮刮,就够我们忙半生了,哈哈哈……

一定,一定的!张大器不知所云地敷衍说。这么说着,车子就走了。在匝道上弯曲一会儿,一直上了直道,张大器看到,久久鸿还带着众人站在那里挥手示意。

张大器上车时,原先参加晚宴的两个女子也上了车,这时,一个叫阿景的女子说,张总,跟您说一下,我们已经撤诉了,这个请您过目。

张大器从阿景手里接过一张纸。那纸上分明写着"起诉书"三字,再溜一眼,可以看到,起诉人是百利贷款公司,被起诉人自然就是张大器了。

见张大器睒着起诉书发呆,阿景说,张总,从今晚起,您和我们百利的事情就已经结束了,明天,阿里山会有人和你们联系。

张大器连声说,好好。谢谢。

回到家,庄晨晨脸白得像菜根,她第一件事就是翻出电话本,找到她的那些闺密,然后一阵狂打。电话的内容都一样:广州可有一个叫阿里山的单位。回答也差不多,没听说过。

今夜无眠。

第三章　彼岸的花朵和一个人的新历史主义

42

　　第二天上午九点左右,张大器终于等来了电话。打电话的是一个女孩,自称是阿里山电子集团的客户部经理,叫姚琼,请张大器夫妇带身份证、结婚证、户口本(或驾照、护照)于今天下午十五时到集团财务部来一下。

　　下午,经过三个小时的行程,张大器和庄晨晨的车开进了阿里山电子集团。一进大门,张大器就被震撼了,他实在没想到,在广州还有这么大的一个台资企业。

　　没有多少时间供张大器和庄晨晨惊叹,车子在偌大的泊车区停下后不久,就有人将他们引领到了集团财务部,姚琼在那里热情地接待了他们。

　　姚琼说,2006年3月12日上午,你们在百利贷过一笔款是吧?

　　张大器忙点了点头。

　　姚琼边打开茶几上的一个牛皮纸信袋,边说,是这样张先生。目前,你们和百利的贷款关系已经变更为广州利民盥洗设备总公司和阿里山电子集团的债务关系。

　　庄晨晨吃惊不小,问,这是怎么回事啊?

　　张大器也有些担忧,但是,要比庄晨晨平静得多。他问,这种变更有公证环节吗?

　　姚琼笑了笑说,也就是说,阿里山电子集团为你们广州利民盥洗设备总公司担保了这笔贷款,再说明白些,你们的这笔贷款由我们集团还了。

　　庄晨晨舒了口气,但是,张大器却警觉起来,他笑了笑说,也就是说,我们成了一对新的借贷关系,将来,把这笔钱还给你们集团就可以了。

　　姚琼微笑着点了点头。庄晨晨不知是表示赞赏还是表示感激,双手合在一起,轻轻地鼓着掌。

　　张大器问,那么……将来……这个利息……

　　姚琼说,两年免息,两年后,按照通行的行息结算。

张大器这才舒了口气,但是,仍然不敢掉以轻心地看着姚琼。这时,姚琼从牛皮纸袋子里拿出一张纸递给了张大器,说,这是您写给百利的借据,现在还给您,但是,您要在新的担保书上签字,这样,信贷关系的变更就完成了。

看到这份熟悉的借条,再看看那份担保书,张大器的心怦怦跳了起来,脸上也渐渐地红了起来。

待张大器在担保书上签了字,办事员又把张大器夫妇的个人资料复印后,姚琼说,张先生、庄女士,谢谢你们的配合。

见姚琼站了起来,张大器说,姚经理,可以冒昧地打听一下吗?

您请。姚琼微笑着做了一个手势,然后又坐了下来。

张大器说,请问你们的老总贵姓?

陈希瑞。姚琼以夸张的神情说,非常厉害。

张大器和庄晨晨互相看了一眼。张大器又笑了笑问,陈总……为什么要为我们担保?

二位过去认识陈总吗?

张大器和庄晨晨互相看了看,接着几乎同时摇了摇头。

你们认识关子良吗?

张大器愣愣地看着姚琼。姚琼微笑着说,这些事,都是关先生在后面运作的。

姚琼说完这句话后,张大器笑了笑,又点了点头。庄晨晨则像是很痛苦似的将手轻轻地放在胸口。

回来的路上,张大器和庄晨晨谁也没有说话。

晚上,张大器回来得很迟。睡觉时,两人背靠着背,先是谁也不说话,过了几分钟,张大器忽然发声,高!接着又加了一个字,真高!

庄晨晨把头抬了起来,又落在枕头上。

张大器知道庄晨晨没睡,接着说,关子良的心,我看得透透的。这样的话,我就可以集中精力去赔偿了。接下来,企业被他清了,钱被他拿了,政绩也有了,高……

庄晨晨一下坐了起来,她拿过手机,拨弄了几下,然后把手机举在张大器的耳旁。很快,手机里传出了庄晨晨和关子良的对话声:

关会长,今天我们去阿里山集团了,谢谢你了。

你家大器呢?

在外面呢,他也很感激。

他要是真感激,就支持一下我的工作吧。回来一趟,来一份委托书也行,协助村委,尽快把空壳企业清了,多少只眼睛在看着呢。再说,一堆烂摊子,烧了不能吃,煮了不能喝的,没什么意义,也影响他的声誉。昨天我去村委会和小岗办都谈到了退款的事。我说,前几年,张大器是想干事业的,为了基础建设,砸了不少资金进去,至于后来,企业变成了空壳,原因很多,不能把责任都推到他一个人身上,所以,让张大器把所有的扶持资金都退了,也是不合理的。至于后几年,企业没有产生效益,也没有给小岗带来什么损害。再说,这种事情多少带有实验性质,从另一角度讲,实验者是有功劳的,不能既流血又流泪,何况是小岗的子弟,不要再追究了。如果本人能及时把空壳企业给处理了,也算是一种赔偿嘛……

录音放到这,庄晨晨把机子关了,然后负气地睡到一边。一分钟不到,她又骨碌一声爬了起来,然后夹着枕头,赤着脚丫,啪嗒啪嗒地走出卧室。

屋里静了下来,过了一会儿,张大器问,你为什么要录音……

客厅传来啪的一声,显然杯子摔了。

屋里便长久地静了。

43

上午,小岗办大院热闹非凡,一条红地毯从院门口一直铺到会议室。红毯左侧,凤阳县丹凤朝阳花鼓队的学员们边打花鼓,边歌唱,令人眼花缭乱。红毯右侧,一支狮子队翩翩起舞,神气十足。在开则成的陪同下,一行人沿着红地毯和欢迎的队伍,缓缓进入会场。

九时,凤阳县小岗村新发展新项目洽谈会正式举行。今天,参加会议的来宾,除了由开则成招来的两大企业的总裁和随行人员,县委书记赵星河和县招商办的负责人都来了。

会上,小岗办向客人详细介绍了改革开放以来小岗取得的辉煌业绩,尤其是重点介绍了小岗在"三产"和"三农"建设以及在落实乡村振兴战略上取得的重大成就。县委赵书记代表凤阳县委、县政府对两大企业的到来表示热烈欢迎。两家企业的负责人对凤阳县委的热情招待以及表达出来的诚意和善意也做了回应,对未来的合作表示十分看好,很期待。

会议气氛始终很融洽、很热烈。会议室里,掌声此起彼伏,由于激动,华科长的手都拍红了。

中午。赵书记亲自陪两大企业的总裁就餐。午宴进行到一半,赵书记以下午还有一个全县工业发展协调会为由,提前和客人告别了。

开则成送赵书记时,发现一直笑容满面的赵书记,脸色忽然变得凝重起来,这让开则成的心里敲起了小鼓。到了小车旁,他小心翼翼地问,书记,下一步工作,您可有什么指示?这时,赵书记停下了脚步,他在自己的下巴上抹了一下说,几个事情吧。清理空壳企业是件好事,但是我有要求,土地清退了不算完事,要设法消化,消化不掉,我不算你清理成功,事情还得算在你头上。年终考核时,这是重要的一票。

开则成一指包厢的方向,笑着说,书记,这件事还用愁吗,接盘的人不来了吗?别说两千多亩地,看他们那个意思,没有四千五千的都满足不了他们,下面就看青创会的本事了。

赵书记说,我接着就说这个事,一、这两家企业是来参与小岗建设的,要善待、厚待、诚心相待,要把人家当成自家人。落实到最后,一定要让客人有留下来的欲望和信心;二、你性格太急躁,这是你的缺点,但是,在这件事上,必须走稳。目前,招商环境很复杂,招商风险也很大,对新引进的企业要考察,要建立一套科学的评估体系。千万不能把招商变成招丧。现在,小岗不

第三章　彼岸的花朵和一个人的新历史主义

仅是我们凤阳的命根子,也是全国的宝贝疙瘩,正值历史发展的拐点,需要益生菌和有氧素,来不得半点差池和隐患,这一点,你们的头脑务必保持清醒。以上两点做不到,你们小岗办招商引资的任务就不算完成,所有的努力都要归零。

开则成马上说,请书记放心,事关小岗的生存与发展,课题重大,我们会处理好,坚决完成您交给我们的任务。

赵书记说,我先不听喇叭洋号,现在我就给你们画个圈,小岗办负责招商引资和具体指导,村委会负责签订合同,青创会负责提交考察报告和鉴定书。据说青创会的那个小关很有一股子钻劲和认真劲,这个事就交给他,不见报告不签合同,这样,你就安全了。

开则成说,谢谢书记想得周到,我遵照执行。

听开则成这么说,赵书记点了下头,便钻进了小车。

送走了赵书记,开则成的心情忽然就沉重起来,他低头回包厢时,在大厅碰到了华科长,此时,华科长手里拿着开则成的手机,那手机一阵紧似一阵地叫着。

在接过自己的手机时,开则成问,谁的电话?

华科长说,关子良的。

开则成看着屏幕,没有马上听取,而是犹豫了一下,这才接了下来。

经过青创会近一个月的努力,张大器的空壳企业被全部清除了。在这件事的影响下,江苏金坛的一家"抛荒"企业也主动上门接受清理了,这样,小岗村一下子就回收了两千多亩"僵尸"地。

关子良很高兴,打开则成的手机就是为了汇报这个事的。这会儿,当确认是开则成的声音后,他难以抑制自己的兴奋说,主任,土地已经回来了。

开则成眼前一亮,说,好呀!

关子良高兴地说,关键是,人心回来了,我非常高兴,如果你现在有时间,我想过去一下,和你正式谈一谈青创会的项目,我的团队已经急不可待了,呵呵……

开则成嘴上说好好好,但是,对于关子良的要求却迟钝了一下,他说,首先向你们的青创会表示祝贺。这几天我在接待中宣部的领导,你们自己先讨论,争取把计划再完善些,稍后,我会安排时间通知你。

关子良愉快地答应了。

见开则成放下了手机,华科长向包厢的方向刻意地看了一眼说,主任,你们出来后,他们跟我谈到了土地。

开则成听华科长这么说,说,你去跟他们说,土地不是事,说完向盥洗室方向去了。

44

那天,向开则成汇报完清理空壳企业的事情后,关子良立刻打了张大器的手机。手机接上后,关子良真诚感谢张大器的配合,同时邀请张大器在方便的时候能回来一趟,共同研究青创会的两大项目,张大器答应了,两人立刻约定了时间。

几天后,村子上的人刚吃过中饭,张大器和庄晨晨就从广州回来了。两人进村后并没有回家,而是直接去了关大疤瘌家。在往关家走时,两人手里拿满了东西,由于那些东西个个沉,步子都迈不开了。

这几日,关大疤瘌身体不好,哪都没去,就在家咳嗽,黑户英见疤瘌病得难受,也如影随形地陪着他,这会儿,猛然见张大器和庄晨晨进门,都一愣。当张大器和庄晨晨一起喊大爷大妈时,老两口子脸上的神情才缓和下来。

不久,关子良闻讯赶来了。进门后,他大步走向张大器,然后伸出双手紧紧握住了张大器的手。

这时,黑户英说,子良,你看大器他们带了多少东西。

关子良看了一下桌子上的烟酒,说,大器,你多余了。

张大器说,一点薄薄的心意吧。

这时,关子良说,大器,这是我的家,我带你到我们的家去吧。站在一旁

第三章 彼岸的花朵和一个人的新历史主义

的庄晨晨感到这几句话怪怪的,想笑又止住了。

倒是张大器犯起了糊涂,他笑着问,去哪?

关子良说,请。

接下来,关子良把张大器带到了青创会会议室。

张大器一进会议室就愣住了。会议室里,青创会的十八名执委都在,见张大器和关子良走进来便一起鼓掌。张大器心里一热,他忽然感到自己原来是小岗人。

关子良让张大器挨着自己身边坐下来,然后谈到了小岗办对青创会的肯定,对青创会未来发展方向的支持。接着,他讲了自己的两个产业园计划,然后请各位委员讨论。

出乎关子良的意料,当关子良把计划宣讲完毕后,并没有出现众人激动和兴奋的场景,会议室一下子冷清下来。

关子良心里一凉,见没有任何人说话,他笑了笑说,刚才是不是我说得太快了?

这时,杨立华清了清嗓子,笑了笑说,会长,我觉得村里的葡萄园还是不错的,我们青创会能不能也搞这个,先栽培几十亩再说。

杨立华的话音刚落,林江说,前几年,我们村搞过蘑菇生产基地,收成也是不错的,后来不知因为什么原因停了下来,我们青创会不如把这个项目再拾起来干。

对! 不知是谁嘀咕说,蘑菇生产见效快。

经过杨立华等人的发言,场子上比较活跃了,对于他们的意见,也有许多人表示了同意,连许乐的心也纠结起来,因为,她也感觉关子良的项目有点悬空,不接地气。

这时,螺螺说话了。他说,会长,我感到你的计划很好玩,能不能告诉我们,你是怎么想出来的。OK!

众人笑了。许乐还从桌子底下拧了一下螺螺。

这时,关子良说,这几年,我们小岗在三产方面做出了许多大胆的尝试,也取得了重大收获。但是,作为我们青创会不能看着别人碗里有肉就站在那不走。要把工作重点放在一个"创"字上。创什么?创新。基于这个关键词,我的工作起点是"四不"。目前,我们小岗已经开发和发展得很好的产业,要做到"三不"。那就是不去重复,不去收买,不去影响。让这些企业按照自己的规律和速度安心地发展。对于那些被生产实践检验反应迟钝的,成本高的,长线感差的产业不去考虑。我们这两个产业园项目就是在这个思想基础上产生的。

关子良的话音还没落,张大器便鼓起掌来。会场里的人先是一愣,接着便一起鼓掌,显然,有的人鼓掌时,脸上的表情是茫然的。

这时,关子良说,下面请张总也说说吧。

张大器忙笑着摆手,说,呵呵,怎么听起来这么别扭,我已经是青创会的人了,就喊我大器吧,这样大器些。

众人都笑了。

关子良笑着说,好,大器是一个走南闯北的人,视野开阔,我们请他为计划提点指导性建议吧。

掌声过后,张大器说,既然是讨论,我就没有什么负担了。谈谈自己的浅见吧。刚才会长说让我提指导性建议,我非常不安,尤其是听了会长的计划后,脸发烫!子良的计划让我切实感到自己在创业方面的短视和不足。我们说,产品的生命力在于它要有一个长线品质,干事业也是这样。子良的这个计划是有大眼界的,是从长计议的。还有,这个计划里有责任感,不像有些厂家,所有的计划只为自己考虑,不会考虑他人。而这个计划连人才培养这个事都想到了,其实就是为后面开发储备资源和力量。最重要的是,这个计划有一个新字。实不相瞒,这两个计划我都没听过,没看过,但是,我绝对感受到了它们的爆发力和商业前景。

这时,螺螺在纸上写字:这个人僵尸企业被清除了,人竟然活了!噢耶!

旁边的许乐看见,伸手将纸条收了,并撕了。

这并没有影响到张大器,张大器最后说,但是,一旦爆发,它就能让你感受到无限的能量,我很佩服,很欣赏。

许乐带头鼓掌,于是,会场上的掌声便显得整齐和清晰了。

讨论会进行了近两个小时,散会后,关子良把全体委员带到了自己家。

此时,关家的堂屋已经摆上了八仙桌,上面的菜也已经上齐了,有的正冒着热气。

待大家都落座后,关子良发现许乐不在,就小声问螺螺怎么回事,螺螺的声音更小,关子良一句没听着,他索性到院里打许乐的手机。

许乐说,我不想跟给过我爱人痛苦的人坐在一起。

关子良知道许乐说的是庄晨晨,他说,废话什么,来,说着就关机了。

客厅里,酒过三巡,许乐来了,刻意打扮了,但有点夸张,眉毛描得跟武士样,口红也太艳,生吃了小鸡一般。见到庄晨晨,开心地喊了声姐,又跳起来拥抱了一下,说了许多寒暄的话,这才坐到螺螺的身边。许乐坐下后,螺螺看了她一眼,然后故作被恐吓状,小声地说,咿!太丑了。许乐就狠狠掐了螺螺一下。许乐做事向来不含蓄,掐螺螺时,动作幅度很大,大家都看见了,一起笑开了。

关子良就坐在张大器一侧,在大家互相敬酒的间隙,他不时地给张大器和庄晨晨夹菜。许乐一一看在眼里,就说,关会长,你也太土了吧。现在城里人不兴给人夹菜的。螺螺忙给许乐夹了一块菜,说,我是乡下的。众人笑了。许乐夹起螺螺给他的菜,在上面佯装啐了一口,又还给了螺螺。螺螺忙把这块菜夹给关子良,说,这是深加工的,主任吃了眼界就开阔了,乃至大补。众人笑到了疯。

这时,关子良端起酒杯说,我宣布一件事,今年,我要结婚了。

众人先是一怔,然后一起把目光转向许乐。许乐红着脸,很不大气地问,什么什么呀?都看我干什么。

关子良说,请大家祝福我和许乐吧。

众人一起鼓掌,朱上课还吹起了口哨。

厨房里,黑户英忙把这个消息告诉了关大疤癞,关大疤癞剧烈地咳嗽起来。

这时,螺螺也站了起来,说,我也宣布一件事:我、许乐、闫军去了安徽科技学院,联系到了生物班,下个月,他们就会安排几个研究生来小岗考察,然后和我们青创会洽谈合作项目。

这是一个非常具有科技含量的信息,关子良很兴奋,带头鼓掌,并向螺螺竖了一下大拇指。

这时,张大器也站了起来说,我也表个态吧。由于业务缠身,我和晨晨就不能回来和大家共同创业了,但是,我做如下保证:一、我会积极打探类似的产业,如果有,我会向子良及时提供信息;二、这些年,我在全国积累了许多客户资源,将来,青创会项目如果走到了联营联销乃至上市的那一步,我会将所有的名片关系都提供给青创会,见大家要鼓掌,他忙抢前说,听我说完啊;三、在广东,我也是一个有地盘、有"蜘蛛网"的人了,在那里发生的问题,请找我。

张大器这么说时,庄晨晨看了看张大器。张大器怕庄晨晨插话似的,忙说,还有还有,一定要为我保留青创会执委的位置,我每年为青创会提供两万元的奖励基金,并提供一次南方考察的费用。

再也控制不住了,大家立刻鼓起掌来。这时,庄晨晨已经从包里将一个大红包拿了出来,然后交给了关子良。关子良转而传给了杨立华。

关子良非常兴奋,他再次端起酒杯,说,为了真正的小岗,为了小岗有这么一帮孝子贤孙,我们干杯!

中午,关子良喝了许多酒,但是,当客人散尽,一向要午睡的他却很难入眠。上午,大家讨论的景象在他的脑海里反复出现,他的心情是沉重的。他觉得,上午讨论时,自己的方案之所以没有在第一时间里受到欢迎,第一个原因是人们习惯阅读和体验被检验过的方案,第二个原因就是眼界太窄,观念太旧,太过封闭。如果这两者都发生在青创会委员们身上,就显得太危险了。

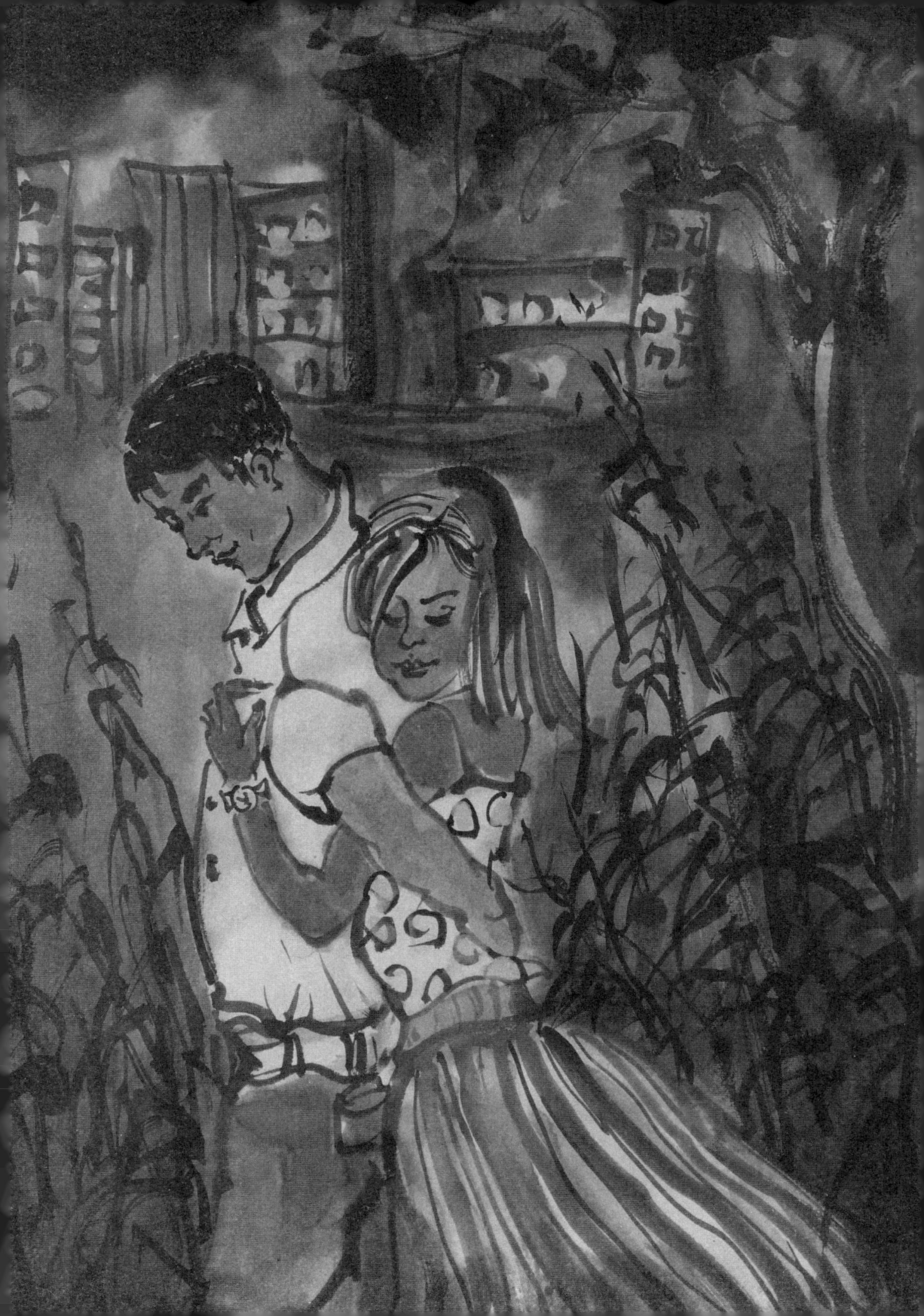

第三章　彼岸的花朵和一个人的新历史主义

45

张大器夫妻二人离开小岗后,关子良便开始考虑如何帮青创会成员们打开眼界的事,其中,他想到两个方案,一是举办培训班,请专家或高校老师授课。二是走出去做短期考察和学习,切身感受别人的思想和理念。鉴于参观学习更直接,关子良决定把队伍带出去。他先是考虑到广州,最后还是把目光放在全国十大名村上。

此时,关子良已经成立了小岗青创会科技项目开发小组,那天,他把组长朱上课和副组长螺螺都喊到了自己的办公室,然后把自己的想法说了出来,要两人就这个问题商议一下。朱上课说,这个事我来吧。

没辜负关子良的期望,朱上课的科研小组很快传来了好消息:朱上课有个同学,叫单正,在全国乡镇企业名村风华村当项目经理。当关子良把这个想法和单正说后,单正一口应承下来,并说,小岗也是全国名村。小岗村青创会来人是咱们村的一件大事,我保证让村班子的所有成员出席接待。

关子良非常高兴,也非常自豪,他再一次感受到了小岗的荣誉和力量,立刻安排了行程。

一个星期后,关子良带朱上课、闫军、比斗、林江等六人南下了。

路上,几个人探讨了许多问题,对对方的反应也做出了各种猜测,有的认为该村的一把手会亲自到车站迎接,有人说,进会议室时会走红地毯,有人说,晚上会住五星级豪华酒店,有人说如果该村领导班子成员全程陪同会不会太麻烦别人。螺螺说,如果他们又是敲锣打鼓,又是鞭炮齐鸣的,我还真不好意思。尽管我来自小岗。啊! 巍峨的小岗!

众人立刻笑成了一团。

在大家又说又笑的时候,关子良却很少说话。他在想一个问题,在这个充满竞争的商业社会里,自己带的这个团队从对方那里到底能学到多少东西。

351

九时十五分,动车停靠在站台。一出站口,朱上课就挥起了手臂,接着一个秃顶、圆脸、个子不高的男生出现了,他就是单正。

见面后,单正和每个人都握了手,然后抱歉地对向关子良说,本来村里的一个副书记要过来的,因为,有外商过来,就……

关子良说,不要紧,已经很麻烦你们了。

关子良话说出去后,大家都不再吭声了,往车库走时,只听到拖拉箱子的声音。

到了村里后,又有几个人迎上来,单正把一个站在队伍前面的戴眼镜的瘦高个介绍给了关子良,说他是负责团委工作的常书记。

会面是在村办宾馆的会议室进行的,参加会面的除了单正和团委常书记,又来了一个分管共青团工作的村党支部副书记,跟在这个副书记后面的还有村科技园、旅游公司等部门的人。

众人坐下后,关子良等先观看了专题片,接着听取了风华村项目部、科技园、企划部、党委、旅游公司等领导的汇报。关子良也就小岗发展情况向接待方做了汇报。下午,因为有事,村委副书记先走了。在团委常书记的陪同下,关子良等参观了风华艺术博物馆、微雕馆和明星、名人堂,农民公园,晚上,风华村项目部在村办酒店招待了关子良一行,常书记和单正作陪。宴会后,风华村特色艺术团表演了锡剧《白蛇传》。第二天上午,团委的常书记因为有事没陪同,在单正的引领下,关子良等乘上了风华村的直升机,从空中巡视和鸟瞰村庄。下午,单正因为参加一个紧急调度会离场,在风华村旅游公司的经理和导游的带领下,关子良等参观了风华村街景。

参观途中,杨立华、朱上课等个个兴奋异常,但是,关子良很着急,因为,他一直在等风华村的一把手出面,他想和这个全国知名人物就风华村的发展做一次长谈。他把这次长谈看成这次风华村之行的重大使命。

趁着上盥洗室,关子良暗示朱上课间接打听一下活动的行程以及主要领导人迟迟不出场的缘由。半个小时后,朱上课告诉关子良,一把手对关子良等人的来访非常重视,此前多次开会部署,要求一定要接待好小岗村来

第三章 彼岸的花朵和一个人的新历史主义

人,虚心向小岗村一行学习和取经,由于一把手在苏州和美国帮托公司谈判,无暇过来相见。

第二天,无论单正如何挽留,关子良还是决定提前结束这次交流和访问。

从江阴回来的路上,考察组的成员们都不再说话,朱上课则显得尤为不安,他不时地给关子良递烟、续茶,嘴里不停地嘀咕说,这几天,风华村不知忙什么……不知怎么这么忙……

关子良笑了笑说,上课,村庄每天都忙。

朱上课的脸上更尴尬了。这时,关子良则拍了拍朱上课的肩膀,然后对杨立华等人说,都谈谈吧。

关子良的话刚说出口,杨立华等个个都把头低得只剩下了脖子。

关子良环视了一下大家,又问,前天上午,他们的副书记介绍风华村时提到的几个数据谁还有印象?

看来关子良根本就没指望有谁会站出来回答,他说,这位风华村的副书记以一副闲适的表情说,去年,我们村实现销售超500亿元。我们村人均工资收入12.26万元。去年全国农民人均纯收入为2936元,城镇居民人均可支配收入为9422元。我们的收入是全国农民平均收入的41.76倍、城镇居民的13.01倍。再看现在,我们每个村民家的住房面积为400—600平方米,别墅哦!有100到1000多万元的资产,有一到三辆轿车。每户村民的存款60—200万元。这些都是我们自己干出来的哦!

关子良说完这段话后,杨立华等人的头低得更深了。

这时,关子良说,回去后,大家都好好想一想,然后回答自己几个问题:到了风华村后,感受到了什么?看到了什么?将来要干什么?

回到小岗后,关子良没有回家,他直接去了青创会办公室,然后打开电脑,开始修改自己的那两份项目计划。就这样,一直敲打到下午一点半,这才喝上一杯水,然后拿起刚打出来的计划书就出了门。

关子良刚出门就看到一辆手扶拖拉机从村口开了出来,关子良定神一看,开手扶拖拉机的是螺螺的女人雪晴。不等手扶拖拉机驶近,关子良就迎了上去,他问,去哪?雪晴说,府城。关子良身子一纵,屁股就歪在了车厢上。

手扶拖拉机开出村头不久,关子良问,买饲料怎么不让螺螺去?大热的天,你跑什么。雪晴撇撇嘴说,这个车子他搞不住。说着,一甩车把,拖拉机上了正道。这一把,关子良确实感到了这个女人的虎劲。

开了一会儿,雪晴又说话了。

关会长,自打你回来,我家螺螺的心就散了。过去跟井蛙样,任哪不去,现在,山里山外就看他跑了。

关子良笑了笑说,人家是青创会委员了,你要支持工作啊!

雪晴哺了一声说,有工资吗?

有的。

多少?

每月六百。

拖拉机突然向前蹿了一大截,突突突响得厉害,像是被关子良这句话吓的。待拖拉机的声音略略减弱些,雪晴又说话了,一年七千二,旺市时,也就三只半羊。大会长,你让螺螺跟你后面忙一年,就三只半羊啊!

关子良笑了,我也是,都是。

雪晴说,会长,这个不说了,清汤寡水的说了就没意思了,你看青创会可能给我们搞点政策,螺螺上次去县里要小岗专项扶贫基金,没搞上。我骂螺螺,算你没有本事,在我们小岗有本事的都不干活了,就等着政府扶贫送东西。一年下来,凡是凹的都填满了,连屋后的茅坑都填上了。

关子良无奈地笑着说,这都是什么思想。

雪晴说,什么思想,现在哪个手长哪个就有思想,手短日子就短,什么都

第三章 彼岸的花朵和一个人的新历史主义

别想,不就这样吗?

关子良看了雪晴一眼,也就二十五六的样子,浑身上下都充满了青春活力,可是,一说到如何伸手,就显得那么世俗和贪婪。

关子良不想再和这个女人说话了。

听关子良不言语了,雪晴就有点寂寞了,她转过头说,喂!你要好好帮帮我们家那个"烂女人"啊,省得别人说,螺螺跟着青创会撞来撞去的,脸都撞青了。

关子良哈哈大笑起来,他一边笑,一边说,好好开车,看路,看路呀!

47

走进小岗办时,开则成和华科长正在看一张工程图,见关子良进来了,两人都很意外,华科长立刻把那种工程图收了。这时,开则成直起身子,笑着说,我的雄鹰,你终于出现了。

上次在电话中,开则成说会通知关子良过来谈计划,可是到现在也没有给关子良一个讯息。关子良本来是准备继续等的,可是,从风华村参观回来后,他再也等不得了,来前甚至都不打算约定了。因为,他怕开则成又在开会,又在接待,又让自己等一等,不如自己过来等,变被动为主动。这会儿听开则成这么说,他本来有点忐忑的心缓和了很多,他笑了笑说,心里急啊!

开则成对华科长说,那就这样吧。

华科长向关子良敷衍地笑了笑就走了。

这时,开则成又为关子良倒了一杯纯净水,自己点上一支烟说,关会长,正准备找你,你来了更好。你看是我先说,还是你先说。

关子良马上说,还是我先汇报吧。

开则成挥了一下手,示意可以。

关子良说,这几天,我带青创会全体委员去了一趟风华村。这次参观,对我内心的震动还是很大的。从广州回来的这些日子,我一直感觉我们小

355

岗是一座高山,到了那里才发现,高山之外还有山。发自内心地说,我们和他们还是有差距的,这个差距有物质上的,也有精神上的,尤其是创业理念上的。

开则成说,也不能这么说,全国十大名村,我们小岗是排第一位的。再说,我们小岗有的,他们也没有嘛,而且,我们的精神资源他们更不具备。

关子良感觉开则成对自己的观点显然不是完全赞同,便主动把这个话题断了,因为他还有更重要的事要谈。于是他说,从风华村回来后,我再也无法平静了,又把原来的方案完善一下,想向你集中汇报一下。

开则成看了一下手表。

关子良忙说,也就十分钟吧。

开则成的身子往沙发椅子上一躺,说,可以。畅所欲言吧。

接下来,关子良说了他从风华村回来后所做的思考:他决定正式启动青创会的两个产业园计划,即在新清理出来的两千一百二十三亩土地上建立人力资源产业园和小岗村青创会果蔬生产视频销售产业园。

整个计划分两步走,第一步先把视频销售产业园落实,建到中期再开始建人力资源产业园。

关于前者,关子良已经做了规划。视频销售产业园采取新的积累与分配原则,即少分配、多积累,少拿现金、多入股。工人每人每月只领取30%的工资,其余的70%存在产业园作为流动资金,到年底一次性兑现。奖金通常是工资的三倍,但并不发给职工,而作为股金投入企业,第二年开始按股分红。

产业园允许承包,承包的企业和个人,其超利润部分实行"三七"分成。三成上交青创会,七成归企业或个人。留给企业的部分,10%奖给企业主,30%奖给管理人员,30%奖给职工,30%作为企业积累。

关子良的目标是:三年内,在两个产业园的带动下,推动小岗完全企业化、城镇化,人均年收入翻三番,对国家和社会的贡献能力增加到十倍,在此基础上,再将周边的二十个经济薄弱村带入小岗这个大家庭。利用新的土地优势和劳力优势,形成小岗的自我发展合力。

在关子良谈自己的宏伟计划时,开则成听得特别仔细,特别认真,最后,他被关子良的表述中的一些话题所吸引,开始细算起来。关子良看到了这点,适时打住了话头。

关子良突然不说话了,在深思的开则成被吓了一跳,他惊醒过来似的问,结束了?

是的。关子良说,人也显得随和起来,自己去倒了一杯水。

这时,开则成坐正了,说,今天你喝酒了? 你要保证你说的不是酒话。

关子良说,我从未喝醉过。我保证。

两人都笑了。

这时,开则成说,想法是宏大的,计划也有一定的实施价值,我很欣赏。

关子良情不自禁地说,谢谢主任。

开则成说,想当初,小岗发展迟缓,其原因就是"大包干""包产到户""家庭联产承包责任制"和"分田到户"等等这些老制度阻碍了新农村建设的步伐。要发展,必须和外面接轨,必须搞新型的集体经济。

关子良笑了,连连说,是的是的。

这时,开则成忽然说,关会长呀,只是你的气概还是小了些。要做大事,这两千多亩土地是不够的,我找你来,是想告诉你,我们还要征地,至少还要征四千到六千亩。其中,永久性征地要达到两千亩。

关子良一下子陷入了沉思。于是,屋里的烟雾就显得特别呛嗓子,而此时,开则成又点上一支烟。

是这样! 开则成吸了一口烟说,经有关部门同意,我们决定为小岗再次引进两个大型企业,一个来自浙江,叫 RBR 集团,做印染的;一个来自广东,叫普斯特尔,做纸箱的,分别占地三千二百亩和四千三百亩。

关子良急切地说,这意味着我们的产业园……

听我说,开则成打断关子良,你的计划很好! 你听着,我是说很好,但是,这里有一个抓大放小的问题。也就是说……

我要为此让步。关子良也打断开则成说。

开则成为关子良贸然打断自己的话不太高兴,确切地说,为关子良过于直率地挑明了话题不太开心,他说,知道你对你的会员不好交代,我们已经为你写好剧本啦。这两个项目对于小岗办的声誉,对于小岗村的未来,对于小岗村的每一个人都是红利项目。其一,新项目会扩大小岗村的产业规模,这对于扩大小岗村在海内外的影响,作用是巨大的,如果你觉得这个不确切,那么我们可以说点确切的,那就是其二,两家集团已经答应,帮我们一次性还清小岗所有荒地的赔偿金,我说的是一次性,近1000万。给小岗每家每亩一次性征地补助2万元,没有土地的3000元,另外,经过请示,招商任务算我们的,项目由村委会和你们青创会联合管理,到时候,你们两家可以拿到项目管理基金50万元。你说,这是不是红利企业。要不要感谢我?呵呵……

见关子良脸上一点表情没有,开则成有点失望和不解,继而是不悦。他说,事不宜迟,商机转瞬即逝,目前你要做的,一是对这两家企业进行调查,然后向村委会提交一个考察鉴定报告,二是配合村委,抓紧搞好土地登记和产权确认工作,以最快的速度把土地集中起来。对方拿钱的手背在身后,要数据的手伸在前面,等着我们呢!

关子良说,之前,为了这两个产业园,我们青创会做过普查,小岗现有土地不到一万亩,目前已被使用近四千多亩,尚有土地的农户,大都是思想保守,不愿意参加土地流转。这部分农民的工作很难做啊!

开则成说,这就是我们为什么要成立青创会的原因了。这个时候,青创会要继续发挥清除张大器空壳企业的精神,动员会员们,挨家挨户做工作,做到深入细致。关子良,我相信你,我非常相信你。

关子良的额头上出汗了,那汗水一颗比一颗大,噼里啪啦地往地上落。开则成的这番话让他的心一下沉到了冰窖子里。他说,主任,招商引资是小岗的大事,我们青创会当然会支持,但是,我们的项目也不能因此废止吧,你原来答应过我,清理张大器的空壳企业后,会拨出八十到一百亩土地给青创

第三章　彼岸的花朵和一个人的新历史主义

会,这个问题……

开则成笑了笑说,你怎么到现在还不明白,目前,泰山压顶,一亩土地都拨不出来,要全部让路给两个大项目,而且远远不够。最主要的是,如果土地的问题解决不了,这两个财神爷就会拂袖而去,到那时候,谁来负责?

关子良深深叹了口气。

开则成脸上不好看了,嘴上却说,子良!话还得绕回来,我从来没有否定过你的计划,你的计划是宏大的,是有开发价值的,但是你想想,你的计划是为了什么,还不是为了小岗的发展嘛。也就是说,我们的目标都是一样的,但是,在发展这个大是大非的问题上,我们作为决策者,一定要懂得孰轻孰重,懂得大方向,大潮流。说到这,开则成又拍了一下关子良的肩头说,先把事情做好吧,等土地全部征上来了,我看你的要求不大。我把话说到了这个份上,你懂不懂?

关子良站起来说,好吧,只要是集体利益,我们无条件让步。

开则成笑了,这就对了嘛,又压低声音说,至于那个鉴定报告就是个形式,你让你的会员在网上扒扒,拣最闪光的写几条,盖个章,再签上你的大名就可以了。

48

从小岗办到青创会办公室的这一段路程,关子良的记忆是空白的。

走进办公室后,他直直地坐在那,一动也不动,面色蜡黄,满脸是汗,那汗水不停地向下滚落。

就在这时,许乐走进来了,猛然看见关子良,大吃一惊,她上前几步,一把抱着关子良的胳膊,急切地问,你怎么啦?啊?你怎么啦?这么问时,由于紧张,脸上竟然苍白起来。

因为是在办公室,关子良推开许乐的手说,没事,让杨立华通知大家开会。

不一会儿，委员们都到了会议室。

这时，关子良已经平静了下来，他环视了一下大家，然后微笑着说，告诉大家一个好消息，最近，我们小岗又有喜事了。

关子良这么一说，会议室的温度马上升了起来。

关子良接着说，大家都知道，过去的几年，我们小岗在招商引资，发展二产、三产方面取得了重大成就，但是，在招商项目中，规模超达到亿元的项目很少。这一次，小岗办通过艰苦的工作，为我们招来了两个大企业，一个是 RBR 集团，一个叫普斯特尔。

关子良的话音刚落，杨立华立刻鼓起掌来，接着，其他委员也跟着鼓起了掌，只是掌声显得有点犹豫和稀拉而已。

许乐没有鼓掌，而是直直地看着关子良，在关子良的脸上找着什么。

这时，螺螺问，会长，我们的产业园怎么样了？

经螺螺这么一提醒，朱上课也问，是呀！小岗办不是说，只要我们把空壳企业给清了，就拨土地给我们创业的吗？现在这个账怎么算了。

比斗说，是不是黄了？

不知为什么，关子良像是被人从后面拍了一下，整个人一怔，然后笑了笑说，小岗办从来没有否定过我们的计划。我们的计划是宏大的，是有开发价值的。但是，大家想一想，我们的计划是为了什么，还不是为了小岗的发展嘛，既然是为了小岗的发展，我们所做的一切都要服从这个大局。在集体利益面前，必须无条件让步。这是青创会的担当，也是我们在座的每个人的担当。

杨立华再次鼓掌。这次，会场上没有几个人响应他，而在另一边，许乐低下头，泪水在她的眼里直打转。

关子良显然看到了这一切，这对他稍有些影响，他略停顿了一下，说，下一步，我们青创会的任务有两个，一是配合村委会做好土地普查，争取在最短的时间里，把土地集中起来。二是，对这两家企业进行调查，然后向村委提交鉴定报告。做一下分工吧。会后，我去和村委会对接，朱上课和螺螺负责对这两家企业进行摸底,记住,越细越好。

　　散会后,大家陆续走出了会议室,许乐却磨蹭了一下。等人走完了,她一下子扑在关子良的怀里,然后一边低声地哭着,一边说,我知道你的心,我知道……

　　关子良的眼睛也红了,他轻轻地推开许乐说,好啦,我们应该高兴。干事吧。

　　三天后,关子良和村委会对接完毕,青创会的主要任务是帮助村委做好土地普查,然后对两家企业进行调查,并做好相关服务。

　　在和村委对接和分解任务的几天里,关子良的心情渐渐好了起来,想到这两个大项目将会给小岗带来的机遇,心中原来的那些不解和块垒都消失了,相反,他已为青创会考虑了好几种融入方案,他看到,如果这两个大财团能顺利投资小岗,说不定自己的两个产业园还能做嵌入式发展呢。每每想到这一点,他的心都跳动得非常厉害,又甜丝丝的。

　　上午,关子良正在分解从村里拿来的村民土地登记表,朱上课和螺螺来了。

　　两人进门后,也不说话,只是一个劲地傻笑。关子良纳闷,问,碰到什么好事了?掉钱啦?

　　朱上课说,什么掉钱,来钱啦。

　　关子良问,什么意思?

　　朱上课看了螺螺一眼,螺螺说,你讲你讲。

　　朱上课便说,会长,我们的机遇来了。

　　刚才还嚷着让朱上课先讲的螺螺这会却抢着说,会长,我们的计划有出路了。

　　关子良把笔一丢,笑着问,到底发生什么事了?

　　朱上课就把事情的经过说了一下。

　　这几天,朱上课通过风华村的那个朋友单正,对这两家企业做了调查,原来,这两家企业都属于问题企业。

汇报完后,朱上课把一本调查资料递给了关子良。

听了朱上课的汇报,又翻了翻厚厚的一沓调查报告,关子良的心一下子空了起来。他愣了一会儿,批评说,上课、螺螺,你俩的这个心态不对啊!我们的产业园计划怎么也不能跟这两个大项目比。这两个项目如果真出了问题,我们应该难过呀。

朱上课和螺螺感到了自己的不当,立刻不吭声了。

关子良想了一下,忙在网上搜索起来。过了一会儿,他说,从网上看,这两家企业没有什么问题,所以,我现在有一个要求。你们要知道,这两大项目是我们小岗发展的两块基石,是小岗的怀中宝,一点都容不得闪失。我要求你们对得到的情报再加以核实,我需要具有说服力的大数据,在这方面,你们也可以跟广州的大器联系一下,请他帮助调查,最好能借助相关智库进行描述。

朱上课和螺螺同时点了点头,然后走了。

49

这几天,开则成是踌躇满志的,待办公室没有人时,喜欢昆剧的他,又哼了起来:梦回莺啭,乱煞年光遍。人立小庭深院。炷尽沉烟,抛残绣线,恁今春关情似去年?……

经过三轮谈判,RBR集团和普斯特尔毫不犹豫地把项目放在了小岗,这样,小岗办一次就完成了三年的招商任务。前天,项目合同已经发给了小岗村村委,只待项目的管理方小岗村村委和青创会同时签字就可以执行了。还有,据村委汇报,目前土地征集工作已经到了紧张有序的准备阶段,在这期间,青创会热情高涨,全力配合,忙得不亦乐乎。照这个速度,不到十月份,就可能在小岗完成新一轮的土地流转,明年春天即可进入大规模的土建环节。

就在开则成边打节拍,边吟唱的时候,华科长急匆匆地来了。开则成见华科长一脸的汗,问,是小岗的消息吗?

华科长说,是的。

见华科长脸上不好看,开则成坐了起来,他问,他们在合同上签字了吗?

华科长摇了摇头。

为什么?开则成的声音不自觉地大了起来,那两个大财主正在门口等着我们呢。

华科长把刚才得到的情况向开则成做了汇报。

原来,小岗村村委班子正在讨论这两个项目的合同时,得到了青创会的一个提示,说这两家企业有问题,为此,便把合同的事暂停了下来,目前,正准备向开则成汇报。

开则成吃惊地问,什么?青创会说这两家企业有问题?

是的!华科长说,关子良正在做调查。

开则成勃然大怒,他把一本书狠狠地摔在地下说,妈的,他关子良凭什么调查,他调查这两家企业,就是调查我,就是调查凤阳县委,就是调查改革开放政策。他想死!

这时,华科长说,主任,你先平静一下,听我说。

开则成一屁股坐在椅子上,先是用手在电脑键盘上来回划动了几次,又把键盘朝下卡了,然后呼呼地喘着气。

这时,华科长忙给开则成递过去一杯水,然后坐在开则成的对面说,主任,这个事一定要留在小岗,不可让他们再吵吵,再往上走,否则,假的也成真的了。

开则成说,你说怎么办?

华科长说,问题出在关子良身上,工作就从关子良做起。

开则成又把键盘翻了过来,说,你还真把他当成一盘菜,他敢在小岗发展这件事上作乱,我马上让他滚蛋。

华科长说,主任,现在的问题是,项目不能走,关子良也不能走,你可是个大智慧人啊!我的话,你想想。

小岗村的年轻人

开则成似乎平静了许多,他深深地叹了口气,然后又苦笑了一下,摇了摇头说,当初,赵书记要我们在小岗成立青创会,我就感觉这个想法太不靠谱,太虚,太浪漫,现在看来,真叫现实。只是这个现实是带刺的,将来还可能会更血腥。

华科长笑着说,主任你又高估他了,就一个小屁孩,或许你几声断喝,他就跪下了。

50

那天,朱上课和螺螺接了关子良的指示,决定对这两家企业的情况进行核查。他们刚走不久,村委就来了电话。告诉关子良,那两家企业的合同已经到了,因为,青创会被县委和小岗办指定为项目管理者之一,想请关子良过去参与讨论。关子良当即表明,自己还不能过去,并向村委发出警告,建议村委暂停签署活动,待自己调查清楚后再说。

今天,在张大器、庄晨晨等的帮助下,朱上课和螺螺搜集到的情报得到了核实,这两家企业确实问题不少。这一次,材料搜集得更为详细,连其中一个企业的副总有不良行车记录的事都被搜了出来。

看着堆在办公桌子上的这沓足有三十多页的报告材料,关子良不断地叹息。一是惋惜,一是纠结。

惋惜之情自不必说,纠结则在于就这件事如何向开则成汇报。开则成信则罢了,如果不信,势必怀疑是青创会因为自己的计划没有实现而从中作梗,但是,这个事又非同小可,如果引来的这两家企业为小岗带来巨大的损失,别说是小岗几代人不答应,就是自己的良心也断难答应。到那时,自己害的可不是一个两个人,一群两群人,自己害的可能是小岗几代人。

他想把这个事拿到青创会上去研究,又怕会员意见不统一,又怕早早就透露了风声。也想跟父亲和母亲说说,又怕父母亲陷入焦虑,干着急。最后,他决定直接去见张大器。

第三章 彼岸的花朵和一个人的新历史主义

就在这时,外面忽然传来一阵摩托车的声响,不一会儿,杨立华满头大汗地进来了,见到关子良,他说,会长,开主任和华科长来小岗了,带了许多外国人,正在参观大包干纪念馆。

关子良感到很纳闷,因为有项目联系着,来小岗前,开则成按理是会和自己打招呼的。跟你说了吗?关子良问。杨立华结巴了一下说,打我手机了,才打。

关子良想了想说,你先去,我马上就到。

杨立华走后,关子良回了趟家。关子良到家时,父亲从村医院吊水才回来,此时,正坐在树荫下急促地喘息着,脚下放着一只刚编了一半的鱼篓。天很热,父亲穿得很厚。嘴唇青紫,额头上冒着虚汗,脸上很灰暗。关子良摸了摸父亲的额头,感觉烧退了。关大疤瘌用力地吞咽了一下说,三天两天死不了,忙你的。关子良就上楼去了。

关子良再下楼时,已经换了服装。一件雪白的白衬衫,一条紫红色领带,皮鞋擦了油,锃亮。

关子良夹只包出来时,关大疤瘌就盯着儿子看。因为人消瘦,眼珠子就大大的。上面来人了?他问。关子良嗯了一声。走到门口时,关子良忽然停了下来。这阶段,父亲的病好像更重了,他一直想着带他去凤阳府看看,但是,总是被这样那样的事缠着。难道真到病入膏肓了才有时间吗?他在心里问,鼻子一楚,最后狠狠心又走开了。

关子良赶到纪念馆时,一个女讲解员正在为几个外国记者讲解,站在其中的开则成和华科长已经看到了关子良,但是,他俩都装作没看见他。这时,两个外国记者注意到了穿戴整齐的关子良,他们几乎同时向关子良微笑了一下。见状,开则成这才介绍说,这是我的兵,在青创会工作,叫关子良。两个外国记者和关子良握手。一个英国女记者用较为流利的汉语说,很帅,小岗村的后代。

众人笑了,关子良笑得有些勉强,他觉得开则成对自己的介绍怪怪的。

参观结束,开则成要华科长带几个记者去走访村民,他和关子良去了青

365

创会。

走进青创会的办公室,开则成坐在关子良的位子上,待关子良端来茶水,他说,我没有多少时间给你,我们谈谈项目吧。

关子良说,我正准备去县里向你汇报的。

开则成一挥手,沉着脸说,你客气。听说你对这两个项目有怀疑?

关子良一下子明白了,显然有人早自己一步把这个事向开则成说了。既然被动了,那就背水一战吧。于是他说,不是怀疑,是反对。

当关子良说到反对两个字时,开则成正在喝水,这会儿,那杯子里好像有一张嘴,狠狠地咬了他一下,他一怔,然后,有些懊恼地将杯子扔进了垃圾桶。同时,脑门那儿神奇地升起一团红晕,又神奇地退了下去。他点了点头,说,你谈谈吧。

关子良说,据青创会调查,这两家企业在来小岗之前,就和上海的高埔、江苏的风华村、山东的新大、天津的洪阔,还有大邱庄等接触过,但都被婉拒了,原因是一样的,就是,这两家企业都是高污染企业。尤其是 RBR 印染集团,先准备落户上海,但是,上海对环保的要求太严格,如果落户,必须先设计和完成一套排污系统,这就意味着产生巨大的生产成本,于是他们想到北上。最令人担忧的是,这两家企业产业寿命和前景是无法预测的,来到小岗,很大程度上是两条泊港船,加水后就走,而且,两家企业的项目的裸行扶持资金都在三千万以上,将来,如果再成了空壳企业,我们对政府,对小岗如何交代?

从扔掉杯子那一刻起,开则成的两只眼睛就死死地盯着关子良的脸,目光中充满了挑衅,这会儿他说,你的依据是什么,就是"据青创会调查"六个字吗?

关子良立刻把那一沓调查数据从包里拿了出来,放在了开则成面前,他说,这些都是我们经过多种渠道得到的情报,情报与情报之间是可以互证的。

开则成用食指轻轻地挑开几张材料,然后哼了一声说,关子良,这些不就是从网上扒出来的东西吗？我们小岗村叫中国农村改革的发源地，又叫中国农村改革第一村，是中国十大名村之一。由我们小岗村独创的"大包干"精神，使中国农村改革正式拉开了序幕，这些，都是国家肯定的，省里肯定的，也是全国人民肯定的，但是，在网上还有另外一个小岗，极尽诋毁和抹黑，请问你到底相信哪个小岗，这就涉及站位问题了。今天，网上出现了两个版本的 RBR 集团乃至是三个版本的 RBR 集团有什么大惊小怪的，关键是，你要坏大事啊！其实，你的小九九我非常清楚。

关子良最怕的东西还是来了，他感到一种委屈，也感到一种愤懑，他说，这件事……

他的话还没说完，开则成就打断了他。

实话实说吧。你那个所谓的什么产业园计划，我一个都没看上，根本就不接地气，不符合小岗目前的发展实际，非常之不符合。

关子良的脸红了，他感到了一种卑鄙和可耻，也感到了一种莫名的羞臊：这期间，自己至少两次和开则成谈到这个产业园计划，每次你开则成都是肯定的，还反复说想法是宏大的，计划是有价值的，现在，就因为自己否定了或者说揭露了这两大财团，一切都翻过来了？关子良感到了一阵阴冷穿越自己的全身。他打了个冷战，但是，他想表现得更为坚强些，便坚持住了。

见关子良不吭声了，开则成点上一支烟。这一次，他没有递烟给关子良，只顾自己吸了两口后，口气忽然缓和下来说，有首歌唱得好，叫《绿叶对根的情意》。你关子良无论多有才华，多有能耐，离开组织给你的平台，一文不值。我没要你到处说，是我开则成培养了你，但是，你一定要知道，你属于谁。我不知道你对自己是怎么定位的，我只知道，作为组织的人，就要懂得组织原则，就得学会服从。否则，大家都各行一套，工作还怎么做。又停顿了一下，他笑了一声说，就你关子良最关心小岗？就你对小岗最有感情？我想我对小岗的感情一定比你深，对小岗的使命感一定比你强烈。那些空壳企业难道不让我头疼，招商来的这两家大企业，难道都是为了我开则成？不要听风就是雨，不要盯着自己的那些坛坛罐罐，基层干部，尤其是一把手，一定要有前瞻意识,一定要顾全大局。我最后一次强调,这个事到此为止,把这些垃圾赶紧处理了,然后归队,赶紧弄一份正面报告提交给村委,两家企业都在等着合同呢,分秒难挨。

对此,关子良没做任何反应。

这时,开则成站了起来,他晃了晃椅子说,这把椅子,自从我坐上去就吱呀吱呀的,看来是要换了。

51

开则成回到凤阳县城后,三个晚上连续失眠,第三晚上是通宵失眠。

这三天,他一直在等小岗方向过来的消息,但是,那个方向空荡荡的。一阵阵热浪在空中弥漫,那是他内心的真实写照。

晚上九点,开则成正在办公室独自抽烟,华科长进来了。开则成问,没走?华科长说,看你办公室有灯光就过来了。

说着,华科长默默地坐在沙发上。

屋里寂静得很。

开则成忍了忍还是没忍过去,他问,那边怎么样了?

华科长知道开则成问什么,他说,没签。还有,按照你的要求,我写了一个鉴定报告寄给青创会了。电话里也跟关子良说了,鉴定报告按照我这个写就行,或者直接在上面签字。

他怎么说?开则成问。

华科长说,他说收到后再说。这早该收到了。

开则成嘴里小声骂了句什么,然后说,那我们就实行第二套方案吧。

华科长看着开则成。

开则成说,我也是为了小岗,我问心无愧。

华科长点了点头。

这是关子良和开则成正面交锋后的第八天。上午,关子良听说中心村

第三章　彼岸的花朵和一个人的新历史主义

下面的十几个村都出现了怪现象,关子良决定找杨立华谈谈。

关子良走进青创会大院时,远远地就看见杨立华在计算器上捣鼓着什么,一边捣鼓,一边窃笑。算什么呢?关子良走近后问。这把杨立华吓了一跳,他忙把一张纸收了起来,慌张地说,没……没什么。说着,拿出一个邮件来,会长,刚到的快件。华科长交代,要我当你的面打开。关子良挥了一下手,坐下来说,不用打开,是他们起草的鉴定报告。

杨立华有点不知所措,站在那。关子良说,立华兄,我俩聊聊。

杨立华坐了下来,有点不安地看着关子良。

关子良说,老兄,你对这份鉴定报告怎么看?

前天,关子良召开了青创会执委会,提到了这件事。

杨立华笑了笑问,会长,说真心话吗?

当然。

如果你认我这个兄长,我就说两句公道话。我……呵呵……我觉得,你在这件事有些过了……呵呵……

接着说。

第一,你是开主任培养出来的,应该有知遇之恩,现在,你凡事对着搞,让他太难堪了。外面有人说闲话,说你裤子一穿,就过河拆桥,翻脸无情了。第二,他是你的顶头上司,应该……是吧?别人想这个机会都没有是吧?第三,我觉得凡事说到就行了,天塌下来,有上面顶着呢,在这种大事上,要说犯错误,你还真没有这个资格。关键是,小岗又不是你一个人的。

关子良说,那么,按你这么说,这个鉴定报告我非签不可喽?

杨立华笑着说,你想想,让你出示鉴定报告,是让你行使权利啊!

关子良问,没想过是让我当罪人吗?

杨立华再次笑着说,要不,我给你代签。

代签?这是别人叫你这么说的?

杨立华哭丧着脸说,我真不想你和开主任闹得不像样子,于你没有好处,于大家都没有好处。

是啊！关子良说，于你应该有好处吧？

杨立华苦笑着说，会长，你……怎么会这么说？

关子良说，那就从后往前推吧。刚才是不是算你家那40亩地能拿多少补助金啊？或者说，算算你一门杨426亩土地能拿到多少一次性补足和年租金吧？别急，我话还有没说完。这两天，下面各个村子都出现了三三两两的年轻人，这些年轻人就来自RBR和普斯特尔两家集团，开始逐家逐户登记土地和补助情况，招待由县小岗办负责，小岗的各家资料都由你提供是不是？还有，青创会上午九点做事，县小岗办九点半就知道了，有人为你交手机费吧？

杨立华的脸先由红，然后到白，最后又渐渐恢复了淡定，他低声说，不错。

关子良则大声说，好！我喜欢敢作敢为的人。

子良，杨立华说，其实，都是为你好。我觉得你那个什么产业园我……我真觉得不行。你这样搞，我们……可能是鸡飞蛋打，那两家企业才是实惠的，你要知道，如今是看得见的才算真的。

关子良冷笑一声说，那就把那些问题企业招进来，好坏先不问，有补偿就可以，是不是？

杨立华笑着说，现在党中央不都在提倡惠农政策吗，这没有错吧？

关子良说，我简直就不敢相信这是一个小岗村青创会委员的思想境界？真是我的耻辱。

子良……你这说的什么话……

别这么喊我，你留在青创会实在是不合适了。

关子良，留不留在青创会，不是你个人说的算吧？

关子良说，那么我代表青创会通知你，青创会不喜欢一个自私自利，不讲担当的人，你可以考虑离开了。

关子良，呵呵，你没有这个权力吧？

交钥匙。关子良大声说。

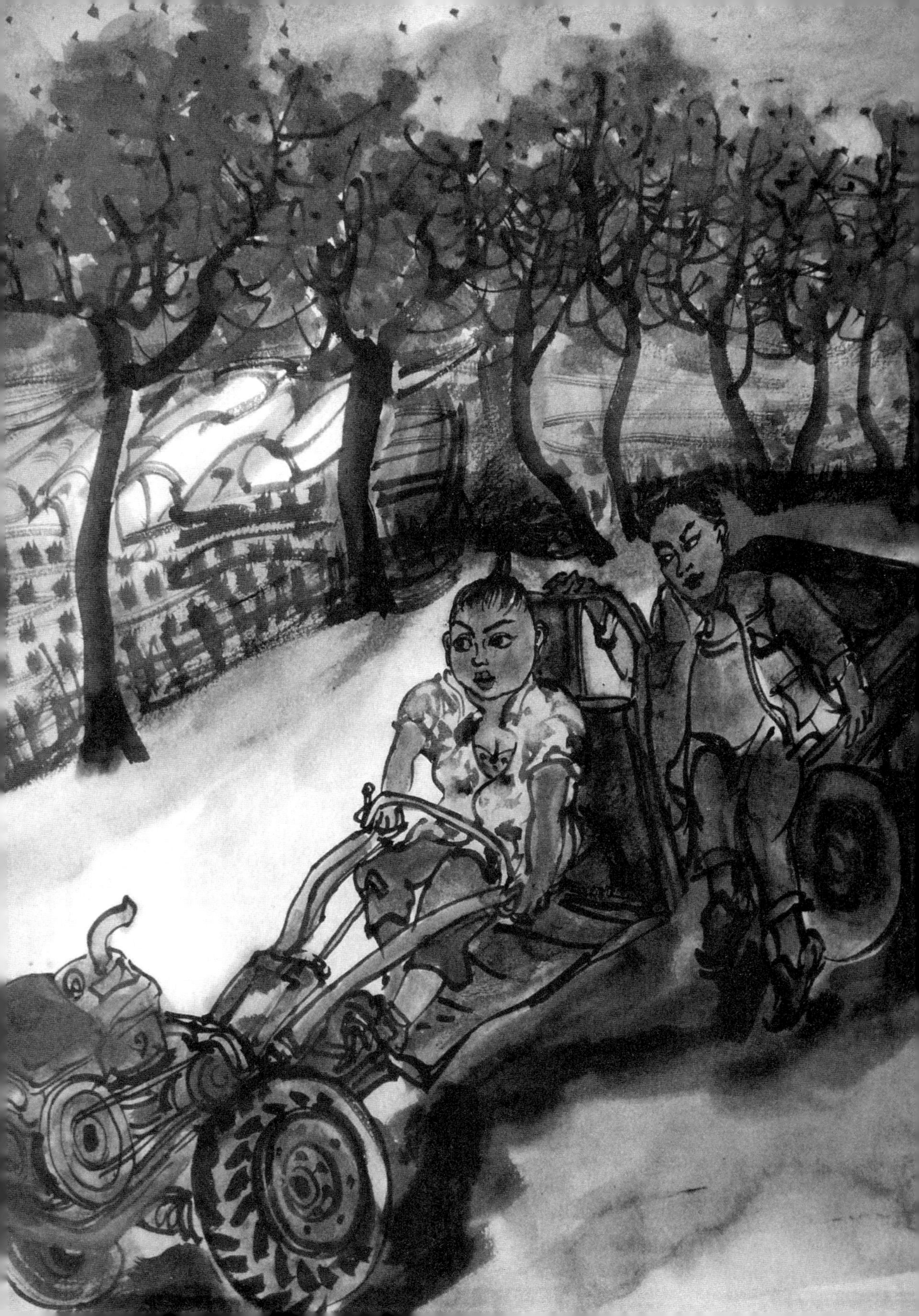

第三章 彼岸的花朵和一个人的新历史主义

杨立华笑了笑,摸出了手机,然后在上面翻找着什么。他的手是颤抖的,有一次,显然找到了他想要的东西,一慌乱,又点到了别的数据,然后再回头找……终于找到了,是手机号码,接通后,他舔了一下干裂的嘴唇,说,开……开主任,我是小杨啊!您好!鉴定书收到。嗯,嗯,他不签,还要处分我……要我离开青创会。

对方很久没回答,然后手机就挂了。

杨立华显得有些尴尬。他慢慢放下手机,掏出一串钥匙来,然后将一钥匙摘了,往关子良面前一放,说,关子良,你狠。说完,大步离开了青创会。

52

第二天上午,关子良正在办公室统计土地登记表,忽然听到外面一阵阵嘈杂的脚步声,正疑惑间,一个老人走了进来。老人清癯而健朗,一脸花白胡子,看上去非常慈祥,进门就用一只手把着门框子问,可知道哪位是关大会长呀?

关子良看了一下,老人后面跟了好几个人,院子里也站着几十个人,他站起来问,老人家,您找我有事?

老人说,我姓杨,人喊杨欢子,代表杨庄、夏庄、刘埝子几个庄子上的人来找你。

关子良对这几个村子比较熟悉,前几年,随着小岗的迅速发展,许多生产条件和收入能力很差的村子都被吸收到小岗这个大家庭了,这几个村子也属于这种性质。

老人家,找我有什么事吗?关子良微笑着问,又看了一眼"白胡子"身后的一群人。只是一眼,关子良就感到这些人的眼里有一种别样的东西,很冷漠,很不友好。

这时,杨欢子从怀里抽出一份长长的纸条说,我们都按手印了,我们支持流转土地,支持外面大企业进来,你抓紧把鉴定书签了,人家等着签合

373

同呢。

　　关子良一下子就想到了杨立华,此时,他发现外面每一个人的眼睛都像杨立华。他说,老人家,签不签合同,这不是我一个人说算呀,是要多方商议的。

　　杨欢子说,都协商到了,一大塘的水就堵在你这道沟里了。你马上给我签,签过后就不要你管了,我们帮你送到村委去。如果村委不签,我们再找村委。

　　关子良说,老人家,您先回去,这个……

　　关子良的话还没有落音,杨欢子突然给了关子良一记耳光,外面的了齐声呐喊,打得好!关子良愣怔了一下,杨欢子又打来一记耳光。外面又齐声喊,打得好!

　　这时,许乐不知从哪里冒出来了,她大叫着跑过来一下子挡在关子良面前,尖厉地大喊,凭什么打人,凭什么打人?她这么喊叫时,显得又惊恐,又愤怒,眼睛里有泪水在转动。这时,螺螺和闫军也赶来了,他们也挡在了关子良面前。杨欢子后面的几个汉子见许乐等护着关子良,也大声说,干什么干什么,老爷子八十六了,谁敢碰,谁敢?

　　杨欢子打了关子良两记耳光后好像耗费了全部力气,他喘着气,对那些汉子说,不……不要……要绝人(骂人),我们跟他讲……讲理……他指着关子良说,小关,你别搞得人五人六的样,你耳朵竖起来听着。在小岗轮不到你要把式,当一把手就要为我们争边界。你不为我们争,我们就让你下不了台。两家大企业二话不说,只管给钱,你想不要就不要了。你不要你家富裕,我们要。你敢把我们的钱罐子砸了,狗×的小关哦,我们就敢砸你的办公室,不信先对水缸照照,省得脸肿了,不知道原来长什么样。

　　不讲理——许乐大声喊,泪水已经流了出来,背则紧紧地贴着关子良。

　　杨欢子身后一个大汉马上指着许乐说,你注意点啊!你注意!

　　螺螺手指了一下这个大汉,想骂一句什么,但是没有骂出来,手抬到半起,也放下了。

第三章 彼岸的花朵和一个人的新历史主义

杨欢子则说,小关,这件事你当不成阎王,你不是不提供鉴定书吗,好,我们要求投票,如果说,都同意这两个企业进来,你就得签字,再不签字,哼!走着瞧。

说完,杨欢子在两个大汉的搀扶下走了。

53

上午的这场喧闹,让关子良非常疲倦,回到家后,他坐在卧室里久久地发呆,一直到晚上中央电视台的《新闻联播》结束,都没说一句话。其间,他把自己回到小岗后发生的事情在脑海里深耕细耙了一遍,把自己和张大喷嚏父子、开则成、华科长等人的冲突回忆了一番,又把上午发生的这件事,尤其是把自己和杨立华、杨欢子发生的冲突回想了一下。他深深地叹了口气,觉得自己走得太快了,尤其在处理杨立华这件事上,有些急躁和任性,很不成熟。此时,小岗的情况这么复杂,杨立华在小岗的根子这么深,杨又来自人数众多的杨庄,自己和杨立华宣布决裂,就等于和一门杨决裂了。而此时,自己需要的不是像杨立华这样的反对者,而是支持者,尽管自己不能容忍杨的那些狗屁思想和下作的行为。想到这,他忽然感到一种懦弱,感到自己到小岗后,反而变得不纯粹了,不果敢了,骨子里冒着中庸之气。

这么自怨自艾的,关子良感到自己的后脑勺忽然就疼了起来。这种疼尖锐而具体,好像所有的力量都集中在八到十根头发根上,令他焦虑难挨。就在这时,楼下忽然传来了许乐的笑声和跟母亲的说话声。关子良立刻想起了许乐站在他面前声嘶力竭的样子,他现在才感动起来,正因为感动,他命令自己要马上振作起来,关于颓废和沮丧,在这个女人面前不能漏出任何蛛丝马迹。

不一会儿,有人敲门了,没等关子良说话,门就推开了,那是一张非常美的脸(只是眼泡明显是肿的),带着满满的笑,怀里抱着一团东西。到了关子良近前,她一蹦,然后笑着问,猜猜这里是什么?

375

关子良一眼就看出来了,是鸡蛋,他知道许乐玩这个就是要让自己高兴的,他说,不知道。作为回应,他脸上也带着笑。

许乐打开了毛巾,毛巾里露出几只鸡蛋来。许乐跟关子良说,下午,她在他家屋后的树下,发现了一个鸡窝,里面竟然有几只鸡蛋。

说到这,关子良有了兴趣,他问,真的?

许乐放下鸡蛋说,真的。

关子良说,这只鸡真无聊,成就了一个贪小便宜的人。

许乐不愿意了,上去抱住关子良,在他脖子上啄了一口,两人都笑了。许乐乘机说,我还有好消息。

关子良问,在某棵树下,又发现了一只无聊的鸡?

不！许乐说,这只鸡很正经,不,很严肃,嘻嘻……

这会,关子良真被许乐逗开心了。他问,前提是,你的喜事,可不许讹诈我哟！

许乐哼了一声说,算你猜对了,不仅要讹诈,还要讹诈你一辈子。

关子良先是愣愣地看了许乐一眼,然后一把按住许乐的肩头,又下意识地看了一下许乐的肚子,眼里流露出了不同寻常的光芒。许乐深情地看着关子良,轻柔地说,你这个鬼精灵啊！7号,它没来。

关子良将许乐轻轻地拥在怀中。

这时,楼下传来了一阵阵急促的咳嗽声。

过了一会儿,许乐说,答应我,不要告诉我大爷。

关子良笑着说,老头做梦都想有个孙子。

答应我。许乐恳求说,看着关子良。

关子良点了点头,于是往一起一点一点挤着,眼见着就要挤到了一起,外面突然传来黑户英低促的声音,大良子,大良子。

关子良松开许乐,几步到了门前,拉开了卧室的门。这时,他看见,母亲面色苍白地看着自己,神色惊恐。关子良问,妈……

关子良一句话没说完,黑户英拉着关子良就走,许乐见状,也跟着下

第三章 彼岸的花朵和一个人的新历史主义

了楼。

很快,黑户英就把关子良带到了院外。一出院门,关子良便傻了。门口摆放着一只花圈,花圈上有字:谁敢葬送我们的利益,我们就为他送葬。

黑户英一下子瘫在地下,许乐忙蹲下来扶着她,轻轻地为她揉着。而关子良则拿起花圈向村东走去,子良!子良!许乐在后面喊,关子良根本就不理,这时,一个声音出现了,子良。

子良站住了,不知什么时候,关大疤瘌出来了,他站在那里,神情淡定地说,小孩出的鬼,慌什么。

关子良笑着说,爸,我知道,我找个地方扔掉。

说着,关子良向夜幕深处走去。

这边,许乐本想追上关子良,她实在不放心这个男人。她根本就不相信经过接二连三的打击,这个男人还能挺得过去,但见黑户英软软的,一副奄奄一息的样子,她只好放弃了自己的想法。

54

13号,凤阳县召开全县肥水管理和病虫草鼠综合治理动员大会,在全县,因为小岗的规模最大,有四十多个村民小组,县里允许在小岗单独设立分会场。

知道在明天的会议上,开则成要做动员报告,关子良彻夜难眠。那天晚上,当关子良处理完那只花圈,向家里走来时,许乐跌跌撞撞地了迎了上来,她紧紧抱住关子良,发出了这个世界上最为惊恐和焦虑的哭诉声,良哥,就签了吧!他们会把你弄死的。你不要你自己,不要我都可以,但是,你不能自私到连这个孩子也不顾。

关子良最终没有做任何回应。

但是,这个晚上,他还是脆弱起来,仿佛那个孩子萌萌地看着他,充满了信任,充满了期待。

他决定做一些妥协,主动和开则成谈谈,缓和一下关系。这样或许有自私成分在其中,但是也没有什么不道义的,也不代表自己不坚定。当然,他要把这次妥协当成一个机会,再次解释一下自己的行为。他认为在这件事上,自己的解释工作做得还不够细致,不够真诚,既然开则成的所作所为也是为了小岗,如果能把思想的渠道打通了,开则成一定会理解的。

第二天,他早早就在青创会等着。按照惯例,会前,开则成一定会先到青创会办公室坐坐,既做短暂的休息,也做交流,然后再去会场。可是,关子良等到了九点半,也不见开的人影,就在这时,华科长的电话打过来了,口气很不好,一声一声地责问关子良为什么还不到会场。

关子良心里一惊,才知道开则成直接去了会场。

到了会场后,关子良更错愕到瞪大了眼睛,会议已经开二十多分钟了,弄得他进场后,许多村民小组组长都以奇怪的眼神看着他。于是,他赶紧往前靠,在华科长旁边坐了下来。此时,开则成正在上面慷慨激昂地说话,关子良向开则成笑了笑,希望开能看到,这样,会议休息期间,自己就能很自然地和开则成接触上了,如果开则成离开会场了,也可以乘这个机会送送开则成。

但是,令关子良措手不及的是,开则成说完第四条后,就宣布会议结束了。关子良正在尴尬中,开则成已经从讲台另一侧的安全门离开了。继而,众人纷纷向外走,很快,会议室就剩下华科长和关子良两个人。

华科长看出了关子良的失落和难堪,他拍了拍关子良的肩头说,怎么样?最近感觉如何?很孤独吧?说着,他递了根烟给关子良,自己点上火后,并没有给关子良点火,而是把火机递给了关子良。关子良点火时,手是抖的,此时,他的内心有一种被抛弃和被边缘化的恐慌,也有一种被玩弄和被蔑视的愤怒。

华科长说,无论是个人、家庭、国家都是需要依靠的,否则被孤悬在外的日子是很难过的。走,我们边走边聊。

出了会议室,华科长说,其实,老开这个人非常讲义气,在他心里,你的位置仍然是很重的,他也从来没有忘掉你,否则,他成立这个青创会干什么?最近,他的压力非常大,有人给你送花圈了吧?也有人给他送了,指责老开袒护你,说你俩就是两只阻碍大家发财的拦路虎。还威胁说,会逐级上访,要上面派工作组下来,在小岗搞一次公决。公决的内容有两个,一、那两家企业该不该进来;二、取消青创会,说青创会是傻子集团。这些,都被老开否决了。老开是个聪明人,对这些英雄好汉太了解了。就这件事,说上天,也要掐死在面盆里。哦!花圈上的口号很精彩:谁敢葬送我们的利益,我们就为他送葬。有才啊!哈哈哈……

关子良的脸红了,继而慢慢变紫,他有一种奇怪的感觉,这种感觉令他无法呼吸。

华科长说,老开非常生气,加上那两家企业不断为他推背、锁骨,日子完全是放在油锅里过的。

可耻!关子良骂道,也不知是骂谁的,咬牙的声音十分清晰。

华科长说,签了吧!你抗不住的,再抗就不像了。你签了,村委会的工作我们来做。

关子良笑了笑,笑得不算清亮,略有些阴鸷。

华科长说,我拟定的那封鉴定书样本看了吗?

没有。

在哪?

在我办公室。

我们过去看看吧,你签个字,盖个章就可以了。

关子良没有吭声。华科长对关子良的这种反应倒很满意,他微笑着,再次拍了拍关子良的肩膀,说,就算是帮我一个大忙了,现在,你关大会长与其说是老开的担子,毋宁说是我的担子。我的政绩就在兄弟您的手上啊!嘻嘻……

其实,两人都没注意,边走边谈间,已经到了青创会的门口。

关子良掏出钥匙,扭了几下,然后一下子推开了门。

华科长的脸突然就苍白起来。华科长看见,在关子良的座位上赫然放着一只花圈。这个景象,差点炸掉他的眼球。他下意识地倒退了一步,然后转身就走。走了两步,他又停了下来,说,关子良,古书看多了吧?在小岗,浪漫主义是行不通的。

55

1978年冬天的这个夜晚,四周漆黑如墨,天高寒。在一个破败的草房里,小岗村十八个衣衫破烂的男人聚在一起,叽叽咕咕商议着按手印的事……

这是2010年秋天的一个夜晚,小岗村的六个老男人,如今也聚集在村中的关家,此时,这家主人关大疤瘌已经奄奄一息。

说也蹊跷,前两天,关大疤瘌还精神着呢,他一一拜访了张大喷嚏、顾老边、许六叶子、朱耀山和杜二嗯,然后向每人送了一只自己编的篓子。昨天下午三点多钟,关大疤瘌忽然倒在床上就不能起来了,再到今天,人的光景又黯淡了许多,一时糊涂,一时清醒,一时完全不省人事。

这会儿,待关大疤瘌略有些清醒了,张大喷嚏等都围了过来。张大喷嚏握住关大疤瘌的手,笑着问,疤瘌,疤瘌,装什么装,可认识我了?关大疤瘌点了点头。此时,人好像短了不少,眼坑下陷得很,看人时,有一种迟迟未到的感觉。

他大爷……这时,关大疤瘌摇了摇张大喷嚏手,吃力地说,我不管了(活不长了)……前些天,有人给我家门口放花圈了。那花圈是冲大良子来的,他年幼,受不起……我这样子,也不能为大良子干什么了,我先代他……把花圈领走了。你们都是他上眼皮子(长辈)哦……这孩子千不是,万不是,都是小岗的后代,都是你们看着长大的……

说到这,关大疤瘌已经一点力气都没有了。这时,张大喷嚏说,疤瘌,你送的篓子我们都收到了,懂你的心。人家编篓子,都是四根筋(荆条),你用

第三章 彼岸的花朵和一个人的新历史主义

了六根,我懂!我们都是打小一起长大的,活下来的这几个老东西,一定会抱成一团,齐大伙(共同)疼你家大良子。

疤癞的眼睛在一点点下沉,听张大喷嚏这么说,他的眼珠子又慢慢地鼓起来了,还点了点头。坐在旁边的许六叶子眼圈红红的,他扯着疤癞的衣袖,说,疤癞,疤癞,可认识我?疤癞点了点头,说,不是六叶子吗?许六叶子忽然带着哭腔说,我是你亲家呀!关大疤癞的眼睛又睁大了,此时,许六叶子泪流满面地连声说,许乐,许乐你可知道?你有孙子了,你有孙子了。好像早就储备好了,许六叶子的话刚说完,关大疤癞那双鼓胀的眼里立刻有许多泪水漫了上来,接着是充满眼眶,再沿两个眼角迅疾地流了下来。

夜黑黑的。突然,来自黑户英家的一声声尖厉的痛彻心扉的哭声撕开了夜的帷幕,此时,去凤阳府、大溪河和石门山接自己姑娘和叔爷的关子良,刚带着一大帮亲戚走到院门口,听到哭声,他立刻转过身来,扑通跪到地上,然后见人便磕起头来。磕头时,泪水像小河汩汩地流淌个不停。

56

天热,人不好在家多留,关大疤癞这边一倒头,那边就叫来一只冰棺,将人送到了殡仪馆。两天后,人火葬。

火葬那天,开则成让华科长代表他和县小岗办送了两只花圈,同时,又让小岗村委会安排人送了花圈。待头七过后,华科长带着两个年轻人来到了小岗村。在青创会,华科长先是代表开则成向关子良表示深切的问候,客气话说过后,让关子良召集青创会委员开会。特别要求,这是一次扩大会,杨立华、杨庄的杨欢子和张大喷嚏等老一代小岗人都要到场。

不到一个小时,参加会议的人陆续到齐了。这时,华科长公布了本次会议的内容,他说,为了加强干部管理,进一步推动小岗的全面发展,按照干部管理条例,决定对关子良等十几名村级干部进行民主测评。测评分为三个阶段,前两个阶段已经完成。经过小岗办和各村民组的测评,对关子良同志在任职期间的表现,我们已经有一个基本的评定,待一会儿,小吴会把测评结果宣读一下,然后,再进行第三阶段的测评。

华科长话音刚落,小吴便站了起来,念道:

通过对小岗办干部科全体干部和小岗村45个村民小组负责人的两轮测评,结论如下,关子良同志担任小岗村青创会会长以来,我行我素,自以为是,无视小岗办的领导的存在,无视村委的存在。利用权力,大搞独立王国,大搞一言堂,容不得不同意见。本末倒置,把青创会的工作凌驾于小岗的发展之上,不思进取,不谋新篇,缺乏战略性思考。思想陈旧保守,缩手缩脚,偏激固执,不善于和领导、同事沟通,给小岗的发展带来了严重的阻碍。为保持小岗发展的正常化,努力贯彻社会主义核心价值观,不断发挥中国农村改革第一村的先锋模范作用,认为关子良同志不再适合小岗村青创会会长一职。

小吴俨然是军人出身,刚才站起来时,唰的一声,坐下去时,也唰的一声。

这时,华科长环视一下会场说,同志们,小岗的命运掌握在大家手里,正确对待这次测评就是正确对待小岗的未来。对这次测评负责,就是对小岗负责,更是对关子良同志的负责,请大家畅所欲言。

会场死一般地寂静。

这种寂静让华科长很难挨,又过了一会儿,他笑着说,天也不早了,就选几个代表吧。杨立华委员、张委员,还有杨庄的领袖,杨老先生,你们三位谈谈。

三人没有反应。

华科长点上一支烟说,立华,没有任何人说你现在不是青创会的委员哦!你年轻,在这个班子里,你还是很有希望的。你带个头。

大家都能从华科长的这句话里听出什么,杨立华自然也能听懂。杨立华想了一下,低着头说,既然是组织要求,我就先说几句。说到这,他又停顿了一下,又想了想,然后接着说,实话实说,当初,我也不赞成关子良在这个

第三章　彼岸的花朵和一个人的新历史主义

位置上,总觉得他太年轻,他上台后推出的一些计划,我从思想上也不能接受,感觉他的想法……有点跑偏,让人很不放心。不是太靠谱吧……很幼稚。有时确实很难沟通,其实,我也就比他大六岁。感觉隔得很远……还有,做法都是云里雾里的,我们看不懂,有点不切实际。但是……

华科长敏感地看了杨立华一眼,笑着说,立华,官场语言就别用了,什么但是,可是的,直接说观点嘛。

杨立华的脸色立刻凝重起来,他说,但是,我听了你们刚才的评定,感觉……有些过了。虽说我和子良翻过脸,但是,我还是说,年轻归年轻,幼稚归幼稚,子良归根到底还是为了小岗,这个……没有你们说的那么严重。这些天,我也想了很多,我承认有好长一段时间,我和子良是离心离德的,因为不能接受他的观点嘛。子良反对两家企业进村,我也感到不舒服,我觉得我们就要到手的好处没了,加上子良那天跟我耍态度,抵触情绪就更大了。为了表达我的不满,我回到杨庄做了许多人的工作,就是想找子良麻烦,但是,后来我听说,我大爷带人打了子良……我很意外,也很不好意思。子良,我在这里……先给你道歉……

华科长脸上早就不好看了,他马上打断了杨立华,说,哎哎,走题啦!杨老先生,您老说说。

杨欢子坐在后面,此时,他直了直腰杆子说,子良,我跟你家上辈是有深交的。你老子走的那天,你满场子跑,没注意,我让人上账了,还让几个小辈捡了孝手巾。子良,我是你大爷,打你就打你两下吧。立华刚才都说了,说开就行了。

说完,身子又矮了下去。

华科长脸上的表情愈加难看起来,他轻轻地令人不易察觉地叹了口气,然后在人群中巡视起来。终于,他把目光放在了张大喷嚏身上,张委员,您谈谈吧。他笑着说。他嘴里的那个"您"字让张大喷嚏的痔疮神奇地抽动了一下。

张大喷嚏挪了下屁股,笑了笑说,你们的评定我一个字一个字地琢磨了,后面的话太伤人了。关子良虽然是个当家的,不还年轻嘛,不能因为犯了这么点错误就说人家不能干了,要给人家转个弯子,再回头的机会。

这时,许六叶子突然插上话说,人家还在五七之内,哪有在人家老坟头上做这事的,什么朝代也不能这么做。真不像话!

许六叶子这么一说,下面也有人跟着议论上了,就对县小岗办在关子良守孝期间,搞这种意图分明的测评,纷纷表示了不满。而在众人七嘴八舌的时候,杨欢子带着满脸的厌倦,背着手离开会场了。

这时,关子良说,我也说几句。

华科长没吭声,点上一支烟抽着,脸色十分难看。

这时关子良说,首先,感谢组织上对我的批评教育,感谢乡亲们对我的宽容和理解,非常感谢。说到这,关子良的声音忽然低了下来,显然在克制着自己的感情。仅仅过了两秒钟,他再次抬起头说,对于测评意见中的一些问题,我也接受。是的,我还有许多缺点,比如急躁、固执、幼稚、爱冲动、眼界不够,尤其是沟通能力比较差。在反对两家集团进小岗这件事上,尽管我们的本意都是一样的,都是为了小岗的发展,但是,我没能力说服别人,这是我非常惭愧的地方。今天,就这个问题,我再次表明自己的观点,其一,这两家企业是高污染企业,绝对不能进小岗,如果任其进入,我们吃毒饭,喝毒汤是咎由自取,但是,下一代小岗人不能为我们买单;其二,希望小岗办能支持青创会把产业园的计划做下去,我有信心,我可以向所有小岗人立军令状。这几天,我也做了最后的打算,如果我离开青创会,我也会成立一个青年互助组,哪怕租一亩土地,也要把这个项目搞起来。青创会成立到现在,耽误的时间太多了,我心痛……

57

在小岗办,开则成泥沙俱下,枪炮齐鸣,狠狠糗了华科长一顿:

你们这些秘书出身的,一到关键问题上,就什么硬伤都出来了。仗势欺人,瞻前顾后,犹豫不决。上来就宣布,这个人不能干了,不就结账了。你还搞什么终极测试。那不是标准的引火烧身,作茧自缚吗?

开则成直骂到满屋子喷火星子才打住。最后,他扔了一支烟给华科长,然后自言自语地说,好。很好。既然想装神弄鬼,我就给你搭台子。接着,开则成说了几点:一、同意关子良先前提交的所有方案,可以把新清理出来的土地交给其重新规划和经营;二、原来和小岗办签订土地赔偿合同的用户,一律转交给关子良,由关子良和这些农户重新签订土地合同。说到这,开则成从抽屉里拿出一沓信件说,这是今年春天小岗村329家用户写来的申请,要求县小岗办按照江苏省有关地区的土地赔偿标准,由现在的每年每亩530元,增加到1500元。安徽和江苏是有地域差的,我帮关子良求一个折扣,每年每亩900元。

华科长说,也就是说,这以后原先属于小岗办负担的土地赔偿金,全部……

谁主张谁主持,当然由他关子良缴纳。

那个"三农"项目补贴呢?

没有。基本建设费也没有。

华科长吸了一口气说,"三农"建设资金是国家项目资金,一旦批下来,就会跟着走的呀!

这时,开则成直直地看了华科长半天,忽然说,给我另成立一套班子,项目补贴一下来,就划到县小岗办。

见华科长做沉吟状,开则成问,怎么?是不是觉得冷酷了?错!我们是拿着小岗或者说拿着全县人民的利益给他关子良做赌注的。有没有想过,那两家大企业是什么式子?还没看到一块土呢,钱袋子就堆在小岗村门口了,可惜,你碰到疯子了。傻子,愣子!开则成气不打一处来地接连骂着。

华科长点了点头。

开则成说,但是,既然是赌,那就要做到愿者服输,给他一年时间。在一年时间内,项目要立起来,基础建设要有形状,人要进场,效益要落在年底。

385

否则,我们一毛一毛地算。

华科长说,如果到期无法立项,这不又耽误一年吗?

开则成说,都耽误多少年了,不在乎陪他玩的这点时间。

华科长感喟说,也是逼出来的,这个人太狂傲。

哼!那就比一比气场吧。开则成说。就这个条件,问他愿不愿意接。如果不敢接,那就乖乖回到我们的办公会上,老老实实出具鉴定书。

58

愿意。

59

这样,一车沙子就铺天盖地倒向了关子良。是在沙堆里滚,还是从沙堆里钻出来,就成了关子良的生死抉择。

就是关子良答应华科长的第二天上午,关子良召开了一次扩大会,青创会的所有执委和大部分会员都参加了。关子良把事情的经过向大家做了介绍,然后说,伙伴们,这一次,我把你们带到了谷底,我们真正进入了徒手攀缘的时代。

螺螺马上举手说,我同意,我喜欢苍白苍白的感觉。

闫军兴奋地说,青创会成立以来,一直在打游击,也该打一场阵地战了。我代表青创会项目组向会长积极请战。

林江说,没有金刚钻,不揽瓷器活。不管什么摊子,会长敢揽,我们就敢干。

见大家都异常兴奋,关子良问,立华兄,你谈谈。

杨立华想了很久说,现在的首要问题就是资金,你知道的,青创会就是架子,没有任何专项费用……这个……不知子良是怎么考虑的?

第三章 彼岸的花朵和一个人的新历史主义

关子良说,大家也不要惊慌,这个问题我早就考虑过了,起步资金由我来筹备,说着,他把一张存折放在桌子上,这是我几年的小积蓄,52万,虽不多,但是可以支持青创会目前的办公,我们真正的资产在我们在座的身上,在那2123亩土地上。

这时,坐在许乐旁边的螺螺,轻声地说,跟你商议了吗?

许乐说,没有呀!

螺螺捂着嘴,笑着说,怎么感觉你好像要哭。

许乐狠狠地拧了一下螺螺。

这时,螺螺说,会长,你把结婚的钱都拿出来吧?

关子良说,必须说明一下哦!我这是借给青创会的哦,过一会儿,我是要立华打收据的。

这时,螺螺说,会长你放心,你和老许结婚时,我把羊卖了支持你。

谁老许谁老许!许乐一边骂,一边掐螺螺的胳膊,会场上笑成了一团。

这时,林江说,作为青创会会员,我也表示一下吧,愿意借5万元给青创会,不要利息。

众人鼓掌。

比斗说,那我也表示一下吧,借3万,捐5000。

掌声再起。

我也来一个,这时,朱上课喊。

还有我……

眼见着动员会变成了捐助会,关子良说,谢谢兄弟们,我还有大事说,钱的事会后说好不好?放心,目前我们青创会肚子瘪,缺的就是油水,我是多多益善。

众人又笑了。

接下来,关子良公布了他从昨天上午一直到今天凌晨三点多的考虑计划。

昨天,关子良把原先报给开则成的两个产业园计划进行了梳理,最后,

387

决定把人力资源产业园计划暂时搁置，重点做远程视频销售项目。

首期销售1000亩土地。

目标客户：县级以上城市的居民和团体。

区域：海内外。

每亩年租价1000元，土地保姆费每年1.5万元，种子和相关服务费用另算。

工作步骤是：

第一阶段：动员手里有土地的农民带贴入股。同时，确立广告词、制作网页、宣传单页和各类展板。利用网络、电视、广播电台进行多方位宣传，对手里的土地开展网上销售。

第二阶段：平整土地，搭建大棚、购置设备，进行外围改造。

第三阶段：按照客户要求划分选种和种植区域。

……

关子良说，新型产业园开园后，首先是为我们小岗增加一批新居民，接着是迎来观光潮，到那时候，我们再打通韭山洞、狼巷迷谷、中都城、明皇陵等所有凤阳县的旅游景点，形成联产局面，五年内，关子良伸出五个手指说，我们不仅要消化掉手里的所有抛荒地，还要吸引大量的流转土地进港，那时，小岗的新产业将会在我们的带动下，全面开花，人均年收入翻三番，对国家和社会的贡献能力将增加到十倍。有了这个肚子，我就敢将大溪河、小溪河、凤阳西部近60个经济薄弱的村民小组全吃了，完全带入小岗这个大家庭，最终，利用我们新的土地优势和劳力优势，形成小岗自我发展的合力。风华村我去看了，现在，它是我们的梦想，将来，我们一定会成为他们的梦想。

许乐带头鼓掌，接着掌声四起，鼓掌的人个个都兴奋得满面红光。这时，螺螺把细长的胳膊举了起来，他说，会长，我兴奋了，我要献身……不不不，我要奉献……

众人又笑成了一团。

关子良也笑了,说,螺螺,下面有你献身的,你和朱上课的任务很重哦。

笑声再次在会议室响起。

60

三天后。中午。

关子良刚扒了几口饭,许乐、朱上课、闫军和螺螺早早就来了。关子良见朱上课和螺螺都拿着本子,他把饭碗往旁边一扔,说,听你们汇报。

许乐汇报了即将要开展的入户宣传"带贴入股"的基本做法。朱上课汇报了接触信息技术工程的情况。闫军汇报了产业园的选址情况。

三人的工作做得很细,也很贴实际,关子良很满意,要他们抓紧实施,尤其是入户宣传"带贴入股"的事情。三人得令后,马上离开了。接下来,螺螺重点汇报了多种蔬菜养殖问题。螺螺告诉关子良,他已经通过同学,和安徽科技学院、中国科学技术大学、南京大学和湘潭大学取得了联系,他们对这个项目非常感兴趣,一致同意派研究生过来参加该项目的科技开发工作。关子良说,太好了!你跟他们说,他们如果派学生过来,我们马上为他们建立大学生创业园,为他们提供实验基地。

螺螺说,太神话了吧,哪来这么多地方?

关子良说,在我家。我妈已经同意了。

螺螺笑了,说,那不如到山里去吧,我把羊圈让出来。

关子良说,那是后话,谈谈首批大棚的情况吧。

螺螺说,那要看网上销售和带贴入股的进度了,如果能正常进行,款子及时到位,我们可以先搭建三百个大棚,10月底就可以完成买料、搭棚、填土、堆肥、种植等所有工序。月底就可以见青,年底就可以让客户通过视频和他们的庄稼对话。

听螺螺这么说,关子良立即拨通了华科长的手机,但是,响了很久也没有人接。螺螺问,你打哪个?

华科长。关子良说,又拨了一次,还是没人接。螺螺说,这个时候都在酒桌上,胡扯的声音比手机声大,算了。

关子良不愿意放弃,再次打了,这回接通了。关子良说,科长,我查了一下政策,大学生创业是有无息贷款的,我们申请了三百个产业园大棚,因为是科技项目,管理人员全部由大学生担任,想申请无息贷款,希望得到支持。

华科长果然是在酒桌上,里面还有许多女人的声音,这样,华科长就显得很不耐烦了,他说,是啊,有呀,如果按照政策,一个大棚可以享受一万元无息贷款呢,但是,必须有一个条件,这些大学生都是你们小岗人,你觉得你们小岗有这么多大学生吗?还有,严格意义上说,我们讲的这个大学生是指一本学历或者"211"工程的,如果没看错简历的话,你的学历只够三本吧?

关子良怕华科长关机,忙压住内心的愤怒说,我查了一下文件,今年中央财政加大了农业补贴力度,各地都在搞一卡通和一折通,华科长……

关子良的话还没说完,华科长就显得很不耐烦地说,是啊,中央的"四补贴"还在执行着呢,可是你对不上啊。

关子良说,既然中央这个"四补贴"是针对农民的,我们这个产业园怎么就对不上,最起码可以并入农业科技范畴吧。

华科长说,这个补贴是直接拨给种粮食的,你是种大白菜的,可懂?说完就挂了手机。

见关子良脸色铁青,螺螺问,小岗办怎么说?

关子良咬着牙说,小岗办说好!

螺螺不吭声了,他看了一眼关子良,发现关子良的脸都紫了。

这时,门被推开,许乐进来了。螺螺忙站起来说,哦!我好像听到我的羊在叫了,告辞。

刚才华科长的那些话,像一记闷棍打了关子良。螺螺走了,他也没打招呼,许乐来了,他也没打招呼。

这时,许乐看了关子良一眼,收拾起桌子来,待把桌子收拾完了,她坐在了关子良的对面。问,大妈呢?

第三章　彼岸的花朵和一个人的新历史主义

关子良竭尽全力地笑了笑,说,睡了。

许乐又不吭声了。

关子良忽然高兴起来,他问,今天的会,像是誓师大会,那么热闹,你好像情绪不高?

许乐叹了口气。

许乐的这口气让关子良浑身不舒服。

许乐抬起头,看着关子良,一脸焦虑地说,这个事,你接得太快了。

这几天,许乐在这件事上的态度,本来就让关子良不开心,这会儿他很带情绪、很倔强地说,必须接。

许乐有些激动地说,接下来知道意味着什么吗?过去,张大器经营这两千多亩土地是什么状况,院墙一拉,门框子一立,就算是大项目落户了,不仅不要担心效益,还能享受项目补贴,土地赔偿金也由县小岗办发。你现在呢。两千多亩地里全是伟大的目标,不仅没有项目补贴,还要逐年发放土地赔偿金,你想累死啊?

你怎么就知道我发不起呢?又说,原来,你等到现在才出现,就是为了给我泼这盆冷水的?

在这件事上,除了我,你看谁还能给你泼冷水。许乐不高兴地问。

我不需要!这个时候,你知道我需要什么。

你需要为你喊口号是不是?我能做到吗?

那你就闭嘴。

不可能,除非……

除非什么?关子良仍然很激动地说,告诉你,在我关子良这里,从来就没有"怕"字。不就是两千多亩地嘛,如果栽什么死什么,就把我栽在那里嘛。

关子良的话让许乐先是一怔,接着,她突然将一碗水泼向关子良,然后,恨恨地看着关子良,眼里的泪珠大颗大颗地向下掉。只是几秒钟,她便迅疾转身,出了门。

391

许乐离开时，关子良身子一动，但是，他到底没有撵出去。

当许乐的脚步声渐渐消失以后，他听到一个声音，乐乐说得对。

这是黑户英的声音。关子良说，妈，你睡吧！这个事，我接下来了，下刀子，也要往前走的。

又过了一会儿，黑户英说，事情太大了，和你史大爷商议商议去吧。

61

关子良没去找史学久。

上次和开则成闹翻后，关子良的内心是极度不安的，为此，他找过史学久，那时，他特别想从这个老前辈那里得到一点信心和指点，哪怕是吹大牛也行。但是，当他把自己和开则成争执的事情说出来后，史学久以自己已经退出历史舞台为由没有表态，或是见关子良有点失望和沮丧，他说了几句。史学久认为，无论发生什么，关子良都不应该和开则成闹翻。还说，对于那两家企业，关子良表达不同的意见是可以的，最终还要服从组织安排。

你就是一个小毛猴，他是什么，如来佛啊！最后，史学久这样说，就算是做总结了。

那次谈话，关子良是失望的，也是理解的——作为老一辈基层干部，对党的绝对忠诚是基本准则，在他心里，开则成作为一级组织的当家人，你就应该服从他，即使错了，也要服从。

出了村子，关子良来到了村西一个山洼里。这个山洼关子良太熟悉了。小时候，跟父亲来这里放牛，父亲就会指着山洼里的一座高大的土丘说，那年，元兵将身受重伤的朱元璋追到这里。眼见元兵赶到，正在砍草的严姑娘忙把朱元璋塞进了一堆草里。元军走后，朱元璋为报救命之恩，郑重承诺，将来，自己若是有了出头之日，一定来娶严姑娘。后来，朱元璋登基，待他寻得严姑娘的消息时，严姑娘已经病逝了。朱元璋遂降旨，予严姑娘以一品夫人封号，厚葬于此。

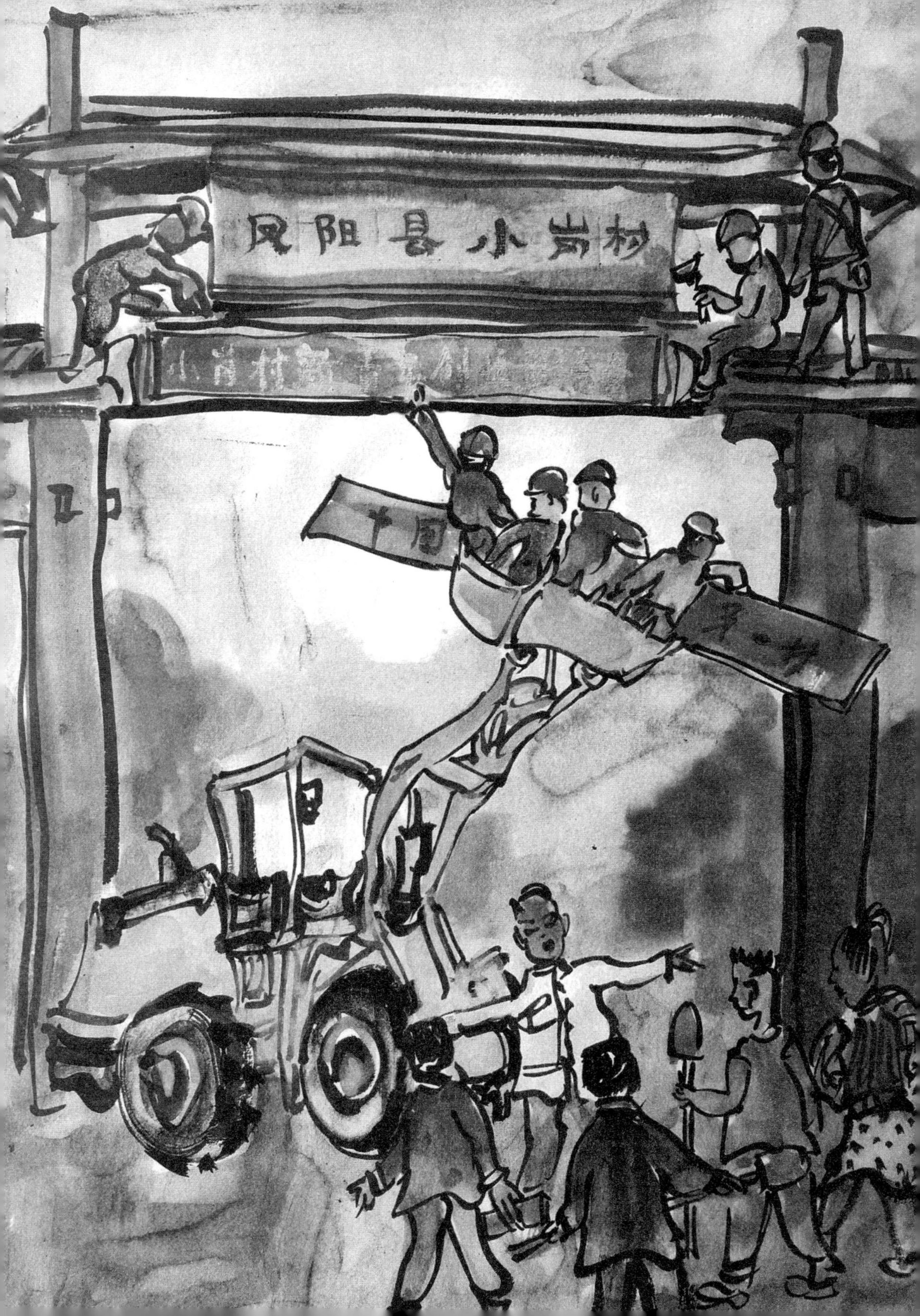
凤阳县小岗村

第三章 彼岸的花朵和一个人的新历史主义

现在,关大疤瘌也葬在这里。

坐在父亲的坟前,关子良心里十分难受。他把青创会最近发生的事,向父亲做了一次详细的汇报。他想听听父亲对这些事的看法,想让父亲给自己拿一些主意。他告诉父亲,他在青创会上的豪情,在朱上课等人面前表现出来的自信都是假的,许乐的出现,一下子就让他原形毕露了。

我爸!此时,关子良已经泪流满面,他说,你走后,我才知道父亲叫什么,那时,你即使一句话没有,我心中也充满了主张和力量。你走后,我才感到了自己的孤独,感到了无穷无尽的虚空。爸,现在,开则成给我设了局,这个局我看得懂,但是我没有选择。现在,我心里非常乱,非常脆弱。儿子骑虎难下了,儿子为难了,儿子累了。我感到浑身都被捆绑着。我多想撂下这个担子,真想逃走啊!你说我能逃吗?可是,走下去真的很难啊……

就这样,关子良在父亲的坟前一直坐了两个多小时。在这两个多小时里,他向父亲提了那么多问题。在这两个多小时里,他觉得自己跟父亲讲的话,比自己二十多年跟父亲讲的话还多。可是,如今的父亲只是一堆黄土,那些草再茂密,也无法表达出父亲的一点点观点。

内心失望的茫然的关子良站了起来,他要走了,他发现,这里充满了碾压和摧毁的力量,自己的过去,自己的雄心,在这里忽然都变得那么弱小,这让他非常不安。就在他转身之时,他睁大了眼睛,他分明看到了一只花圈。这花圈就是别人送给他的,就是吓走华科长的那只。

随即,他渐渐地坚强起来了,擦去眼泪,大步离开了父亲的坟。

62

这几天,许多工作都得到了推进,十三个工作小组已经分头行动,各种宣传正在铺天盖地地展开,销售网页即将做好,与省信息科技工程处的谈判是成功的,和县蔬菜公司衔接是通畅的,关子良和螺螺等四人去了一趟安徽科技学院。在学院,关子良重点宣讲了自己的新项目开发计划,其中,和学院共建大学生创业园,开发千亩种植的科研项目引起了学院的极大兴趣。接着,关子良在学院住了三天,办了三件事,参加了由学院组织的研讨会、招聘会和签订会。这样,由三十名研究生组成的首批创业骨干就组成了。

各项工作的顺利开展一下子把关子良撑到了产业园计划的壶口,那就是资金问题。本来,关子良的两只眼睛一直盯着"每个大棚一万元的无息贷款"这件事上,那天,华科长掐掉了关子良的这个期待,接下来,关子良只能把所有希望都寄托在带贴入股这件事上了。

从凤阳回来后,关子良急着想见两个人,一是许乐,一是杨立华。

许乐自那天从自己家愤然离开后,一直没和关子良联系。其间,关子良打过许乐的手机,许乐也没接。许乐的焦虑对不对?许乐的担忧又是为谁?关子良都是明白的,所以,上午他安排好手头上的事情后,决定去许乐家。

走到超市时,关子良远远地就看见一大堆人站在树下,朱耀山和许六叶子正在说入股的事。许六叶子嗓门很大:放在银行里能搞几个钱,等摊上拿利息了,不知可能用了。放在自家田里养着就不一样了,越养越大,一逮上来,扑棱扑棱的。

一个妇女笑,说,我看许六叶子嘴里就是养鱼塘,那鱼想说多大就多大!

众人笑。

朱耀山说,远程视频销售是新产业,科技水平高,上手快,这个项目能挣大钱,在这里投钱,就相当于露豆芽。晚上下豆子,早上就见苗了。

听两个老人这么说,关子良的心里很欣慰,他笑了笑,从旁边走开了。

关子良来到许乐家时,许乐妈正坐在门槛上择菜,关子良打了招呼,然后问许乐的下落。许乐妈早早就站了起来,说,这些天,许乐天天不在家呀!你不知道?

关子良心里一紧,问,大妈,她在干什么?

许乐妈笑了笑说,干什么,不就是入股的事吗?好几个人呢,挨家挨户宣传呢。

关子良舒了口气,同时也很感动。他知道,在这件事上,许乐无论多么不乐意,只要是他关子良的事,最终都站到他这边来。

辞别许乐母亲后,关子良带着兴奋的心情回到了办公室,刚坐下,许乐和比斗、林江等七八个人就风风火火地进来了。

走进关子良办公室,许乐显然就是主人了,她为每个人都倒了杯水,然后说,大家都别泄气呀,今天大家做得都很好。再说,有些事情,不是一蹴而就的,我们缓口气,再想想办法。接着,许乐向关子良汇报了这几天走访动员的情况。从许乐的汇报中,关子良总的感觉是,青创会的动作很大,事情还在途中。

关子良乘势鼓劲说,许乐说得对,有些事情需要反复做工作才行,尤其对于我们这种新产业、新项目,更需要做大量的说服工作。

许乐对关子良说,会长,在做动员工作中,我发现我们手里的宣传材料太简单了,和城里卖房子的,搞婚庆的不能比,最好能由专业广告公司制作一下。

关子良问,你们现在的资料哪来的?

林江说,都是许乐姐自己花钱印的。

关子良说,很好。

许乐说,什么很好,搞得跟真的样,你报销。

关子良举了一下手,表示没问题。

众人笑了。

关子良说,晚上,我会重新撰写一个宣传材料,然后到城里找广告公司设计一下,印彩页。等彩页印出来后,你们再去,那样宣传效果会更好些。

事毕,大家纷纷向外走。这时,关子良对许乐说,你留下,我们议一下宣传口径的事。

一直对大家和颜悦色的许乐沉下脸来,不情愿地说,我还有事呀。

关子良说,长话短说,就几分钟。

其他几个人互相看了一眼,走出门去。

这会儿,办公室只剩下两个人了,许乐也不坐,站在那。关子良说,谢谢你。

　　许乐说，少来这一套，这并不代表我支持你。

　　这时，关子良拉开抽屉，从里面拿出两只莲蓬来，然后拉了许乐一下说，坐吧，别斗气，我想听听真实情况。

　　许乐坐下了，一边剥莲蓬，一边说，反正，你要有思想准备，这事八成要黄。这几天，我们跑了六十多户，没有一家愿意签的。

　　失落感像槌子一样在关子良的心上敲了一下。什么原因呢？他问。

　　许乐说，原因很简单，前一阵子，开则成的那两家企业为了能进小岗，挨家挨户做过工作了，人家承诺得多，又答应给现钱，现在，我们不但不给钱，还要他们拿钱入股，他们能干？会说话的说，不见兔子不撒鹰。不会说话的说，在外面骗不到，回家骗了。

　　说到这，许乐觉得有点伤关子良了，便看了他一眼，把一颗莲子递了过去。

　　关子良接过莲子，没有吃，说，他们没有什么具体要求吗？

　　有啊！许乐叹了口气说，土地被流转的，要求我们先把前两年的土地赔偿金给付了再谈。手里有土地的，已被那两家企业吊足了胃口，根本就看不上我们这点补助，对将来也不抱希望。他们说，如果关子良要我们入股也行，得先打只兔子在腰里别着。

　　什么意思？关子良问。

　　要求我们先征他们的土地，土地赔偿标准比照那两家企业，只能高，不能低。

　　关子良算了一下，如果要满足这类户主的要求，不但从他们身上筹集不到一分钱，青创会还要拿出三百多万来补贴。

　　见关子良脸色不好看，眼里满是迷惘和失望，许乐心疼起来，声音自然也柔和些。她说，子良，事情堵着怪急人的，能不能请史学久出来，帮帮我们。他是老人员了。

　　关子良摇了摇头，说，自从知道我跟小岗办闹翻了，他就很少到我家来

第三章　彼岸的花朵和一个人的新历史主义

了,见到我,也躲了。这一代人我理解,什么都可以,就是不能和上面顶,那就什么前途都没有了。

说到这,关子良将一颗莲子擩在嘴里。莲子有些老了,那莲子真苦啊!可是,他眉头皱了一下,硬是咽了下去。

许乐看在眼里,说,事情才开始,又是新项目,再走几步,也许就好了。

许乐这些话没能安慰到关子良,但对关子良来说还是有所启发的。关子良觉得,就目前的情况看,仅仅靠宣传,靠讲大道理,靠老乡情怀,对项目的推动是有限的,当务之急,是要能在那空荡荡的土地上拉出阵势来。也就是说,如果能先竖起十几个大棚来,这对那些犹豫的人、观望的人和故意添乱的人来说,无疑是有力的回答和证明。想到这,他拨了杨立华的手机。

许乐问,你打谁电话?

关子良说,必须要在这个星期找到突破口。

找什么样的突破口呢?许乐话到嘴边,却没说出来。这些年,她喜欢面前这个男人,就是因为这个男人常常做出许多让她想不到的事情。于是,她就那么崇拜地看着这个男人。

63

天先是蜡黄,接着起了乌云。一团团巨大的乌云,先是猛烈地撞击在一起,然后你挤我,我挤你,互不相让。突然,一道闪电猛地撕裂了它们,接着,在一阵阵滚滚的雷声中,雨柱便从天上横扫而来,小岗村随即笼罩在一片狂乱的雨雾中。

雨后,杨欢子家的院子完全被淹没了,杨欢子不得不用一根竹竿狠狠地通着下水道。年纪大了,通了几下,就站着喘开了。就在这时,杨立华走了进来。见杨欢子站在水里喘息,又见满院子的水,他什么都懂了。他卷起裤子走过去,从杨欢子手里拿过竹竿,奋力地通起了涵管。

见水流动了,杨欢子便喊杨立华到屋里喝绿豆汤。待杨欢子把一碗绿豆汤端上来时，杨立华就把关子良委托自己的事说了。

听懂了杨立华的意思，杨欢子笑了一声说，真会找人哦。是啊，在小岗，我杨庄是最大的村子，我又是一门杨的老壮壮（辈分高的人），把我这把钥匙拿到了，所有的门都好开了。

杨立华笑了笑说，是的。

他为什么不自己来找我？杨欢子问。架子很大嘛。

杨立华说，他是怕你，怕在你这折了。要我来，是探探你老的口风。

杨立华这番话让杨欢子很受用。杨欢子说，昨天，许六叶子家的那丫头带一帮人来了。呱啦呱啦了半天，我没说长也没说短。这件事头道（开头）就难在人家早就来做过宣传了，合合账，比关子良给得多。

杨立华说，要跟关子良签，每亩地也能涨到小千把了。

杨欢子说，没用的，现在的人，哪个还看将来。人家外来企业，只要签合同，马上丢现金，关子良可能做到？人家看不到钱，你硬把人家往被窝里拖，要人家陪你做梦，个照呢（可以吗）？

沉寂了一会儿，杨立华说，我觉得关子良的这个产业园还是有搞头的。

杨欢子摇了摇手，嘴里发出了喊的一声。

杨立华说，我看到材料了，安徽科技学院都跟青创会签合同了。

杨欢子不屑地笑笑，点上烟，抽起来。

杨立华说，帮帮吧，前一阶段，我和关子良闹得羊脏（很厉害），他委托我来，也是过河将军，我要是不办好，他会有想法的。

杨欢子笑了笑说，年纪不大，心眼里装墩子，柱壮得很啊！这件事别说找你你不好推托，找我也难绕开。我打过他两记耳刮子，他从来就没忘过，现在是来要我还账呢。

杨立华笑了。

杨欢子叹了口气说，只是事情不小啊！我要是硬当家，指错了路，这可是一门杨啊，到时候，连到我坟头丢一张纸的人都没有了。

杨立华看杨欢子很为难，就说，怎么办呢？我都没想好回去怎么说。

第三章　彼岸的花朵和一个人的新历史主义

杨欢子说,麦子是麦子,稻子是稻子,还是不能掺和,这件事,我不好硬当家。

听杨欢子这么说,杨立华想了想,说,那就这样,我先走了。说着,杨立华就走到门外,忽见院子里的水还没有淌完,他拿起竹竿又通了起来。

杨立华把竹竿往墙边一靠,正要走,杨欢子说,立华,这样吧,晚上,你把你五爹、二叔、七叔、立江、立富都喊来吧。

64

事情出乎意料地顺利,杨庄一门杨134户,四天内全部跟关子良的新项目小组签订了入股合同。看着97万元的新入股金在账户上流动,关子良仿佛看到了一条宽阔的不断流动的金色河流。他对朱上课说,我们俗气一下,晚上请杨老头。林江主动提出,为庆祝新项目首战告捷,自己愿意为村委承担一座酒席,隆重招待杨欢子等。

晚上,林江家开了两桌,杨欢子被推到首席上。在关子良的带领下,众人纷纷向杨欢子敬酒。杨欢子说,在杨庄,别说是小字辈,就是家门兄弟,从来不看天气预报,就看我的脸。

众人笑,一起说恭维话。

杨欢子立刻感觉自己大大的。他说,我跟他们说了,关子良是我们小岗村的后代,他的事就是小岗的事,就是自己家的事,关键上头,人人都要向前看。我还说,关子良的这两个项目,个个都是大银行,我看好它们,等着分红吧,哈哈……

众人大笑。杨立华也笑了。

那天晚上开家族会时,杨立华在场,在问答之间一直焦虑着。

人家给的钱高呀!

揉揉眼醒床吧,人家不来投资了。

那也不能跟他关子良签。

401

没有路可走。那两千多亩土地,县里都让关子良承包了,往后,赔偿金由关子良发。如果关子良干不起来,你们也别想要这个赔偿金了。

那我们就去上访。

你就是把人杀了,也弄不到钱,最后吃亏的还是你们。

假若我们入股了,关子良干砸了呢?

那就碰运气吧。过年过节,你们不是要到小庙上香吗,就给关子良多带一炷吧。

65

近百万的入股金对于关子良来说意义太大了,不仅让关子良锅里有了米,锅下也有了柴,让关子良一下子就实现了白手起家的愿望。另外,它能直接变现为一种无形的动力,最大限度地影响周边,一举打破先前那种死气沉沉的僵局。

是的,杨庄一百多户人家率先跟关子良签订合同后,其他庄的农户很快就改变对这件事的看法,原来拒绝的,变成了观望。原来观望的,开始主动咨询了。林江和许乐小组在下里村还签到三户。此时,站在村头的高坡上,关子良异常兴奋,他仿佛看到一潭死水正在缓缓流动,欣喜之下,关子良觉得给柴火加油的时候到了,于是,他带着螺螺再次去了安徽科技学院。在那里,他要求学院立刻选派学生进入小岗,帮助小岗首建三十座果蔬大棚。

接待关子良的是螺螺的同学武祥玉,学院实验室副主任,听到关子良已经把项目运作到资金介入的地步,非常高兴,但是,在大加赞赏的同时,武祥玉也提出了自己的看法。他认为,实验性的大棚首期有两到三座即可,待成熟后再上马。但关子良坚持上规模,他有自己的考虑,第一,他想让入股的乡亲们看到,自己的钱已经有了成果,以此鼓舞和激励他们,给他们吃一颗定心丸;第二,他想加快项目建设进度,赶在明年春季来临前,把所有的前期工作都做好。

第三章 彼岸的花朵和一个人的新历史主义

看关子良心急如火,又如此自信,武祥玉向学院党委做了汇报。学院党委立刻做了批示:坚决支持,全力配合,并同意先期派武祥玉配合青创会到宁波考察新型智能大棚设施。

关子良从安徽科技学院回来后,水都没喝就召开会议,决定让螺螺带两名青创会成员,随武祥玉南下。散会后,关子良送螺螺到山里。快走到螺螺的羊圈时,关子良对螺螺说,一旦看准了,立刻在当地叫车,赶紧把材料拉回来。

螺螺说,他们说是考察。

关子良说,那是学院派的说法,我们不兴这个。时间就是金钱!

螺螺说,明白了,只要你同意,我们会披星戴月往家赶。

关子良第一次拥抱了螺螺。拥抱螺螺时他说,我心中著名的诗人,这次南下,我看得很重,都交给你了。

螺螺笑了笑说,我靠,搞得跟《建党伟业》样,我激动得有点想流泪了。

见螺螺眼角真的有了一些亮亮的东西,关子良笑了,他打了一下螺螺。

66

在去南方进材料这件事上,关子良最担心的就是螺螺。

之前,在由螺螺带队去南方这件事上,关子良是很纠结的,其一:螺螺一直在跑这个项目,开花结果之时,忽然把他撇开了,有点说不过去。其二,螺螺虽然浪漫,但心很细。在学校时,数学就好,账目上不会吃别人的亏。这么大一笔资金,也需要一副好脑筋。再者,比较来比较去,除了许乐,螺螺是最为知己的,不会在经济上出故事。要说到不放心,那就是螺螺太过懦弱,特别容易被别人左右,尤其是在关键问题上,往往没有主张,犹豫不决、瞻前顾后是其致命伤,若是几个问题突然蜂拥而至,他一定会呈现一个彻底浑蛋状。所以,螺螺去南方那天,关子良亲自到蚌埠站送他,上车前,他一把扯住螺螺的袖子说,螺螺,我的家底子全交给你了。听到了吗小哥?我的所有的家底子。

螺螺啪地拍了一下胸脯。由于用力很大,拍胸脯时,那手在胸脯上弹了一下。拍完胸脯,螺螺说,也是我的家底子好不好。你看你多大的出息,怎么看怎么都不像关子良了。

螺螺说这句话时所表现出来的那种戏谑和蔑视倒让关子良放心了很多,他这才慢慢松开扯着螺螺衣袖的手。

尽管如此,到了宁波后,关子良仍然不断地问进度,直到把螺螺的手机打无声了才消停,其实,在回来的路上,螺螺遇上了麻烦。

在宁波智能大棚设备厂,螺螺等人的谈判非常顺利。厂家考虑到后期的投产规模,将所有设备不仅按照出厂价出售,而且负责运货到家。但是,在所有的货物都装好的时候,负责销售的厂长突然找到螺螺,说近几日,宁波地区有暴风雨,建议螺螺一定要避开这个时间段上路,等待期间,厂方可安排螺螺等到旅游景点转转。听说到旅游景点看看,武祥玉和另两个青创会成员非常兴奋,一起把渴望的目光投向了螺螺。螺螺却一口拒绝了销售副厂长,他沉着脸说,装货,马上启程。司机说,现在启程,不到雪窦山,天就黑了。螺螺说,天黑住店,天亮再走。螺螺这么一说,司机就觉得螺螺不是一般的人了,他向销售副厂长看时,销售副厂长很无奈地挥了挥手,司机便钻进了驾驶室。

出了奉化,他们就遇上了暴风雨。两个小时后,货车转入东临口密林时,已经完全被狂风暴雨覆盖。听着大雨狂打着车窗玻璃,司机额头上出汗了,他几乎是谄笑着说,这位大领导,山路已经很难走的。要不找个平坦地躲一下吧。

螺螺语气坚定地说,什么都别说了,走!

司机有点不悦,他摇了摇头,一踩油门,车子又喘息着向前滑行。

过了犀牛桥,山路忽然逼仄起来,再往前走了几十米,司机猛地踩了刹车。透过雨刮器扫动的间隙,螺螺这才发现,前面出现了塌方,本来就不宽的路面,由于山石堆积,路面上只剩下了一个车身的距离。

第三章 彼岸的花朵和一个人的新历史主义

这时,司机语调很不友好地说,大领导,真不能走了。

螺螺跳下车,一下子冲进了风雨中。见螺螺向塌方处跑,几个人一起大喊,回来,不能过去。司机本来是说普通话的,这会儿见螺螺完全一副不要命的样子,他的惊呼声完全变成浙江口音。

过了一会儿,被淋成落汤鸡似的螺螺又钻进了驾驶室,他抹了一下脸上的水说,我量了一下,车子可以过,就看你的技术了。

司机惊愕地看着螺螺说,这是货车啊!

螺螺说,什么车也得走啊!

司机不高兴了,他说,这很危险的,晓得不?

螺螺说,晓得晓得,你走吧。

螺螺觉得自己很幽默,再看司机,他的脸色早已青了。

车子晃晃悠悠再次向前动,待走到离滑坡十几米远时,司机说,过不去,我可要弃车了。

为什么?螺螺几乎大叫。

司机不再理螺螺,而是突然跳下了车,然后拼命地向后面跑去。螺螺也跳下车,他大喊,你回来,我要举报你——

就在这时,山上发出了一阵阵巨大的轰鸣声……

67

一向简约、朴实的关子良接受了朱上课等人的建议,决定把产业园的大棚奠基仪式当成喜事来办。

当天,按照关子良的要求,杨立华早早地就把村广播开了。广播里正播放着那英和王菲的歌曲。两位歌星的歌曲都不属于高亢类,但是,人们听来,还是满脸的喜气。村南二十几亩的土地上,已经被人用白石灰画上了线。几十名青创会会员、安徽科技学院的上百名学生早上七点就来到这里,然后一起除草、平整土地。向着村口的一面,已经搭起了拱形门,从县城里请的花艺师已在拱形门上布上了花草。拱形门上贴着巨大的标语：小岗村青创会远程视频销售产业园基地奠基典礼。拱门两侧，拖着几十挂鞭炮，几个小伙子蹲在鞭炮旁，叼着烟，就等着关子良下命令了。田埂上已经聚集了许多老人和孩子，不远处的一家房顶上也蹲着几个人，他们满脸的期待，就等着大戏开演了。

昨天，林江问过关子良要不要请记者？因为，林江知道关子良不喜欢记者采访。今天关子良却说，请，多多益善。又说，这是一件由我们小岗村的年轻人干的事，拿得出手。所以，从早上八点开始，一批批记者就到了。

现场的记者们，扛着摄像机，拿着话筒，到处找关子良。此时，关子良一直坐在离村子几里地的高坡上，他在等螺螺的那辆货车。

昨天，关子良突然联系不上螺螺，开始很生气，后来又原谅他了。他太了解螺螺了，一向抠门。前几天，关子良不断地打螺螺手机，反复叮咛他，并要求他在事情谈好之前，每一个小时要跟自己通话一次。现在事情谈妥了，螺螺肯定是心疼手机费，又怕关子良唠叨，干脆关机了。

关子良算了一下，按照螺螺临走时和自己的通话时间算，上午七点前，螺螺的货车一定能到小岗，这就是关子良要在今天举行奠基礼的原因。

可是，眼看着九点都到了，既没有接到螺螺的手机信息，也不见货车的影子，关子良急了。就在这时，杨立华骑着摩托车赶来了。到了关子良跟前，然后慌张地说，子良，这下坏了。说着，把一张纸递给了关子良。

这是一份奉化溪口镇交警中队发来的传真，称两天前，一辆从奉化发出的货车，在溪口镇犀牛桥茂林地带遭遇山体滑坡，车上人员生死不明，要求小岗村速派人到现场参与处理。

关子良脑中嗡的一声，足足有一分钟没有反应过来。最后，他喃喃地说，好了，这下好了，好了……

杨立华担心地看着关子良，小声地问，子良，活动暂停吧？

关子良忽然反应过来了，他死死地看着杨立华说，不，放炮，赶紧放炮，快，快！

第三章　彼岸的花朵和一个人的新历史主义

当关子良跳上一辆开向蚌埠的中巴时,他听到了奠基现场传来的一阵阵鞭炮声。

68

关子良赶到宁波后,事故挖掘现场出了结果:螺螺、武祥玉等四人全部遇难。

9月23日下午,关子良从宁波回到小岗。此时,在村委办公室门口迎接他的是螺螺的妻子雪晴。见到关子良,雪晴哞的一声,大哭着就扑了上去。她紧紧揪着关子良的衣服,一边哭着,一边用沙哑的声音骂,你回来了,螺螺呢?你赔我的螺螺。你把螺螺害得好苦啊。你在广州害了他一年,还嫌不够,又回来害他。你赔我呀!你把我这个家败了,拆散了……哭着哭着,就瘫倒在地,然后紧紧抱住关子良的腿。此时,史学久和张大喷嚏也赶来了,正要劝雪晴,就见十几个人冲了过来,有人拿着花圈,有人拿着铁锹和木棍。他们先是把花圈摆在青创会门口,然后向青创会办公室跑去。史学久忙喊,你们要干什么?你们要干什么?

史学久声音刚落,关子良办公室的门就被踹开了,接着,办公室里传来了一阵阵噼里啪啦的声音。张大喷嚏和史学久忙跑过去制止。很快,这十几个汉子又从办公室跑了出来,然后一起冲向了关子良。雪晴见状,忙松开关子良的腿,对关子良哭着喊着,你跑吧,你快跑吧。关子良没跑,他直直地站在那,看着向他冲过来的汉子们,接着,拳头和脚狂风暴雨般地赶到了。恍惚中,关子良听到史学久和张大喷嚏在喊,不许打人,不许打人。他还听到一个女人凄厉的尖叫声……

醒来后,关子良已经住在凤阳县医院,床边,许乐正坐在那里,紧紧地拉着他的手,见他醒了,眼泪大颗大颗地往下流。许乐告诉关子良,那天,死者的父亲用石头砸了他,若不是自己和父亲拼死相救,关子良可能会被死者的家属打死。

半个月后,处理结果出来了。罹难的四个人,每家各赔了22.8万。村里先前筹集的款子除去交付宁波的,剩下的全部赔付给了四名死者的家属。待那三家都拿齐了赔偿款,还差螺螺家3.5万,这个缺由许乐填了。螺螺安葬在山洼,离关大疤瘌的坟不远。在死者家属的强烈要求下,那两个青创会的会员就埋在关子良家的一块承包地里。

出院后,关子良首先去螺螺和那两名青创会会员的坟前烧了纸。当关子良看到螺螺的坟墓时,他再也无法控制自己的情绪,大哭起来。陪关子良前来上坟的许乐知道关子良多么痛苦,多么憋屈,就不再劝他,任他哭。哭了一会儿,又烧了纸,关子良和许乐便离开了螺螺的墓。两人刚走上田埂,就见远处站着一个女人。许乐眼力好,一眼就认出那女人是谁了,她神色紧张地扯了扯关子良的衣服,说,从这边走吧。关子良也认出那女人了,径直向那女人走过去。许乐忙在后面小声地说,哎!哎!见关子良没有反应,也只好跟了上去。

站在远处的是雪晴,她一直冷冷地看着关子良和许乐,这会儿,见关子良走近了,眼圈才慢慢红了。关子良停下后,说,雪晴,螺螺出事了,你想骂就骂吧,想打就打吧。

雪晴的眼泪出来了,她吭了两声,强忍着没有哭出声,然后从怀里慢慢地拿出一本存折来。她把存折递给关子良说,螺螺的后事都是村里和青创会办的,没花钱。22.8万我收了18万,这4.8万给你们。

雪晴说话时,许乐已经走了过来,听雪晴这么说,她一把抱住雪晴,两人哭成一团。

哭了一会儿,倒是雪晴先好了,劝了许乐几句,慢慢走了。走了一段,她又停下来说,子良,这几天,我请人来清羊圈了,我把螺螺最宠的那只羊留给你吧,做个纪念。

关子良点了点头,眼泪挂了满脸。

第三章　彼岸的花朵和一个人的新历史主义

69

办公室被砸了,为新项目筹集的钱款全赔了,安徽科技学院通知小岗,暂不向小岗派出学生了,青创会的所有项目、所有活动全部停止了,许多年轻人又出去打工了,在那些荒地上刚砌起来的几十米院墙也被拆了……这还不够,那天,在县小岗办,华科长阴沉着脸说,关子良,最近,我们所有人都在为你做好事呀。关子良知道华科长嘴里不会有好话,他说,谢谢。华科长气不打一处来地说,开主任到处跟新闻单位打招呼,我是见到记者就作揖。一个口径,一定不能把那些破事报道出去。知道我们是怎么说的吗?这关系到小岗的形象,关系到政府的形象,小岗的历史谁也不能抹黑!政治比天大!

听说是给小岗抹黑,关子良很不舒服,他说,只有不干事才会一帆风顺,干事的……

华科长打断关子良的话说,看来你很轻松啊!那我就往下谈。

一切的一切,关子良都准备好了,他淡定地喝了口水。喝水时,他感到脸的一侧有一点痛,那是伤口刚愈合的原因。

华科长先是从抽屉里找出一沓信,然后拍拍那些信件说,这些人民来信全是控诉你的。强拉入伙,非法集资,套用公共资金,大吃大喝,办夫妻工厂……还要念吗?

关子良哼了一声说,这些都是流弹,我关心的是政府怎么定性。

什么?什么什么弹?华科长问,然后敲着桌子说,一、立刻停下手里的项目,不管你的项目多么伟大,死了人就得停下;二、立刻停止非法集资活动,那是违法的,等镣铐戴到脚上,小岗办也救不了你;三、立刻赔付前两年的土地补助金,这是目前上访最多的问题,你既然答应了,就必须把责任担起来,否则,新项目马上告停;四、现在不少农户对你失去了信心,要求退股。我看你就不要再向他们做任何解释了,马上退。

一股气流死死地卡在关子良的胸口,使他半天也喘不过气来,他不想让华科长看到他艰难的样子,但是,他就是喘不出那口气。他的这个样子终于被华科长看到了,华科长点上一支烟,语气忽然缓和了许多,说,人难能可贵的是,适可而止。子良,我对你的印象还是很好的,开主任对你也不错,这一次出了这么大的事,很快就平息了,你以为都是你青创会的功劳?是上天眷顾你?开主任几夜都没睡!你要知道,小岗就是他的脸,这个事要捅到上面,哎呀……

说到这,华科长不断地摇着头。

这时,关子良缓过气来了,他说,在我关子良创业的路上,每一位帮助我的人,我都不会忘记……

华科长打断关子良说,这就对了。对了,子良,小岗那个地方很复杂,你驾驭不了的,这艘大船上,舵手永远都不会只是你一个,按照你个人的路线走,行不通的。歇歇吧,要考虑回头了。你自己想想,且不说你身后还有这么多阻力,你跟小岗办签署合同的时间还有多少?在这件事上,开主任真是开明的,否则他绝对不会让你去冒那个险。现在,该玩的也玩过了,套路也都亮出来了,既然试出了深浅,就该上岸了。你想,前面明明是烂泥塘,你还要卷裤腿往下走,这不是……是吧……

关子良说,华科长,你们接到的这些人民来信,属实与否,我没有时间去甄别,你们尽可以调查,凡是情况属实的,我一概接受处分。但是,项目出现问题是天灾人祸,不属于自然规律,我对自己仍然很有信心,现在……没有回头的可能。

华科长把半截没有熄火的烟一扔说,你可问过天,一年能否由四季改成十季,365天可否改成563天?

关子良不喜欢华科长和自己说话时斜着眼睛的样子,这对于他来说,是一种蔑视和挑衅。他说,我问过我自己。

好!华科长点了点头,用杯中水浇灭了烟灰缸里的烟火说,还有四个月零二十三天。算五个月吧。在这五个月内,一、要还清那两年的土地赔偿金;二、项目要有可行性评估报告。

70

关子良记得,当年在凤阳中学读高中时,都是从城里走回小岗的,也就一个多小时。

为此,从小岗办出来后,关子良没有去汽车站,而是直接向城外走去。不知为什么,他就是不想坐车,他想跟自己较个劲。

两个小时后,关子良不仅走出了凤阳城,而且走到了合接大坝。这座大坝还是人民公社时挖的,一座大坝可以为下游的十几个生产队解决庄稼灌溉问题,面积非常大,从这向对岸看过去,要有八九百米的眼力才行。

站在宽阔的大坝上,关子良能感受到一股强劲的风。眼前,坝水泛着波,这波浪一层一层往前赶,一时都歇不下来。此时,关子良的脑海里被近年来的一件又一件近似奇特的事所充斥,与一张又一张脸所照应。那些事里,有人拉住他的手,有人扯着他的衣服,或是拼命地往前推,或是拼命地往后拉。那一张张脸,有的在笑,有的在哭,有的充满了厌恶,有的充满了乞求……

突然,关子良纵身向大坝深处跃去。关子良整个人跃起来时,划出了一道弧线,这道弧线只是一瞬间,然后他深深地有力地扎入了水中。

水面充满了阳光的记忆,那么温暖。关子良奋力划着,这使他感受到了那温润下的清凉。

其实,这口大塘有870米宽,关子良游到500多米时,他笑了,因为,他觉得自己游不动了。他仰面向上,让自己漂浮起来,好喘息一下。此时,他感觉到脑后发胀,嗓子里像是吃了辣椒,一种疼痛从肺部一直冲到了嗓门。四肢明显有了重量,有一种力量悄悄地把他的身体向下牵扯。他笑着说,来吧,你们不来,老子来了,有种就淹死我,来吧,淹死我,来,我来了。

但是,他的身体怎么也无法沉底。于是,他大喊一声,你淹不死老子的,淹不死关子良,淹不死一个战士,淹不死一个冲浪的人……

他就这样狂傲地骂着,那么自我,那么放肆,满嘴都是脏话,然后又奋力向前游动。游起来时,他感到自己身上的每一根汗毛都在号叫,两条手臂则像两支巨大的桨,一次又一次劈开水面,浪花四处飞溅并发出嗵嗵嗵声音。

就这样,关子良竟然游到了岸边。待关子良爬上岸时,他感觉自己的眼睛完全肿胀了,耳朵里也发出了一阵阵类似脚丫在泥巴里扭动的声音。突然,他隐约听到了什么,于是就向远处看去。对岸站着很多人,都在向这边看,还有人不断地向他招手。他的眼前全是雾气,这是人体长时间在水里浸泡,眼压发生变化所致。因此,他根本就看不清对面是什么人。又过了几分钟,他看见有人向他跑来……当这个人跑得越来越近了,他终于看清了,是许乐。

许乐跑过来后,一把抱住关子良,放声大哭起来。关子良大声地问,怎么啦?怎么啦?许乐哭了半天才说,一个放羊的回家喊人的,说你跳大坝了。

关子良一屁股坐在地下,然后仰天吐了一口气。这时,许乐蹲在关子良旁边说,子良,我求你了,向他们投降吧,投降吧。我受不了了,还有他啊!

关子良当然知道许乐说的这个"他"是谁,为此,许乐在嘤嘤地哀求时,他轻轻地拍着许乐的后背。这时,一阵哭声传来,关子良和许乐转头一看,原来是黑户英来了,后面跟着史学久和许六叶子等。

关子良忙迎上去,一把扶住差点摔倒的母亲,大声问,你来干什么?

黑户英在关子良的脸上、身上摸了一遍,哭着说,你个挡炮子的,庄子上人都知道你跳大坝了,吓死你娘了。你是不让我活了……

史学久劝黑户英说,我就说不会的。许六叶子没说话,只是叹了口气。

这时,黑户英突然拉住关子良的胳膊说,大良子,你要是心疼你妈,今天,你史大爷和许大爷在这做个证,不要干了,金山银山都不要干了。你跟上面说说,那些钱又不是你欠的,如果上面硬要往你头上放,我让你两个大爷带着我,一户一户磕头,求人家允你一段时间,你把帽子还给上面就没事了,可好,我的傻儿子?

关子良强压住内心的悲愤,强带欢笑说,妈,我从小岗办才回来,都说好了,没事了。

真的? 黑户英问。

关子良笑着说,真的。放心吧。

像是被打了一束光,黑户英整个人都亮了。她说,我也说,他们哪有这么过分的,说好了就好,说好了就好……

黑户英连连重复着这句话。

71

那天,史学久提醒关子良,说最近小岗有几户人家想闹事,要关子良小心,这段时间最好少在村里转,当心有人砸黑石头。关子良谢了史学久的好意,但是没有听史学久的话,而是频繁地进出村里和青创会办公室。他让杨立华、林江等再仔细核对一下土地赔偿情况,同时,让朱上课在自己的办公室门口贴了三张红纸条,上面分别写着:

小岗村不孬种!

小岗村青年创业联合会不孬种!

关子良不孬种!

这三张条子一贴,还真有效果,先前还有几家结伙来青创会打听兑现土地赔偿金的事,这三张纸条一贴,就很少有人来了。

晚上,许乐来找关子良,黑户英留饭了。现在,黑户英明显轻松多了,用心地为儿子和未来的儿媳妇做了几个菜,然后亲自端到楼上,让两个孩子独享。

吃饭时,关子良见许乐不动筷子,就说,吃吧。

许乐忽然流着泪说,子良,你把我大娘骗得好实在,以后怎么办?

关子良看了下门外说,那天,我妈和我说话时,离水只有几米,我要是说实话,她一头就下去了。还有,史学久一直很胆小,好长时间都不敢伸头了,我这么说,也是为他打气,走出来帮我吆喝,总比藏起来为我担心强。

关子良的话很有说服力,许乐擦掉眼泪说,那以后呢?你以为你是诸葛亮?在小岗,空城计演不到半场的。

关子良呼噜呼噜地将一碗稀饭喝下去半碗,然后突然笑着说,乐!

许乐也忽然笑了,说,什么呀!一身鸡皮疙瘩。说着,又把新出来的眼泪擦了。

关子良说,你认为,一个女人什么时候吃醋最有意义?

许乐紧张起来了,她愣愣地看着关子良,说,你准备找她?又说,这个时候,你别说找她,你找谁,我都不会吃醋。

这么说着,眼泪却一个劲地流出来。关子良吃不下去了,他握住许乐的手说,亲爱的,说个故事给你听,这个故事叫"一个神秘女人的来电"。

关子良的故事与雪晴有关。

螺螺死后,雪晴坚决不同意停掉螺螺生前用的那部手机。每天,她都会看几次手机,等有信息闪烁,等来电。那时,她也不知道谁还会给螺螺打电话,也不知道谁还会给螺螺发信息,她只是觉得,只要有人打这部手机,螺螺就在,螺螺就活着——这让她无比伤心,也无比欣慰。

这天晚上十二点了,螺螺的手机突然响了。

雪晴盯着手机看了半天,才用颤抖的手按下接听键,然后哭着问,你是谁?他已经不在了。

听雪晴这么说,对方立刻就停止了通话。但是,没过两分钟,这个号码又打了过来,是个女的。她问,你是螺螺什么人?

雪晴说,他老婆,又说,谢谢——能陪我多说说螺螺吗?

对方沉默了很久,才问螺螺的情况。当听完雪晴的哭诉后,对方又沉默了很久,然后告诉雪晴,她叫曼妮,她找螺螺是对一个人放心不下。

雪晴完全明白了,就把关子良目前的困境或者说绝境说了出来。

第三章 彼岸的花朵和一个人的新历史主义

72

曼妮到蚌埠后住在喜元大酒店。决定去见曼妮前,关子良和许乐谈了很久。关子良说,我想明天上午过去。

还是晚上去吧。

我俩一起去。

不,你一个人去,晚上去。

不要多说了,就明天上午,我俩一起去吧。

算了,我去你借不到钱的。

关子良掂量着许乐这句话的分量。许乐又说,所以,不仅不能跟你一块去,连我都别提。

你想多了吧?

去吧,你能周转到钱就可以了。

关子良看了许乐一眼。

关子良这一眼,让许乐的心里热乎乎的。因为,她感觉到关子良的眼里充满了深情,这是她认识关子良以来,尤其是公开表达自己爱上了关子良以来,从来没有过的眼神。

当关子良起身要走时,许乐在后面语意诚恳地说,子良,你千万不要提我。

关子良心里怦然一动,他停了下来,然后又慢慢地走向许乐。走到许乐面前,他将许乐轻轻地拢在怀里。接着,他听到许乐在他的怀里抽泣着说,求求你了。

关子良轻轻地吻了一下许乐的额头,然后走开了。

这一次,曼妮在房间里接待了关子良。关子良想说,还是到外面找个咖啡馆吧,但是他没说出口。此时,他心中趋炎附势的种子在慢慢长大,这些种子密密麻麻的,很快就把他过去的那种孤傲和自信都挤走了,留下的是一些迫切倾诉的欲望和表达弱小的下意识。

  曼妮住的是套间,外面有专门接待客人的地方。在这里,曼妮已经将咖啡煮好,然后在关子良面前轻轻地放了一杯。

  关子良忽然感到,自己的灵魂和肉体都早已远离了这一个世界。而当曼妮坐到他对面时,他竟然想到了许乐。此时,他觉得许乐是那么土俗,即使在普通的审美眼光下,也像一块劣质的玻璃,一触即碎。

  曼妮显得很精神,一如既往地高雅。她打量了关子良一会儿,微笑着问,怎么样?还好吗?

  关子良笑了笑说,我要说我很好,你相信吗?

  曼妮说,相信啊,因为我了解你呀。

  关子良说,也就是说我脸皮很厚,或者说喜欢打肿脸充胖子。

  曼妮笑了。

  关子良忽然说,螺螺死了。

  曼妮突然伸出一只手,表示制止。

  可是关子良更加固执地说,他是为我死的,为此,我背下了沉重的债,永远都还不起。

  曼妮一直低着头。这会儿,她忽然仰起脸来,固执地看着关子良说,跟我回去。

  关子良有些意外地看了曼妮一眼。

  曼妮轻轻地吁了口气说,父亲已经回台北了,重病,大陆这边全丢给我了。你不是一直为进不了公司的核心管理层而耿耿于怀吗?现在都不是问题了,只是核心管理层不需要你进了,你坐在我那个位置就可以了。

  听曼妮这么说,关子良第一个念头就是想说说自己和许乐,但是,他没有说出口,又想说那些土地赔偿金,描述一下自己身边的"火势",也没说出口。他的额头出汗了。

  曼妮轻言轻语地说,你考虑一下好吗?我做了两个礼拜的安排,足够等到你一句话的。

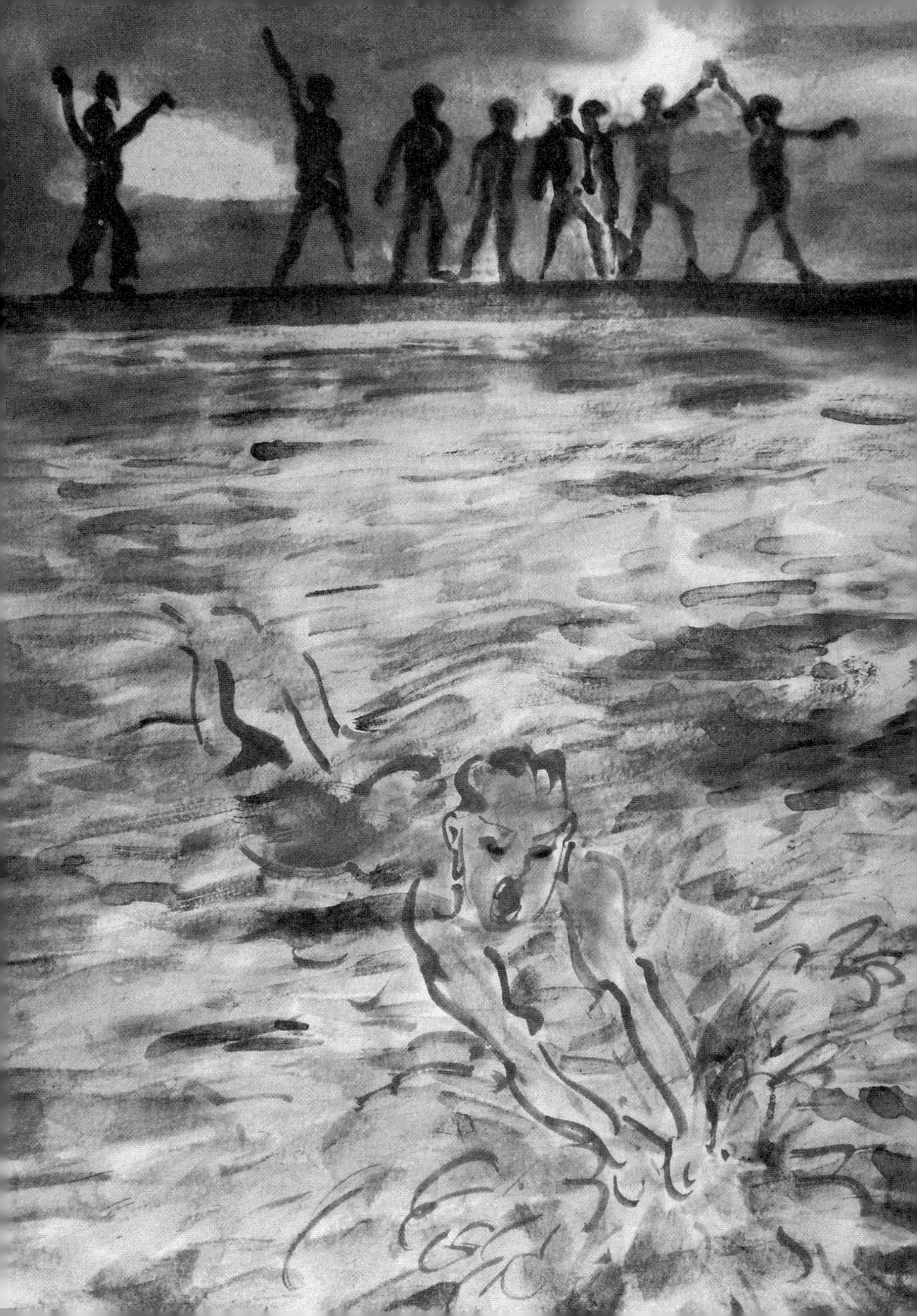

第三章 彼岸的花朵和一个人的新历史主义

关子良说,现在,知道我多么需要人拉我一把吗?所以,你在这个时候出现,我真是充满了感激。我也知道,你是为我而来的。

是的,曼妮说,我觉得,我们已经到了把一些问题谈透的地步了。

关子良说,可是,我做不到。

做不到什么?

丢下他们。

是小岗吗?那里好像对你不够礼貌吧?你想等他们都熟知礼仪了再走吗?

我真做不到。

是出于其他考虑吧?那点钱,对于我来说,不是个事儿。

关子良想了一下,终于下了决心,他说,陈总……

曼妮。

陈总,帮……

曼妮。

关子良笑了笑说,那好吧,曼妮,我的项目需要一笔资金,支援一下吧,算入股也行。

曼妮笑了笑说,必须跟我回去。

关子良说,这个时候走,我像什么呢?

不走你又像什么呢?被群殴?被上司玩弄或被绑架?为了那么可怜的一点儿钱惶惶不可终日?这种可怜相,你知道我多心疼吗?你还认为我没疼够没疼透吗?

说到这,关子良发现曼妮的眼里泪光闪闪。此时,他很感动,真想上去拥抱一下曼妮,既表示感恩,也表示安慰。可是,他觉得自己的身体先是悬浮在半空,最终又飘了回来。

就这样,他们又谈了一个多小时。

在这一个多小时里,或许老是表达感情有些疲倦,他们的话题发生过变化。曼妮显得很健谈,思想很集中,也极为从容,一会儿扯台湾"蓝营"和"绿营",一会儿说美国最近发生的枪击案,接着又说波罗的海的海盗船……因为曼妮所谈的东西离关子良心中的主题太远,焦急的关子良几度想把话题拉回来,都没有成功。于是,他有了一种焦头烂额的感觉。他知道,曼妮之所以这么绕,还是为了组织下一轮的情感攻势,为此,他想把自己和许乐的关系说出来,彻底断了曼妮的念想,然后再提周转资金的事。可是,他又怕一旦表明自己和许乐的关系,心灰意冷的曼妮会就此关门,从而让周转资金的事完全泡汤。他熬着,如同被生煎。

一直挨到中午,曼妮主动说,看你心神不宁的,一定是小岗在呼唤你了吧。你先回吧,我在这里等你。

73

关子良刚回到家,许乐就来了。上楼后,许乐先是不停地向关子良的脸上看,接着把上午家里发生的事都说了一遍。此时,关子良知道,许乐越是东拉西扯,越是想知道他在蚌埠见曼妮的情况,就说,上午没谈好。

在家时,许乐最怕关子良回来时说这句话,所以,见到关子良后,她一直没敢问。现在,当关子良说出来时,她心中莫名其妙地一喜,但是,这种喜悦很快又消失了,心头继而沉重起来。她把关子良的胳膊抱在怀里,将自己的脸贴在关子良的胳膊上,叹了口气说,我就知道她不是来开会的,她演的戏和庄晨晨演的一样。这些人好无聊啊。接着,她说,她一定开条件了。说完,她立刻盯着关子良的眼睛看,那目光像一张敏感的试纸,只要对方有一点变化,马上就会分辨出来。

关子良确实想如实说出曼妮的要求,但是,他觉得这是一种出卖,或者说是一种伤害,对双方都不公平。再者,他怕许乐被点着了,去蚌埠找曼妮,事情就全完了。他说,借就借,不借就不借,她提什么条件,我跟她又没有什么契约。

这句话勉强说得过去,但是,许乐还是在关子良脸上找了半天。

第三章　彼岸的花朵和一个人的新历史主义

关子良忽然就有些烦了,他说,你找什么啊?说着,额头上竟然冒出汗珠来。

许乐不再说话。过了一会儿,她说,那我走了。答应我,别急,好吗?

不急。关子良微笑着说,可是,额头上的汗水更多了。

许乐恋恋不舍地看了关子良一眼,然后走了。

是夜,有人看到,关子良卧室里的灯亮了通宵。

第二天下午,关子良一直坐在青创会办公室发呆。这时,他的手机忽然响了一下,是曼妮的信息:我已在动车上。

第二条:把详细地址给我,请注明邮政编码、地址。

十天后,关子良收到一份特快邮件,里面有一张巨额支票,97万元人民币,和青创会前一阶段收到的土地股金正好相同。还有一本书:美国经济学家艾伯特·O.赫希曼写的《经济发展战略》。扉页上有几行字:

　　我们不缺乏资源,缺乏的是运用这些资源的手段和能力!这才是最大的股金。

曼妮与他的小岗村。

74

有了这笔钱,村庄上的许多张脸都生动了许多,一些妇女喊孩子回家吃饭的声音都高亢了许多。关子良也觉得嗓子里清爽得很,走起路来,腰杆子不自觉地就挺拔了起来。当把所有的土地赔偿完成后,关子良觉得应该跟曼妮通一次话了。

关子良连打了三遍,曼妮也没接电话。关子良知道曼妮的手机很难打,就发了一条信息:谢谢。

曼妮显然是笑了一下,因为,关子良似乎感到手机里有一种香味儿。信息回复:感谢小徐吧?

421

他马上回:小徐?

是呀!徐乐。看来她要比你勇敢得多。

关子良还是不能确定曼妮信息中的这个"徐乐"是不是曼妮的笔误,因为,他想象不到曼妮是怎么认识许乐的。

关子良在想这件事的时候,信息又来了:再见。就此一别吧。

关子良慢慢地将手机放在一边,心中有了一种浓郁的离愁。他由此判定,这两个女人一定是见面了。或是曼妮约了许乐,或是许乐去见了曼妮。但是关子良很快就把前者排除了,因为,他从来就没有在曼妮面前提过许乐,这样的话就剩下许乐去蚌埠了。

如果许乐真是瞒着关子良去了蚌埠,关子良实在想象不出这两个女人是如何对话的,他设想了三种:

第一种:

你是谁?

关子良的女人,许乐。

他派你来的?

不,他只是透露了你的地址。

你来的目的?

你来的目的呢?

带他回广州。

他不可能跟你走了,他心里有人了。

你吗?

还有孩子。

哦!是这样。

第二种:

他跟你说过我们在广州就相爱了吗?

他跟你说我是他的未婚妻了吗?

徐乐,爱情是讲秩序的。

不,爱情是讲深度的。

那么,我说我们爱得是一样深你能接受吗?

不,不可能。后来,无论多么艰难,我一直陪着他,他不后退,我就不能退。某一天,他如果说,必须死,我就得带着这个孩子一起跟着死。

天哪!我做不到。

第三种:

他跟你说了吗,我们的谈话内容,我的前提?

他没说,但是,你的前提我知道。

关子良的手下果然神奇。

不,是关子良的未婚妻。

我的前提是,他必须跟我回广州。因为我知道,一个人不可能永远站在风雨之中。

子良再也不可能跟你走了,因为在这里他有三个情人。

呵呵,说说看,我好奇心上来了。

小岗村青年创业联合会、我,还有我们的孩子。

……

关于这两个女人之间的对话,关子良还想出了许多种。为此,他认为曼妮最后能为此妥协并出手不凡,实在让他疑惑,当然也让他生出内疚和感激。

关子良是在青创办联系曼妮的,这时,许乐进来了。许乐明显黑了,瘦了,鼻子一角还有一个红豆豆,这显然是被火气冲撞所致。

坐下后,许乐说,听朱上课他们说,所有的赔偿都发下去了,庄子上安静多了。

打许乐一进办公室,关子良就连连看了她好几次,这会儿他又看了许乐一眼。

许乐看着关子良,轻声而又诚挚地说,联系了吗?你要好好谢谢她。

关子良忽然问,你到底和她说了什么?

许乐一怔,但是马上说,我能说什么呢?见关子良神色萎靡,许乐带着一种极不自然的笑说,子良,感觉好对不起你。她真漂亮,真优雅,真高贵。她很爱你。

这时,关子良的手机忽然发出了一连串的嗡嗡之声,是曼妮的信息:

姐,帮他一回吧,帮这个傻子一回吧。无论是下雹子还是下刀子,他就站在原地,死死地顶着。他一个人顶不了多久的,他就是一个孩子,一个婴儿,他一定会死的。

姐!我也知道您来的目的。如果您能帮他周转一下,我愿意打掉这个孩子,您尽可以带他走。

接着又是一条:

看一次,我就哭一次。哭离别,也哭世界上还有这样一个女人。子良,珍惜吧!

关子良看完这几条信息,把手机默默地放到一边。

这时,许乐问,是张大器发来的?

关子良一脸意外地看着许乐。张大器?他问。

许乐说,我联系他了。

你联系他干什么?

这些土地都是他的遗留问题。这倒不是主要的,主要的是,他是青创会的人,这个时候,也应该回来一趟。

关子良久久地看着许乐。许乐先是很疑惑,然后慢慢地走到关子良跟前。关子良便拥住她,然后将脸侧向了一边。

75

张大器是和庄晨晨一起回来的,开车的是湾仔。

见到湾仔,关子良非常诧异,但是,湾仔已经把手伸了过来。湾仔伸手时,胳膊显得很长,像猿的臂。关子良忙上前一步,和湾仔紧紧握手。此时,湾仔的出现,让关子良的内心极为困惑,也充满了感动。

当夜,青创会办公室的灯一直亮到凌晨三点。从窗户的阴影看,先是关子良和张大器在谈,接着庄晨晨、湾仔加入了,然后是许乐、朱上课、杨立华、林江、闫军,最后是张大喷嚏、朱耀山、顾老边、杜二嗯、许六叶子和杨欢子。

意见慢慢地统一到了张大器的建议上。张大器认为,产业园的发展前景是好的,这一点毋庸置疑,但是,在前期的销售品种上要考虑到生产成本和产销的合理性。前期,如果各种果蔬品种一起上,可能会增加管理的难度。果树类生长周期慢,地主一时半会儿看不到果实会失去耐心。瓜果类生长周期又太短,损耗也大,烂园后也不好看。建议首发花草类产品,即在前期整体性种植观赏性花卉:蝴蝶兰。一旦有人入户认领,后面就可以放开操作了。

看来是路上就商议好的,湾仔说,蝴蝶兰的成熟苗种由我提供,技术人员我派,地热和恒温工程我先行投资。湾仔还笑着对关子良说,其实,蝴蝶兰项目是你走前就设计好的,你走后,我们把这个项目全面启动了,非常高端,春节前就可以上市,每株可卖40至60元。呵呵,子良,你是很牛的,你看你多么了不起,你的精神产品已经得到了变现。

这时,庄晨晨把两本书放在了关子良面前。

关子良看了一下,一本是关于全国酒店用花以及会议用花的销售和联系方式的大黄页,一本是《国外花卉种植金刚经》。谢谢,他说。

张大器说,子良,两本书是不够的,黄总提供花种和技术,我负责瓶苗室和驯化中心的兴建。庄晨晨在旁边说,还有设备。张大器说,是的,还有智能恒温玻璃大棚。

关子良站起来,走到张大器面前,先和张大器拥抱了一下,接着又和湾仔拥抱了一下。他说,兄弟,恩重如山,何以为报呢?湾仔说,你先成立安徽省小岗村远程视频销售总店,然后允许我成立广东省小岗村远程视频销售分店就可以了。关子良甚是满意,他伸手和湾仔拉钩。见两人拉钩,张大器也伸出手来,被庄晨晨一巴掌打了回去,众人都笑了。

小岗村的年轻人

76

又过五个月,小岗村西冲,一千亩花圃出现了。

一眼望去,一座座玻璃大棚像一朵朵云彩,在小岗的土地上显得那么壮观、那么豪迈,令人充满了胆气。

站在高处,关子良看着这些大棚,笑了。此时,他的脸更接近古铜色,眼睛里散发出亮晶晶的光泽,身体也显得更加厚实和健壮了。两只手粗糙而有力。右手显然比左手大,半握着,如一柄锤子。没穿袜子,鞋子也没全穿上,是趿拉着的,这样,他双脚的大部分都裸露在外面,像两片赤红色的瓦块。这时,他从脚下拿起一块硬土,稍一用力,那土块就碎了。细碎的土像水一样在他的指缝里欢快地流淌,让他感到非常舒服,非常亲切。

他慢慢蹲了下来,然后眯缝着眼看着面前的"作品",看着这些孩子(他一直是这么跟别人说的)。这是父辈们以前经常做出的姿态。现在,他蹲在那里时显得非常自然,也感到非常踏实。是的,他在想,一切都落实了,我们的事业要开始了。

这是英雄对自己的慰藉,其实,他也知道,这仅仅是个开始。

是夜,一场狂风暴雨,自北向南跨过淮河,瞬间而至。接着是冰雹。那冰雹个个如鹅卵石一般大,一般硬。关子良家的屋后有十几棵楝树,十年前栽的,楝树先是在风雨中剧烈地摇摆,待密集的冰雹纷至沓来后,便再也支撑不下去了,转眼之间便在咔嚓咔嚓的声响中断成一片。残绿之中,那些雪白而新鲜的创口,像是在流血。

是夜,在小岗办,一场暴风雨也在狂飙,县委书记赵星河正在对开则成不断地拍桌子。此时,他手里拿着一封实名举报信。在这封信里,举报人陈述的主要内容是开则成对关子良的不公正对待。

赵书记说,别跟我说这么多理由,一句话,就是一个"私"字在作怪!把招商引资当成了政绩,把完成任务当成了自己的一种保护色。这是非常自私的行为。我问你,青创会是你们的什么?是你们的助手。你们要把培养、支持和引导这部分年轻人当成你们的职责,而不是把他们当成你们的对手。

开则成忙说,书记,真冤枉我们。我只是想通过这种方式逼他们回头,结果没想到,关子良这么犟……

赵书记啪啪地拍着桌子说,逼人家回头,你这是拿集体的利益做游戏吧。这是犯罪你知道不知道?是人家青创会救了你知道不知道?如果那两个项目真的签进来,你们是要被严重追责的。

一向以冷静著称的开则成开始淌汗了,他觉得赵书记今晚的声音比外面的雷声大得多,吓人得多。

可是,赵书记显然没有停下来的意思。他又敲了一下桌子说,最为可怕的是,你们所做的这一切,都打着为了小岗发展的旗号,你手摸良心想想,你还有一颗公心吗?来,听听这段话。说到这,赵书记念道,在我们心里,没有指标,没有任务,对于小岗,我们只问一颗心在哪里,这颗心正不正,有没有用足。我们也不需要回报,因为,他是小岗的儿子,他是应该的……

念完信后,赵书记抖了抖那封信问,什么感受?我觉得,每个字都是真的,每个字都值得推敲。

开则成头低得更很了。这时,赵书记把那封信装进包里说,你要在全县农村干部工作会议上做深刻检讨。另外,你要准备着,在小岗办和小岗村青创会之间,县委会有一个重新考量,可能的话,只能留一个。

他说完这些话,不顾外面风雨大作,一头扎进了夜幕中。

77

在这个世界上,有许多画面都是不协调的,今天的这个画面则显得更加悲壮和揪心。

在小岗村的西冲,阳光明媚。在金子一般明亮的阳光下,人们看到,小岗村青创会远程视频销售产业园被昨晚的一场暴风雨和冰雹彻底摧毁了。

一眼望不到边的大棚全部倒塌,无数根支架被扭曲成各种各样的形状。玻璃碎块到处都是,有的已经飞出去几十米,在远处反射着尖锐的光芒。没有被完全打碎的玻璃,高昂着锋利的棱角,凌乱地架在一起,看上去好像是一个充满危机的迷幻世界。隐约的是那些蝴蝶兰,大多被风雨碾碎,满地残红。

首先赶到现场的是关子良和杨立华,接着是青创会的会员,随后陆续赶来的是史学久、许六叶子、朱耀山、顾老边、杜二嗯、张大喷嚏以及许多村民。

面对惨状,许乐和几个姑娘哭成一片。此时,许乐的怀里还抱着孩子,她哭,孩子也哭,而且那孩子特别有脾气,哭声高亢且嘹亮。一时间,场面非常混乱。

人群中,关子良站在那里一动不动,活像一尊雕塑。这时,青创会的会员们慢慢向他聚拢,并一起向他看。显然,他们想听关子良怎么说,听他们的统帅如何鼓励他们。他们的心中太压抑了。但是,关子良什么也没说。

此时,关子良的脑海是空白的,他的眼前只有一道一道凌乱的错综复杂的白光。他像是一个"○",在各种数学公式中被快速地毫无意义地换算着。

这时,史学久叹了一口气,首先走下了田埂,然后去扶那些被严重扭曲的支架。接着,张大喷嚏、顾老边、杜二嗯等跟了上去。随后,许多村民也陆续走下田埂,开始在田里拾掇起来。

就在这时,有人喊,快看,小宝车。

关子良一怔,然后循着声音看去。

他看到,一辆黑色的帕萨特轿车缓缓停在不远处,不一会儿,车门被打开,一个高大而略有些驼背的男人下了车,然后向这边健步走来。

关子良认出来了,这个头发花白的男人正是县委书记赵星河。